CARACTÈRE ET ORIGINE

DES IDÉES

DU

BIENHEUREUX RAYMOND LULLE

(RAMON LULL)

THÈSE POUR LE DOCTORAT ÈS LETTRES

PRÉSENTÉE A LA FACULTÉ DES LETTRES DE L'UNIVERSITÉ DE GRENOBLE

PAR

Jean-Henri PROBST

LICENCIÉ ET DIPLOMÉ D'ÉTUDES SUPÉRIEURES DE PHILOSOPHIE
PROFESSEUR DE PHILOSOPHIE
MEMBRE DE L'ÉCOLE FRANÇAISE D'ESPAGNE

TOULOUSE

IMPRIMERIE ET LIBRAIRIE ÉDOUARD PRIVAT

(Librairie de l'Université.)

11, RUE DES ARTS (SQUARE DU MUSÉE)

1912

CARACTÈRE ET ORIGINE

DES IDÉES

DU

BIENHEUREUX RAYMOND LULLE

(RAMON LULL)

O BONITAS

LULLE EN EXTASE.

CARACTÈRE ET ORIGINE

DES IDÉES

DU

BIENHEUREUX RAYMOND LULLE

(RAMON LULL)

THÈSE POUR LE DOCTORAT ÈS LETTRES

PRÉSENTÉE A LA FACULTÉ DES LETTRES DE L'UNIVERSITÉ DE GRENOBLE

PAR

Jean-Henri PROBST

LICENCIÉ ET DIPLOMÉ D'ÉTUDES SUPÉRIEURES DE PHILOSOPHIE
PROFESSEUR DE PHILOSOPHIE
MEMBRE DE L'ÉCOLE FRANÇAISE D'ESPAGNE

TOULOUSE

IMPRIMERIE ET LIBRAIRIE ÉDOUARD PRIVAT

(Librairie de l'Université.)

14, RUE DES ARTS (SQUARE DU MUSÉE)

1912

HOMMAGE TRÈS RESPECTUEUX

A SON ALTESSE IMPÉRIALE ET ROYALE

MONSEIGNEUR L'ARCHIDUC LOUIS-SALVATOR D'AUTRICHE

MEMBRE DE L'ACADÉMIE IMPÉRIALE DES SCIENCES
ET DE L'ACADÉMIE DES SCIENCES DE BOHÈME

Ma dédicace s'adresse non seulement au Prince littérateur et savant éminent, mais encore au pieux et hospitalier successeur du Docteur Illuminé Ramon Lull, dans son merveilleux domaine de Miramar (Majorque), où sont conservés par ses soins éclairés, parmi d'autres souvenirs : les restes du couvent des Treize-Frères-Mineurs-Missionnaires et du premier Collège européen de Langues Orientales, la Grotte où le Bienheureux aimait à prier, la Source où il venait boire en face de la Mer bleue.

Qu'il me soit permis, avant de commencer cette thèse, d'évoquer avec émotion la mémoire de mes amis, l'égyptologue Eugène Lefébure *et le professeur adjoint d'Alger* Saurel, *qui ont attiré mon attention sur* Raymond Lulle.

Je remercie particulièrement MM. Morel-Fatio *et* Haussoullier, *membres de l'Institut ; M.* Picavet, *professeur et secrétaire du Collège de France ; MM. les professeurs* Blondel, *de l'Université d'Aix ;* Dumesnil, *de l'Université de Grenoble ;* Léon Gauthier, *de l'Université d'Alger, et* Segond, *du Lycée de Marseille ; MM.* Bonillas San Martin *et* Miguel Asin Palacios, *professeurs de l'Université Centrale de Madrid et membres de l'Académie Royale d'Histoire ; M. le docteur Salvador* Bové, *chanoine magistral de la Seu d'Urgel ; le R. P.* Laberthonnière, *des " Annales de Philosophie chrétienne " ; M. l'abbé* Dubarat, *archiprêtre de Pau ; MM. les docteurs Otto* Leidinger, *bibliothécaire en chef de la Bibliothèque Royale de Munich (Département des manuscrits), et Stanislas* Aguiló, *bibliothécaire de la Bibliothèque Provinciale des Baléares, à Palma, pour les conseils éclairés et les renseignements bibliographiques qu'ils ont bien voulu me donner.*

J'adresse aussi un très reconnaissant souvenir à mon ami le docteur Charles Carrié, *artiste distingué, qui m'a fait l'honneur et le plaisir de dessiner plusieurs planches de ma thèse.*

Médéa, 27 juin 1912.

J.-H. P.

BIBLIOGRAPHIE

LISTE ALPHABÉTIQUE DES PRINCIPAUX OUVRAGES

CITÉS OU UTILISÉS DANS LA THÈSE.

Cette liste ne comprend ni les éditions des œuvres de Lulle, ni les manuscrits inédits, ni les manuels de philosophie, de paléographie, d'histoire, ni les éditions de philosophes modernes consultés.

ANDRÉ (Marius), *Le Bienheureux R. Lulle*, Lecoffre. Paris, 1900. Panégyrique, ouvrage de vulgarisation sans références ni notes.

ANSELME (saint), *Monologium et Proslogium*, édit. Bergeron, 1675, réimprimée en 1721. Migne, tt. 158, 159; traduction française Bouchitté. Paris, Amyot, 1842.

ANTONIO, *Bibl. hispana vetus*, édit. Bayer. Contient une nomenclature importante des œuvres de Lulle.

Anuari catala, 1907-1909. Donne l'aperçu des récents travaux de Menéndez y Pelayo et des appréciations sur des rééditions de Lulle.

ARMINGUAL (Bonaventura), *Archielogium vitae et doctrinae Doctoris illuminati*, en tête d'une édition de l'*Ars Generalis*. Imprimé à Majorque, 1645, in-4°. Panégyrique exagéré et banal.

AUBRY (Jean d'), *Mirabilia mirabilium maximae admirandorum doctoris archangelici sancti R. Lullii*. Paris, placard in-folio. Résumé d'une vie de R. Lulle par le P. Pacifique, publiée en huit langues en 1645 et disparue. C'est le seul intérêt de l'opuscule de J. d'Aubry.

AUGUSTIN (saint), *Œuvres complètes*, multiples éditions.

AVINYO (Mossen Joan), *El terciari francesca Beat Ramon Lull*, Igualada, Nicolau Poncell, 1912. Bon historique de la vie, analyse un peu superficielle des œuvres; assez bonne biographie avec indication des bibliothèques où se trouvent les originaux et des cotes.

Asin-Palacios (Miguel), très érudit professeur de philosophie médiévale et de langue arabe à l'Université centrale de Madrid.

Dans l'article *Mohy ed Din*, cet auteur compare Lulle au soufi Murcian qui lui est antérieur. Justes remarques et exagérations. In *Homenage à Menéndez y Pelayo*, Madrid.

Asin-Palacios, *El lulismo exagerado* : art. de *Cultura Española*, mai 1906. L'auteur est trop sévère pour Lulle à mon avis.

— *El averroïsmo teologico de Santo Tomás de Aquino*, dans *Homenage á Codera*, 1904. Zaragoza. Thèse peut-être un peu exagérée de l'avis de M. Picavet et des Dominicains.

Bacon (Roger), *Opus majus* (1733-1750); *Opus minus* et *Opus tertium*, édit. incomplète. Brewer, Oxford, 1859; édit. récente très fautive de l'*Opus majus*. Bridges-Oxford, 1897-1900.

Bibl, *Études franciscaines*, t. XV, 1906. Le Bienheureux Raymond Lulle. Travail synthétique assez intéressant.

Bofarull (Don Francisco de), *El testamento de Lull y la escuela luliana en Barcelona*, dans *Memorias de la Academia de las buenas lettras de Barcelona*. Barcelone, 1894. Étude érudite sur les legs de R. Lulle à ses héritiers et l'organisation matérielle des écoles lulliennes en Catalogne.

Bollandistes, *Acta Sanctorum*. Bruxelles, 1643-1658; 56 vol. Rééd., Paris, 1875.

Bonaventure (Saint), *Opera omnia*. Mayence, MDCIX. Excellente édition ancienne, très lisible et complète.

Bonillas San Martin, professeur d'histoire de la philosophie à l'Université de Madrid. Étude approfondie sur *Don Fernando de Cordoba* et les origines de la Renaissance philosophique en Espagne, suivie d'une édition du manuscrit du *De Artificio* de D. Fernand de Cordoue.

M. Bonillas San Martin a étudié Lulle comme précurseur de Fernand de Cordoue et lui consacre d'importants passages de son *Histoire de la Philosophie*.

Bouvelles (Charles de), *Epistola in vitam Raimundi Lullii eremitae*. Amiens, juin 1511. *Responsiones ad novem quaesita Nicolai Paxi Majoricensis* (du 18 nov. 1514 à lettres de Nicolas de Pax du 1er mai 1514), imprimées à Paris chez Josse-Bade, 1521, in-4°.

Recueil d'opuscules publié chez le même Bade, à Paris, en 1514.

Ces lettres sont plus curieuses qu'utiles; ce sont des spécimens de la vieille critique.

Souvent cité par les lullistes du dix-huitième siècle dans leurs polémiques.

Bové (Mossen Salvador), chanoine de la cathédrale de la Seu d'Urgell. Études dans la *Revista luliana : Filosofia nacional de Cataluña*,

Barcelone, 1902. — *Sistema cientifico luliano*. Barcelone. — Articles dans *Homenatge al Doctor archangelic Beat Ramon Lull*. Barcelone, 1901. — Articles sur la *Descente de l'entendement et saint Thomas d'Aquin* dans le Bulletin de la Société archéologique lullienne. Palma, 1910-11-12. Excellentes études de Lulle philosophe et exposition très claire du lullisme moderne.

Bover, *Los varones ilustres de Mallorca*. Palma, Gelabert, 1840 (pp. 555 à 610). Éloge exagéré de Lulle.

Brucker, *Histoire critique de la philosophie*, t. IV (pp. 13, 14, 15). Expose les raisons qui militent contre l'alchimie de Lulle. Travail définitif.

Canalejas, *Las doctrinas de R. Lulio*. Madrid, 1870 ou 1872. Examen de l'œuvre de Lulle, parfois flatteur, parfois au contraire concluant à la hardiesse des doctrines de Lulle.

Cenaculo (Manoel de) e Villasboas *Advertencias apologeticas sobre R. Lull*. Valença, 1752, in-4°. Panégyrique peu intéressant.

Chevalier, *Répertoire des sources historiques du Moyen-Age*. Paris, 1877-1883 (pp. 1908-1909 et supplément). Paris, 1888 (p. 2791). Cite pêle-mêle un grand nombre d'études sur Lulle. Plus des neuf dixièmes sont de peu d'intérêt.

Colletet, *Vie de R. Lulle*, à la suite de *La Clavicule ou la science de R. Lulle*, par le sieur Jacob. Paris, 1647, in-8°. Biographie mélangée de détails légendaires.

Custurer (Jaime), *Disertaciones historicas del culto imemorial del beato Raimundo Lulio*. Mallorca, 1700, in-4°. Éloge des vertus du Bienheureux.

Delescluze, *Revue des Deux-Mondes*, 15 novembre 1840. Article général sur R. Lulle.

Denifle, *Chartier universel*. Paris, 1889, t. I, p. 556, et II, pp. 140-142-144. Reproduction de pièces concernant R. Lulle. Étude sur les écrits de Lulle *in* Arch. f. litter. und Kirchengesch, 1888.

Denys (l'Aréopagite) [voir *Pseudo-Denys*].

Duhem (Pierre), *Léonard de Vinci, ceux qu'il a lus et ceux qui l'ont lu*. Paris, Hermann, 1909. Cite dans son savant ouvrage les opinions attribuées à Lulle sur la Matière.

— *Du temps où la scolastique latine a connu la Physique d'Aristote*, *Revue de philos.*, 1909. Important travail historique du grand physicien. Nombreux articles très érudits et intéressants publiés dans la *Revue philosophique*, le *Bulletin hispanique*, etc.

Duns Scot (voir *Scot*).

Doutté (Edmond), *Magie et Religion dans l'Afrique du Nord*. Alger, 1908. Intéressante étude sur la magie numérique des Arabes.

EYMERIC (Nicolas), *Directorium inquisitionum*, part. II, quæstio 9, nᵒˢ 5 et 26 (1399). Accuse Lulle d'hérésie et d'imprudence ou de hardiesse.

FERRA, *Monumento à R. Lulio* dans Boletín Societatis arqueologicae lulianae.

FERNANDEZ Y GONZALEZ, *Revista de España*, 1870-72. *El doctor ilunado R. Lulio*.

FORLI (Tomaso da), *La Luce del mondo*, panegírico sacro sopra de S. Raimundo nel quale non v'entra mai la letera. Bologna, 1647, in-4ᵒ. Éloge assez banal.

FOURNIER (Paul), *Étude sur Joachim de Flore*. Paris, Alph. Picard, 1909. Travail très documenté et curieux.

GAUTHIER (Léon), *Accord de la Religion et de la Philosophie* (*Traité d'Ibn Rochd*), XIVᵉ Congrès des Orientalistes.

— *Ibn Thofaïl*. Paris, Leroux, 1909. Savantes études du professeur de philosophie musulmane de l'Université d'Alger.

GRANDGEORGE, *Saint Augustin et le néo-platonisme*. Paris, 1896. Bonne étude très importante sur les emprunts plus ou moins nets de l'évêque d'Hippone à Plotin et à son école.

GUARDIA, *Revue germanique*, janvier 1862, pp. 223 et suiv. Bonne étude générale sur R. Lulle, poète catalan. *Revue de l'Instruction publique* (Hachette), 13 et 20 nov. 1862. Intéressant article, notamment sur le *Desconort*.
   Article très important de la *Revue philosophique* (octobre 1887) où Guardia analyse et juge les premières œuvres catalanes publiées par Rosello avec quelque exagération, quand il refuse à Lulle la possibilité d'avoir écrit en latin et nie l'authenticité de toutes les œuvres latines, souvent traduites par les soins du Maître quand il n'avait pas le temps de les rédiger en langue savante.

GUEVARA (Pedro de), *Declaracio muy copiosa para las obras de Raimundo Lulio, doctor iluminado de la ciudad de Barcelona*, 1618. In-4ᵒ de 400 pp. Panégyrique sans originalité.

HAURÉAU, *A Littré*, t. XXIX de *L'Histoire littéraire de la France*. Excellente bibliographie, mais jugement erroné sur Lulle dont il ne connaissait que les œuvres latines, parfois apocryphes. T. XXV, *Relation du séjour de Lulle à Paris*. (Imp. Nat., Paris.)

HELFERICH, *Raymond Lulle und die anfange der catalanischen litteratur*. Berlin, 1857. Excellente étude sur Lulle, poète catalan.

IBN GABIROL (Avicebron), Maurice Lœw, art. 35, 1897. *Revue des Études juives*. Chap. de : « Nature et origine du Zohar, par S. Karppe. » Paris. Étude de S. Munk dans les *Mélanges de philosophie arabe et juive*. Paris, 1859. Très nette et lumineuse.

IBN ROCHD (Averroës), *La théorie d'Ibn Rochd sur les rapports de la religion et de la philosophie*, thèse de lettres par L. Gauthier, Paris, 1909. Excellente étude sur Averroës. — Mandonnet, *Siger de Brabant;* — Munk, *Mélanges de philosophie.*

IBN SINA (Avicenne), dans la collection *Les Grands Philosophes*, par le baron Carra de Vaux. Paris, Alcan, 1900. Bonne étude d'ensemble sur Avicenne.

JOURDAIN, *Un collège orientaliste au treizième siècle* dans *Exam. historiques*, etc., pp. 215 et suiv.

KEICHER, *Raymundus Lullus und seine Stellung zür arabischen philosophie*, avec publication du dialogue *Declaratio Raimundi per modum dialogi*, edita Munster, 1909. Excellente étude générale et examen érudit du contre-averroïsme de Lulle par le savant bibliothécaire du couvent des Franciscains de Münich.

LŒW, *De Vita R. Lullii.* Hall, 1838, in-8°. Biographie peu intéressante.

LUANCO, *Raimundo Lulio considerado como alquimista.* Barcelona, 1870. Luanco détruit l'accusation d'alchimie longtemps portée contre Lulle et démontre définitivement au contraire que Lulle fut antialchimiste.

MANDONNET (Père Pierre), *Siger de Brabant et l'averroïsme latin du treizième siècle.* Fribourg, imprimerie de l'Université, 1899. Excellente étude des averroïstes latins et de Siger contre lesquels Lulle écrivit tant de traités. Le savant dominicain met lumineusement en valeur la question doctrinale qui séparait l'Université de Paris en deux camps.

MARTÈNE et DURAND, *Thesaurus anecdotarum*, t. I, colonnes 1315-1319. Faits souvent curieux, mais rarement authentiques.

MAURA (Mgr), évêque d'Orihuela, *L'optimisme de Lulle* et divers opuscules destinés à prouver l'orthodoxie de Lulle. Barcelone, 1904. — Articles de *Revista luliana.*

MARTIGNÉ (T. R. P. Prosper de), *La scolastique et les traditions franciscaines.* Paris, Lethielleux, 1888. Excellent ouvrage sur les quatre grands docteurs franciscains.

MELLINAS (Nicolas de), *Caucion de la milagrosa convercion, vida y muerte del egregio doctor Ramon Luli.* Mallorca, 1605, in-4°.

MENÉNDEZ Y PELAYO, *Los heterodoxos españoles.* Contient une très importante étude synthétique du célèbre professeur de l'Université de Madrid, préface de *Blanquerna.* — *Origines de la Novela.* Madrid, Bailly-Baillère, 1905. Excellent travail sur les origines des nouvelles et romans espagnols, très utile pour les origines de *Blanquerna*, du *Felix*, etc.

MOREL-FATIO (Alfred), *Catalogue des manuscrits espagnols et portugais de la Bibl. nat,*, 1881 à 1892. Welter. — *Études sur l'Espagne.* Bouillon, 1888-1889; Champion, 1906. — *Traduction de la grammaire des langues romanes de Fred. Diez.* Chez Vieweg, Paris, 1874, 1875, 1876. — Nombreuses publications sur l'Espagne dans les revues où le grand professeur de littérature et de langues romanes de Paris étudie avec son érudition coutumière divers documents espagnols.

MUNK (Salomon), *Mélanges de philosophie juive et arabe,* 2 fascicules. Paris, 1859. Excellente traduction du *Fons Vitae d'Ibn Gabirol* et très bonne étude sur les philosophes sémitiques, claire et assez complète.

NAUDÉ, *Apologie des grands hommes accusés de magie.* Paris, 1625. L'auteur loue la science de Lulle et le défend de l'accusation de magie.

OBRADOR Y BENNASSAR, continuateur érudit de Rosello à partir de 1906. Bon nombre d'œuvres catalanes ont été publiées par ses soins. Mort avant d'avoir terminé sa tâche. Les héritiers continuent lentement l'édition; ils finissent de publier *Le Livre de Contemplation.*

PASCUAL (R. P. Antonio), *Vie du Bienheureux R. Lulle* (du dix-huitième siècle, éditée à Palma. Villalonga, 2 vol., 1890.

Vindiciae Lullianae, 4 vol. Avignon, 1787. Cet important ouvrage est consacré à la réfutation des accusations de Nicolas Eymeric. Très érudit et intéressant. Rapprochements importants avec la Patristique.

PAX (Nicolas de), *Éloge de R. Lulle,* 1519. Alcala. Publié avec le *De Anima rationali.* — Lettres diverses sur le lullisme, traduction du *Desconort.* Majorque, 1540.

PERROQUET, *Vie et martyre du Docteur Illuminé le Bienheureux Raymond Lulle.* Vendôme, 1667, in-8°. Titre modifié dans quelques exemplaires : *Apologie de la vie et des œuvres du Docteur Illuminé le Bienheureux R. Lulle.* Vendôme, 1667.

PICAVET (François), esquisse d'une *Histoire des philosophies médiévales.* Paris, 1907. Ouvrage capital pour l'étude comparée des philosophies du Moyen-Age et des influences du néo-platonisme. — Articles et analyses remarquables dans la *Revue philosophique,* entre autres : *L'Averroïsme et les averroïstes du treizième siècle* dans la *Revue hist. relig.,* 1902.

PLOTIN, *Ennéades,* traduction de Bouillet, 3 vol. Paris, 1857-1860. Édition française avec index des questions traitées par Plotin, et renvoie aux auteurs européens qui s'en sont occupés ou les ont commentés. Ouvrage clair et méthodique.

PLUZANSKI, *Essai sur la philosophie de Duns Scot*, thèse de lettres, 1887. Étude synthétitique sur le maître franciscain, très nette et très utile.

PRANTL, *Histoire de la logique*. Berlin, 1858. Cet auteur n'a guère compris Lulle et le considère comme un fou, comme une tête de travers.

PSEUDO-DENYS (l'Aréopagite), traduction française Dulac. Paris, Œuvres complètes : *Noms divins, Hiérarchie ecclésiastique, Hiérarchie céleste, théologie mystique*. Diverses traductions latines et françaises anciennes, Étude d'*Otto Siebert*, Iéna, 1894, sur la métaphysique et l'éthique du pseudo-Denys.

RENAN, *Averroës et l'averroïsme*. Paris, 1852. Le célèbre orientaliste français met en relief incomplètement, puisqu'il ne connaissait pas toutes les œuvres, l'anti-averroïsme de Lulle.

RIBERA (Julian), *Origenes de la filosofia de Raimundo Lulio*, dans *Homenage á Menéndez Pelayo*. Madrid, Suarez. Essai de rattachement du lullisme à la philosophie et à la mystique musulmanes. Les arguments sont un peu superficiels et la question demeure entière, comme nous avons essayé de le prouver.

ROLDAN (R. P. Juan Batista), *Sermon apologético panegírico que á honor y en desagravio del B. R. Lulio...* predicado en Mallorca, 1699, in-4°.

ROSELLO, Publication des *Obras rimadas de R. Lull en catalan*. Palma, 1859. Premiers tomes de l'édition originale catalane, continuée par Obrador y Bennassar. Notices et préfaces sérieuses et critiques.

ROUSSELOT, *L'Intellectualisme de Saint Thomas*. Paris, 1908. Excellente étude sur la psychologie du Docteur angélique.

SALZINGER (Ibo), éditeur des *Opera omnia Lullii*. Mayence, 1731-1741, in-folio; 10 volumes, dont les septième et huitième n'ont jamais été publiés. Commentaire et explications intéressants de l'Introduction. Édition de traités authentiques et de livres latins attribués à Lulle.

SCOT (Jean Duns), édition de Luc Wadding. Lyon, 1639. Réimprimé chez Vivès, Paris, en 1891. — Opuscules divers édités à Quarachi, 1902-1910.

Capitalia opera, 2 volumes déjà parus par les soins du P. Déodat-Marie.

Le même P. Déodat-Marie a déjà consacré ses efforts à vulgariser l'œuvre de Duns Scot dans divers opuscules imprimés au Havre : *Un Tournoi théologique; Pourquoi Jésus-Christ? Le Sacré-Cœur*, etc.

Scot-Eriugène, *De Divisione Naturae*, édit. Schlüter, 1838. — Saint-René Taillandier, thèse française sur Scot-Eriugène. Strasbourg, Berger-Levrault, 1843.

Serralta (Don Miguel de), *Sermon panegirico del Iluminado Doctor el B. Raimundo Lulio*. En Mallorca, 1693, in-4°.

Sertillanges (de), *Saint Thomas d'Aquin*. Alcan, 1910. Excellente étude synthétique.

Sollier (Juan B. Sollier), *Acta sanctorum*, Jun. V, 1708. — *Acta B. R. L. Maioricensis*, à la même date environ.

Torres y Bages, *Tradicio catala*. Barcelone, Giro, 1902. Ouvrage utile pour connaître la pensée catalane, mais parfois mal informé du lullisme.

Vacant, *Étude sur D. Scot* in *Annales de phil. chrét.* Dict. de théol. cathol., 1900.

Vaux (Carra de). — Voir *Ibn Sina* (Avicenne).

Wadding (Luc), historien de l'ordre des Franciscains, diverses éditions des *Annales de l'Ordre*, dont la principale : *Scriptores O. M.*, a été publiée à Rome en 1600.

Werner, *Duns Scot*. Wien, 1881. Bonne étude d'ensemble.

Wulff (de), *Histoire de la philosophie médiévale*. Excellent ouvrage d'enseignement dont les opinions thomistes, un peu trop exclusives dans les premières éditions, sont très atténuées dans la quatrième. Paris, Alcan, 1912.

Zohar (*Nature et origine du*), thèse lettres, par S. Karppe. Paris, Alcan, 1901. Excellente étude critique sur la Kabbale et son histoire.

ERRATA ET CORRIGENDA

Les éditeurs espagnols de Lulle font commencer par des capitales les termes importants de philosophie, de théologie, les Vertus théologales, les Qualités divines ou Attributs, les Facultés de l'Ame.

Moins accoutumés qu'eux à ces nuances typographiques, nous avons parfois laissé des minuscules, par exemple aux mots suivants que l'on voudra bien corriger, surtout dans les cent vingt premières pages :

Ame — Grand Art — Arbre Apostolique, etc. — les Béatitudes — le Ciel — le Créateur — la Création — Enfer — Essence divine — Éternité — Être — Foi catholique — la Grâce — le Général des F. P. — le Pape — le Paradis — les Pères de l'Église — la Prédestination — le Péché — Saint — le Saint — les Lieux Saints — les Vertus (la Foi, l'Espérance, etc.) — la Forme et la Matière — la Liberté — Maître — Monde — Macrocosme — Microcosme — Illuminé — Intellect (actif et passif) — la Terre — le Temps (opposé à l'Espace) — Mémoire, Intellect et Volonté (personnifiés) — les Musulmans — les Juifs, etc.

Au lieu de : M. Azin, *lire partout :* M. Asin.

    —   Summa contra Gentes, *lire :* Summa contra Gentiles.

Page 3o, l. 19, *au lieu de :* dis-moi. insensé, *lire :* dis-moi, insensé.
— 25, ll. 5 et 8, *au lieu de :* intolérant — intolérance, *lire :* intransigeant — intransigeance.
— 42, l. 22, *lire :* dans la première figure.
— 48, l. 5, *au lieu de :* où sont exposées, *lire :* où sont exposés.
— 57, l. 5 : « et l. 14 m. p. ».
— 64, l. 27, *lire :* affirmer définitivement.
— 111, note 82, *lire :* verset 122, page 80.
— 115, l. 2, *lire :* dix-neuvième.
— 115, l. 12, *lire :* Lulle s'adresse, et l. 14, il peut résoudre.
— 118, l. 11, *au lieu de :* expriment la passion du Saint, *lire :* expriment la *pensée* du Saint.
— 119, l. 15, *lire :* produit nécessaire de la Perfection.
— 120, note 23, *au lieu de :* par eux, *lire :* par exemple.
— 124, l. 12. »
— 135, l. 10, *lire :* contraire au document pontifical *postérieur* de 1263.
— 139, l. 19, *au lieu :* d'enseigner des doctrines, de formuler des doctrines, *lire :* d'enseigner, de formuler des doctrines.

Page 151, l. 22, *au lieu de :* Quant à l'Ame « parce qu'elle est créée », *lire :* Quant à l'Ame, « elle est créée ».

— 175, l. 29, *lire :* Libre de Contemplació.

— 180, l. 6, *au lieu de :* le cœur chaque jour, *lire : quand* chaque jour, il se rapproche.

— 166, l. 15, *au lieu de :* aussi convient-il, *lire :* ainsi convient-il.

— 196, l. 27, *lire :* 1⁰ Il est, etc.

— 202, l. 1, *lire :* ne lui *peut* suffire.

— 203, l. 17, *au lieu de :* par la piété, *lire :* par la pitié.

— 209, l. 12, *au lieu de :* à l'amour de Dieu fait par les prélats, *lire :* à l'amour de Dieu, fait par les prélats.

— 256, l. 10, *au lieu de :* devenu homme, *lire :* soit devenu homme.

— 276, l. 26, *lire :* paraissent empruntées.

— 272, note 63, *au lieu de :* Corr. Ier, *lire :* Tome Ier.

— 316, l. 3, *au lieu de :* tras; *lire :* tras,

— 332, *au lieu de :* qu al, *lire :* qual.

INTRODUCTION

L'étude des philosophies et de la science médiévales n'avait pendant longtemps intéressé que des milieux religieux ou très spéciaux. Quelques universitaires, trop rares, suivaient en France la trace d'Hauréau quand enfin, ces dernières années surtout, l'enthousiasme savant de M. Picavet à Paris, de M. Duhem à Bordeaux, trouvait un écho vibrant chez les maîtres et les étudiants.

Ce renouveau d'intérêt pour le Moyen-Age se comprend aisément puisque les recherches dans son domaine n'offrent pas un simple attrait de curiosité. Elles permettent, en effet, de mieux comprendre, par exemple, la pensée des Descartes, des Pascal, des Malebranche et même des Kant, préparée par les spéculations et les travaux de devanciers remarquables, mais oubliés.

Tout se recommence enfin, toutes les vieilles questions agitées passionnément par les hommes du Moyen-Age renaissent aujourd'hui de leurs cendres, redeviennent actuelles. C'est ainsi qu'en plein vingtième siècle surgit, sous des formes nouvelles bien entendu, la vieille querelle du réalisme et du nominalisme, que les rapports de la science, de la philosophie et de la foi inspirent d'ardents lutteurs, que l'expérience mystique des saints médiévaux intéresse au plus haut point les Blondel, les Boutroux, les W. James, les Delacroix.

On se passionne même de plus en plus dans les milieux les plus graves pour les phénomènes mystérieux que le Moyen-Age connaissait, il est vrai, sous les noms désuets de possession, de bilocation, d'envoûtement, de nécromancie, etc.

Il semble donc que notre siècle désire renouer la chaîne

1

brisée, reprendre les problèmes irrésolus et peut-être insolubles de jadis, leur appliquer sa méthode critique, méthodique et minutieuse. Il nous a paru qu'une thèse d'histoire de philosophie espagnole médiévale, où seraient étudiés le caractère et les origines des idées d'un saint authentique, vénéré par des milliers de fidèles, dont la vie est digne du respect même des plus incrédules par son désintéressement, son énergie et son sacrifice, devrait être bien accueillie en France. Hardis peut-être, mais pleins de bonne volonté et d'admiration pour notre auteur, le bienheureux Raymond Lulle, de Palma de Majorque, nous tenterons de mener à bien cette tâche délicate et difficile.

Né en 1235, lapidé, dit-on, par les Musulmans à Bougie en 1315, Lulle fut à la fois béatifié par l'Église catholique romaine et considéré à tort par la majorité des gens comme un alchimiste, si ce n'est même un sorcier. Tout le Moyen-Age lui attribue des ouvrages sur la transmutation des métaux, et des occultistes connus, comme Éliphas Levy, le considérèrent comme un des leurs[1]. *Gaspard de la nuit*, de Louis Bertrand, contient une jolie fantaisie qui débute de la façon suivante :

« Rien encore! et vainement ai-je feuilleté pendant trois jours et trois nuits, aux blafardes lueurs de la lampe, les livres hermétiques de Raymond Lulle.

« ... La cornue toujours plus étincelante siffle le même air que le diable, quand saint Éloi lui tenaille le nez dans sa forge.

« Mais rien encore! — Et pendant trois autres jours et trois autres nuits, je feuilleterai, aux blafardes lueurs de la lampe, les livres hermétiques de Raymond Lulle[2]. »

Cette réputation est si populaire qu'elle a passé dans la littérature, mais Weyler y Laviña, et surtout Luanco en Espagne, Hauréau en France, ont démontré que Lulle ne fut jamais alchimiste, à plus forte raison sorcier, et l'examen de ses œuvres confirme ce jugement définitif[3].

1. Éliphas Levy, *Histoire de la magie.*

2. Louis Bertrand, *Gaspard de la nuit, l'alchimiste,* pp. 66, 67, 68. Édition *Mercure de France,* Paris, 1895.

3. Par exemple, Weyler y Laviña, *Lulio juzgado por sí mismo.* Palma.

A coup sûr encyclopédique, Raymond Lulle fut à la fois ermite chrétien contemplatif, mystique profond et poète catalan délicat, métaphysicien et logicien original, orientaliste érudit, théologien et savant, homme d'action politique religieuse très remarquable. Errant et indépendant, troubadour, professeur et missionnaire tour à tour, hardi jusqu'à friser l'hérésie et original jusqu'à paraître extravagant et fou, optimiste jusqu'à l'utopie, notre Majorquain eut une influence considérable sur la pensée espagnole et française de son temps, inspira plus tard du respect à des philosophes comme Leibniz, sut prendre les esprits au point que la Catalogne et les Baléares ne cessèrent jamais de posséder de fervents admirateurs et disciples du lullisme. Il y a des Revues lulliennes et jusqu'à une Société archéologique, à Palma, exclusivement consacrée aux recherches bibliographiques et historiques concernant Raymond Lulle.

Les aspects si divers du personnage, l'étrangeté de son existence et de sa mort en font un saint de légende, l'environnent d'une auréole mystérieuse et poétique.

Il est curieux comme trait d'union entre deux civilisations, celle des Arabes et celle de l'Europe catholique, comme vulgarisateur de la spéculation et de la science, comme *mystique* et *homme d'action à la fois*.

Avant d'énoncer les divisions principales de notre étude et de les examiner successivement, il nous faut résumer brièvement les principaux événements de l'existence si bien remplie de Lulle.

Nous laisserons de côté pour le moment la biographie très sérieuse des Bollandistes, trop copieuse, et nous emprunterons à l'esquisse magistrale, concise et nette que fait le grand critique espagnol, l'homme qui a peut-être le mieux étudié et compris Lulle en Espagne, M. Marcelino Menéndez y Pelayo, président de l'Académie royale d'histoire de Madrid ; qu'il nous soit même permis d'en reproduire plusieurs pages.

« Né à Palma de Majorque le 25 février 1235, fils d'un des chevaliers catalans qui suivirent Don Jaime d'Aragon (alors à la fois roi des Baléares, de la Catalogne et du Languedoc) à la conquête de la plus grande des Baléares, Lulle entra, dès son extrême jeunesse, au palais où l'appelait l'illustration de sa naissance. Sa jeunesse fut légère, passée entre les rires et les rêveries, quand ce ne fut pas dans de honteuses amours. Ni la haute charge de sénéchal qu'il occupait à la cour du roi de Majorque, ni son mariage contracté par ordre du monarque ne suffirent à le conduire dans le bon chemin. La tradition, inspiratrice de bien des poètes (fausse d'après Rosello et d'après moi), a conservé le souvenir des amours de Raymond et de la belle Génoise, Ambrosia del Castello (d'autres la nomment Léonore), à la poursuite de laquelle il pénétra une fois, à cheval, dans l'église de Sainte-Eulalie, au grand scandale et horreur des fidèles qui assistaient aux offices divins: Et la tradition (peu d'accord avec la critique sérieuse) ajoute que la dame ne put le retenir qu'en lui montrant son sein dévoré par un cancer[4]. Il comprit alors la vanité des plaisirs et de la beauté mondains; il abandonna sa maison, sa femme et ses fils, se livra aux plus dures pénitences et n'eut plus alors que deux amours : la religion et la science, qui, dans son entendement, en arrivaient à ne faire qu'une même chose. Dans le *Desconort* (le désespoir), son plus notable poème, il rappelle mélancoliquement les égarements de sa jeunesse :

« Quand je fus grand et que je sentis la vanité du monde, je commençai à faire mal, et j'entrai dans le péché; j'oubliai de voir Dieu, suivant la chair, etc.[5] »

Trois pensées le dominèrent depuis le temps de sa conversion : *la croisade en terre sainte, la prédication de l'Évangile aux Juifs et aux Musulmans, une méthode et une science qui puissent démontrer rationnellement les vérités de la religion,* afin de convaincre ceux qui vivent hors d'elle. Là est la clef de sa vie :

4. Prólogo del *Blanquerna,* édicion de la *Revista de Madrid.* Madrid, 1881, par Marcelin Menéndez y Pelayo, pp. xviii et xix.

5. Prólogo, *id.,* p. xix. — *Obras rimadas,* 2ᵉ strophe, p. 316. Poème du *Desconort.*

quand il travailla, voyagea, écrivit, il se reporta toujours à cet objet suprême[6].

Pour l'atteindre, *il apprend l'arabe* (je crois, malgré M. Menéndez y Pelayo, qu'il connaissait les éléments de cette langue dès sa jeunesse, élevé qu'il était dans une ville où vivaient des Arabes et des Juifs, sujets des Catalans). Retiré sur le mont Randa (près de Palma et appartenant à sa famille), il imagine l'art universel, qu'il prit de bonne foi pour une inspiration divine, et il le donne aussi à entendre dans le *Desconort*[7]. Il obtient de Don Jaime II de Majorque, en 1275, la création d'un collège de langues orientales à Miramar, pour que les religieux mineurs (frères de Saint-François) élevés en ce lieu en sortent pour convertir les Sarrasins, fondation approuvée[8] par Jean XXI la première année de son pontificat.

Quelle vie fut celle de Raymond à Miramar et à Randa? La lisant comme il la décrit dans son *Blanquerna*[9], on se croit transporté à la Thébaïde, et il semble que nous ayons devant les yeux la vénérable figure de quelque père du désert. Mais Dieu n'avait pas fait Raymond pour la contemplation isolée et solitaire : il était homme d'action et de lutte, prédicateur, missionnaire, professeur doué d'une éloquence persuasive, entraînant derrière lui les multitudes. C'est ainsi que nous le voyons se diriger vers Rome pour obtenir de Nicolas III la mission de trois religieux de Saint-François en Tartarie et la permission d'aller prêcher lui-même la foi aux Musulmans, et il entreprend ensuite son voyage (le premier, tenu pour fabuleux par certains, mais pour vrai par Pelayo et Roselló) à travers la Syrie, la Palestine, l'Égypte, l'Éthiopie, la Mauritanie, discutant à Bône avec cinquante[10] docteurs arabes, non sans s'exposer aux colères de la populace qui le tourna en dérision, le frappa et lui tira la barbe, comme il le dit lui-même[11]. Revenu en

6. Menéndez Pelayo, Introduct. du *Blanquerna*, t. I, p. xx.

7. *Obras rimadas*, p. 320; *Desconort*, strophe viii.

8. *Prólogo*, *id.*, p. xx. — *Blanquerna*, t. I, p. 357.

9. *Blanquerna*, p. xx, 2ᵉ ch., t. V, p. 155 et suiv.

10. *Prologo*, p. xx.

11. *Blanquerna*, prólogo, p. xxi.

Europe, il se voue, à Montpellier (alors capitale de Jaime), à
l'enseignement de son *Art*; il obtient du pape Honorius IV la
création d'une autre école de langues orientales à Rome; il sé-
journe deux ans à l'Université de Paris, apprenant la grammaire (le latin, sans doute) et enseignant la philosophie; il
presse Nicolas IV d'appeler les peuples chrétiens à une croisade;
il s'embarque pour Tunis, où il réussit à grand'peine à sauver
sa vie parmi les infidèles, révoltés par ses prédications; il
obsède Boniface VIII avec de nouveaux projets de croisade et
à Chypre, en Arménie, à Rhodes, à Malte, prêche et écrit sans
accorder de repos ni à sa langue ni à sa plume [12].

Ce sont de nouveaux voyages en Italie et en Provence, d'autres projets de croisades écoutés avec dédain par le roi d'Aragon et par Clément V, une autre mission sur la côte d'Afrique
d'où il se sauve miraculeusement pour ainsi dire à Bougie;
négociations avec des Pisans et des Génois qui lui offrent
3.500 florins pour aider à la guerre sainte (Menéndez y Pelayo
ajoute en note que certains nient ce fait, réellement peu probable). Rien de tout cela ne lui profita et une fois encore ses
plans furent frustrés. Par contre, l'Université de Paris (où il
était connu sous le nom de Raymond, le Docteur à la barbe
fleurie, ou de *Doctor barbatus* [13]) l'autorisa, en 1309, à enseigner publiquement sa doctrine, véritable machine de guerre
contre les averroïstes dominateurs, maîtres de ce lieu.

En 1311, Raymond se présente au Concile de Vienne avec
diverses pétitions : fondation de collèges de langues sémitiques; réduction des ordres militaires à un seul; guerre sainte,
ou tout au moins défense et sollicitude accordées aux chrétiens [14] de l'Arménie et des lieux saints, interdiction de l'averroïsme et enseignement de son art dans toutes les Universités.
La première proposition lui fut accordée : on tint peu de
compte des autres [15].

12. Prólogo, p. xxi.
13. Salzinger, *op. cit.*, t. I, Prologo, dernière page.
14. Prólogo del *Blanquerna*, p. xxi.
15. *Id.*, p. xxii.

Toute espérance que les puissants de la terre lui vinssent en aide perdue pour Lulle, — quoique le roi de Sicile, don Fadrique, se montrât bien disposé, — déterminé à travailler pour son compte à la conversion des Mahométans, il s'embarqua à Palma le 14 août 1314, en route vers Bougie, où il obtint la couronne du martyre, lapidé par les infidèles. Deux négociants génois le recueillirent expirant et transportèrent son corps à Majorque, où il fut reçu avec une religieuse vénération par les jurats de la cité et enseveli dans la sacristie du couvent de Saint-François d'Assise de Palma.

Ceci est la tradition acceptée par l'Église avec la date de la mort fixée à juin 1315.

Mais le martyre et la date sont contestés.

Une lettre du 5 août 1315, adressée par Jaime II d'Aragon au gardien du cloître de Saint-François d'Ilerda, parle des disputes de Lulle avec les musulmans de Tunis à ce moment-là, et de l'intention du maître de faire traduire en latin par son élève, Simon de Podio de Cerritano, les traités qu'il vient de composer. Une deuxième lettre du même roi est adressée dans le même but de traduction, de la part de Lulle, au provincial des Franciscains d'Aragon, le 29 octobre 1315[16].

Les lullistes modernes disent, après Pasqual[17], que le roi se serait trompé de date ou n'aurait pas, à cause des distances, appris encore la mort de Lulle.

Certains, avec Gaston Paris, concluent, contre la légende et la tradition, à la mort naturelle de Lulle à Palma. Le livre *De Consolacio de ermita* dit qu'en l'an du Seigneur 1315, R. Lulle finit ses jours en la cité de Majorque. D'autre part, le supplice de la lapidation est peu usité chez les Musulmans[18].

Quoi qu'il en soit, avec Keicher[19], je serais d'avis d'attendre

---

16. Keicher, *Raymundus Lullus;* Münster, 1909, p. 35, note 1. — Finke, *Acta de Aragon*, t. II, pp. 900 et 901.

17. Pasqual, *Vida de R. Lulio*, t. II, pp. 231 et 232.

18. Ms. 16432, *British Museum*, cité par Gaston Paris (*Revue historique*, t. LXIII, p. 375).

19. Keicher, *id.*, p. 36, note 1.

de nouveaux documents pour discuter utilement la valeur de la tradition à ce double point de vue.

Clément XIII et Pie VI autorisèrent le culte de Lulle à Palma. La canonisation fut plusieurs fois demandée et notamment par Philippe II avec beaucoup d'insistance. Les Majorquains ne l'ont pas encore obtenue. Pie IX a enfin concédé à Lulle une messe, un office particulier et la béatification.

LES ŒUVRES

Pic de La Mirandole des treizième et quatorzième siècles, Raymond Lulle trouva le temps et les moyens d'écrire de très nombreux traités allégoriques ou abstraits, avec ou sans figures géométriques, en prose et en vers, sur tous les sujets connus de son temps.

En catalan ou catalano-provençal surtout, en arabe quelquefois, en assez mauvais latin souvent, Lulle écrit dans les rares moments de repos que lui laisse sa vie errante de missionnaire et de professeur, d'organisateur d'œuvres diverses et de solliciteur des papes et des rois.

Certains traités sont de pure mystique, d'autres de métaphysique ou de logique, quelques-uns étudient les sciences, la morale, les règles de l'art de la chevalerie, beaucoup envisagent d'une manière originale, logique et frappante les plus hauts problèmes de la théologie. Tous sont intéressants, mais beaucoup aussi répètent sous des formes diverses les mêmes pensées et quelquefois les mêmes raisonnements.

Nous allons donner un rapide aperçu de leur importance, de leur contenu, en les situant à leur date quand cela est utile ou en indiquant leurs principales éditions.

Les traités du Grand Art de Lulle, variés, écrits à des dates très différentes, ont été imprimés excellemment à Mayence, en 1731, par les soins d'Ibo Salzinger, l'érudit lulliste; en dix

volumes, dont on ne connaît que sept[20], par Zetzner, à Strasbourg, en 1599, mais cette édition ne contient que l'*Ars Magna*,
l'*Ars Brevis*, quelques traités que renfermaient les éditions de
Mayence, et des commentaires de Cornélius Agrippa et de
Giordano Bruno. Il existe des éditions espagnoles moins
estimées dont mention est faite dans ma bibliographie[21].

Sa classification des sciences est contenue dans la *Tabula
generalis ad omnes scientias applicabilis*, composée ou commen-
cée à Tunis, en 1292, et surtout *L'Arbre de la science, Arbor
scientiae*, « œuvre des plus étendues et des plus curieuses de
Lulle, » comme dit Menéndez y Pelayo, et dans laquelle il
employa la forme didactique symbolique, illustrant avec des
apologues l'*arbre* exposé par des exemples[22] (édition de Bruxelles, 1664, par don Alonso de Zepeda), écrit à Rome en 1295.

Les ouvrages de polémique contre les averroïstes sont nombreux et écrits par Lulle de 1303 à 1311. Le plus connu est
celui intitulé : *Lamentatio duodecim principiorum philosophiae
contra averroistas*, dédié à Philippe le Beau et écrit à Paris en
1310. Zetzner le reproduisit. Keicher en a récemment publié
un autre[23], *Declaratio Raimundi per modum dialogi edita*

Mystique, ses œuvres capitales sont : le *Libre de contemplacio
de Deu*, réédité par Rosello ; *Le Livre de l'ami et de l'aimé*,
inclus dans le *Blanquerna*, et *L'Art de contemplation*, qui forme
aussi une partie de cette œuvre de Lulle (1272 et 1283).

Comme théologien rationnel, on cite de lui le livre *De
Articulis fidei*, écrit à Rome en 1296.

Quant à la logique, à la métaphysique, à la rhétorique, à la
politique, à la médecine, aux mathématiques, aux sciences
physiques et naturelles, il y consacre aussi des écrits importants
et empreints de la méthode générale, rattachés à son art.

20. Les trois tomes manquants n'ont peut-être jamais été imprimés ; le
P. Pasqual n'en donne pas l'analyse dans le tome II des *Vindiciae* et ne
les cite jamais.

21. Voir bibliographie.

22. Pelayo, *loc. cit.*, p. XXIII.

23. *Arbre de science*, édit. Zepeda. R. *Lullus, Declaratio Raimundi per
modum dialogi edita*. Keicher, Münster, 1909.

Le roman philosophique de *Blanquerna*, imprimé à Valence en 1521, traduit en castillan et republié par la *Revue de Madrid* en 1883[5], renferme la morale pratique, l'ascétique de Lulle, ses idées sur l'état monastique et la papauté, une partie de sa mystique.

Le *Felix de les Maravelles del Mon* ou Livre des Merveilles du Monde, qui contient l'unique rédaction catalane et même espagnole connue du *Roman du Renard*[2], renferme, sous forme de roman à tiroirs, la psychologie de Lulle et un certain nombre de ses opinions scientifiques. Rosello et Bennassar en ont donné à Palma, en 1903, une nouvelle édition en catalan avec notes en castillan. Lulle l'écrivit à Paris (de 1286 à 1288).

Nous nous servirons très souvent de ces deux romans philosophiques dans le cours de notre travail.

Le même Rosello a réuni les poésies de R. Lulle sous le titre de *Obras rimadas de Ramon Lull,* texte catalan avec notes castillanes, Palma, 1859. Nous citerons, à l'occasion, la plus belle d'entre elles : *Le Desconort,* Le Désespoir, et quelques autres comme *Le Cant de Ramon*, Le Chant de Raymond.

Plusieurs, comme *Les Cent noms de Deu*, ont été publiées à part et notamment par Rosello, à Palma.

Nous examinerons, après avoir étudié sommairement son caractère, ses idées, leur origine qu'il prétendait inspirée et divine, que certains critiques modernes disent, avec exagération, juive et arabe. Notre Majorquain paraîtra peut-être au premier abord extravagant et anormal, mais généreux et persévérant dans la poursuite de buts que les hommes ne voulurent pas lui faciliter ; il sut leur sacrifier les joies mondaines auxquelles sa naissance, les services de son père, ses richesses, lui permettaient de se livrer. Ce fut, comme nous le verrons, un demi-utopiste ; mais à côté de Sancho Pança, n'y aura-t-il pas toujours des Don Quichotte en Espagne et dans l'univers

---

24. *El Blanquerna, maestro de la perfección cristiana, compuesto en lengua lemosina por el iluminado doctor mártir... B. R. Raimundo Lulio, con prólogo de don Menéndez y Pelayo*. Madrid, 1883 (chez la veuve Aguado), par les soins de la *Revue de Madrid.*

entier, et ne sont-ce pas les esprits les plus nobles qui courent après un idéal qu'ils n'atteignent jamais? Quand ce ne serait qu'à ce titre, la figure romanesque de Raymond Lulle mériterait d'être mise en valeur et glorifiée, *type méconnu, mais immortel, de l'homme d'action*, projetant son regard prophétique sur un avenir indéfini, abolissant le temps de toute la puissance de ses hauts desseins.

PREMIÈRE PARTIE

Caractère.

CHAPITRE PRÉLIMINAIRE

Psychologie du docteur illuminé.

On ne peut faire la synthèse des idées du Bienheureux Raymond Lulle sans connaître la psychologie de ce personnage étrange, sans esquisser son portrait moral d'après ses écrits et d'après ses critiques, sans le situer dans les milieux où il a vécu.

Nous commencerons tout naturellement par étudier sa jeunesse, la façon dont il a été élevé et dans quelle société, ce qui expliquera ses préférences et les directions majeures de sa vie.

Raymond Lulle, comme nous l'avons vu dans sa brève biographie, était *Catalan*, donc d'importation récente dans les Baléares, habitées pendant les siècles qui précèdent le treizième presque exclusivement par des Arabes et des Juifs[1]. Son père, Ramon Lull, était venu à Majorque avec le roi Don Jaime d'Aragon, roi de Catalogne et de Languedoc, lors de la conquête des Iles sur les Musulmans. Pieux catholique, marié avec une fort dévote dame catalane, Blanche de Héril, Ramon Lull était instruit et fort intelligent. Tous deux

---

1. *Bollandistes*, vol. V.

élevèrent avec le plus grand soin leur fils, notre futur docteur illuminé, le jeune Raymond, qu'ils appelèrent comme son père. On peut lire dans les premiers chapitres du *Blanquerna* une relation des premières années de sa jeunesse. On y remarque le *double souci que R. Lulle et Blanche de Héril eurent de son corps et de son âme.* Notre auteur peint dans le roman son père sous le nom d'Evast, « jeune homme de haute taille, beau et noble de cœur, très bien allié, et si entendu dans les lettres et les sciences qu'il comprenait suffisamment la Sainte Écriture[2] ». Sa mère est le personnage sympathique d'Aloma, « la sainte, patiente et humble dame[3] ». Blanquerna, le héros du roman philosophico-théologique, c'est en partie Lulle lui-même et en partie l'homme qu'il eût souhaité être[4]. Il a soin de nous dire naïvement qu'il était très beau quand il était enfant, et qu'il eut pour nourrice une femme très saine et très robuste, afin que le nourrisson devînt plus sain et plus fort, et que cette nourrice était de vie modeste et très honnête, ce qui, ajoute Lulle, a une très grande importance pour la santé de celui qui lui est confié[5]. Il ne fut ainsi, dit-il, atteint d'aucune des maladies du jeune âge. Lulle se complaît à nous montrer la préoccupation qu'eut son père de faire de lui un jeune garçon solide, le laissant jouer en liberté jusqu'à l'âge de huit ans. Il veilla même à ce qu'il ne fût ni douillet, ni gourmand, prenant lui-même garde à tous les aliments et aux boissons de l'enfant[6]. Cette éducation est si minutieusement décrite que nous ne pouvons résister au plaisir de traduire *in extenso* quelques passages : « Les parents accoutumèrent Blanquerna à toutes sortes de nourritures pour que son tempérament ne le portât pas plus vers les unes que vers les autres ; ils lui défendirent le vin fort et généreux autant que celui trop étendu d'eau et les sauces piquantes (on sait que les Méridio-

2. *Blanquerna,* édition de la *Revista de Madrid,* t. I, p. 17.
3. *Ibidem,* p. 27.
4. Menéndez y Pelayo, prólogo, *passim.*
5. *Blanquerna,* t. I, p. 27.
6. *Ibid.,* pp. 28 et 29.

naux et les Espagnols en particulier abusent souvent du safran
et du poivre rouge) qui détruisent la chaleur naturelle. Ils
lui donnèrent un pédagogue entendu, qui, chaque matin, de
bonne heure, l'accompagnait à l'église, lui enseignant à faire
oraison, et à entendre la messe avec beaucoup de sagesse et de
dévotion, et le conduisait ensuite à l'école de musique afin
qu'il apprît à bien servir la messe chantée[7].

Blanquerna devint si fort en grammaire qu'il comprenait et
parlait le latin en toute perfection (ici on aperçoit ce qu'eût
désiré connaître Lulle dans sa jeunesse. Il n'apprit le latin
qu'assez tard, à Paris, comme on le voit plus haut dans sa
biographie[8]). Il étudia ensuite la logique, la rhétorique et la
philosophie naturelle, pour comprendre plus facilement la
médecine, afin de savoir conserver son corps en parfaite santé.
Il fréquenta les cours de théologie sacrée pour connaître, aimer
et servir Dieu davantage, et conduire son âme vers la vie éternelle[9]. Pendant qu'il profitait dans ces arts et sciences, son
père éveillait en lui, avec amour et crainte, les vertus dans
lesquelles on doit élever la jeunesse, l'exerçant à cela par les
jeûnes, les prières, les confessions et les aumônes, à se montrer
humble dans ses paroles et dans ses vêtements, à faire sa
compagnie des bons. Evast enseignait tout cela et autre chose
de cette teneur à son fils, afin que lorsqu'il serait homme fait,
il fût, par habitude et par nature, agréable à Dieu et aux hommes, et qu'il ne fît pas de résistance à l'acquisition et à l'habitude qu'il devrait prendre des manières qui conviennent à la
bonne éducation, qui doit briller surtout chez les nobles et les
personnages de distinction[10]. »

Il ressort des citations précédentes que R. Lulle, *fils de
parents sains et de situation élevée, reçut une éducation très soi-
gnée* tant au point de vue physique qu'au point de vue moral.

---

7. *Blanquerna*, t. I, p. 29.
8. Cf. Menéndez y Pelayo, *loc. cit.*, p. xix; Hauréau, *Hist. littér.*, t. XXIX,
p. 331.
9. *Blanquerna*, t. I, p. 30.
10. *Ibid.*

Il fut évidemment bien préparé, par une croissance normale, sans maladies, un tempérament robuste et une hérédité parfaite, à supporter les fatigues incessantes de sa vie errante d'ermite, de solliciteur des papes et des rois, de missionnaire en Afrique et en Asie. On ne s'étonnera pas dès lors qu'il pût accomplir des tâches aussi diverses que celles du savant, du théologien, du philosophe, du prêtre, du professeur et du prédicateur, écrire des livres si différents en prose et en vers, en catalan et en latin, en arabe même.

La façon dont ses parents, très pieux, eurent souci de son âme, reportant toutes les matières (grammaire, latin, musique, philosophie) de l'enseignement qu'ils lui faisaient donner dès son jeune âge au *service et à l'adoration de Dieu*, comme nous l'avons vu plus haut, permet de comprendre sa vocation et l'orientation de sa vie morale. Profondément versé dans la connaissance de toutes les sciences utiles à l'amour et à la défense éclairée de la foi catholique, n'entendant parler autour de lui que de sujets religieux et habitué à pratiquer journellement, il lui eût été difficile de devenir autre chose qu'un mystique, un propagateur des vérités chrétiennes, si ce n'est un martyr.

Il fut *séduit sans doute un temps par les plaisirs faciles que la situation aisée de sa famille lui permettait de se procurer.* Sans doute aussi céda-t-il aux mauvais exemples des jeunes nobles plus ou moins débauchés qu'il fréquentait à la cour du roi Don Jaime d'Aragon. Sénéchal du roi depuis l'âge de dix-huit ans, nous disent ses biographes[11], Raymond Lulle n'en menait pas moins une existence déréglée et peut-être même scandaleuse, emplissant la ville de Palma du bruit de ses aventures amoureuses. Vainement son père crut-il calmer ses dérèglements en le mariant jeune à une noble, belle et riche jeune fille, Blanche de Picavy[12] pour laquelle Raymond ne ressentit jamais aucune inclination[13]. Toujours d'après les mêmes historiens, que l'on a toutes les raisons de croire bien

11. Cf. Hauréau, pp. 4 et 5.
12. Cf. *id.*, p. 5.
13. Même page, *loc. cit.*

informés, il ne resta pas longtemps avec elle et au contraire, en 1266, c'est-à-dire quand il avait à peine trente et un ans, songea-t-il à la quitter pour la *retraite à la suite de visions pieuses* qu'il éprouva disent les uns, d'une *conversion subite* disent les autres.

Lulle parle plusieurs fois de ces visions dans le *Desconort*, le *Cant de Ramon* et la *Biographie des Bollandistes*, écrite, comme on le croit, d'après ses propres souvenirs, sorte d'auto-biographie très précieuse, au milieu de la multitude des récits légendaires ou imaginaires de sa vie[14]. Un soir, « en regardant à sa droite, il vit (dit le biographe) Notre-Seigneur Jésus-Christ cloué sur la croix et témoignant une intense douleur ; à cette vue, une grande crainte s'empara de lui et, laissant tout ce qu'il avait entre les mains, il se mit au lit et s'endormit[15] ». Le même phénomène se produisit cinq fois et les autres historiens de Lulle, comme Salzinger dans sa préface de l'édition de Mayence, sont d'accord là-dessus avec le Père de Sollier[16]. Dans son *Cant de Ramon*, Lulle dit lui-même : « Je tombai en maint péché et m'exposai à la colère de Dieu. Jésus vint à moi crucifié et il voulut que Dieu fût aimé de moi[17]. » C'est à une vision du même temps que se rapporte vraisemblablement le verset suivant du livre de l'Ami et de l'Aimé, dans le *Blanquerna* : « La Reine du ciel présenta son Fils à l'Ami pour qu'il lui baisât les pieds et qu'il écrivît en son livre les vertus de la mère de son Aimé[18]. » Lulle hésita, dit la *Biographie Bollandiste*[19], et ne se décida à rompre avec la vie mondaine qu'à la cinquième vision du Crucifié. Il était toujours sénéchal de la cour du roi et faisait des vers quand elle lui survint. On peut supposer qu'il raconte une de ces visions religieuses, bonnes conseillères de sa vie, dans le *Blanquerna* : « Il arriva une nuit que Blanquerna était en oraison depuis complies et que, par

14. *Acta Sanct.*, p. 641, et Salzinger, préf., édit. de Mayence, p. 1 et suiv.
15. Cf. *Bollandistes : Acta Sanct.*, vol. V, p. 641. — Hauréau, *loc. cit.*, p. 5.
16. Salzinger, préface d'*Opera Lullii*, Mayence.
17. *Cant de Ramon, Obras rimadas*, pp. 364-365.
18. *Blanquerna*, même édition, t. II, chap. cvii, v. 14, p. 164.
19. Cf. *Bollandistes, loc. cit*, p. 461 ; Hauréau, *loc. cit.*, p. 6.

2

la grande force même de sa dévotion, il répandait d'abondantes larmes ; il méditait sur le point de savoir comment, pendant que le prêtre procédait au saint sacrifice de la messe, les anges étaient là présents, saluant et honorant le saint sacrifice et le corps très sacré de Jésus-Christ, leur Seigneur.

« Blanquerna conçut fortement cette considération et pendant qu'il était dans cette pensée et vaincu par le sommeil, il rêva tout ce qu'il avait médité et il considéra que, par l'influence de la grande imagination qu'il avait quand il pensait et méditait durant l'état de veille au ministère sacré dont il s'agit, il lui paraissait pendant son sommeil chanter la messe, assisté de saint Michel et de saint Gabriel. Blanquerna se réveilla deux ou trois fois cette nuit-là et chaque fois qu'il se rendormait, il revenait à ce même songe. A minuit, il se leva pour sonner la cloche et chanta les matines avec les moines, et se mit ensuite en oraison et se remémora tout ce qu'il avait rêvé cette nuit-là. Tandis que Blanquerna se rappelait tout cela, il revêtit ses habits sacerdotaux pour chanter la messe, et quand il fut devant l'autel, il lui sembla voir un ange avec ses ailes de chaque côté de l'autel, et que chacun tenait une croix dans une main et dans l'autre un livre (sans doute le Grand Art). Blanquerna demeura en très grande admiration devant cette vision et fut d'avis que les choses s'étaient réellement passées comme il lui semblait. Mais Blanquerna ne voulut pas s'avancer pour dire la messe jusqu'à ce qu'il fût sorti de ce doute ; et pour cela, il recourut aux Vertus desquelles il s'était aidé à toute heure dans ses moments de nécessité. Et la Justice d'abord lui fit souvenir qu'il était indigne de pouvoir voir les anges. La Prudence lui donna à comprendre comment, par l'excès et l'influence de la réflexion, par la[20] faiblesse du cerveau et du sens de la vue, qu'il avait débilités par l'abstinence et les veilles, et par la grande vivacité de son cœur, l'imagination l'illusionnait et lui représentait certaines choses imaginaires et vaines avec l'apparence de vérité. Le courage fortifia son cœur contre la

---

20. Thèse, p. 7, note 19 ; cf. *Blanquerna*, t. I, ch. LXVI, pp. 312 et 313.

puissance de l'imagination dont certaines fois il se représentait quelque désordre, où il voyait quelques vaines ressemblances contraires à la vérité. Blanquerna fut aidé par toutes ces Vertus jusqu'à ce qu'il fût délivré du doute qui était entré en lui, et il s'en alla célébrer ensuite la messe très dévotement, comme il avait toujours eu l'habitude de le faire[21]. »

On voit par ce texte que si les biographes et les savants espagnols Rosello, Menéndez y Pelayo, Weyler y Laviña, aussi bien que le français Hauréau, sont unanimes à apprécier surtout le récit des Bollandistes, mentionnent complaisamment les visions de Lulle et leur prêtent un caractère d'authenticité, Raymond Lulle les considérait sagement lui-même comme des hallucinations dues à l'excès de ses austérités ascétiques. Je ne préjuge pas ici du caractère mystique de Lulle, il apparaît dans toute sa vie. Il y a des extases vraies d'un ordre supérieur et dont Lulle fut gratifié ; nous en admettrons d'ailleurs la réalité dans le chapitre : *Lulle mystique.* Il faut donc faire la part de ce que Lulle reconnaît imaginaire et de ce qu'il affirme avoir réellement ressenti. Les apparitions d'ange, à plus forte raison de Jésus-Christ, peuvent être mises de côté dès à présent, si nous nous basons sur le texte du *Blanquerna* cité plus haut. Restent les illuminations invraisemblables, relatées notamment dans l'introduction de l'édition de Mayence et dans le volume V des *Acta Sanctorum* des *Bollandistes* : Dieu lui aurait, au courant d'une retraite suivant de près sa conversion en 1275, au mont Randa, près de Palma, donné la forme et la méthode de l'ouvrage à composer contre les erreurs des infidèles[22]. Un peu plus tard, un pâtre lui apparaît, lui parle de sujets religieux, lui prédit du bien pour l'Église du Christ grâce à ses livres[23].

Lulle, dans les relations de faits surprenants que nous venons de résumer, ne dit même pas expressément qu'une

---

21. Cf. *Blanquerna*, t. I, même chapitre, p. 313.

22. Hauréau, p. 10, *Acta Sanct.*, pp. 645-646 ; comparez *Obras rimadas*, p. 42.

23. Hauréau, *id.*, p. 16.

lumière lui apparut, qu'il entendit une voix, qu'il sentit une main, mais qu'il lui sembla éprouver des sensations surnaturelles.

On peut donc avoir affaire encore ici à de simples hallucinations produites par le genre de vie ascétique que menait Raymond Lulle.

Plusieurs fois, et ceci est plus grave, il affirme avoir reçu du ciel l'inspiration de ses livres. Nous connaissons cette prétention de science infuse si fréquente chez les mystiques chrétiens, juifs et musulmans, et il n'est pas étrange de la rencontrer chez un espagnol enthousiaste, dans un pays où tous, Juifs, Maures et Catholiques, rivalisaient de zèle religieux et de foi ardente.

Cette légende a été souvent rapportée par les historiens du Bienheureux et acceptée par l'Église catholique.

Lulle raconte dans *L'Arbor Philosophiae Desideratae*, livre symbolique et qu'on a tout lieu de croire authentique, qu'il vit en songe un arbre à tronc, branches et feuilles sur lesquels étaient inscrits les principaux enseignements de son livre.

En effet, l'ouvrage est développé selon le plan d'un arbre à trois racines : l'une spirituelle, la deuxième corporelle, la troisième intermédiaire[24]. Le tronc est l'Être qui, pris suivant neuf modes, donne naissance à des branches, à savoir : l'Être Dieu et l'être non-Dieu, l'Être réel et fantastique, l'Être unité et l'être pluralité; l'Être abstrait et l'être concret, l'Être intensif et l'être étendu, l'Être similitude et l'être dissimilitude, l'Être qui est génération et l'être qui est corruption[25]. Nous avons ici un exemple d'apparition d'images que R. Lulle présente comme réelles.

Donc, en dehors d'hallucinations dont notre auteur faisait lui-même la critique et qu'il jugeait telles, *il se considérait néanmoins comme illuminé* et attribuait sa doctrine générale et ses ouvrages à une inspiration divine. Il est difficile évidem-

---

24. *Arbor philosophiae desideratae*, Mayence, t. VI.
25. *Ibidem*, p. 2. — Hauréau, *loc. cit.*, p. 206.

ment de déterminer la part de la conscience et de la sub-
conscience, soit à l'état de rêve, soit à l'état de veille, dans
la vie de Lulle. Son éducation et son instruction spéciales
que nous connaissons déjà, sa fréquentation de milieux où
il entendait parler de controverse et de questions religieuses,
durent fournir des matériaux nombreux et importants à son
subconscient. Sans nier la possibilité d'une télépathie d'êtres
surhumains ou humains, manifestée par des images diverses,
nous repousserons cette hypothèse pour l'instant, et nous
nous en tiendrons à l'explication de ces faits par une préparation subconsciente synthétisée à un moment donné en images
perçues par la conscience. Ces prétendus miracles frappent
tellement les esprits de plusieurs disciples espagnols très catholiques de Lulle, que nous avons été obligés de les soumettre à
un examen critique.

La supposition d'une cause surnaturelle de la conversion
écartée, une autre explication demeure et qu'il nous faut juger
impartialement d'après les textes mêmes de Lulle pour l'élimi-
ner aussi. Le récit de l'entrevue de Raymond avec une dame,
qu'il croyait très belle et qui était atteinte d'un cancer au sein,
est fantaisiste et erroné, imaginé de toutes pièces.

Rosello et les critiques espagnols ont fait justice de cette
légende très répandue chez les hagiographes[26]. Un passage du
Felix de les Maravelles permet à des gens d'imagination de
supposer qu'il ressentit une semblable désillusion, et encore le
passage est-il pour ainsi dire isolé dans le chapitre où il se
trouve. Je ne crois pas, pour cette raison, qu'il fasse allusion à
un événement de la vie de Lulle et les savants espagnols, mes
maîtres, n'en font pas un épisode digne de grande attention.
Le voici d'ailleurs, curieux comme point de départ d'une
légende très déformée : « Il y avait un évêque qui aimait une
dame très férue de chasteté. Souvent l'évêque avait demandé
à la dame de faire sa volonté et, toutes les fois, celle-ci lui
répondait de la laisser et de ne pas vouloir donner les ouailles

---

26. *Felix de les Maravelles*, édit. Rosello, Palma, p. xl, n. 2.

qui lui étaient confiées en pâture au loup. L'évêque faisait tellement de peine à la dame qu'elle en fut troublée et le fit venir secrètement seul dans sa chambre. En présence de deux de ses filles et de son neveu, elle se dépouilla de ses vêtements devant l'évêque et resta avec sa chemise qui était sale de crasse innommable et à ne pas toucher. Quand la bonne dame lui eut montré sa chemise, elle s'en dépouilla ensuite et se fit voir à lui toute nue[27]. Elle lui dit alors d'avoir soin de ses yeux s'il en avait, car il perdait la chasteté et Dieu, et avilissait le cœur de Jésus-Christ quand il faisait le sacrifice de la messe. Elle lui dit de prendre garde, car il voulait attirer sur elle la colère de Dieu, de son mari, de ses amis, le blâme des gens, et la rendre ennemie de la chasteté et soumise à la luxure. L'évêque éprouva grande honte et contrition, s'étonna de sa grande folie, de la grande chasteté et de la vertu de la dame et devint homme juste et de sainte vie[28]. »

Il faut, comme le remarque W. James, peu de chose pour déterminer un revirement soudain, un divorce avec la vie mondaine et un choix de la voie religieuse ascétique ou active. C'est le phénomène de la conversion que le psychologue américain analyse très minutieusement dans son septième chapitre des *Variétés de l'expérience religieuse*[29].

Les biographes sérieux, notamment de Sollier[30], parlent de la *conversion de Lulle* comme d'un *événement capital dans sa vie*, et les pièces les plus authentiques, celle de 1275 par exemple, nommant un curateur des biens de R. Lulle, prouvent qu'il abandonna le monde pour la vie religieuse contemplative et active, rompant avec toutes ses habitudes de luxe[31].

Ce ne fut pas sans doute du jour au lendemain, car jusqu'à la mort de Raymond de Peñafort, savant général des

---

27. *Felix de les Maravelles,* édit. Rosello, Palma, t. II, pp. 120-121.
28. *Ibidem,* p. 121.
29. W. James, *Variétés de l'exp. relig.,* p. 139 et suiv.
30. De Sollier prouve que Raymond se convertit en 1266.
31. *Vindiciae,* t. I, prologue, et *Vie de R. Lulle,* rééditée à Palma, t. I, ch. VI.

Dominicains, qui avait précédé Lulle dans l'œuvre d'évangélisation des Musulmans et des Juifs, de la fondation de collèges où l'on enseignait les langues orientales, à Murcie et à Jativa, entre autres villes, Lulle ne se livra pas aussi complètement qu'il le souhaitait à la vie religieuse. Saint Raymond de Peñafort, ami de sa famille, saint national universellement vénéré, lui montra les dangers et les inconvénients de la vie consacrée exclusivement au service de la religion et les risques de martyre qu'il rencontrerait dans ses missions projetées. Lulle, dit la légende, l'écouta, mais manifesta l'intention de différer son projet et d'aller à l'Université de Paris apprendre le latin et les sciences. Raymond de Peñafort lui conseilla de retourner à Palma et d'y donner l'exemple de la vertu [32].

Lulle revint, en effet, à Palma, remit ses projets à plus tard jusqu'à la mort de R. de Peñafort, en 1275. Pour ne point perdre son temps, son plan d'existence fixé sans doute depuis la conversion, Lulle achète un Sarrasin de bonne famille, apprend à fond l'arabe avec lui pendant neuf ans [33]. Ceci est probablement erroné dans le détail, car les divers biographes ont l'air de croire que Lulle ignorait l'arabe jusqu'à ce moment-là, quand, au contraire, le grand nombre de Musulmans et de Juifs convertis ou captifs demeuré dans les Baléares lui avait permis de connaître, dès son enfance, les idées, les coutumes, les langues sémitiques. Ribera et Azin ne doutent pas qu'il n'ait connu autrement la pensée du milieu infidèle où il voulait prêcher que par l'initiation incomplète d'un seul adolescent arabe, si instruit fût-il.

Sans doute, jusqu'à la mort du général des Dominicains, la famille de Lulle put-elle l'empêcher de se livrer complètement à la contemplation et de se retirer totalement du monde, mais elle fut sans influence sur ses déterminations, ses méditations des moyens d'atteindre son triple but de conversion des Musulmans et des Juifs par des raisons nécessaires, de fondation de

32. Marius André, *loc. cit.*, pp. 41 et 42. — *Acta Sanct.*, p. 645.
33. *Acta Sanct.*, p. 645.

collèges où de futurs missionnaires apprendraient les langues orientales, de composition de livres méthodiques pour convaincre rationnellement les infidèles.

De théorique, dès ce moment, en 1275, sa conversion devient effective. Lulle se désintéresse tellement de sa famille et de ses biens temporels que sa femme est obligée de le faire interdire et de faire confier l'administration de ses richesses à un parent, le noble Gaucerandi, comme on le voit dans l'acte authentique de 1275 conservé à Palma [34].

Il mène dès lors, pendant quelque temps, une *vie ascétique au mont Randa*, propriété isolée des environs de Palma qu'il avait choisie pour sa retraite et qu'il avait obtenu de garder seule parmi tous ses biens. C'est là qu'il voit, prétend-on, la méthode de son ouvrage dans une vision et qu'il le compose; ce sera son *Ars Major* ou *Generalis*. Appelé par le roi, Don Jaime, à Montpellier, il se préoccupera de résumer ses idées en l'*Ars Demonstrativa* pour le public des écoles de l'Université de Languedoc [35].

J'ai déjà montré plus haut que la conversion de Lulle s'explique par l'éducation religieuse reçue dans sa famille, les suggestions puissantes d'un milieu pieux, désireux de convertir les Maures et les Juifs demeurés fidèles à leurs religions monothéistes. On comprend, dès maintenant, qu'une première jeunesse, où il avait dû se familiariser avec les Sémites[36], s'initier à leur pensée et à leurs méthodes d'expression, le prédisposait singulièrement à entreprendre l'œuvre de conciliation, d'unification des religions en présence à Palma, à laquelle il songeait depuis longtemps. J'irai plus loin que ses biographes et je soutiendrai, quoique les preuves historiques fassent défaut, qu'il conçut ses trois desseins de bonne heure, à peine adolescent, et qu'il ne les perdit jamais de vue. Il y a des saints dont l'âme a connu ce que James appelle la volonté partagée, c'est-à-dire les hésitations, les tentations de retour à la vie

---

34. Il paraît que l'évêque de Palma possède cette charte. Je n'ai pu la voir.
35. *Acta Sanct.*, p. 645, même tome.
36. Voir *Vie de Lulle*, par Pasqual, Palma, t. I, chap. II.

mondaine. Lulle fut, en véritable Espagnol, un homme entêté et fanatique. Je ne veux pas le dépeindre plus tard comme un adepte des autodafés et des expulsions en masse de l'Espagne médiévale, mais je le considère comme un fanatique en ce sens qu'il fut un peu intolérant et incapable de concession foncière aux Musulmans et aux Juifs. L'exemple des Juifs et des Arabes, très fanatiques, explique plus encore que le désir de la reconquête l'exagération, l'intolérance théorique de Lulle et l'exaltation parfois cruelle du caractère espagnol, soit castillan, soit catalan (celui-ci beaucoup plus modéré cependant).

Robuste et sain, sa volonté est tenace dès la conception des buts; il peut se livrer à une vie de plaisirs, la continuer après qu'il a été choisi comme sénéchal par son roi, après même qu'il s'est marié avec une noble et digne épouse. Comme bon nombre de Musulmans et de Juifs que je connais, Lulle se promettait de pécher contre la religion, avec l'arrière-pensée de racheter tous ses écarts de conduite plus tard, à une date qu'il s'était d'avance approximativement fixé. Quand ils veulent, comme ils veulent, les Orientaux dont je parle ici rompent d'un jour à l'autre avec le « défendu », comme ils disent. Si Lulle ne changea pas de vie du premier coup et attendit d'en venir à la pratique absolue de ce qu'il considérait comme le devoir envers Dieu, c'est sûrement à l'influence qu'avait sur lui Raymond de Peñafort qu'il faut l'attribuer. Si celui-ci était mort quelques années plus tôt, la carrière contemplative et active proprement dite de Lulle commençait avant la date traditionnelle.

Ce qui précède nous montre que *Lulle était énergique, ferme dans ses résolutions* et, comme tous les mystiques, *obsédé pour ainsi dire par la pensée toujours présente des buts à poursuivre.* M. Boutroux, dans son esquisse de psychologie du mysticisme, insiste sur le caractère monoidéïste des contemplatifs. W. James et tous ceux qui ont étudié la question, comme M. Delacroix, par exemple, attribuent la puissance d'évocation des images et aussi de réalisation de leurs desseins au rétrécissement du champ de la conscience, à l'expulsion de ce qui est étranger au petit nombre d'idées directrices [37]. Lulle fait de même, l'histoire de sa jeunesse et de sa vie le montre bien, et c'est là, au point de vue psychologique, une preuve nette que ce fut un mystique caractérisé et authentique. Nous en verrons d'autres plus tard, quand nous étudierons l'Ami et l'Aimé, et le Livre de Contemplation de Dieu.

Lulle est énergique puisque les insuccès ne le rebutent pas. Les Cours, les Universités, le Concile le voient tour à tour prêcher ses doctrines, demander la suppression des ordres de chevalerie trop nombreux et leur fusion, l'extension de l'enseignement des langues orientales, tantôt avec un succès éphémère, tantôt sans résultat. Les entreprises étaient trop hardies pour son temps ou trop difficiles à réaliser. Habitué à la fréquentation des Musulmans capables d'encourager, d'aider leurs frères à propager l'Islam dans toute l'Afrique et dans tout l'Orient, Lulle s'adresse en vain à des princes et à des pontifes qui ne le repoussent pourtant pas ouvertement. Il agit pour le bien de la religion et sa haute valeur inspire le respect ; mais amollis par le luxe et le plaisir, avides d'argent par conséquent, les chefs des peuples et des consciences s'intéressaient plutôt à de nouveaux moyens de se procurer des richesses qu'au succès d'un système philosophique ou de missions en terre musulmane. Les rois et les papes, batteurs de fausse monnaie et meurtriers des Templiers, entre autres personnages auxquels s'adressa Lulle, se souciaient peu de la propagation de la foi et de la conversion des Musulmans au christianisme, de la libération du Saint-Sépulcre elle-même.

Ni les naufrages, ni les privations, ni les maladies, ni les injures des Maures ne l'empêchèrent de revenir plusieurs fois en Afrique et en Tartarie, il insiste tellement, malgré le mécontentement des Musulmans, qu'il se serait fait lapider à Bougie en 1315 [38].

37. Boutroux, *Psychologie du mysticisme, Revue Blanche.* — Delacroix ; *Les Grands mystiques chrétiens*, Alcan.
38. On dit à Palma, dans la société libérale et libre-penseuse, qu'il existait

Complètement décidé cependant à se livrer à l'ascétisme dès sa conversion, Lulle ne renonça au monde qu'en partie jusqu'à la mort de saint Raymond de Peñafort. Après cet événement, il abandonna totalement le monde et ses commodités, tantôt menant la vie des ermites comme il le fit à Randa, tantôt celle des Frères Mineurs.

Nous trouverons dans le *Blanquerna* la description de sa vie ascétique dans la solitude et quand il voyageait au milieu des hommes. Ce qu'il rapporte, comme s'il appartenait à son personnage de roman, doit s'entendre comme se référant à lui-même.

Voici, sans doute, comment il vivait à Randa : « Blanquerna étant dans son ermitage, se levait à minuit et ouvrait les fenêtres de sa cellule pour voir le ciel et les étoiles, et il commençait à prier avec la plus grande dévotion possible, afin que son âme fût toute en Dieu et ses yeux en larmes et en pleurs (il accomplit divers actes religieux ensuite, tels que la messe, avec son diacre, et s'entretint avec lui de choses pieuses)... Ensuite, le diacre entrait dans le jardin et s'occupait à cultiver les arbres, et Blanquerna sortait de la chapelle pour distraire son âme des fatigues qu'elle avait soutenues dans sa personne, et il laissait sa vue se répandre parmi les monts et les plaines, afin de prendre quelque divertissement[39].

« Quand Blanquerna se sentait diverti, il entrait en oraison et contemplation ou lisait la Sainte Écriture ou le Grand Livre de la Contemplation, jusqu'à l'heure de tierces, et depuis il récitait tierces, sextes et nones et, ces heures terminées, le diacre allait apprêter quelques herbes ou légumes pour la nourriture de Blanquerna qui, dans l'intervalle, entrait dans le jardin et cultivait quelques herbes pour éviter l'oisiveté et conserver la santé avec l'exercice. Il mangeait entre midi et l'heure de nones et, après avoir mangé, il revenait seul à la chapelle, et là, il

un document contenant la preuve que Lulle mourut dans son lit et que les Franciscains anglais qui le détiennent l'auraient dissimulé. Je tiens cette histoire pour une légende jusqu'à preuve du contraire.

39. *Blanquerna*, t. II, p. 155. Voir les premières pages de l'appendice.

rendait grâce à Dieu. L'oraison terminée, il employait une heure à sa récréation, soit au jardin, soit à la fontaine[40], se promenant dans ces parages où son âme se réjouissait le plus, et il dormait ensuite pour pouvoir plus facilement supporter les fatigues de la nuit. Après avoir dormi, il se lavait les mains et la figure et se trouvait ainsi disposé jusqu'à ce que sonnassent vêpres, et alors le diacre lui venait en aide et, après avoir dit les vêpres, ils disaient les complies et le diacre revenait à sa cellule, et Blanquerna demeurait seul pensant et considérant les choses qui lui plaisaient davantage et lui paraissaient plus à propos pour le disposer à entrer en oraison. Après le coucher du soleil, Blanquerna montait sur la terrasse de sa maison et, jusqu'à la première heure du sommeil, il était en oraison, regardant avec ses yeux en pleurs le ciel et les étoiles, et il considérait avec un cœur dévot les hommes et les grandeurs de Dieu et les[41] fautes que les hommes commettent en ce monde contre Lui.

« Blanquerna était en contemplation avec une telle affection et une si grande ferveur, depuis le coucher du soleil jusqu'à l'heure du premier sommeil, que lorsqu'il était couché pour dormir, il lui semblait être en train de traiter avec Dieu de la question qui avait été auparavant l'objet de sa méditation et de son oraison. Blanquerna mena ce genre de vie si heureux, jusqu'à ce que les gens de cette localité commencèrent à avoir une particulière dévotion à visiter l'autel de la Sainte-Trinité qu'avait cette chapelle, ce qui fait que beaucoup de gens accouraient ensemble faire là leurs vigiles, passant les nuits en oraison. Ils troublaient ainsi la contemplation et l'oraison de Blanquerna qui n'osait rien leur dire, ni leur défendre de venir, pour ne pas fournir un motif de faire perdre aux personnes la dévotion qu'elles avaient[42] de visiter cette chapelle. Pour cette raison, il changea sa cellule dans un autre endroit, à un mille de la chapelle et de la maison qu'habitait son diacre, et là vivait

40. *Blanquerna*, t. II, p. 156.
41. *ibid.*, p. 156. Appendice, ms. Munich, nº 67, fˢ 200 et suiv.
42. *Ibid.*, p. 157.

et était Blanquerna, s'abstenant d'aller à la chapelle pendant qu'il y avait assemblée dévote, sans permettre qu'aucun homme ni aucune femme entrassent dans cette cellule qu'il habitait auparavant et qu'il avait laissée ensuite.

« Ainsi vivait et était l'ermite Blanquerna, considérant qu'il n'avait jamais joui d'une vie si gaie et si savoureuse, ni eu une si bonne disposition à exhausser son âme à contempler Dieu[43].

« Dans la vie ordinaire, hors de l'ermitage, à la cour des princes et des papes, Lulle menait, sans doute, autant que possible, une existence frugale et ascétique, sans respecter cependant la règle du silence. Il aimait à se donner des allures non seulement d'illuminé, mais de fou religieux, ce qui est très conforme à la coutume musulmane des dévots qui ont rompu avec la vie mondaine et s'intitulent eux-mêmes fous d'amour[44]. Sans doute prenait-il une attitude plus sérieuse dans les Universités où il enseignait, mais c'est sous cet aspect, disent ses biographes, qu'il se montrait dans plusieurs milieux et que, probablement, il aimait à se présenter chez les seigneurs, les rois et les pontifes[45]. »

Voici comment il faisait — le passage suivant de *Blanquerna* n'est pas équivoque — il s'y dépeint sous son propre prénom de Raymond, avec le langage symbolique qu'il avait l'habitude d'employer : « Il arriva, un certain jour, que le pape convia tous les cardinaux et eut une grande cour ce jour-là. Après le dîner, entra dans le palais un homme vêtu comme un fou, la tête rasée, qui d'une main tenait un épervier et, de l'autre, un chien attaché avec une corde; l'homme salua Monseigneur le Pape et Mes Seigneurs les Cardinaux et toute la cour de la part de Monseigneur l'Empereur, et dit ces paroles : Je suis Raymond le Fou, et je viens dans cette cour par ordre de l'Empereur, pour remplir mon office, chercher mes compagnons[44]. »

43. *Blanquerna*, t. II, p. 157. Voir appendice, mauuscrit de Munich, n° 67, f°s 200 et suiv.

44. *Blanquerna*, même tome.

45. *Bollandistes*, V.

46. *Blanquerna*, t. II, ch. LXXXVI, p. 17, ms. hisp. 67; appendice.

En qualité de fou par amour de Dieu, Raymond propose des paraboles symboliques au pape et aux cardinaux, et il se trouve que ces sortes d'évêques à la manière des Orientaux donnent des leçons utiles aux grands[47].

Dans tout le second tome de *Blanquerna*, on ne rencontre que des personnages qui parlent aux multitudes. Pour la variété même du roman, Lulle place ses propres idées, tantôt dans la bouche de Raymond le Fou, tantôt dans celle de Blanquerna, l'ermite devenu moine, abbé de monastère, puis Pape. Nous reviendrons sur l'importance de ces paroles à propos de la méthode de Lulle et de l'origine des idées lulliennes. Tout le livre de *l'Ami et de l'Aimé* est un dialogue entre Dieu ou Jésus-Christ et le Fou d'Amour. Je prends au hasard : « Dis-moi, fou par amour, sens-tu plus d'agrément à aimer ou à haïr ? Le fou répondit que c'était à aimer, parce qu'il haïssait pour pouvoir aimer[48]. » Plus loin : « Dis-moi, homme qui par amour vas comme un fou, jusqu'à quand seras-tu esclave et sujet à peiner et à souffrir labeurs et peines ? » Il répondit : « Jusqu'à ce que l'Aimé sépare mon âme de mon corps[49]. » « Dis-moi. insensé par amour, as-tu de l'argent ? » Il répondit : « J'ai mon Aimé. » « As-tu des maisons de campagne, des châteaux ou des cités, des royaumes, des comtés, des baronnies ou des dignités ? » Il répondit : « J'ai des amours, des pensées, des désirs, des pleurs, des peines et des infirmités pour mon Aimé et qui sont meilleurs que les empires et que les royaumes[50]. » Dans un autre passage : « Dis-moi, fou, pourquoi défends-tu l'amour quand il maltraite et tourmente ton corps et afflige ton âme ? » Il répondit : « Parce qu'il augmente pour moi le mérite et la gloire[51]. »

47. *Blanquerna*, t. II, ch. LXXXVI, p. 15 et suiv.
48. *Amich e amat*, v. 159, p. 88, Palma, 1904.
49. *Id.*, v. 170.
50. *L'Ami et l'Aimé*, édit. Obrador, Palma, p. 92. — *Blanquerna*, t. II, p. 196. Les mss de Palma et de Münich diffèrent de l'édition de Valence que je suis, mais très peu.
51. *Ami et Aimé*, p. 93 ; *Blanquerna*, t. II, p. 197. L'édit de Valence, que suit l'édit. de Blanquerna de la *Revue de Madrid*, est la plus répandue.

Il parcourait donc *les cours moitié en religieux et moitié en troubadour.* On sait qu'*il parlait souvent en vers, enseignait la morale, se répandait en effusions lyriques, mystiques,* comme dans le *Desconort,* le *Cant de Ramon,* et qu'on possède de lui, en un mot, d'importantes œuvres rimées[52]. C'était un genre très en rapport avec la mentalité du temps où la poésie, le beau parler, les jeux d'esprit, étaient en honneur. Jusqu'à la fin de sa vie et sauf dans ses missions où, sans doute, comme on le voit dans les biographies, il se livrait à des controverses et à des démonstrations au moyen de l'art, Lulle vient auprès des personnages qui pouvaient l'aider dans ses entreprises hasardeuses, utopiques selon certains, ici quelques jours, là quelques mois ou même des années entières, vénéré pour ses vertus, mais considéré comme un poète à demi insensé. Seuls, ceux qui pouvaient comprendre ses difficiles ouvrages admiraient l'ampleur et la variété de ses idées.

On peut donc se représenter Raymond comme un ermite errant, troubadour religieux et poète mystique, jouissant d'une liberté d'allures et de parole considérable dans le monde chrétien. Presque tout le *Blanquerna,* où Lulle revêt entre autres personnifications celle du Jongleur de Valeur, c'est-à-dire de troubadour voué au service de la Valeur absolue des choses, de la Vérité, abonde en conseils aux prélats indignes, avides ou trop amis du luxe, aux princes peu zélés et tièdes chrétiens, aux chevaliers médiocres, comme nous le verrons au chapitre de la *Sociologie* de Lulle. Il suggère, dans ce roman allégorique, à tiroirs, des réformes monastiques, séculières et même pontificales[53], fait des concessions de forme aux Musulmans qu'il veut convertir. Nous examinerons plusieurs de ces points de vue dans les chapitres qui traitent des idées de Lulle, mais il fallait dès maintenant signaler l'indépendance de caractère et l'énergie franche et sereine que ces idées manifestent.

Lulle aima l'indépendance, non pour s'écarter de l'ortho-

50. *Obras rimadas,* édit. Rosello. Gelabert, Palma, 1859.
51. *Blanquerna,* t. I, liv. III, pp. 371 à 437 ; t. II, liv. IV, pp. 5 à 161.

doxie, mais pour revivifier *le christianisme dans sa pensée et dans son action*, non pour en jouir égoïstement. C'était un ascète, et les biographes sont unanimes à lui reconnaître les vertus dont il recommande l'usage dans maints ouvrages comme le *Livre de Doctrine puérile*, par exemple[54], dont il étudie les effets utiles, dont il prêche l'acquisition dès l'enfance. Il les pratiqua toutes lui-même : foi, dévotion, diligence, valeur, consolation, courage, combat contre la tentation, pénitence, persévérance, obéissance, bon conseil, humilité, etc.[55]. Bien plus, il montra aux contemplatifs des couvents et aux ermites isolés l'exemple des huit béatitudes que Notre-Seigneur Jésus-Christ promet dans son Évangile sacré. Nous trouvons dans le *Blanquerna* la description de ces qualités suprêmes de l'homme religieux, qu'il possédait.

« La Pauvreté est la première béatitude, dit-il. Le chapitre LXXVI traite de cette vertu et de la bonne manière dont le chanoine prédicateur de la dite béatitude pourvoyait aux besoins des pauvres et comment il reprenait les riches d'esprit qui négligent de donner l'aumône aux pauvres, parce que Dieu les rassasie tous dans l'éternelle béatitude du Paradis[56]. » Lulle entendait que l'on fît comme le chanoine prédicateur de son roman, qui « donna pour l'amour de Dieu tous ses riches vêtements, ses écuries et les autres agréments et meubles de sa maison, et, pauvrement vêtu, allait demander l'aumône pour l'amour de Dieu en faveur des pauvres honteux, invalides et infirmes, et de même pour marier les demoiselles pauvres et élever les enfants orphelins et besogneux, à qui il procurait les moyens d'avoir des maîtres de lettres et d'arts mécaniques, afin qu'ils pussent ainsi gagner leur vie[57] ». On sait que Lulle n'avait rien gardé de ses anciennes richesses, sauf peut-être son ermitage de Randa et une cellule à Miramar ; qu'il avait

54. *Libre de Doctrina pueril*, Obrador. Edit. Gili, Barcelona, 1907, imprimée chez Colomar, à Palma, comme *L'Amich y l'Amat.*
55. Voir *Blanquerna*, t. I, liv. II, pp. 200 à 301.
56. *Blanquerna*, t. I, ch. LXXVI, p. 380.
57. *Ibidem*, pp. 381 et 382.

tout abandonné, sans regret, pour mener la vie religieuse. Il détestait les prêtres avares et aussi inutilement prodigues. On voit, dans le *Blanquerna*, le chanoine prédicateur invité à dîner dans la maison d'un archidiacre : « Il vit, en mangeant, que l'archidiacre se régalait de divers mets très délicats et très coûteux; il se lève de table, criant à haute voix : « Fuyons « d'ici, l'archidiacre gaspille les biens de Notre-Seigneur Jésus- « Christ et de ses pauvres. » Et, ainsi criant, il sortit de la maison de l'archidiacre et s'en fut à travers les rues de la cité et les maisons des chanoines; et beaucoup de pauvres le suivaient, répétant les mêmes paroles que lui[58]. » Lulle termine le chapitre en citant le cas d'un riche seigneur qui avait en apparence beaucoup de biens, portait de beaux habits et vivait secrètement comme un pauvre dans une cellule, vêtu d'un cilice[59], afin de mieux pouvoir mépriser par le contraste les biens temporels. On voit par cette dernière anecdote ce que Lulle demandait de ceux que leurs charges obligeaient à mener une vie extérieure luxueuse, c'est-à-dire une vie intime très modeste. On s'imagine aussi comment il conciliait l'ascétisme auquel il s'était voué avec la vie extérieure publique de maître d'Université de Montpellier ou de Paris, de commensal des cours.

« La deuxième béatitude est la Douceur d'âme; il en est traité dans le chapitre suivant et de la belle manière dont son chanoine prédicateur l'enseignait, et il y est dit comment, par ses mérites et par sa sainte vie, beaucoup de gens se convertissaient à Dieu[60]. »

Lulle dit de la pratiquer et de la prêcher en toute occasion sans se soucier de déplaire aux grands et aux princes, d'être prêt à souffrir pour elle les mauvais traitements et même la mort[61] : « Beaucoup plus fort est le simple et le doux que l'homme irritable et que l'impatient orgueilleux, parce que le doux combat avec charité, justice, prudence et courage contre

58. *Blanquerna*, t. I, p. 382.
59. *Ibid.*, p. 383.
60. *Ibid.*, ch. LXXVII, p. 386.
61. *Ibid.*, même chapitre, p. 391.

l'autre ; et l'impatient qui s'emporte combat au moyen de vices contraires à ces vertus[62]. »

On sait que Lulle, sauf peut-être dans sa jeunesse, ne fut pas violent, mais plein de mansuétude. Les biographes racontent que l'esclave maure qui lui servait de professeur d'arabe avait voulu le tuer et que Lulle frappa ce musulman pour se défendre. Mais il ne le tua pas, et au contraire s'en fut à la campagne attendre que sa colère fût apaisée, demandant à Dieu de le conseiller. Raymond apprit à son retour que l'esclave s'était pendu de regret et remercia Dieu de ne pas avoir été cause directe de sa mort[63].

On ne trouve dans les récits de la vie religieuse de Lulle, ni dans la *Vita coætana*, ni dans les biographies de Pasqual ou de Salzinger, d'autres exemples de violence de sa part, même modérée. Il devait d'ailleurs être habitué à recevoir *aequo animo* les plaisanteries et peut-être les railleries de courtisans ou de valets qui le prenaient pour un fou, dans certaines cours du moins, quoique sa personne dût être presque toujours respectée dans la société plus ou moins pieuse du treizième siècle.

Dans le chapitre LXXVIII, Lulle enseigne le *moyen d'utiliser les larmes*. Il imite ici plus ou moins peut-être les Musulmans dévots, les marabouts surtout qui pleurent sur les péchés des autres. L'idée est d'ailleurs très chrétienne aussi. Voici un passage qui fait très bien comprendre quelle était cette qualité recommandée et sûrement pratiquée par Lulle. Il parle du chanoine désigné par le pape pour cet office dans le même roman du *Blanquerna*. : « Le chanoine des Pleurs continuait tous les jours à pleurer dans l'église sur les péchés du peuple et il allait à travers toutes les rues de la cité, et il pleurait toujours quand il voyait quelque chose qui méritait d'être pleuré, car dans ces choses il pouvait percevoir que Dieu n'était pas[64]

62. *Blanquerna*, ch. LXXVII, pp. 387 et 388.
63. *Vida del beato R. Lulio*, par R. P. D. Antonio Raymundo Pasqual, Palma, 1890, ch. VI, p. 123 ; cf. Hauréau, *Hist. littér. de la France*, t. XXIX, p. 9.
64. *Blanquerna*, t. I, ch. LXXVIII, p. 400.

aimé, connu et obéi ; en toutes il s'efforçait de pleurer pour émouvoir les gens en faveur de la contrition et de l'examen de soi-même, afin qu'ils rendissent gloire à Dieu, lui demandant pardon et aide spirituel[65]. »

Dans le chapitre LXXIX, Lulle traite de l'Affliction, quatrième béatitude ; il dit comment et en quelles matières l'homme doit affliger son corps selon la doctrine et les exemples du chanoine prédicateur de cette béatitude[66]. Lulle faisait probablement parfois comme le chanoine dont il parle ici : « Il s'efforçait, quand il le pouvait, de supporter avec patience la faim et la soif, pour l'amour de Dieu, en punition de ses propres fautes et pour donner l'exemple aux gens de souffrir ainsi la faim, la soif et les afflictions, pour qu'ils se souvinssent très fréquemment de la faim que Notre-Seigneur Jésus éprouva dans le désert, et de la soif dont il souffrit sur la croix pour nous sauver et nous racheter du pouvoir du démon, nous autres qui sommes pécheurs. Et non seulement l'office du chanoine était de s'employer à prêcher la faim corporelle, mais aussi la faim spirituelle, afin que le monde entier eût faim et désir de justice, de charité et des autres vertus jusqu'à arriver par elles à se rassasier et à ne plus rien désirer en l'état d'une bonne et sainte vie[67]. »

Dans le chapitre LXXX, Lulle traite de la Miséricorde, cinquième béatitude, et dit comment l'homme devrait l'exercer envers son prochain, en le secourant, selon l'exemple et selon la doctrine du chanoine qui en était le prédicateur et le procurateur. On comprend à cette lecture que Lulle aimait à défendre les faibles, les orphelins et les veuves qui n'ont personne pour les défendre, et cela sans aucun paiement ni salaire[68].

Lulle préconise au chapitre LXXXI la sixième béatitude : la Pureté du cœur. Il expose dans ce chapitre une très utile doctrine pour maintenir cette limpidité du cœur, comme il

65. *Blanquerna*, t. I, ch. LXXXIII, p. 400.
66. *Ibid.*, ch. LXXIX, p. 400.
67. *Ibid.*, même chapitre, p. 404.
68. *Ibid.*, ch. LXXX, p. 406.

dit : « Le chanoine de Pureté prêchait tous les jours la pureté et la netteté du cœur, pour que tous ceux qui auraient la conscience pure vissent Dieu dans l'autre vie, selon ce qu'avait promis Jésus-Christ dans l'Évangile. Ce chanoine allait tous les jours à travers la ville, observant ceux qui vivaient en état de péché mortel et ceux qui vivaient en état de pénitence, et il prêchait ceux qui étaient en état de péché mortel leur proposant beaucoup de paraboles et d'exemples avec lesquels il les poussait à avoir des remords et conscience de leurs péchés [69]. »

Lulle se préoccupe des laïques et des religieux dans son *Blanquerna*, comme il le fit toujours dans sa vie. Il dépeint ses propres vertus en se cachant sous le nom de Blanquerna par modestie et humilité vis-à-vis de Dieu. Nous le voyons donc à la fois agir et contempler dans ce roman allégorique et charmant où il se plaît sans le dire à se peindre lui-même.

Écoutons-le encore : « Tous les jours, le chanoine continuait à aller dans les maisons des ecclésiastiques pour s'informer de ceux qui menaient une bonne et sainte vie, et il écrivait leurs noms et les indiquait ensuite à l'évêque et aux chanoines pour que, l'occasion venue de pourvoir à quelque bénéfice, ils sussent d'avance à qui il devait être attribué [70]. Il s'informait aussi des péchés des séculiers, de leur éducation mauvaise et de leurs habitudes, notant tout par écrit, et s'efforçait ensuite d'implanter en eux les bonnes coutumes et de déraciner les mauvaises [71]. »

La septième béatitude est la Paix (ch. LXXXII). Dans ce chapitre, Lulle traite de la paix et de la bonne manière dont l'évêque Blanquerna, qui l'avait prise pour sa tâche personnelle, en parlait et l'enseignait tous les jours au milieu de ceux qui étaient en dispute et en discorde, et il prêchait d'exemple à l'imitation de Jésus-Christ [72].

Puisque Lulle se dépeint lui-même, dans le roman, sous le

69. *Blanquerna*, t. I, ch. LXXXI, pp. 411, 412.
70. *Ibid.*, p. 415.
71. *Ibid.*
72. *Ibid.*, ch. LXXXII, p. 416.

nom de Blanquerna et que ce personnage prend la paix pour sujet de prédication et d'action, nous pouvons en conclure que le bienheureux Majorquain fut doux et paisible.

La huitième béatitude (ch. LXXXIII) est la Persécution.

Le chanoine désigné pour la supporter accepte les injustices, malédictions et moqueries de beaucoup de gens, pour obtenir le Royaume des Cieux, en exerçant parmi eux son office qui consiste à reprendre et à corriger leurs vices, quand il sait qu'ils sont vicieux[73].

Nous verrons, à propos de Lulle sociologue et en d'autres occasions, que notre auteur, très religieux et scrupuleux, reprochait jusque dans les livres qu'il offrait aux grands personnages, dans ses prédications et ses leçons publiques, les défauts, les vices, la désobéissance à l'esprit de l'Église de tous ceux qui l'entouraient : nobles et artisans, princes et chevaliers, chrétiens et musulmans. Les chrétiens, le prenant pour un exalté à cause de ses violentes diatribes et de son enthousiasme excessif, l'épargnaient pour cette raison. Les musulmans, s'il faut en croire la légende, firent longtemps de même. Il était si semblable à leurs propres marabouts dans ses allures et même dans ses paroles qu'ils se contentèrent longtemps de l'expulser. Franc, zélé, désireux du martyre, il finit, dit-on, et rien n'est venu sérieusement contredire la tradition sur ce point jusqu'à maintenant, par se faire lapider à Bougie. Bien que le supplice de la lapidation ne soit pas un châtiment musulman proprement dit et que la cruauté tardive des Africains étonne quand ils le supportèrent tant de fois, on croit encore aujourd'hui qu'il finit par exaspérer par son insistance la populace bougiote, irritée de continuelles controverses et d'attaques contre la religion de l'Islam. Les Maures instruits qui l'estimaient n'auraient pu le sauver ou l'auraient abandonné, le voyant si opiniâtre.

En somme, Lulle eut d'abord une conversion préparée par son éducation et son hérédité, par ses revers de famille. Quoi

---

73. *Blanquerna*, t. I, ch. LXXXIII, pp. 422 et suiv. jusqu'à 433.

qu'il en soit, c'est un mystique par son amour de Dieu poussé jusqu'à l'extase, un homme d'action énergique et constant dans la poursuite de ses buts. Il ne réussit pas toujours, ne réalisa pas souvent ses desseins nobles et généreux, faute de trouver des échos chez les rois et les papes indifférents ou moins bons chrétiens que lui. Il eut du moins le mérite immense de mener une *vie multiple dans tous les milieux occidentaux et musulmans :* ermite, philosophe, poète, professeur, missionnaire, avec une suite des idées très rare et très remarquable, donnant sa vie, dit-on, pour sa méthode et pour sa croyance, pour son idéal de penseur et de chrétien, offrant à ses disciples et à tous les hommes un *exemple de persévérance et d'énergie, incarnant les qualités de la race catalane,* une des plus opiniâtres et des plus actives qui soient.

N. B. — Certaines œuvres latines de Lulle sont depuis longtemps suspectes aux romanisants et aux historiens de la philosophie médiévale. MM. Guardia et Picavet, dans les articles de la *Revue germanique* et de la *Revue philosophique*, se basant sur l'introduction du poème *Els Cent noms de Deu* (où Lulle supplie le pape et les cardinaux de l'excuser de ne pas savoir écrire en latin, car il ignore la grammaire), croient les livres latins apocryphes. Lulle m'a l'air d'être simplement modeste. Il savait le latin, facile pour un Catalan, mais peut-être moins bien que sa langue maternelle, et l'apprit tard. Il dictait aussi parfois à des élèves qui écrivaient en latin.

Tenant compte de cette légitime suspicion, nous n'aurons recours aux traités douteux que très rarement et si leurs textes concordent avec des textes reconnus authentiques, latins ou catalans.

Nous préférerons, toutes les fois qu'ils seront explicites et nets sur une question, les manuscrits de la Bibliothèque de Munich et les livres catalans publiés par Rosello et Obrador y Bennassar. Quand ils ne le seront pas, nous emprunterons à des traités latins connus auxquels on peut avoir confiance, car ils sont, de l'avis de plusieurs critiques sérieux et selon nous, réellement dus à la plume de Lulle ou écrits sous sa dictée; ce sont : les *Duodecim principia philosophiae*, le *De articulis fidei*, la *Declaratio Raimundi per modum dialogi edita*, c'est-à-dire les principales œuvres antiaverroïstes et l'*Ars ultima et generalis*. Ces quatre livres latins nous paraissent, d'ailleurs, particulièrement intéressants parce qu'ils sont de la fin de la vie de Lulle et contiennent, par conséquent, ses idées définitives sur bien des points.

LE TOMBEAU DE R. LULLE A L'ÉGLISE SAINT-FRANÇOIS
(Palma de Majorque.)

Enfin, nous comparerons les textes de ces traités, s'il est possible, avec des textes catalans antérieurs (nous disons catalans pour simplifier avec les espagnols, quoique le terme *catalano-provençaux* soit plus exact, puisqu'on trouve dans la langue lullienne, souvent tout à fait mixte, des formes provençales fréquentes à côté de formes *purement* catalanes dans les mêmes textes et parfois à la même ligne).

CHAPITRE II.

La forme du lullisme, le symbolisme du Bienheureux.

Lulle n'exprime pas ses idées comme la plupart des penseurs chrétiens antérieurs et même du treizième siècle. Penseur indépendant, quoique profondément respectueux du catholicisme et de ses docteurs, le saint de Majorque tient à rompre avec les habitudes de la scolastique savante traditionnelle, trop austères et rebutantes pour ses missionnaires et pour les laïques auxquels il s'adresse. Fidèle au principe que nous lui verrons souvent appliquer, R. Lulle cherche à frapper les sens et l'imagination pour mieux atteindre, dit-il, l'entendement de l'homme [1]. Nul moyen ne paraît plus pratique ; les missionnaires d'une part et les gens du monde de l'autre ont besoin qu'on attire leur attention sur les points les plus importants de la connaissance humaine et qu'on leur expose les solutions des différents problèmes qui les intéressent d'une façon saisissante, objective, concrète même. Les principaux traités de Raymond sont écrits dans cet esprit, abondent en images comme la littérature orientale et occidentale du temps, en récits allégoriques en vers et en prose, analogues comme genre à notre *Roman de la Rose*.

Non seulement Lulle emploie par conséquent un langage symbolique dans un but d'enseignement à des musulmans et à des gens peu disposés à comprendre le jargon latin abstrait de l'École, mais encore parce que cela est tout à fait dans le goût de l'époque, amie des similitudes et des allégories. D'ailleurs, mystique original et puissant, Lulle ne pouvait échapper à la règle des contemplatifs qui parlent par images et par paraboles, qu'ils soient d'Orient ou d'Occident, de l'anti-

---

1. *Duodecim principia*, édit. Zetzner, ch. x, p. 140.

quité ou des temps modernes. Ce sont des émotionnels plutôt que des abstraits, et s'ils énoncent parfois des pensées dépouillées de leurs ornements habituels, c'est toujours épisodiquement et quand ils ne peuvent pas employer le tour symbolique et concret, trop vague ou équivoque dans certains cas.

La *forme allégorique du lullisme* se manifeste en général :

a) Par l'*emploi des lettres et des figures géométriques* dans *L'Ars Magna;*

b) Par l'*usage d'arbres* qui représentent la dérivation de l'un au multiple dans tous les domaines, comme on le remarque dans *L'Arbre de Science;*

c) Par des *apologues*, des *histoires à clef*, des *paraboles*, semés à profusion dans les poèmes et romans religieux de Lulle;

d) Par des *dialogues* entre Lulle et des interlocuteurs imaginaires dont les *Duodecim Principia Philosophiae*, la *Disputatio Hamar Saraceni* et la *Declaratio Raimundi per modum dialogi edita* sont peut-être les plus caractéristiques [2].

A.

Bien que le système de Lulle ne consiste pas, comme beaucoup de commentateurs tels que B. de Lavinheta, H. Alstedt, C. Agrippa et Giordano Bruno l'ont cru, dans ce symbolisme, le philosophe majorquain emploie les figures et les lettres dans beaucoup de ses traités, notamment dans ceux compris dans les tomes I, II et III de l'édition de Mayence. Ceux-ci, tels que l'*Ars compendiosa inveniendi veritatem*, l'*Ars demonstrativa*, représentent seize Principes par des lettres, de B à K, et les disposent en sept figures rayonnantes autour d'un centre qui représente tantôt Dieu, tantôt l'âme rationnelle, tantôt la Vertu ou la Vérité.

Des traités plus récents, c'est-à-dire de la fin de la carrière

2. a) *Duodecim principia philosophiae*, édit. Zetzner. b) *Disputatio Hamar Saraceni*, Mayence, t. IV. c) *Declaratio R. per modum dialogi edita* in *Raymundus Lullus und seine stellung zur arabischen philosophie*, Münster, 1909, auctore Keicher.

de Lulle, tels l'*Ars Brevis* et l'*Ars Ultima et Generalis*, utilisent quatre figures dans lesquelles neuf Principes seulement entrent en combinaison, tels que la Grandeur, la Bonté, la Puissance, la Sagesse, tous Attributs de Dieu.

Comme le dit Pasqual dans ses *Vindiciae*, ces symboles ne sont pas du tout, sans doute, la substance même de l'Art de Lulle et sont seulement placés dans certains traités pour que l'habitude permette de comprendre plus facilement la signification [3] des termes (philosophiques) par leur explicitation sensible. Néanmoins, il faut sommairement en parler ici, ne serait-ce que pour satisfaire la curiosité de ceux qui ont pris, sur la foi de bien des auteurs, les fameux tourniquets de Lulle pour toute autre chose qu'un simple artifice secondaire d'exposition à l'usage des gens pressés. D'ailleurs, peut-être ce genre de mise en figures géométriques, en figures composées de lettres, a-t-il pu inspirer tous les partisans d'une mathématique universelle et même de l'algèbre logique, de la logistique moderne. Nous y reviendrons, d'ailleurs, à un autre point de vue.

L'*art combinatoire*, comme on l'appelle, symbolisme lullien des Arts, est renfermé dans quatre tableaux ou figures, selon les plus récents traités[*].

Dans la première figure sont les attributs qui peuvent convenir à un sujet. Étant donné l'idée d'Être, par exemple, Lulle la découpe en neuf parties : Dieu, ange, ciel, homme, faculté imaginative, faculté sensitive, faculté végétative, faculté élémentative et faculté instrumentative, placées dans neuf cases figurées par les lettres de B à K, disposées dans un cercle autour du centre A qui représente le sujet.

Dans un cercle intérieur, Raymond Lulle place tous les Attributs de l'Être au nombre de neuf : Bonté, Grandeur, Durée, Pouvoir, Connaissance, Appétit, Vertu, Vérité, Gloire.

Un troisième cercle est compris dans le deuxième et les

3. *Vindiciae*, t. I, parag. 1, p. 7.
[*] Nous donnons ici provisoirement une analyse des figures accompagnée du sens logique formel que leur attribuent les disciples étroits. Nous proposerons d'autres sens plus d'accord avec la vraie pensée de Lulle au chapitre III.

mêmes attributs y sont considérés d'une manière concrète, comme lorsque nous disons : bon, grand, durable, puissant, connaissant, affectueux, vertueux, véridique, glorieux[4].

Les deux premiers cercles sont immobiles, le troisième est seul mobile à l'intérieur.

En faisant mouvoir le cercle le plus intérieur, chaque attribut vient se placer successivement sous chaque sujet et on a ainsi une série de propositions telles que : Dieu bon, Dieu grand, Dieu aimable, Dieu puissant. On a donc déjà obtenu, un résumé d'exposition de toute connaissance humaine puisqu'il n'existe, en somme, d'essentiel dans notre langage que des sujets et des attributs, et que le verbe peut se sous-entendre facilement. De plus, comme le dit l'*Ars Brevis*, les lettres qui répondent à chacune des cases symbolisent un attribut ou un sujet, ou les deux à la fois, selon le désir de celui qui se sert de la figure, de telle manière que les combinaisons de B, de C, de D, de E, de F, de G, telles que BC, BD, BE, BF, BG ; CD, CE, CF, CG, par exemple, correspondent à toutes les combinaisons possibles[5].

La deuxième donne l'analyse des attributs, son centre est T, on l'appelle aussi figure des principes et des significations[6]. Elle comprend, dans l'*Ars Generalis*, trois triangles : l'un rouge, le deuxième bleu et le dernier jaune, inclus dans des cercles. C'est une figure qui s'applique à toutes les connaissances générales. De l'extérieur à l'intérieur, elle se compose de deux cercles, l'un divisé en neuf cases désignées par les lettres B, C, D, E, F, G, H, I, K, qui représentent les attributs les plus généraux de l'Être; l'autre, le plus petit qui lui est concentrique, est aussi divisé en neuf compartiments qui indiquent tous les modes possibles de l'Être. Cinq cases seulement renferment des rubriques différentes. Deux cases conte-

4. Voir *Ars ultima et generalis*, pp. 1 à 15, édit. franç. Vassy ; *Ars brevis*, édit. Zetzner, pp. 1 à 10.

5. Voir Hauréau, *loc. cit.*, p. 75.

6. Édit. May, t. III, *Ars Compendiosa inveniendi veritatem*, p. 1, paragraphes 1 et 2.

nant, l'une,. les titres suivants : *substance* et *substance, substance* et *intelligible, intelligible* et *intelligible* ; l'autre, *sensible* et *sensible, sensible* et *intelligible, intelligible* et *intelligible*, sont inscrites trois fois dans le cercle intérieur et séparées chaque fois par une case contenant, la première, les titres : *cause, quantité, temps ;* la deuxième, *conjonction, mesure, extrémité ;* la troisième, *perfection, terminaison, privation.*

Il y a, selon l'aspect considéré, des différences entre sensible et sensible, par exemple comme entre pierre et arbre, dit Lulle quelque part. Dans une série de cases rangées autour du centre T, représentée par les lettres B, E, H, C, F, I, D, G, K, les cases KB, HC, ID ont les mêmes titres, et les cases E, F, G ont des rubriques distinctes et séparent KB de HC et celui-ci de ID [7].

De trois triangles, le premier est vert ou bleu, dont les angles sont : l'un, *différence, concordance* et *contradiction ;* le deuxième, rouge, dont les angles sont : *commencement, milieu* et *fin ;* le troisième triangle, enfin, est jaune et ses angles sont : *majorité, égalité, minorité* [8].

Si chaque mode des neuf cases a trois titres ou aspects différents, comme on le voit ci-dessus, chaque triangle peut entrer dans 81 combinaisons ($3 \times 3 = 9$ et $9 \times 9 = 81$), selon l'angle qu'on présente à chaque case, en faisant tourner les triangles dans l'intérieur des cercles. On voit d'ici la quantité de réponses que l'on peut avoir.

Tout ce qui existe ne peut se comparer, c'est-à-dire donner naissance à des jugements, que s'il comporte des différences, des concordances, des contradictions avec d'autres choses. Tout ce qui existe s'énonce comme ayant un commencement, un milieu ou une fin. Toute chose se trouve, par rapport à une autre, en majorité, en égalité ou en minorité.

La troisième figure est le résumé des deux premières. Elle se compose essentiellement d'une table qui représente toutes

7. Zetzner, *Ars brevis*, p. 4.
8. *Ibid.*, pp. 4, 5 et 6.

les combinaisons possibles des neuf lettres symboliques que nous connaissons déjà, prises deux à deux. Chaque lettre exprime à la fois la valeur que lui attribue la première figure et la valeur que lui accorde la deuxième. Ainsi deux choses contradictoires s'appliquent en même temps au même attribut. Un Principe quelconque s'attribue à un Principe quelconque ; la connaissance d'un Principe, quel qu'il soit, doit se faire au moyen de tous les Principes ; soit pour la Bonté : la Bonté est grande, la Bonté est vraie, la Bonté est cause de majorité ; la Bonté cause l'égalité, la Bonté engendre la minorité, selon les cas et les questions [9].

Remarquons qu'une chambre ne doit pas être en contradiction avec une autre, mais en accord mutuel pour la conclusion, ce qui prouve déjà que l'art combinatoire n'est qu'un langage dans lequel s'expriment les idées de Lulle et non pas l'essentiel de son système, comme nous l'apprendrons définitivement plus loin.

La quatrième figure a en vue de dégager la deuxième. Elle cherche le moyen terme parmi trois propositions dont se compose un syllogisme. Cette quatrième figure est une exposition nouvelle de l'art du syllogisme, elle complète toutes les autres, mais pas plus que les trois précédentes elle ne sert à autre chose qu'à exprimer en propositions formelles des résultats trouvés par l'entendement ou par la connaissance expérimentale et sensible.

Elle se compose de trois cercles concentriques dont les deux intérieurs sont mobiles comme ceux désignés plus haut. Chacun des cercles a neuf cases marquées des neuf lettres B, C, D, E, F, G, H, I, K, qui représentent toujours les neuf Principes bases, comme nous le verrons, de tout le système général philosophique et scientifique de Lulle. Par conséquent, quand on fait tourner les cercles les uns dans les autres, on obtient des combinaisons de trois lettres où celle du milieu joue le rôle de moyen terme, soit BCD, BCE par exemple.

9. Voir exemples dans *Ars brevis*, pp. 1 à 10.

Je suppose que B du premier cercle signifie la Bonté divine ; C du deuxième, la Grandeur absolue, et D du troisième, l'Éternité ; nous verrons que la chambre BCD, dont une signification sera la Bonté divine, est un signe de la Grandeur absolue ; or, la Grandeur de Dieu est éternelle, donc la Bonté divine est éternelle. On pourra raisonner de même, en changeant des lettres de place, sur les rapports réciproques de la Bonté, de la Grandeur et de l'Éternité, etc.

Chaque combinaison représente trois syllogismes, car chaque lettre ou proposition peut servir de moyen terme entre deux autres. Si on change l'ordre des extrêmes, on en a six. De plus, si on s'en rapporte au tableau symbolique des lettres de la première figure, chacune a cinq sens différents. La distinction de la deuxième figure explique, de plus, comment on peut encore multiplier chaque sens. On voit quelle est la complication de cet art combinatoire, d'un usage plus long et plus difficile que ne le croyait Lulle, et que ses disciples avisés ont avec raison laissé complètement de côté.

Son seul intérêt pour nous est d'être un essai d'algèbre logique, de réduction de tous les résultats scientifiques humains à un même langage et d'application de l'exemplarisme.

B.

Le symbole de l'arbre apparaît souvent dans les œuvres de Lulle ; c'est ainsi que trois traités célèbres s'appellent : *Arbor Scientiae*[10], *Arbor Philosophiae Desideratae*[11], *Arbre de Filosofia de Amor*[12]. Dans d'autres œuvres, comme dans *Le Gentil et les Trois Sages*, il s'agit constamment d'arbres allégoriques[13].

Ces arbres signifient l'issue des choses particulières hors de l'Unité primordiale, la création du multiple par l'Un, la déduction

---

10. *Arbor scientiae,* édit. castillane *Arbol de scientias,* par Zepeda, Bruxelles, 1664, libr. Fozpens.

11. *Arbor philosophiae desideratae,* édit. Mayence, t. VI.

12. *Arbre de filosofia de amor,* édit. Rosello, Palma de Majorque, 1901.

13. *Libre del gentil y de les tres sabis,* id., Palma.

des *Principes communs*, *la classification des sciences et leur rattachement à une unité de méthode*. C'est la grande idée de l'Art
de Lulle, exprimée sous une autre forme, qui doit être rapportée à l'Être et à ses Attributs absolus, Principes généraux
de toutes choses.

Je n'entrerai pas dans le détail des arbres contenus dans le
livre : *Arbre de Science*. Je citerai seulement, pour donner une
idée de leur hiérarchie qui est une *classification des sciences*, leur
nom et leur signification quand le nom ne suffit pas à les définir.

On trouve successivement dans l'édition Zepeda :

1° *L'arbre élémentaire*, qui est une cosmogonie abrégée[14] ;

2° *L'arbre végétal*, qui est une botanique[15] ;

3° *L'arbre sensuel*, qui traite des choses sensibles et des sens[16] ;

4° *L'arbre imaginal*, qui nous indique les rapports de l'imagination et des choses élémentaires, végétales et sensibles[17] ;

5° *L'arbre humain*, qui envisage l'homme en tant que composé d'âme et de corps, de matière et d'esprit[18] ;

6° *L'arbre moral*, qui examine les vertus et les vices de
l'homme spirituel[19] ;

7° *L'arbre impérial*, qui nous enseigne quels sont les droits
et les devoirs du prince, comment il doit gouverner[20] ;

8° *L'arbre apostolique* montre la continuation de la mission
de l'apôtre Pierre chez les prélats qui lui ont succédé et leurs
devoirs vis-à-vis des chrétiens[21] ;

9° *L'arbre céleste* étudie l'influence des corps célestes sur
les corps terrestres, car Lulle croyait, en une certaine mesure,
à l'astrologie, comme les hommes de son temps[22] ;

10° *L'arbre angélique* qui nous initie à la connaissance des

14. Édit. Zepeda, fol. 330 à 333.
15. *Id.*, fol. 332 à 336.
16. *Id.*, fol. 337 à 339.
17. *Id.*, fol. 339 à 343.
18. *Id.*, fol. 83, 85.
19. *Id.*, fol. 109.
20. *Id.*, fol. 145 à 158.
21. *Id.*, fol. 159 à 206.
22. *Id.*, fol. 207 à 242.

anges, de leurs actions utiles, des louanges qu'ils adressent à Dieu [23] ;

11° *L'arbre éviternel*, pour employer l'expression du livre, qui traite de la Vie Éternelle en Enfer et en Paradis [24] ;

12° *L'arbre maternel*, où sont exposées les vertus et les secours de Notre-Dame la Vierge [25] ;

13° *L'arbre du Christ* (christinal), où le Seigneur Jésus-Christ est examiné en tant que Dieu et en tant qu'incarné dans un corps d'homme [26] ;

Enfin, 14° *l'arbre divin* [27].

On remarquera que cette hiérarchie des arbres est une ascension mystique de l'esprit, des choses les plus matérielles et éloignées de l'Être vers Dieu par des degrés de plus en plus spirituels. Au contraire, l'examen de chacun des arbres montre leur division en partant du plus général, des racines qui donnent naissance à un tronc et celui-ci à des branches qui portent des feuilles, des fleurs et des fruits. Les racines dans chaque arbre sont toujours les Principes de l'Art : Bonté, Grandeur, Durée, Puissance, etc. ; le tronc est l'union de ces Principes, les branches sont les premières manifestations de cette union, et les feuilles, les fleurs et les fruits, des composés plus particularisés engendrés, créés par ces manifestations.

On voit donc dans cette suite d'arbres symboliques un enchaînement suggestif au point de vue philosophique. D'une part, on y retrouve la méthode générale de Lulle que nous étudierons bientôt, méthode qui consiste essentiellement en un mouvement d'ascension des choses particulières multiples vers l'unité et de descente de l'unité vers le différencié, le particulier.

D'un autre côté, on remarque dans cette véritable classification des sciences le concept fondamental du lullisme de la gradation par ordre de spiritualité, des participations finies les

23. Édit. Zepeda, fol. 219 à 229.
24. *Id.*, fol. 231.
25. *Id.*, fol. 243 à 250.
26. *Id.*, fol. 251 à 288.
27. *Id.*, fol. 289 à 321.

plus éloignées en perfection aux plus parfaites et enfin aux Attributs infinis de Dieu. Tout ceci est conforme à l'Art de Lulle, à cet *Ars Magna* si célèbre et si mal connu, montre l'esprit de suite, l'identité de vues métaphysiques qui se poursuivent sans défaillance dans toute l'œuvre formidable du grand saint de Majorque.

Il nous reste à donner un exemple qui montre nettement comment Lulle utilise ce genre d'allégories. Nous l'empruntons à l'analyse que fait Hauréau de l'*Arbor Philosophiae Desideratae*[28].

Le traité débute par le récit d'une vision d'un arbre qui ombrage en songe R. Lulle, d'où l'idée du livre. L'arbre a ses racines dans le chaos, composé des choses spirituelles et temporelles. Elles sont au nombre de trois : la spirituelle, la corporelle et la troisième qui est un mélange des deux.

Le tronc est l'Être et, pris suivant neuf modes, l'Être est aussi les branches. Ici, Hauréau cite Lulle lui-même et nous ferons comme lui. Les branches du tronc de l'Être sont : « L'Être qui est Dieu et l'être qui n'est pas Dieu ; l'Être qui est réel et l'être qui est fantastique ; l'Être qui est genre et l'être qui est espèce ; l'Être qui est moteur et l'être qui est mobile ; l'Être qui est unité et l'être qui est pluralité ; l'Être qui est abstrait et l'être qui est concret ; l'Être qui est intensif et l'être qui est étendu ; l'Être qui est similitude et l'être qui est dissimilitude ; l'Être qui est génération et l'être qui est corruption[29].

« L'arbre est planté dans la mémoire, l'intelligence et la volonté, c'est-à-dire dans l'opération de ces facultés ; car la mémoire pourra se rappeler les choses passées, l'intellect comprendre le vrai, et la volonté aimer le bien et haïr le mal ; opérations qui peuvent se faire artificiellement suivant la doctrine et l'artifice de cet arbre. Pourquoi les hommes ne savent-ils pas user de la mémoire pour se rappeler le passé, de l'in-

28. Hauréau, *Hist. littéraire de la France*, t. XXIX, p. 205, et édit. de Mayence, t. VI, pp. 1, 2, parag. 1, 2, 3, 4 du traité *Arbor philosophiae desideratae*.

29. T. VI, traité cité, parag. 1.

tellect pour rechercher le vrai, de la volonté pour choisir le bien
et laisser le mal[30]? C'est qu'ils ne savent pas accommoder ces
facultés à l'artifice qui en est l'instrument. Et cet arbre est l'instrument avec lequel on saura user de sa mémoire, de son amour,
si l'on apprend à le bien connaître[31]. L'eau avec laquelle on
doit arroser cet arbre provient de trois sources, à savoir : la
Foi, l'Espérance et la Charité. Du fleuve qui sort ainsi de trois
sources procèdent quatre ruisseaux qui sont : la Justice, la Prudence, le Courage et la Tempérance. On doit arroser cet arbre
dix fois, en souvenir des dix Commandements, et donner sept
fois de son fruit, en souvenir des sept Dons du Saint-Esprit[32]. »
L'allégorie se continue et j'en ai assez dit pour montrer la façon
dont Lulle s'exprime quand il emploie l'image de l'arbre.

On rencontre des arbres un peu partout dans l'œuvre du
maître; c'est ainsi que *Le Livre de Contemplation* en contient
plusieurs : l'arbre de l'Être dans la nécessité et la privation[33];
l'arbre des choses sensuelles et des choses intellectuelles[34];
l'arbre des qualités[35]; l'arbre de la foi et de la raison[36]; l'arbre
des dix commandements[37]; l'arbre de la prédestination[38].

M. Vassy écrivait, en 1634, dans l'épître dédicatoire de son
édition française (Paris, Boulanger, 1634) du *Grand Art général*, qu'il s'en rapportait pour la connaissance des choses lulliennes au Père capucin Pacifique. Moins confiant peut-être
que ce traducteur d'un traité célèbre de Lulle, nous citerons
cependant comme une curiosité le témoignage du Révérend
Père Pacifique qui prétend avoir vu, aux environs de Palma,
un myrte miraculeux sur les feuilles duquel Jésus-Christ aurait

---

30. T. VI, traité cité, parag. 2.
31. *Ibid.*, parag. 3. — Les trois paragraphes du tome VI sont résumés dans
le tome XXIX d'Hauréau, p. 206.
32. T. VI, parag. 4, p. 2 du même traité : *Arbor philosophiae desideratae.*
33. T. X, vol. III, *Magnus liber contemplationis*, liv. IV, p. 1.
34. *Ibid.*, chap. ccxxx, pp. 12 et 13.
35. *Ibid.*, chap. ccxxxiv, p. 27.
36. *Ibid.*, chap. ccxxxviii, p. 41.
37. *Ibid.*, chap. cclv, p. 103.
38. *Ibid.*, chap. cclxv, p. 133.

écrit à Lulle toute la doctrine du Grand Art en caractères arabes. Il semblerait que l'idée ou l'image de l'arbre hantât l'esprit des disciples de Lulle, même les plus récents, et fût donc presque inséparable du lullisme.

C.

Les *allégories de toute espèce* sont fréquentes dans les œuvres de Lulle. Ne perdant jamais de vue l'utilité des moyens concrets de frapper l'entendement en éveillant les sens et l'imagination, le docteur de Majorque rend vivantes et agréables les sciences les plus graves. C'est ainsi, par exemple, qu'il ne donne pas de conseils directs aux papes et aux prélats dans son *Blanquerna*, mais qu'il raconte ce que l'ermite disait aux papes et aux cardinaux[39]. Il expose d'ailleurs dans tout le livre ses doctrines en les attribuant au personnage principal[40]. Dans un autre roman à tiroirs du même genre, *Le Felix de les Maravelles del Mon*, Lulle met en scène des ermites, des cavaliers, toutes sortes de personnages qui discutent de questions théologiques, et souvent parlent par paraboles et similitudes provoquées par les questions de Félix, le personnage principal désireux de s'instruire. Une commence ainsi : « L'ermite dit : Dans une haute montagne était un homme qui avait grand froid à cause de la neige qui était sur cette montagne[41]... » Dans un chapitre où il explique la passion de Notre-Seigneur, Lulle met dans la bouche d'un roi une similitude dont voici le commencement : « Un écuyer avait offensé un chevalier qui était seigneur de l'écuyer. Cet écuyer avait grande contrition et remords de la faute qu'il avait commise contre son seigneur ; et le chevalier faisait chercher l'écuyer qui avait fui par crainte de la mort[42]... » L'écuyer est l'homme pécheur qui se repent

---

39. *Blanquerna*, édit. de Madrid, t. I, p. 433 et suiv.
40. *Id.*, t. II, de la page 1 à la page 161 (*L'Ami et l'Aimé*).
41. *Felix*, édit. Rosello, t. I, p. 36.
42. *Ibid.*, pp. 58, 59 (voir t. II, *le Roi, le Jongleur et le Cavalier*, pp. 50, 51 et suiv.).

mais qui a peur du châtiment. Dans les exemples précédents et dans cent autres, il faut réfléchir pour comprendre le sens caché du récit. Dans beaucoup d'autres, Lulle se contente de faire parler des personnifications de choses abstraites. Voici dans le *Felix* une preuve de ce que j'avance : « Et le sage dit au roi ces paroles : « Seigneur Roi, Pouvoir, Sagesse et « Volonté se rencontrèrent près d'une belle fontaine, et comme « elles étaient demeurées longtemps près de cette fontaine et « qu'elles avaient parlé de beaucoup de choses, Pouvoir énu- « mérait la quantité de vertu qu'il avait en diverses manières « de faire le bien et d'éviter le mal. Sagesse pleurait parce « que cette vertu se perdait et parce que Volonté ne possédait « pas Pouvoir d'user de cette vertu ; et pendant que Sagesse « pleurait ainsi, Volonté chantait et se réjouissait, Pouvoir « était oisif [43]. » L'Arbre de Science se termine par un récit symbolique : « On raconte qu'un certain philosophe (qui était maître en théologie) avait pour habitude, lorsqu'il était fatigué par l'étude, de monter sur son cheval et d'aller se promener à travers les jardins et les prés voisins de cette cité. Il arriva qu'il vit, un jour qu'il se promenait dans un pré, une belle fontaine au pied d'un arbre très vigoureux orné de beaux fruits [44]. Allant ensuite se promener à travers le pré, il ren- contra un bœuf qui était couché et qui ruminait l'herbe qu'il avait mangée. Et quand il fut à la fontaine, le philosophe considéra que la fontaine signifiait la Science qui, de la même manière que l'eau sort de la fontaine dans le pré, émanait de l'Entendement et s'en allait vers la Volonté. Et après cela, il considéra qu'il était comme ce bœuf, qui ruminait dans le pré parce qu'il désirait toujours savoir davantage et qu'il n'était jamais content de ce qu'il savait [45], etc... »

On remarquera ici le symbole de *la Fontaine* presque aussi fréquent dans les œuvres de Lulle que celui de *l'Arbre*.

43. *Felix*, t. I, p. 79.
44. *Arbol de scientia*, édit. Zepeda, p. 377.
45. *Ibid.*, pp. 377, 378; *usque ad finem libri.*

D.

Le Bienheureux s'exprime parfois dans une langue plus claire encore pour le philosophe, plus abstraite cependant, mais sous la *forme de dialogues* entre la Philosophie, les diverses Puissances métaphysiques et aussi les Facultés de l'âme. Par exemple dans le livre : *Duodecim Principia Philosophiae*[46]. On connaît aussi de lui des dialogues où il discute avec des interlocuteurs imaginaires, comme dans la *Declaratio Raymundi per modum dialogi edita*[47].

Voici quelques passages des *Duodecim Principia* qui nous montrent ce genre d'explicitation : « Et toi, Intellect, que dis-tu? (dit la Philosophie à une des Facultés de l'âme) ; l'Intellect répondit : Je suis pour ainsi dire complètement perverti lorsque à Paris mon langage est perdu parmi beaucoup d'opinions, et que puis-je dire par conséquent? Ma lumière doit être faite de clarté et de vérité, mais elle est cachée et obscurcie par les erreurs des philosophes[48], etc. » On trouve à chaque instant dans le texte : la Volonté dit[49], la Mémoire dit[50], etc. La conclusion du livre contient la prière de la Philosophie à Raymond Lulle, d'intercéder pour elle auprès du roi Philippe le Bel contre les averroïstes latins du treizième siècle : « Vous avez entendu (dit-elle) ce que proclament nos Principes d'eux-mêmes et ce que mon Intellect a décidé dans le prologue, c'est-à-dire que je vous prie de rapporter ce que vous avez entendu au très serein seigneur Philippe (le Bel), roi des Français, etc. — Raymond dit : Dame Philosophie, je suis prêt à me consacrer tout entier à la défense de ton honneur et à celui de dame Théologie[51], etc. »

46. *In* édit. Zetzner, p. 113 et suiv.
47. Édit. Keicher, Munster, 1909.
48. Zetzner, *Duodecim principia*, p. 113.
49. *Ibid.*, pp. 141, 142.
50. *Ibid.*, pp. 143, 144, 145.
51. *Ibid.*, pp. 145, 146.

Dans la *Declaratio Raimundi*, les deux interlocuteurs sont : Raymond et Socrate. Ce dernier défend les opinions hétérodoxes des averroïstes latins et des philosophes naturalistes du treizième siècle. Les deux cent vingt-neuf chapitres du traité sont écrits sous cette forme dialoguée. Chaque argument commence par : « Aït Socrates » ou « Respondit Raimundus[52] ».

On voit par les citations et les analyses précédentes que Raymond Lulle est préoccupé de varier son expression, de rendre ses enseignements agréables à ses lecteurs par l'emploi de moyens concrets et vivants. S'il se répète dans maint traité quant au fond, il sait rendre, par la diversité du tour, du genre, du discours, sa lecture moins fatigante et beaucoup plus intéressante que celle des autres écrivains du treizième siècle.

52. *Declaratio Raimundi*, édit. Keicher, Munster, 1909, pp. 95 à 222.

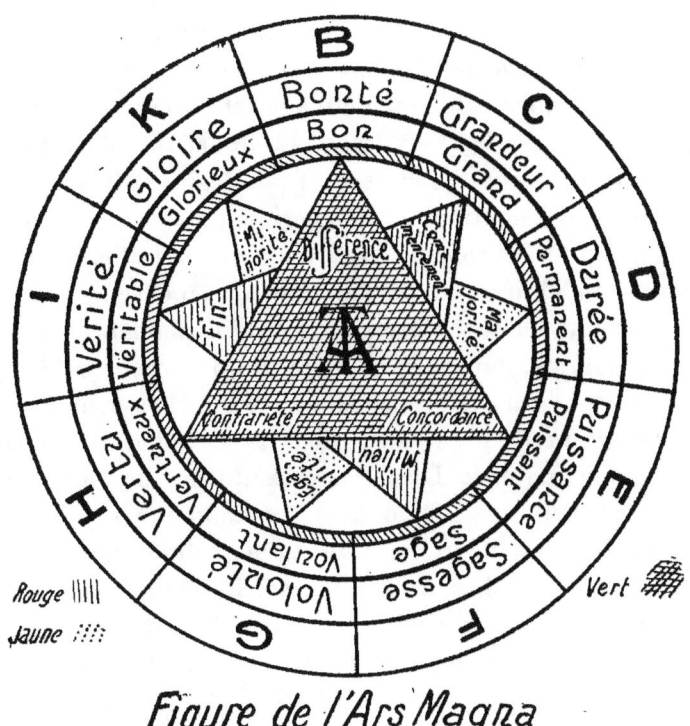

Figure de l'Ars Magna

CHAPITRE III.

Les Méthodes de Lulle.

Il y a plusieurs méthodes employées dans les œuvres de Lulle.

A. — Méthode mystique

La première est la *méthode mystique qui part des choses sensibles pour arriver à Dieu; elle consiste à méditer sur les créatures : pierres, plantes ou animaux, ou dans l'homme sur les puissances de l'âme, sur les qualités morales ou les défauts, et à monter ainsi par degrés à la connaissance de Dieu.*

Nous reviendrons longuement sur cette méthode dans notre chapitre *Lulle ascète et mystique.* La deuxième, déjà pratiquée depuis Roger Bacon, précurseur franciscain de R. Lulle, est la méthode d'observation et d'expérimentation. Le Majorquain s'en sert toutes les fois qu'il se livre à des investigations scientifiques, en chimie, en astronomie, en médecine, etc., avec peut-être une tendance à en faire une dépendance de la méthode mystique, puisqu'il cherche toujours non pas à étudier les choses par curiosité scientifique, pour elles-mêmes, avec le désintéressement du savant, mais avec l'idée préconçue de retrouver la main de Dieu, la ressemblance de l'acte des Dignités ou Attributs de Dieu dans les phénomènes.

Une méthode plus importante et à laquelle Lulle a donné un nom demeuré célèbre, *L'Ars Magna,* Le Grand Art, demande une étude un peu approfondie; nous l'examinerons avec sa figuration schématique, les fameux tourniquets, avant de montrer qu'ils ne sont qu'une illustration et non pas la méthode elle-même, le fond du Grand Art.

B. — LE GRAND ART, MÉTHODE UNITAIRE, DÉDUCTIVE
DES PRINCIPES GÉNÉRAUX.

Qu'est-ce que *Le Grand Art?* Une méthode de *réduction de toutes les connaissances humaines à un petit nombre de principes, à l'unité méthodologique.* « L'entendement requiert et demande impérieusement une science générale, applicable à toutes les connaissances, avec des principes très généraux dans lesquels est implicite et contenu le principe des sciences particulières, comme le particulier est contenu dans l'Universel[1]. »

Lulle était exemplariste, comme saint Augustin, saint Anselme, saint Bonaventure et beaucoup de franciscains : *Ordo et connexio idearum est ordo et connexio rerum.* On peut donc rattacher toutes choses, ressemblances finies, aux Archétypes, aux exemplaires incréés et à plus forte raison les choses inférieures à celles qui leur sont supérieures dans la hiérarchie du créé, les vertus aux puissances de l'âme ou aux catégories, par exemple. Ce sont ces rapports, ce rattachement du particulier au général qui sont le but de l'art métaphysico-logique, application de doctrines exemplaristes par conséquent.

Il n'enseigne pas toutes choses, ne donne pas mécaniquement la science infuse, rattache le particulier au général et s'exprime en graphiques dans bien des traités dits de *L'Ars Magna.*

Il est probable que Lulle veut parler du fond de l'Art plus que des schèmes qui l'illustrent quand il dit : L'Art a été fait « afin qu'avec ses Principes, tous les autres principes soient subalternes et dûment ordonnés et réglés, afin que l'entendement acquiesce dans les sciences par le moyen de l'entendement véritable et qu'il soit éloigné des opinions erronées. Par cette science, les autres sciences peuvent être fort facilement acquises, car les principes particuliers reluisent et apparaissent

---

1. *Ars magna*, prologue du 1er traité, p. 1, Mayence, t. Ier; *Grand et dernier art*, édit. Vassy, Paris, 1634, p. 2.

dans les généraux de cet Art, pourvu toutefois que les principes particuliers soient appliqués aux Principes de cet Art, comme la partie est appliquée au tout[2]. Il va affirmer plus nettement son réalisme, conséquence de l'exemplarisme qu'il professait : Or, les Principes de cet Art sont tels : Bonté, Grandeur, Éternité, Sapience, Puissance, Volonté, Vertu, Vérité, Gloire (Attributs ou Dignités divines), Concordance, Différence, Contrariété, Principe, Moyen, Fin, Majorité, Égalité et Minorité (concepts logiques très généraux, constitutifs de toute pensée); et ils sont appelés généraux parce que toutes les bontés des autres sciences sont applicables à la Bonté générale, et j'en dis autant de toutes les grandeurs que je rapporte à la Grandeur générale, et il faut en dire autant des autres particuliers semblables.

En outre, cette science peut être appelée générale parce qu'elle a des questions générales applicables à toutes les autres questions quelles qu'elles soient, car elles sont toutes impliquées en celles-ci qui sont telles, savoir : Il est, ce que, de quoi, pourquoi, combien, grand, quel, quand, où, comment, et avec quoi? (ce sont les Règles) et il y en a dix comme il paraît à celui qui les compte; de plus, cet Art est général à raison du mélange des Principes et des Règles qu'il a en soi, comme il paraîtra. Car de même que la proposition prise en termes généraux est générale à toutes ses propositions, de même aussi ces principes composés, pris en termes généraux, sont généraux à tous les principes particuliers composés. Mais afin que le doute soit ôté : je dis que tous les autres principes sont particuliers à l'égard des Principes de cet Art, comme la grande bonté est composée et commune à la bonté de Pierre et de Guillaume et du cheval et ainsi des autres[3]. »

L'Art pour nous comprend deux parties : l'une, essentielle, très importante, la méthode métaphysico-logique de Lulle, qui consiste à *rattacher les particuliers aux Principes par les Règles*

---

2. *Grand et dernier art*, édit. Vassy, p. 2.
3. *Ibid.*, pp. 2 et 3

et par des raisonnements formels ; l'autre, accessoire, illustration, schématisme de la première, l'art combinatoire. Pris
globalement avec ou sans figures, l'Art ne construit pas les
sciences, les suppose déjà constituées, mais tente de réduire
toutes ces sciences à une méthode déductive unique qui prend
sa source dans les Idées de Dieu [4].

L'Art est un moyen général abstrait, dit Keicher [5], de convaincre les incrédules. Si cet Art convient à toutes les sciences, il
conviendra par conséquent à la théologie et à la démonstration
de la foi. Sans revenir sur le détail des figures exposées dans
le précédent chapitre, prenons cependant un exemple de combinaison lullienne. Les positions B, C, D des lettres inscrites
dans les cases des cercles concentriques, mises en regard les
unes des autres de la périphérie au centre, expriment les rapports qu'ont entre eux deux Principes généraux comme la
Bonté et la Puissance, B représentant la première Dignité et
D la seconde, C symbolisant le moyen de la conclusion de la
réponse à la question faite au sujet des rapports de B et de D.
Nous prenons l'exemple B, C, D parce que nous l'utiliserons
de nouveau plus loin à plusieurs reprises.

Mais au lieu de donner aux lettres B, C, D, E, F, G, H, I, K
une même signification dans le cercle le plus extérieur et le
cercle le plus intérieur comme dans l'exemple précédent, on
peut, si l'on veut raisonner sur des rapports entre les Dignités
et les catégories, par exemple, donner à B, C, D, E, F, G, H,
I, K du premier cercle la valeur absolue de Bonté, Grandeur,
Puissance, etc., et aux mêmes lettres du cercle le plus intérieur la valeur relative de différence, concordance, contrariété,
commencement, moyen, fin, majorité, égalité, minorité. Si
l'on veut établir des rapports entre les puissances de l'âme et
les vertus morales on donnera je suppose à B, C, D, E, F, G,
H, I, K la valeur de volonté, entendement, mémoire, imagi

---

4. Nous l'étudions, dans ce chapitre, exprimé dans l'art combinatoire à cause
de la curiosité attachée au schématisme des lettres et des figures lulliennes.
5. *Raymundus Lullus*, Münster, 1909, p. 39.

nation, sensibilité, etc., et aux lettres du cercle le plus intérieur celle de justice, prudence, force, tempérance, etc.

*On peut donc établir, par le moyen de l'art combinatoire, des
rapports entre les Principes divins, les Archétypes et les idées
générales humaines, entre ces idées et les vertus, entre les vertus
morales et les Principes divins*, ou, si l'on donne au cercle intérieur une signification naturelle, à ses lettres des qualités des
choses, *entre les Principes ou Dignités et les choses créées
quelles qu'elles soient.*

On peut non seulement rattacher les idées humaines à Dieu,
ou les choses à l'homme, l'homme ou les choses à Dieu et à
ses Dignités, mais encore des choses créées inférieures dans
la hiérarchie des créatures à des choses créées supérieures,
aussi bien que trouver des rapports entre elles ou entre leurs
qualités.

On voit donc que l'Art peut s'appliquer à tous les rattache-
ments possibles de l'inférieur au supérieur, du particulier au
général, comme il peut permettre d'établir des rapports entre
le général et le général, le particulier et le particulier.

On peut dire cependant que Lulle a plutôt visé la recherche
des rapports logiques entre le général et le particulier, a voulu
montrer l'universalité de la descente du Principe à la conséquence et surtout, pour moi, donner une nouvelle preuve de
l'exemplarisme et du réalisme.

Tout raisonnement lullien suppose les Définitions des Principes, des catégories, des puissances de l'âme, des vertus, des
sujets généraux (Dieu, ange, homme), des formes (essence,
unité, genre, espèce, individu, etc.).

Elles peuvent se faire en enfermant dans la phrase qui définit la cause efficiente, matérielle, finale de la chose définie, ou
par conversion de la définition en la chose définie, « la bonté
est l'étant auquel convient proprement le bonifier [6] ».

On suppose donc que l'artiste connaît les Définitions ou
sait les trouver avant de raisonner sur les choses définies.

6. *Grand et dernier art*, p. 10.

Les questions auxquelles répond l'art combinatoire ne sont pas quelconques. Ce sont les Règles du lullisme. « La Règle est un arrangement utile, procédant des Principes nécessaires, comme une route abrégée ou un moyen d'arriver à une fin désirée [7]. »

La première est de supposition (est-ce que?), la deuxième est de quiddité, du mode d'être et de comprendre (que?); on y pose par exemple que la Grandeur possède les facultés sans lesquelles elle ne saurait exister, le magnifiant (activité), le magnificatif (passivité) et le magnifié (union de l'un et de l'autre), et qui sont les *trois corrélatifs* de Lulle dont nous parlerons quelquefois, image universelle de la Trinité dans la création. La troisième est de matérialité, c'est celle de l'investigation (de quoi est la chose), et l'on y pose, par exemple, que l'Éternité n'est pas durable par elle-même, mais par Dieu; la quatrième est du pourquoi; la cinquième de la quantité; la sixième de la qualité; la septième du temps; la huitième du lieu; la neuvième du mode d'être, et la dixième de l'instrumentalité (avec quoi les choses agissent); la réponse de celle-ci sera que les choses existent par le moyen de leurs propriétés corrélatives (actif, passif et union des deux) sans lesquelles elles ne peuvent exister [8].

Les Règles sont des questions auxquelles répondent des raisonnements qui rattachent le particulier au général, le créé à l'incréé ou le créé inférieur au créé supérieur, car tout est hiérarchisé chez Lulle.

Ces Règles sont désignées : la première par la lettre B, la deuxième par la lettre C, et ainsi de suite, et nous verrons souvent ces dénominations alphabétiques dans les passages de *L'Art* que nous citons dans ce chapitre. Il peut y avoir beaucoup d'autres questions posées, mais il est probable que Lulle ne faisait répondre son Art qu'à celles de ce genre et surtout qu'à celles destinées à prouver la correspondance du macro-

---

7. *Ars inventiva*, Mayence, t. V, pp. 13 et 14.
8. *Grand et dernier art*, pp. 19 à 37; *Art bref*, Zetzner, 1641, p. 13.

cosme et du microcosme. Il semble que l'Art, malgré sa prétention de généralité, ne réponde guère de façon satisfaisante
qu'à des questions déterminées, entendues dans des sens spéciaux dérivés de la doctrine générale du maître ou tout au
moins de la logique commune du temps.

Il faut aussi tenir compte des rapports que présentent les
significations des lettres dans les différents cercles aux points
de vue de la concordance, de la différence ou de la contrariété;
du commencement, du milieu ou de la fin; de la majorité, de
l'égalité ou de la minorité[9]. Il est utile d'essayer de convertir,
de déterminer les choses qui se convertissent et celles qui ne
se convertissent pas, comme Dieu est bon, et autres semblables
qui se peuvent convertir.

Or, Dieu et l'ange ne se convertissent pas, ni la Bonté, ni
l'ange, ni sa bonté, ni sa grandeur et ainsi des autres termes[10].
Toutes ces Conditions ont été remplies au sujet par exemple
de la question : Le monde est-il éternel? On a appliqué la
septième Règle du temps; essayé de rattacher le monde au
Principe de Dignité incréée Éternité; constaté que le monde,
par définition, est créé, ne peut concorder avec l'Éternité, mais
est contraire à cet Attribut divin. On s'est aperçu qu'Éternité
divine et durée du monde ne se convertissaient pas.

De quelle utilité sera donc maintenant l'usage des figures de
l'art combinatoire, notamment de la quatrième, composée de
trois cercles, pour la résolution de la question?

Il s'agira de mettre en forme la réponse et de rechercher le
moyen terme entre le Général, l'Éternité et le Particulier, le
Monde, représentés par D et B, choisissant entre les significations des lettres prises comme Principes généraux divins
dans le cercle médian : « Le cercle médian apprend à trouver
le moyen de la conclusion. Le moyen concordatif ou copulatif
cause la conclusion affirmative et le moyen contrariatif ou dis-
jonctif la conclusion négative[11]. » Soit B, C, D obtenus en

9. *Grand et dernier art*, deuxième figure, pp. 7 à 11.
10. *Ibid.*, première figure, p. 6.
11. *Ibid.*, quatrième figure, p. 15.

plaçant les lettres des cercles de la périphérie au centre. B représentant la Bonté divine, absolue, et D l'Éternité, en essayant toutes les lettres du cercle médian prises comme Principes divins, je trouve que C, la Grandeur, est celle qui convient le mieux.

Considérant C, la Grandeur, comme moyen, j'aurai, en mettant en syllogisme : la Bonté divine est une avec la Grandeur divine ; or, la Grandeur divine est éternelle, donc la Bonté divine est éternelle.

Ce n'est pas la peine de montrer plus longuement que *l'art combinatoire ne permet aucune invention*. Assurément, Lulle ne le séparait-il pas le plus souvent de l'Art pris d'une façon globale? Mais *il n'est*, à notre avis, *que le graphique et l'aide-mémoire de l'Art fondamental*.

Prenons cependant pour exemple un cas où les termes de la question ne sont pas dans les cercles des figures (ce qui peut arriver, car Lulle se sert de ces cercles de toutes sortes de manières) et où B, C, D représentent des Règles. Nous allons voir comment il interprète les rapports de ces Règles entre elles : « Quand on nous demande si le monde est éternel, nous dirons par B, C, D que non. Parce que, s'il était éternel, sa raison serait dès l'Éternité produisant un Bien éternel, et la raison magnifierait cette raison bonne dès l'Éternité et dans l'Éternité comme il paraît par sa définition, et l'Éternité ferait durer cette production de l'Éternité et dans l'Éternité, et il n'y aurait aucun mal dans le monde, parce que le bien et le mal sont contraires, mais il y a du mal au monde comme on le voit par expérience. Donc, il est conclu que le monde n'est pas éternel.

En outre, la Règle B (de la possibilité) pose qu'il faut tenir la négative de la question selon les susdites définitions et selon les Règles C (de la quiddité) et D (de la matérialité) », en disant ainsi : « Si le monde est éternel; son éternité cause autant la durée de la malice que la durée de la bonté, ce qui se voit par la première espèce de la Règle C (qui est la chose?) et par la première espèce de la Règle C (est ce que? au sens dubitatif).

Le mal est aussi primitif que le bien, parce qu'il n'y a pas de premier jour ni de dernier.

Et par la seconde espèce des Règles C (ce que la chose a eu de coessentiel) et D (de quel état est la chose?), le monde est composé de bien et de mal dès l'éternité et dans l'éternité ; et par la troisième espèce de la Règle C (ce qui existe dans un autre sujet), le monde est infini en éternité et fini en bonté et malice. Et par la quatrième espèce de la Règle C (ce que possèdent les choses qui sont dans un autre sujet), il a repos dans les choses générales et corruptibles : dans les générales, à raison du bien, et dans les corruptibles, à raison du mal ; et par la seconde espèce de la Règle C (ce qu'elle a eu de coessentiel), l'Éternité de Dieu et sa Bonté nécessitent le mal et le repos en causant l'éternité du monde ; et toutes ces choses étant impossibles, il est manifeste qu'il faut tenir la négative de la question[12]. »

L'usage de la figure ne paraît donc pas essentiel, c'est l'interprétation d'une formule qu'on n'a pas trouvée par hasard, comme nous l'avons montré, mais par un choix minutieux qui nécessite une grande subtilité d'esprit. On ne voit pas du tout si l'Art consiste surtout dans le schématisme employé afin que « l'artiste puisse plus apprendre de cet Art en un mois que le logicien de la logique en un an[13] ». La prétention de Lulle serait absurde. Une autre citation confirmera notre opinion : « Que l'homme sache trouver plusieurs raisons et plusieurs conclusions, appliquant les dites raisons à une conclusion regardant les significations des Lettres et les appliquant au propos, de telle sorte qu'il ne s'ensuive aucun inconvénient ou impossibilité contre les dites significations[14]. » Puisqu'il semble en être ainsi, pourquoi tous les historiens de la philosophie ont-ils confondu l'art combinatoire, expression concrète du véritable Art de Lulle, avec cette méthode elle-même ?

12. *Grand et dernier art*, pp. 65 et 66.
13. *Id.*, p. 502.
14. *Id.*, p. 15.

Pourquoi Lulle en recommande-t-il l'usage et ne se borne-t-il pas, comme dans les ouvrages catalans et les traités contre-averroïstes, à appliquer sans schématisme la déduction des Principes généraux, des idées générales de l'esprit humain[15]? On répondra facilement à la première question que *le Moyen-Age a été séduit par les pantacles*, les talismans, les figures magiques, et que les cercles et les triangles de Lulle ressemblaient à première vue aux illustrations des grimoires ou des livres d'alchimie.

Peut-être Lulle a-t-il compté sur cette séduction pour attirer l'attention sur l'Art lui-même, exemplariste, déduction des Principes généraux, rattachement du particulier au général? On a même dit, mais l'hypothèse est à rejeter, que Raymond a voulu rebuter le curieux par des figures rébarbatives ou mystérieuses, pour mieux réserver ses enseignements à ses seuls disciples. Or, au contraire, Lulle a voulu démocratiser le savoir, n'est point un ésotériste.

Il est probable que le *schématisme* des lettres et des figures n'est qu'un *cadre unique dans lequel il a fait entrer les rapports des Principes aux Règles, des Archétypes aux ressemblances créées*, pour mieux montrer, de façon plus sensible, la possibilité d'une *réduction à une méthode unique*, valable pour la théologie, la philosophie, la morale, la psychologie, la médecine, etc.

On ne sait pas s'il n'espérait point aboutir à une *mathématique universelle*, à une véritable *algèbre logique;* mais les textes que nous possédons ne nous permettent guère de l'affirmer. Voulait-il éviter la distraction d'esprit de l'artiste en occupant ses yeux et ses mains?

C'est une supposition soutenable, mais que des paroles définitives du maître n'appuient pas. Il dit bien : « Dans cet Art, les figures sont données pour que l'imagination soit aidée par la sensation et l'intellect par l'imagination, et surtout pour

---

15. *Duodecim principia philosophiae, Declaratio Raymundi, De articulis fidei, Blanquerna, Felix, Arbor scientiae, Libre de filosofia de amor, Libre del gentil*, etc.

que les Principes universels se manifestent dans ces Facultés
et soient rappelés à la mémoire[16]. Ceci appuierait ma dernière
hypothèse, mais un autre passage du même traité dit : « Il
apprend aussi à faire et à résoudre les questions, à pouvoir
acquérir toutes les connaissances dans un bref espace de temps[17].

Tels que nous pouvons les lire, les ouvrages de l'*Ars Magna*,
illustrés de figures, ne nous paraissent nullement être indispen-
sables à la pratique de l'art fondamental dont toute l'œuvre de
Lulle est une application, dans ses poésies, ses romans, ses
dialogues, dénués de figures et de lettres. Avec cette méthode
générale, Déduction des Principes généraux, « l'artiste, s'il fait
des progrès, doit se sentir monter à des notions hautes et subtiles. Quand une question lui aura été faite, de la nécessité des
Principes auxquels il s'est habitué, il saura déduire des raisons
nombreuses et arducs, allant des Principes implicites aux principes explicites, des Définitions implicites aux définitions explicites et réciproquement, passant de l'explicite à l'implicite[18] ».

Personne, ni au dix-huitième siècle (pas même le Père Pasqual, l'auteur si érudit des *Vindiciae*), ni au dix-neuvième siècle parmi les lullistes de Catalogne, n'a osé se servir pratique-
ment de l'art combinatoire, faire tourner les cercles. Les uns
ont eu peur de donner une preuve de l'absurdité du système,
d'autres ont pensé avec raison que nous ne possédions pas
complètement la manière dont Lulle utilisait les figures et qu'il
transmettait peut-être oralement. On sait aussi que beaucoup
de livres du Majorquain sont perdus. Que l'on nous permette
d'être aussi modestes que les lullistes et de considérer l'art
combinatoire, schématique, comme un des variés moyens
d'expression de la doctrine générale de Lulle, de sa méthode
de rattachement du particulier au Principe par les Définitions
et les Règles, conséquence du réalisme issu de l'exemplarisme.
Tout *l'Art de Lulle suppose le postulat exemplariste* d'une correspondance entre les Idées de Dieu Archétypes éternels, et les

16. *Compendium artis demonstrativas*, t. III, prol. Mayence.
17. *Ibid.*
18. *De generali habituatione hujus artis*, Mayence, t. V, p. 204.

5

idées humaines ou les choses, ressemblances finies de ces Archétypes, Dignités divines. Si Lulle ne mettait dans ses raisonnements de *l'Ars* que des Principes déjà trouvés, des idées générales, des vertus, des qualités déjà définies, posait des Règles dans des buts déterminés, confondait-il pour cela la forme logiquement irréprochable des raisonnements avec leur valeur, avec leur vérité? Sans doute, plutôt, voulait-il montrer que la *correspondance universelle, l'ordo et connexio rerum,* identique à *l'ordo et connexio idearum humanarum et divinarum,* étaient tout naturellement exprimés par le langage, l'écriture et l'image géométrique, ce qui confirmait une fois de plus sa thèse réaliste. Lulle ne pouvait pas croire à l'efficacité des figures pour trouver quoi que ce soit, les précautions qu'il prend de définir, d'examiner les rapports, les possibilités et les impossibilités le montrent assez.

Quoi qu'il en soit, que voulait-il faire de l'Art, méthode et expression concrète de cette méthode, applicable à toutes les sciences, preuve de la concordance de la philosophie, de la science expérimentale et de la religion chrétienne?

Il est probable qu'il a eu pour but secondaire d'abréger, de *réduire les principes de toutes nos connaissances à une méthode unique, de simplifier et de démocratiser le savoir.* Mais le but principal était plus ambitieux : mettre à la disposition du pape et des princes chrétiens un *moyen de domination sur les esprits,* de conversion des infidèles, d'appel des non chrétiens à l'unité du catholicisme, comme il conviait les fervents de toutes les sciences à l'unité de méthode. C'est une reprise du haut *dessein de Roger Bacon* qui demandait aux princes et au pape des réformes, et leur offrait la maîtrise du monde par une science démocratisée, par l'étude des langues[19].

Pour honorer la gloire de Dieu, but principal de l'humanité, il faut, selon Lulle, organiser les études dans les monastères et les maistrances, de manière à ce que l'on apprenne « quelques brèves raisons par l'Art abrégé de trouver la vérité

---

19. Bacon, *Opus minus,* p. 328 et suiv. — *Compendium studii,* ch. VI.

(*l'Ars Magna*), pour prouver les Articles de la Sainte Foi catholique, et pour conseiller, au moyen de cet art, les Maîtres, les Princes et les Prélats, et qu'ayant appris différentes langues, on s'en aille ensuite chez les Rois et Princes infidèles défier l'un ou l'autre de leurs chevaliers par les armes ou par la science, pour maintenir à la valeur sa vérité et son honneur, conservés par la Sainte Foi catholique[20]. Cette tentative d'unité de tous les savoirs et de toutes les croyances, par *l'Ars Magna* comme par les armes, ne devait guère aboutir. Les civilisations rivales sont toujours en présence, et l'Islam ne s'est laissé ébranler en rien par le dogme ni par la philosophie du christianisme, si dans certains pays comme l'Inde, l'Égypte, l'Afrique française il a dû s'incliner politiquement devant la puissance et l'ordre des armées chrétiennes. Quant aux sciences, leur réduction à l'unité n'est pas encore accomplie, malgré les efforts des positivistes comme Auguste Comte et des évolutionnistes.

C. — Relations des deux méthodes.

Les deux méthodes se complètent. Le Grand Art suppose que l'on a été déjà mis en possession de connaissances solides par la méthode mystique de découverte des Principes, par une réflexion sur les choses particulières.

Si les Principes n'avaient été trouvés dans la nature, dans l'homme, si l'on n'était monté jusqu'à eux, le Grand Art déductif serait une absurdité incompréhensible. Or, le fond même de cet Art, comme le graphisme alphabétique et géométrique qui l'illustre, le précise en graphiques, supposent des faits antérieurement prouvés, partant des Principes expérimentalement connus.

Il ressort donc de ce qui précède que :

1° *L'Ars Magna explique*, démontre discursivement, en-descendant, *des vérités données* par l'expérience ordinaire ou mys-

---

20. *Blanquerna*, II, ch. LXXXVII, v. 8, pp. 31 et 32.

tique, fournit une vérification de ce que l'on a appris par d'autres voies;

2° Que cet *Ars Magna n'est pas mécanique*, mais obéit, dans son maniement symbolique lui-même, au raisonnement de l'artiste, à sa pensée mûrement réfléchie;

3° Que le *schématisme* de l'art combinatoire est une *simple expression concrète* de la méthode générale de *l'Ars*, de déduction des Principes généraux, qu'il est un moyen ingénieux de rendre visibles les opérations mentales de l'artiste et d'occuper ses sens de manière à concentrer l'attention sur la question posée et à éviter la distraction;

4° Que *l'Ars* en lui-même et dans sa figuration combinatoire est destiné à *prouver la concordance des résultats obtenus par l'expérience et par la déduction*, si l'on procède en renversant les termes; si, après être monté du particulier au général, on redescend du général au particulier; qu'il atteste une fois de plus la valeur des doctrines exemplaristes et réalistes et les vérifie dans le domaine logique;

5° Que Lulle a eu *l'idée d'une méthode unique* convenant à toutes les sciences et à la philosophie, les rattachant à la théologie, ce qui assurait le triomphe de la chrétienté sur les autres sociétés religieuses, puisque *l'Ars* aurait pu prouver, par les correspondances qu'il établissait, la liaison des dogmes chrétiens avec les phénomènes psychologiques et naturels de toute sorte, et par suite leur valeur scientifique.

On s'est toujours moqué de Lulle chez les chrétiens comme chez les musulmans, et l'Art a discrédité le Bienheureux, si remarquable pourtant presque en tout ce qu'il a entrepris. Puisse le lecteur, s'il dédaigne les moyens, admirer du moins la noblesse des buts.

N. B. Je ne crois pas que Bové lui-même, lulliste très informé, sache bien se servir des figures. Il les laisse de côté, d'ailleurs, volontairement, comme surannées et inutiles.

CHAPITRE IV.

Lulle scolastique.

Si l'on appelle scolastique la philosophie professée par les chrétiens occidentaux, tels que saint Anselme, Alexandre de Halès, saint Bonaventure, Duns Scot, saint Thomas, synthèse qui tient compte à la fois de la théologie catholique et de la philosophie grecque, de la vie scientifique, artistique, politique, économique du Moyen-Age, Lulle fut un scolastique complet.

Nous verrons bientôt que, loin d'être aussi excentrique qu'on veut bien le dire, il n'est original et hardi que dans la forme, extraordinaire que dans la diversité des rôles qu'il a joués au treizième siècle, et par la prodigieuse activité qu'il a su allier à la plus haute contemplation mystique dans son œuvre et dans sa vie, par la sincérité absolue de son enthousiasme et la fermeté de ses desseins.

Nous laisserons pour plus tard l'étude de sa théologie, de ses doctrines scientifiques, sociologiques, pédagogiques, morales, et nous nous bornerons en ce moment à dire quelques mots de ses idées sur la métaphysique, la psychologie et la logique, très utiles à la comparaison que nous ferons dans notre deuxième partie avec les doctrines des grands penseurs chrétiens qui l'ont précédé.

Il ressortira de cette comparaison que le Bienheureux Majorquain fut augustinien, anselmien et franciscain, mais de tendances opposées au thomisme.

A. — MÉTAPHYSIQUE.

Sans anticiper sur les chapitres où nous analyserons la théologie et la mystique de Lulle, nous poserons tout d'abord qu'il
attribue à Dieu toutes les perfections et le sépare nettement du
monde créé.

1° **Dieu.** — *a*) Ces *Perfections* ou Attributs parfaits, infinis,
sont *les Dignités* dont il est parlé si souvent dans ses traités,
Archétypes, exemplaires incréés des choses créées. Les principales sont énumérées, par exemple, de la façon suivante dans la
Doctrina pueril : « En Dieu sont la Bonté et la Grandeur, l'Éternité, la Puissance, la Sagesse et l'Amour, la Vertu, la Gloire,
la Perfection, la Justice, la Générosité, la Miséricorde, l'Humilité, la Seigneurie, la Patience. En Dieu (ajoute-t-il), il y a
beaucoup de Vertus qui ressemblent à celles-là, et chacune
d'elles et toutes ensemble sont un Dieu seulement[1]. »

Cette dernière partie du passage précité indique que Lulle
considère ces Dignités comme formant une unité indissoluble
avec l'essence de Dieu. « Dieu est cette substance en laquelle
chacune de ces Dignités est l'autre[2]. »

b) En Dieu : *l'essence et l'existence sont une seule et même
chose*. « Parce que toi, Glorieuse Essence, tu n'as aucune
différence dans ta Puissance, ta Sagesse et ta Volonté, pas
plus qu'il n'y a une différence quelconque entre ta Puissance,
ta Sagesse et ta Volonté, tu es donc une Essence et une même
chose avec ton Être, sans différence ni distinction quelconque
de ta Puissance, de ta Sagesse et de ta Volonté[3]. »

Au contraire : « L'essence en la créature est distincte du
pouvoir, de la sagesse et de la volonté créées, parce que
pouvoir est une chose, savoir une autre et vouloir une autre

---

1. *Doctrina pueril*, ch. I, verset 5, p. 3.
2. *Libre de Deu*. Voir ch. II, p. 287, édit. Obrador, même tome qu'*Arbre
de philosophie d'amour*, Palma. 1901.
3. *Art de contemplacio* in *Blanquerna*, II, ch. CXI, p. 259.

encore, et pour cela l'essence créée ne peut être une même chose en son pouvoir, son savoir et son vouloir[4]. »

c) *Dieu est amour, Bien suprême* : « Dieu est bon naturellement par naturelle bonté substantielle[5]. » — « O Essence divine, tu es si grande en Bonté et en Éternité qu'entre toi, ta Bonté, ta Grandeur et ton Éternité, il n'y a aucune différence », dit Lulle[6]; mais, tout respectueux qu'il est de l'égalité des Dignités, il ne peut s'empêcher de mettre la Bonté en tête quand il les énumère ou de parler d'elle avant de contempler les autres. « Il commença à considérer quel grand bien c'est de la part de Dieu que d'engendrer ce qui est Bien, Infini, Éternel, Puissant, Sage, Aimable[7], etc. » Qu'on nous permette de donner un texte où il exalte le Bien et où l'on voit combien le Majorquain sépare les Dignités de leurs ressemblances créées : « Il ne fut jamais, il n'est, ni il ne sera dans les créatures que le Bien infini et éternel puisse être engendré naturellement ni né par procession, puisqu'il est établi que tout bien créé est terminé et fini en bonté, grandeur, durée, puissance[8], etc. » « La nature du Bien est d'engendrer un autre Bien et la nature du Pouvoir d'engendrer un autre Pouvoir[9]. » « Amour divin, tu as en toi un aimant infini et éternel dans son aimer[10]. » Dieu est bon dans son œuvre.

2° **La création**. — *a) Le monde est nouveau et non pas éternel.* « *Probatum est mundum esse novum et probata sua novitate rationes quæ fiunt de æternitate mundi solvi possunt[11].* » Lulle prouve longuement cette nouveauté dans le chapitre LXXXVII

4. *Art de contemplacio* in *Blanquerna*, II, chap. CXI, p. 259.

5. *Libre de Deu*, p. 307.

6. *Art de contemplacio* in *Blanquerna*, II, ch. CXI, p. 259.

7. *Ibid.*, ch. CXIII, p. 270.

8. *Ibid.*, v. 2, p. 270.

9. *Ibid.*, ch. CXXI, v. 8, p. 339. 10 ; ch. XXVII,XXVIII, pp. 131 à 146. *Livre de Contemplation*, t. I.

10. *Art de contemplacio*, ch. CXXI, v. 7. p. 338. La Bonté est examinée en tête des autres Dignités, ch. III : des diverses Dignités, de la Bonté. Dans le livre *De Oracio*, p. 189, même tome qu'*Arbre de philosophie d'amour*, Palma, 1901.

11. *Declaratio Raymundi*, ch. LXXXIX, p. 170. Cf. ch. LXXXVII, pp. 163 à 170.

de la *Declaratio Raymundi*) et nous reverrons cette question à propos de Lulle contre-averroïste. La création est donc temporelle.

b) Dieu a créé le monde « ex nihilo ». « Le créateur est celui qui a fait le monde de rien. » « Dieu est pour cela créateur, car il a créé ce qui est de rien, non que rien produise rien, mais ce qui n'était pas est produit et n'est pas produit de quelque chose[12]. »

c) Les deux doctrines précédentes n'empêchent pas Lulle d'admettre la *prescience de la création en Dieu*. « La création dans l'Éternité est l'Idée parce qu'elle est éternellement connue par la Sapience divine et aimée par la divine Volonté, laquelle création dans l'Éternité est l'Idée qui est en Dieu[13]. » Ceci est conforme à la prescience générale dont il parle dans le chapitre xx du tome Iᵉʳ du grand livre de *Contemplation* : « Dieu sait toutes choses qui existent et qui n'existaient pas[14]. »

d) Dieu a créé le monde par Bonté, comme nous l'avons vu au commencement de ce chapitre. Tout ce qui est bon et bien dans la nature et dans l'homme est venu de la divine Bonté, dit Lulle longuement dans la dix-neuvième distinction du livre Iᵉʳ du grand livre de *Contemplation*[15].

e) Quoique Lulle considère toutes les Dignités comme égales, il accorde une *grande importance à la Volonté* dans la création du monde : « Ce que vous avez créé, vous l'avez créé par Volonté, car vous vouliez que les choses fussent en être, et toujours ce que vous voulez est. Les choses qui ne sont pas encore arrivées à l'être, vous pouvez les faire venir à l'être, si vous le voulez[16]. »

Remarquons ici que Lulle, comme saint Augustin et les franciscains d'ailleurs, confondait l'Amour et la Volonté en

---

12. *Doctrina pueril*, ch. iii, v. 1, p. 7. — *Libre de Deu*, p. 301, ch. iii, paragr. 10.

13. *Grand et dernier art,* édit. de Wassy. *Les Cent formes*, p. 30. •

14. *Libre de contemplacio en Deu,* édit. Obrador, t. I, ch. xx, p. 97 et suiv.

15. *Ibid.*, ch. xxvii et xxxiii, pp. 131 à 146.

16. *Ibid.*, liv. II, chap. xxx, p. 148.

Dieu : « L'Amour et la Volonté en Dieu sont une même chose et l'Amour en Dieu est égal à l'acte des Bonté, Grandeur, Éternité, Puissance, Sagesse et des autres Dignités[17]. »

f) Dieu n'a pas seulement créé *le monde* pour manifester sa générosité et sa bonté, mais pour donner à l'homme *l'occasion de l'aimer et de l'honorer*. « C'est *la première intention*, le vrai but pour lequel l'homme a été fait; mais, pécheur, l'homme a choisi *la seconde intention*, c'est-à-dire l'amour de la vaine gloire et des biens de ce monde. »

Naturellement partisan de la théorie anthropocentrique finaliste, Lulle croit que Dieu a principalement créé le monde pour étaler sa richesse, ses beautés aux yeux de l'homme, pour combler de bienfaits cette créature et recevoir en échange le tribut de son affection et de son respect. Et l'ermite dit : « La principale raison pour laquelle Dieu a créé le monde a été pour être connu et aimé de l'homme[18]. » Il dit, plus loin, à propos du mal que l'on constate dans le monde : « Et cela est parce que les gens dévient considérablement par péché de l'intention pour laquelle ils sont créés, c'est-à-dire pour connaître et aimer Dieu[19]. »

g) *Dieu pouvait créer plusieurs mondes.* Les averroïstes disaient, s'il faut en croire Lulle : « Dieu ne peut faire plusieurs mondes, parce qu'il est Un et que son Unité demande donc son semblable dans son effet. » Le Majorquain, soutenant la *possibilité de la Pluralité*, leur répond en ces termes : « La pluralité précitée est comme la très bien heureuse Trinité divine : puisque Dieu est Un et en trois personnes, il peut produire un monde, en raison de son Unité, et plusieurs en raison de sa pluralité, s'il le veut[20]. » Lulle insiste peu d'ailleurs sur ce point.

Le monde, avant d'être divisé en individus, *a d'abord été créé confus*, c'est le chaos « où existent les principes de toutes

---

17. *Blanquerna*, II. *Art de contemplacio*, ch. cxv, v. 6, p. 287.
18. *Felix de les Maravelles*, I, ch. vi, p. 38.
19. *Ibid*.
20. *Declaratio Raimundi*. ch. xxxiv, pp. 136 et 137.

les choses générales et corruptibles et ce (premier) corps est constitué de la première forme et de la première matière universelle[20']. »

« Le philosophe (dans le *Félix*) lut et dit que Dieu créa quatre essences, à savoir : l'ignéité, l'aérité, l'acquéité et la terrestréité, selon ce qu'il est raconté dans le livre appelé *du Chaos*. Ces quatre essences furent créées ensemble et furent ensemble une *Ylè*, qui est appelée chaos, et chacune de ces essences est en forme et en matière[21], etc. »

On voit que Lulle faisait de la matière céleste et de la matière sublunaire une seule matière à l'époque chaotique, comme saint Bonaventure.

La conception biblique du chaos s'alliait ainsi à l'hylémorphisme dont nous allons parler.

h) Il faut distinguer *dans toute créature* autre que Dieu, même chez l'ange, *la matière et la forme*, principes passif et actif sans l'union desquels rien ne saurait exister. Bien entendu, la matière des êtres spirituels sera-t-elle spirituelle et non corporelle. Les docteurs du treizième siècle ne l'entendent pas au sens moderne, mais la considèrent comme la puissance vis-à-vis de l'acte, ce qui peut être quelque chose et ne le devient que lorsque l'activité de la forme s'y est appliquée.

Cette doctrine de l'hylémorphisme universel se retrouve chez beaucoup de franciscains notamment avant Lulle, chez Alexandre de Halès et saint Bonaventure.

Voyons d'abord ce qu'est cette matière, toujours unie à une forme au début de la création : « La première matière est sujette à recevoir deux choses contraires, à savoir : la forme et la privation de la forme, comme je suis (dit Lulle) sujet à recevoir deux choses contraires, obéissance à vos mandements et désobéissance à vos ordres[22]. »

Tout ce qui existe est issu de la première ou, pour éviter

20'. *Grand et dernier art, Cent formes*, p. 23.
21. *Liber Caos*, Mayence, t. III. *Félix*, t. I, ch. III, p. 114.
22. Livre de *Contemplacio en Deu*, édit. Obrador, t. I, ch. XXXI, p. 152.

toute idée panthéiste absente chez Lulle, a été fait, créé par
Dieu de cette matière fondamentale : « Vous avez créé la
première matière pour recevoir composition et dissolution dans
les individus composés, de telle sorte que vous engendrez
d'elle les animaux et les plantes, que vous les composez et
les décomposez d'elle[23]. »

Nous lisons dans le Commentaire du *Livre des Sentences*, de
Pierre Lombard, que Lulle, comme il lui arrive souvent,
n'écrivit pas sans doute lui-même, mais qui manifeste clairement ses doctrines théologiques, en réponse à la question du
titre : « Est-ce que Dieu peut faire que la matière existe sans
forme ? » Raymond dit : « Vis-à-vis de la nature et de la fin,
Dieu ne peut produire et gouverner la matière sans forme,
comme Dieu ne peut rien sans Bonté, Grandeur et Vertu[24]. »

Au sujet de la nature des anges, Lulle n'en est pas moins
explicite : « Dieu a créé ces anges, fils, au commencement, de
matière, de temps et de mouvement[25]. » Il analyse cette matière dans le *Grand et dernier Art* après avoir parlé de la forme
de l'ange, composée de ses *atifs* (corrélatif *actif*), c'est-à-dire
de ses bonificatif, magnificatif, etc. : « Et sa matière est constituée de son bonifiable, de son magnifiable (corrélatif passif),
sans laquelle sa fin naturelle ne serait pas recevable[26]. »

Enfin, le passage suivant du Commentaire de Pierre Lombard résume toutes ses idées principales à ce sujet : « Raymond
répondit : Ermite, il est prouvé dans la quarantième question
que l'ange est composé de matière et de forme ; je ne dis pas

23. *Contemplacio en Deu*, édit. Obrador, t. I, ch. xxxii, p. 153.
24. Beaucoup de traités latins sont d'un style trop suivi, d'une langue trop
correcte pour avoir été rédigés par Lulle. Il faisait traduire du catalan en latin
par des disciples fidèles et zélés. Le commentaire sur le *Livre des Sentences* est
probablement un recueil de solutions orales que Lulle donnait à des questions
du Sentenciaire, thèmes habituels de tous les cours de théologie du Moyen-Age,
notamment au treizième siècle ; c'est une rédaction de notes de cours assez
fidèle et intéressante, où l'étudiant respecte la forme lullienne si connue du
dialogue entre Raymond et l'interlocuteur. — Mayence, t. IV, liv. II des *Sentences*, question LVI, p 51.
25. *Doctrina pueril*, ch. xcviii, p. 276.
26. *Grand et dernier art*, ch. xxxv, p. 281.

cependant que les anges soient collectivement de la même matière, mais que n'importe lequel a sa matière spécifique et
propre, et chacun est sa propre espèce à lui-même, comme
il a été prouvé à la cinquante-neuvième question ; et toutes les
espèces spécifiques des anges subsistent ainsi sous une seule
espèce que nous appelons angéité, et comme les hommes sub-
sisteraient sous une seule espèce, l'humanité, si l'un n'était
engendré et individué d'un autre ou de quelque autre encore[27]. »

Pour Lulle, comme pour saint Thomas, chaque ange est une
espèce, comme on le verra dans l'extrait du *Libre de Angels*
que nous donnons en appendice (folio 12, *De materia*).

i) Lulle, comme tous les philosophes et théologiens du
Moyen-Age, s'est préoccupé du problème de l'*individuation*.

Il ne place le principe d'individuation ni dans la matière,
ni dans la forme, ni dans le rapport de l'une et de l'autre,
exclusivement. « Il y a *plusieurs causes d'individuation* en plus
de la matière, sans laquelle il ne peut être individué », dit-il
en réponse à la question : « La cause de l'individuation est-elle
la matière ou quelque autre chose[28]? » Voici ces causes :
« Raymond dit : que pour individuer l'individu... plusieurs
causes et instruments sont requis tels que la matière, la forme,
la cause efficiente, la cause finale, la concordance, la quantité, etc., et que sans ces causes, il ne peut être individué[29]. »

Cette solution est conforme au *principe d'harmonie* qu'on
retrouve partout chez Lulle. On dirait que, précurseur des
philosophes nouveaux, il s'efforce de tenir compte de tous les
termes des séries qu'il étudie et ne veut accorder aucune importance privilégiée à l'un d'entre eux. D'ailleurs, il y a concordance entre les Dignités, Idées de Dieu, Attributs éternels, en
acte tous ensemble dans l'œuvre de la création et les principes
moins généraux, car ils sont relatifs : matière, forme, causalité,

27. Mayence, t. IV, lib. II, *Sententiarum*, quaest. LXII, p. 56.
28. *Ibid.*, quaest. LXVII, p. 57.
29. *Ibid.*, quaest. LXIII, pp. 56 et 57.

fin, ressemblances finies de Dieu, qui concourent ensemble à l'individuation.

Lulle ne s'écarte donc pas de la *métaphysique franciscaine* et n'est pas si excentrique qu'on l'a cru jusqu'ici.

B. — PSYCHOLOGIE.

La *psychologie* de Lulle est à la fois *péripatélicienne* et *patristique*. Le Majorquain est même surtout augustinien et anselmien.

a) On trouve chez lui la *hiérarchie des puissances de l'homme*, emboîtées pour ainsi dire les unes dans les autres, de la vieille psychologie. L'homme seul dans la création les possède toutes : « Il y a universellement en l'âme cinq puissances : la *végétative*, la *sensitive*, l'*imaginative*, la *rationnelle* et la *motrice*; mais il n'y a pas d'âme chez les arbres ni de rationalité chez les animaux. Dans l'homme, elles se trouvent toutes les cinq, fils; c'est pour cela que l'homme dit que son âme participe de toute créature [30]. »

« L'*âme végétative* est la croissance des plantes, du corps de l'homme ou de la bête, en raison de la nature élémentaire. L'âme sensitive est la puissance par laquelle les bêtes, les oiseaux et les hommes ont cinq sens corporels. L'âme imaginative est la puissance par laquelle on imagine les choses corporelles. L'âme rationnelle est l'essence qui a le pouvoir de se souvenir, de comprendre et de vouloir. L'âme motrice est la puissance par laquelle se meuvent les plantes et les bêtes vers ce qu'elles désirent et l'âme de l'homme vers ce qu'elle aime [31]. »

b) L'*âme rationnelle* comprend trois puissances hiérarchisées : la mémoire, l'intellect et la volonté, puissance direc-

---

30. *Doctrina pueril*, ch. LXXXV, verset 3, p. 231.
31. *Ibid.*, verset 4, p. 231.

trice, maîtresse de cette âme supérieure, la seule immortelle :
« Quand le corps de l'homme meurt, ne crois pas, fils, que
l'âme rationnelle meurt; mais elle va en Paradis, en Purga-
toire ou en Enfer, selon qui elle aura servi (Dieu ou le monde).
Mais les âmes végétative, sensible et imaginative meurent à la
mort du corps. Et sais-tu pourquoi? Parce que la nature du
corps est corruptible[32]. »

c) La *volonté* ou puissance du libre arbitre est la plus importante des trois facultés de l'âme rationnelle. Tout un chapitre
des *Duodecim Principia* lui est consacré : « La Volonté dit : Je
suis puissance impérative parce que je suis puissance qui choi
sit. Je suis impérative parce que je commande à l'Intellect et
à la Mémoire[33]. »

d) Lulle fait correspondre cette *âme rationnelle tripartite* aux
trois personnes de la Trinité divine ; après avoir cité comme
exemple du nombre trois dans les choses : « L'âme intellectuelle (qui est) une en essence et en trois choses diverses, desquelles est l'être de l'âme-mémoire, entendement et volonté[34] »,
Lulle ajoute : « Et en ces nombres de trois et de un est le
monde et tout ce qui est créé en être substantiel et cela signifie
que la Substance de Dieu est une et en trois personnes, à
savoir : le Père, le Fils et le Saint-Esprit[35]. »

e) Non seulement la *Volonté* chez Lulle est au-dessus des
autres puissances de l'âme comme rôle, quoiqu'elle leur soit
essentiellement égale, mais c'est par elle, nous le verrons en
mystique, qu'on arrive à Dieu, car elle se confond avec
l'amour, but véritable de l'homme, la première intention.

f) Je me borne à signaler que Lulle est volontariste, « car
Dieu a ordonné que l'homme puisse choisir entre la vérité et
l'erreur[36] ». « Si l'homme fait bien, il mérite la gloire et s'il

32. *Doctrina pueril*, ch. LXXXV, verset 10, p. 233.
33. *Duodecim principia*, édit. Zetzner, ch. XI, p. 142.
34. *Felix*, I, ch. IV, p. 28.
35. *Ibid.*, p. 29.
36. *Libre de contemplacio*. édit. Obrador, t. I, ch. LVI-LVIII, pp. 343 et suiv.

fait mal il mérite la peine[37] », *concilie la volonté libre avec la prédestination.* Se basant sur l'inséparabilité des Dignités dans l'acte, il dit : « Si l'on considère uniquement la Sagesse, il y a prédestination et point de libre arbitre ; si l'on considère uniquement la Justice, il y a libre arbitre et point de prédestination. Comme il faut considérer à la fois la Sagesse et la Justice qui ne sont pas séparables (en Dieu), il y a à la fois prédestination et libre arbitre, qui ne sont pas séparables non plus[38]. » Nous reverrons la Volonté dans d'autres chapitres, d'ailleurs.

g) Lulle identifie l'âme avec ses facultés. Les trois puissances, quoique de rôle distinct, rôle qui n'a rien de particulier, lui sont essentielles, puisqu'il a dit : « Il a été prouvé plus haut que Dieu influe substantiellement sur l'âme, afin que cette influence soit de la plus haute grandeur et ressemblance qui puisse être entre Dieu et les créatures ; d'où il s'ensuit clairement que les Puissances de l'âme sont de l'âme elle-même, qu'elles ne sont pas des accidents, mais plutôt des ressemblances divines[39]. » Nous avons vu d'ailleurs, à propos de la correspondance de la Trinité divine et des trois facultés de l'âme rationnelle, qu'elles sont trois et cependant une seule essence avec l'âme.

h) On retrouve chez lui la théorie de l'*Intellect agent et de l'Intellect possible*, mais l'Intellect agent est une participation directe de Dieu. Ses idées sont les reflets, les ressemblances des Idées ou Dignités de Dieu. On ne peut, sans doute, nous l'apprendrons quand nous étudierons la mystique de Lulle, comprendre Dieu que par intermédiaires, en contemplant ses similitudes, ses reflets dans les choses ou dans l'homme, mais néanmoins : « l'Intellect comprend immédiatement et simplement la Divine Bonté en raison de sa propre Bonté, la Divine

37. *Libre de contemplacio,* édit. Obrador, t. I, ch. LX, p. 254.
38. Édit. Mayence, t. IV, *Ars Inventiva,* 3e quest. résoluble, Mode KKK, p. 171.
39. Mayence, t. IV, *Beati Lullii quæstiones per art. demonstr. solubiles,* quæst. 50, p. 80.

Grandeur en raison de sa propre Grandeur, et ainsi des autres (Dignités), de telle sorte que la Divine Grandeur dans la Bonté, etc., ne fasse pas défaut à la bonté, etc., de l'âme [40] ».

Quant à l'Intellect passif, il connaît, par le moyen des sens et de l'imagination, les choses inférieures [41].

Il y a deux connaissances : l'une sensible, l'autre spirituelle, l'une médiate, l'autre immédiate, correspondant aux deux intellects.

i) Lulle est partisan de la *pluralité des formes* : « De formes et de matières qui sont en l'homme multiples et diverses, procède une forme, appelée forme humaine, qui est composée et ajustée de beaucoup de formes, et une matière humaine (qui lui correspond) est composée de beaucoup de matières [42]. » « L'âme rationnelle prédomine dans l'homme formellement et matériellement, au-dessus de toutes les formes et matières de la sensitive et de la végétative, mais la forme partielle subsiste sous la forme humaine et la matière partielle subsiste sous la matière humaine comme la partie vis-à-vis de son tout [43]. »

j) Lulle distingue l'âme avant la naissance, pendant la vie, après la mort. L'âme existait en Dieu, de toute éternité. Nous avons vu qu'elle était spirituelle après la création, forme du corps humain : « L'âme est substance spirituelle raisonnable qui donne la forme au corps humain [44] », mais qu'elle était unie au corps pendant la vie. Après la mort, l'âme devient évidemment substance spirituelle séparée, mais survit avec ses puissances rationnelles, mémoire, entendement et volonté [45].

L'âme aura de la joie en paradis pour chacune de ces puissances ou de la peine en enfer : « La Mémoire se souviendra qu'elle aura de la peine en tous temps, l'Entendement compren-

---

40. *Quæst. per artem demonstr. solubiles*, quæst. 55, p. 77. Mayence, t. IV.
41. *Duodecim principia*, ch. x, p. 140.
42. *Felix*, II, ch. 1, p. 12.
43. *Quæstiones per artem demonstr. solubiles*, quæst. 152. Mayence, t. IV, p. 150.
44. *Doctrina pueril*, ch. LXXXV. *De anima*, verset 1, p. 230.
45. Voir *Lectura super figuras artis demonstrativæ*, t. III, pp. 20, 124.

dra qu'il a perdu la gloire perdurable et la Volonté se fâchera contre la Mémoire qui remémore une peine infinie, et contre l'Entendement qui comprend la gloire qu'il a perdue ; donc, chacune de ces puissances aura de la peine en l'autre et en elle-même[46]. »

Mais, conformément au principe de l'hylémorphisme, l'âme momentanément séparée qui retrouvera son corps terrestre le jour du Jugement Dernier, sans les puissances inutiles dorénavant, ni la corruptibilité, est composée de matière et de forme.

Qu'on nous permette, avant d'examiner ce point, de citer le passage relatif à cette deuxième union de l'âme et du corps : « Au jour du Jugement, nous ressusciterons tous, chaque âme rationnelle recouvrera son corps, mais l'ordonnance des puissances (inférieures), utile au temps où nous sommes, ne sera plus nécessaire ; car le jour du Jugement et après, l'homme ne mangera, ne boira, ni ne prendra plaisir de la femme, ni n'aura un corps corruptible. Et sais-tu pourquoi ? Pour que la Justice de Dieu soit signifiée éternellement[47]. »

Si l'ange, substance spirituelle, a une matière et une âme, spirituelles toutes deux, il en est de même de l'âme humaine séparée du corps terrestre, et à plus forte raison.

A vrai dire, l'âme n'est pas séparée de tout corps, en Paradis ou en Enfer, mais seulement de celui qu'elle avait sur terre et qu'elle retrouvera au jour du Jugement dernier : « Aimable fils, si tu entres en Paradis, tu auras un corps glorifié qui ne mourra jamais[48]. » Après avoir dit que les Damnés seraient les uns sur les autres durablement dans le feu de l'Enfer, il ajoute : « Et le corps de chacun sera plein de feu ardent dedans et dehors, comme sont les grands tisons que tu vois dans le feu[49]. »

---

46. *Doctrina pueril*, ch. xcix, *De infern.*, p. 284 ; ch. c, *De Paradis*, p. 286.

47. *Doctrina pueril*, ch. lxxxv, *De anima*, v. 11, p. 233. (Ceci est une réfutation de la conception musulmane du *Paradis*.)

48. *Id.*, ch. c, *De paradis*, v. 7, p. 286.

49. *Id.*, ch. xcix, *De infern*, v. 6, p. 281.

6

Il est facile, même à défaut de textes authentiques, de comprendre que l'âme séparée de son corps terrestre, par suite même du principe de hiérarchie continue, doit avoir une matière, puisque l'ange qui lui est supérieur en possède une aussi.

Il est intéressant de remarquer à ce propos que Lulle, comme beaucoup de théologiens catholiques, ne pouvait admettre que l'âme n'eût pas un support passif, un simulacre de corps, analogue au corps astral des occultistes ou au périsprit des spirites, une fois séparée du corps terrestre, puisqu'elle éprouvait de la peine en Enfer ou de la joie en Paradis.

k) Enfin, comme nous l'avons vu, il donne pour *fin* à l'homme *la première intention*, dont il s'écarte pour aimer la seconde, c'est-à-dire les biens du monde et la vaine gloire : « L'homme n'est pas créé pour se louer lui-même et ne pas louer Dieu[50]. » Cette première intention, amour, service et louange de Dieu, est souvent rappelée par l'ermite de Majorque : « L'ermite répondit et dit (à Félix qui lui demandait pourquoi l'homme vivait) : « L'homme vit en ce monde pour « se rappeler de Dieu, le comprendre et l'aimer en vivant; et « l'homme vit pour pouvoir vivre en l'autre siècle (la vie future) « en gloire perdurable[51]. »

La psychologie de Lulle a donc pour aboutissant ce *but d'amour de Dieu et de vie bienheureuse;* mais nous verrons, dans les chapitres suivants, que l'homme, pécheur plus souvent qu'obéissant, s'en écarte, et qu'il faut tout l'*effort du mystique,* de l'homme d'action chrétien, dont Raymond offre l'exemple parfait, pour atteindre cette finalité.

---

50. *Doctrina puer. I,* ch. LXXXIX, *De ypocresia,* v. 4, p. 245; cf. ch. LXXXVIII, p. 241 et suiv.
51. *Felix,* II, ch. IV, *Per que viu hom,* p. 19.

C. — Logique.

Nous avons réservé, pour le traiter succinctement, le problème si important des universaux, quoiqu'il intéresse plutôt la métaphysique et la psychologie que la logique, mais la démonstration lullienne comme le Grand Art lui-même touchent de près à la conception que se fait Lulle des universaux[52].

Nous verrons ensuite ce que le Majorquain garde du syllogisme et les modifications qu'il lui fait subir.

Réalisme. — a) *Les idées des hommes sont des ressemblances des Dignités divines*, leur correspondent, et les choses correspondent comme des ressemblances inférieures aux idées humaines et aux Dignités éternelles, modèles incréés, exemplaires éternels. Les universaux, conformément à la précédente théorie très connue de Lulle, sont donc quelque chose qui existe réellement hors de l'âme ; ils sont même des substances générales sous lesquelles subsistent les choses particulières : « Dans la Divine Essence, il n'y a qu'une seule Bonté, une seule Grandeur, et ainsi de suite; mais cependant, dans cette Essence elle-même, il y a plusieurs Bontés personnelles, plusieurs Grandeurs, de telle sorte que la Bonté, qui est le Père, ne soit pas, en tant que Père, la Bonté qui est le Fils. Il en est de même de la Bonté qui est le Saint-Esprit, de telle manière que, dans la Bonté de la Divinité, la Bonté est d'une part Bonté paternelle, d'une autre Bonté filiale et enfin d'une autre encore, Bonté processionnelle. Ceci signifie qu'il y a réellement dans les choses de la nature, cinq universaux et dix prédicaments afin que l'effet soit plus semblable à sa cause, car autrement la Grandeur de Dieu ferait défaut à ses ressemblances dans la majorité de la Bonté, etc., ce qui ne conviendrait vraiment pas.

52. Réponse à la question : *Utrum quinque universalia et decem predicamenta sint aliquid extra animam. Quœstiones per art. Demonstrat. solubiles*, Mayence, t. IV, quæst. LXXXVI.

Si le genre, la substance, etc., sont réellement, une Bonté est le Principe, c'est-à-dire le genre sous lequel subsiste l'espèce dans les choses naturelles, comme la bonté des hommes, la bonté des lions, des ductiles et des autres métaux. Et chaque Bonté, de quelque espèce qu'elle soit, a sous sa dépendance ses bontés individuées, comme la bonté de Platon, et ainsi de suite. Il en est de même, par suite, du genre et de la différence, et à cause de cela sous une seule propriété sont plusieurs propriétés et sous un seul accident plusieurs accidents, sous une seule substance plusieurs substances, et sous une seule quantité plusieurs quantités, et ainsi des autres (concepts). Ainsi, s'il y a cinq universaux et dix prédicaments réellement, puisqu'en effet le Principe universel est le plus au-dessus de tout, régit les individus au-dessous de lui et les porte à l'agent naturel, sous ces espèces et genres dans lesquels ils sont individués, ainsi le Principe, le Moyen et la Fin des mêmes individus, sont des conséquences de la majorité de la Bonté, etc. : les cinq universaux et les dix prédicaments sont donc quelque chose de réel hors de l'âme [53]. »

Il insiste sur cette idée : « Si les universaux ne sont rien hors de l'âme, il s'ensuit qu'il ne peut y avoir dans le mixte élémenté une aussi grande distinction, une aussi grande concordance, une aussi grande contrariété (que s'ils sont quelque chose hors de l'âme), et cela pour ce qu'il n'y aura pas quelque universel au-dessus de lui. Il y aurait (à la place de cet universel) l'agent naturel qui réglerait et disposerait le mixte sans universel, et les parties particulières feraient ainsi défaut dans le mixte à la majorité de la bonté naturelle, de la grandeur, etc. Or, l'agent naturel n'a pas d'adjuvant pour ordonner le subordonné dans la nature, et les parties corruptibles qui peuvent changer en un autre subordonné ne seraient pas également réglées par l'espèce, mais seulement intentionnellement et tout cela ne conviendrait vraiment pas. Donc, les cinq uni-

---

53. *Quœstiones per artem demonst. solubiles*, quæst. 86. Mayence, t. IV, p. 97.

versaux et les dix prédicaments sont quelque chose de réel hors de l'âme [54]. »

Hauréau et d'autres après lui s'étonnent du réalisme de Lulle, le trouvent exagéré, ne voient pas que le Majorquain considère comme des substances, ressemblances elles-mêmes des Principes, ce que beaucoup tiennent pour des idées abstraites, sans valeur en dehors de l'esprit qui les a conçues.

L'ami de Renan et beaucoup même, de nos jours, ne rattachent pas cette question des universaux aux doctrines générales exemplaristes de Lulle, ce qu'il fallait faire avant tout.

Puisqu'on appelle le réalisme de Lulle un réalisme outré, c'est qu'on y voit une exagération, si ce n'est une excentricité paradoxale.

J'admets qu'Hauréau n'y ait rien compris; il ne connaissait que les traités de l'édition Salzinger de Mayence et nullement les œuvres catalanes concrètes où Lulle explique ses doctrines avec toutes sortes d'exemples [55].

Ce qui nous surprend un peu plus de la part de philosophes chrétiens habitués à la critique comme les anciens thomistes et les dominicains en général, c'est de voir reprocher à Lulle la hardiesse, presque l'hérésie, du réalisme qu'il professe. Depuis Nicolas Eymeric, les historiens de la philosophie, qui ont des accointances, même indirectes, avec les Prêcheurs, s'acharnent sur le Bienheureux. M. de Wulff persiste à le considérer dans son *Histoire de la philosophie médiévale*, mise au point cette année, comme un théosophe et comme un scolastique dévié [56].

Les sujets substantiels qui sont derrière les termes généraux sont les Dignités divines éternelles et incréées par conséquent, dont nos concepts sont des ressemblances finies.

Lulle est un exemplariste à la manière de saint Augustin,

54. *Quæstiones per artem demonst. solubiles*, quæst. 86, Mayence, t. IV, p. 97.
55. *Histoire littéraire de la France*, t. XXIX, pp. 242 et 243.
56. De Wulff, *Histoire de la philosophie médiévale*, 4e édition, Louvain, 1912.

de saint Anselme, de saint Bonaventure, des Franciscains et rien de plus.

Sans doute, la correspondance des idées, des choses et des Dignités est-elle plus artificielle que réelle. Le concret ne se laisse pas emprisonner, n'est pas obéissant. Là n'est pas la question. Lulle établit, par la position respective des cercles concentriques, les rapports des genres aux espèces et aux individus, comme ceux des Dignités, des idées générales humaines et des choses. Qu'il y réussisse ou non, peu importe.

Lulle a évidemment, dans son *Art combinatoire,* comme dans *La Méthode de l'Art* son fondement métaphysico-logique, tout rapporté à la dépendance hiérarchique du particulier vis-à-vis du général, de l'inférieur vis-à-vis du supérieur.

Sa pensée était raisonnable si l'on tenait pour vraies les conceptions néoplatoniciennes exemplaristes et réalistes reprises par saint Augustin et saint Anselme par exemple.

L'individu est subordonné à l'espèce et l'espèce au genre, comme les choses à l'homme et à Dieu. Les universaux sont des idées humaines d'une part, et de l'autre répondent à des réalités distinctes de notre pensée et de la nature ; ils ont leur réalité dernière dans les Dignités ou Idées éternelles de Dieu.

b) Lulle n'a pas écrit tous les traités de logique formelle qu'on lui attribue ; seuls peut-être les ouvrages comme *La Logica Nova,* empreint d'un réalisme particulier, ont-ils été composés par lui. Ce dernier opuscule répète, en somme, les enseignements courants de la logique péripatéticienne dans bien des passages, mais, plus concret et plus réaliste précisément que d'autres publiés aussi sous le nom de Lulle, il semble, si ce n'est sorti de sa plume, du moins avoir été directement dicté à quelque disciple.

Le chapitre cii du *Grand et dernier Art* énumère les opérations auxquelles se livre le logicien : « La logique est l'acte avec lequel le logicien trouve la conjonction naturelle entre le sujet et le prédicat, laquelle est le moyen avec lequel il sait faire des conclusions nécessaires. » — « Le logicien traite encore de cinq prédicables des dix prédicaments[57]. » — « De plus, le logicien traite du syllogisme et des figures et des fallaces[58]. » — « Le logicien fait encore de l'inférieur le prédicat du supérieur. De plus il pose multiplicité de genre, car il pose un genre généralissime comme la substance et un genre subalterne comme le corps, l'animal, et semblablement il met multiplicité d'espèces[59]. »

Lulle connaît donc très bien la théorie du syllogisme, soit que le syllogisme représente par l'extension graduelle de ses trois termes l'ordre que l'on remarque dans les êtres; il se rend compte de l'intérêt qu'offre la découverte du moyen terme qui permet d'emboîter le petit terme dans le grand terme. On peut lire, dans la septième partie principale du *Grand et dernier Art,* le chapitre II de l'invention des moyens, le chapitre IV et suivants, où il énumère les fallaces ou causes d'erreurs : l'amphibologie, fallace d'accident, fallace d'ignorance de l'élenche (syllogisme de contradiction), fallace de la demande du principe, fallace du conséquent, fallace selon la non cause comme cause, fallace de contradiction[60], etc.

Lulle en tient compte, sans doute, quand il raisonne selon le Grand Art, mais considère la méthode générale de rattachement des particuliers au général par les Définitions, les Conditions et les Règles comme l'essentiel. Cette logique est pour lui un langage.

Il est inutile d'insister sur la logique proprement dite qui n'est pas originale.

Il est intéressant cependant de parler d'un procédé de démonstration que Lulle a développé et qu'il destine à simplifier la logique.

Il a déjà cherché à rendre le raisonnement plus pratique, à l'abréger dans l'Art, à réduire toutes les méthodes à une seule, mais il préconise dans les cadres de son Grand Art la *Demons-*

57. *Grand et dernier art.* De la logique, ch. CII, p. 500.
58. *Ibid.,* p. 501.
59. *Ibid.*
60. *Grand et dernier art*, édition Vassy, pp. 124 à 138.

tratio per Aequiparantiam : « Ce qui se comprend est choisi
de préférence à ce qui est cru. C'est pourquoi nous enten-
dons donner une nouvelle façon de démontrer pour prouver
la Foi. Cette Foi elle-même est une façon d'être, un adjuvant
de l'Intellect, comme la charité qui est une manière d'être de
la Volonté. La nouvelle façon de démontrer est plus vraie,
plus forte, plus claire que la façon de démontrer au moyen du
syllogisme dialectique. La raison de ceci, c'est qu'elle ne souffre ni sophismes, ni fallaces, ni instances, parce qu'elle réduit
la contradiction à l'impossible quand elle conclut, et cela sera
manifesté dans le courant de ce livre[61]. »

Voyons comment Lulle entend cette démonstration par équi-
parence que les lullistes considèrent comme une de ses découvertes originales. Il dit dans la distinction I du traité *Novus
Modus Demonstrandi* :

« 1° Cette distinction est des suppositions contradictoires
ou impossibles et son objet est la Grandeur sur laquelle est
fondé ce livre ou *Art prédicatif* de la grandeur.

« 2° L'Être Bon, Grand, Véridique, Intelligible et Aimable
donne uniformément les cinq termes de cet Art et l'opposé de
ces termes est le mauvais, le petit, le faux, l'incompréhensible
et l'odieux.

« 3° La supposition, quand elle est vraie, est du genre de la
Bonté et, quand elle est bonne, elle est du genre de la Vérité,
parce que le bon et le vrai conviennent à l'Être. Et quand la supposition est fausse, elle est du genre de la méchanceté, et quand
elle est mauvaise, elle est du genre de la fausseté et cela parce
que le mal et la fausseté conviennent au non-être. (Nous
reverrons plus tard cette idée néo-platonicienne reprise par la
Patristique que le bien est de l'Être et le mal du non-être. Lulle
l'a développée souvent[62].)

« 4° Et pour ces raisons, nous avons l'intention de syllogiser
en formant des suppositions contradictoires et de réduire les

---

61. *Liber de novo modo demonstrandi*, p. 1, Mayence, t. IV.
62. *Liber de contemplacio en Deu*, édit. Obrador.

Propositions reconnues bonnes et vraies à l'affirmation et les Propositions opposées (mauvaises et fausses) à la négation, et cela au moyen de la grande intelligibilité et de l'amabilité, des grandes bonté et vérité uniformément. »

Une telle façon de démontrer est nouvelle et hors de la manière et de la figure des anciens syllogismes [63]. Il réduit même, pour simplifier encore, tous les syllogismes à une seule figure et à un même mode, et nous nous permettons d'attirer l'attention sur cette tentative curieuse au treizième siècle. « Dans la seconde distinction, nous prouvons d'abord que Dieu est, formant un syllogisme qui aie le nouveau mode et la nouvelle figure, constituée, de cinq termes qui sont : Bonté, Grandeur, Vérité, Entendement et Volonté, en lesquels il a son fondement, c'est-à-dire bon, grand, véridique, aimable et intelligible, et ainsi des autres syllogismes de ce livre, car tous ont le même mode et la même figure [64]. »

Prenons un exemple de cette démonstration qui fait suite à l'exposé précédent qu'il est grandement bon, grandement vrai que Dieu soit, et que comprendre et aimer cela soit être grandement bon et grandement vrai. Si la supposition contraire est vraie qu'il est grandement bon et grandement vrai que Dieu ne soit pas et que comprendre et aimer cela soit grandement bon et grandement vrai, et parce que cela est faux et impossible, il s'ensuit de toute nécessité que Dieu est. Autrement, il s'ensuivrait contradiction, c'est dire que Dieu serait et ne serait pas. Cette contradiction est impossible; il est donc démontré que Dieu est [65].

On raisonnerait de même sur la divine Puissance, le divin Intellect, etc.

On voit par ces citations que Lulle connaît très bien la logique ordinaire et cependant s'en écarte volontairement. Il subordonne tout à sa méthode générale de rattachement du

---

63. *Liber de novo modo demonstrandi*, § 1, prol.; p. 2, Mayence, t. IV.
64. *Ibid*.
65. *Ibid*.

particulier au général, des choses aux Idées et aux Dignités et au principe, c'est-à-dire au Grand Art.

c) Enfin, Lulle fait de la philosophie et de la théologie d'étroits collaborateurs. Son œuvre entière en témoigne, puisqu'il démontre constamment les vérités de la foi et les discute au moyen d'arguments de raison tout métaphysiques et psychologiques.

Il dit dans son *Arbre de Science*, en parlant d'un philosophe mécontent de toutes les connaissances qui ne le satisfaisaient guère et qui vient de lire avec enthousiasme les livres de théologie : « Les ayant étudiés tous, il se trouva rassasié et content, et il connut que la théologie était le fruit de la philosophie et que la philosophie était son instrument, et il commença alors à prendre le fruit de la Sainte Trinité, considérant la production des diverses natures et les raisons de cette production[66]. »

On voit, par l'examen des idées métaphysiques, psychologiques et logiques de Lulle, que loin d'être si excentrique qu'on a bien voulu le dire, le Majorquain, avec une indépendance relative toute franciscaine, est dans ses opinions capitales très traditionnel et très scolastique.

Lulle n'est pas un dévié, mais un Docteur très obéissant, un élève un peu original, mais assez fidèle néanmoins, comme nous le verrons, des saint Augustin, des saint Anselme, des Alexandre de Halés, des saint Bonaventure.

66. *Arbol de ciencias*, édit. Zepeda, p. 378.

CHAPITRE V.

Lulle ascète et mystique.

Lulle ne fut pas seulement philosophe et savant, poète et théologien, professeur et missionnaire, c'est-à-dire un homme d'action énergique et utile, mais aussi un ascète et un mystique. Loin de s'exclure, chez lui l'action et la contemplation se complètent mutuellement, comme d'ailleurs chez les grands mystiques espagnols, saint Jean de la Croix ou sainte Thérèse, tous deux du seizième siècle, c'est-à-dire postérieurs à Lulle de trois siècles.

Cela ne doit point nous étonner si nous nous souvenons des attaches du Bienheureux avec l'école franciscaine et de la vie de saint François à la fois active et contemplative. Lulle n'avait qu'à imiter le chef de l'ordre dont il faisait partie et saint Bonaventure qui continue sa tradition. Le fameux Menéndez y Pelayo, de Madrid, aime volontiers à rapprocher les effusions de Lulle des *fioretti* du saint d'Assise ; il admet aussi comme nous l'influence de saint Bonaventure sur la pensée de Raymond[1], influence déjà remarquée, nous l'avons vu, par le Père Pasqual au dix-huitième siècle[2].

Il nous semble que toutes les opinions émises jusqu'à maintenant sur la dérivation des idées mystiques de Lulle du soufisme musulman, sont bien affaiblies par l'examen historique dont nous avons indiqué précédemment les grandes lignes.

Nous reviendrons d'ailleurs sur ce point quand nous étudierons les origines des idées lulliennes. Comme l'ascèse est la

---

1. *Libre de amich e amat*, édit. Obrador, Palma, 1909, *Proemi*, pp. 24 et 25.

2. *Vindicial*, t. II, III, IV, *passim*.

préparation à la mystique, nous verrons brièvement comment
Lulle entend les exercices spirituels et la vie d'ermite, avant
d'envisager, un peu plus en détail, sa mystique proprement
dite.

A. — ASCÉTIQUE.

L'ascète est l'homme qui fait effort pour dégager son âme
de tout ce qui retarde sa marche et son élan vers Dieu, comme
le dit excellemment l'abbé Ribet[3].

Nous ne suivrons pas l'ordre de l'auteur catholique moderne
précédent, très bien informé pourtant, c'est-à-dire l'ascétique
purgative des tentations et des péchés, l'ascétique *illuminative*
où l'on s'exerce aux vertus, l'ascétique *unitive* où domine le
désir de plaire à Dieu et de s'unir à lui[4].

Lulle parle indifféremment, en effet, de tout cela sans distinguer des degrés successifs, imitant ainsi, d'ailleurs, les grands
saints qui l'avaient précédé. Il considère ensemble généralement
tout ce qui permet de mieux louer, honorer et aimer Dieu.

Il dépeint la vie de l'ermite dans plusieurs ouvrages en vers
et en prose, mais surtout avec grand charme dans le roman
Blanquerna, indique les moyens d'atteindre la perfection chrétienne avec la grâce de Dieu et les obstacles du chemin dans le
petit livre de la *Doctrine puérile*, *L'Art de Contemplation* qui fait
suite au *Blanquerna*, enfin dans le grand livre de *Contemplation en Dieu*.

Blanquerna est de 1282, le grand livre de *Contemplation* est
du commencement de sa vie religieuse (1272).

Nous avons déjà vu dans notre premier chapitre quelle était
la vie de Lulle dans son ermitage. Reprenons d'autres passages
du *Blanquerna* qui dévoilent complètement sa conception de
l'ascétisme[5].

Blanquerna, dans la fiction du roman à tiroirs, est devenu

3. *L'Ascétique chrétienne*, par l'abbé J. Ribet, Poussielgue, Paris, 1909, p. 2.
4. *Loco citato*, pp. 2 et 3.
5. Thèse, ch. 1, pp. 20 à 30.

pape, et après avoir préparé l'accomplissement de ses buts d'enseignement des langues orientales, de formation de missionnaires destinés à convertir les musulmans et de vulgarisation
de ses méthodes, après avoir ramené la société ecclésiastique à
la pureté et à la simplicité, aux seuls soucis d'aimer et de louer
Dieu, se décide à abandonner son pontificat et à se retirer au
désert. On lui a préparé un ermitage où l'accompagnent deux
cardinaux disposés à l'imiter.

Les ermites de Rome auraient voulu le prendre pour chef et
le garder au milieu d'eux dans la ville, mais Blanquerna « s'ex-
cusa, disant que d'aucune manière il ne resterait au milieu de
l'agitation des gens [6] ».

Lulle veut donc qu'on se retire à la campagne pour faire
pénitence « dans les hautes montagnes, en compagnie des arbres, des oiseaux et des bêtes, toute sa vie, pour contempler le
Souverain Seigneur [7] de la Gloire ».

« Blanquerna prit d'humbles et grossiers vêtements comme
il convenait à la vie érémitique qu'il entreprenait [8] » et arriva,
accompagné des deux cardinaux, à la cellule qu'on lui avait préparée pour son ermitage. Les deux hommes pieux, malgré leurs
bonnes intentions, ne restèrent pas longtemps avec lui et revin-
rent à Rome [9]. Lulle veut montrer par là que la vie de l'ascète
est pénible à supporter.

Blanquerna dans son ermitage menait une sainte vie complètement consacrée au service et à la louange de Dieu, ce qui est
pour lui, nous l'avons vu, le but suprême de l'homme.

Écoutons ce qu'il dit de cette vie dans le livre de *Doctrine
puérile* : « La vie d'ermite, fils, était dans les commencements
du christianisme (il la mena plusieurs fois) de rester seul dans
les montagnes, de vivre d'herbe et de revêtir le cilice pour se

---

6. *Blanquerna*, édit. *Revue de Madrid*, t. II, p. 153; l'appendice contient les
chapitres de la vie érémitique d'après le ms. hisp. 67 de la Bibl. royale de Munich, fol. 197 et suiv.

7. *Ibid.*, p. 152.

8. *Ibid.*, p. 153, ch. CIV.

9. *Ibid.*, p. 154.

détacher de la chair. » Lulle continue en déplorant que les erreurs et les péchés se soient multipliés dans le monde et montre que le nombre de ceux qui ont voulu fuir la vie de vaine gloire et de tentation fut si grand, qu'ils durent construire des monastères, se soumettre à une règle, élire un prieur ou un abbé pour faire pénitence en commun.

« La *pauvreté* est choisie par les religieux afin qu'ils ne soient pas occupés des biens temporels et qu'ils ne soient distraits ni de leur devoir ni de leur étude.

« Les vêtements modestes et longs sont choisis en signe d'humilité et d'honnêteté, et des aumônes sont demandées en signe de pitié et de charité[10]. »

« *Maigres nourritures, jeûnes, afflictions, larmes, pleurs et contritions du cœur, oraison, dévotion, obéissance, conscience et les autres choses qui leur ressemblent, sont, fils, trésor et richesses des religieux*. Or, si tu aimes, fils, l'ordre de religion, il te conviendra d'entrer et de persévérer parmi de telles richesses[11]. »

On le voit, la sainte vie est très importante pour détacher du monde et se rapprocher de Dieu.

Naturellement, et avant tout, Lulle recommande *la bonne intention* et les expressions comme « il eut la volonté de s'efforcer davantage à l'oraison et à la contemplation sont fréquentes chez lui[12] ». Ce n'est pas un ascète passif qui se borne à prier et à se priver, à pleurer sur ses péchés. Il veut que l'entendement et la volonté se haussent jusqu'à Dieu[13]. Il dit : « *Il voulut* d'abord contempler la Bonté de Dieu, etc. » « *Persévérant* dans cette contemplation, le cœur de Blanquerna commença à s'échauffer[14], etc. » On sait, d'ailleurs, que dans les *Duodecim Principia* Lulle met la volonté à la tête des facultés

---

10. *Libre de Doctrina pueril*, ch. LXXXII, p. 217. Voir le texte catalano-provençal restitué dans l'appendice d'après le ms. 67 de Munich, fol. 200 et suiv.
11. *Doctrina pueril*, 217 et 218.
12. *Blanquerna*, t. I, ch. CVI, p. 159.
13. *Blanquerna*, t. II, *Arte de contemplacion*, Prologue, p. 241.
14. *Ibid.*, pp. 243-245.

de l'âme, et qu'à propos du libre arbitre, il affirme souvent le pouvoir volontaire de choisir le bien et d'éviter le mal[15].

Cette intention n'est pas égoïste, Lulle ne vise pas le salut personnel, les félicités que Dieu peut accorder à l'ascète, mais le bien de tous, comme on le voit dans la partie du *Blanquerna* où il traite de l'état de religion et de sa perfection[16], et au livre III à propos de l'état de prélature[17].

Il recommande de consoler les affligés, de donner le bon exemple, de prêcher les vertus aux autres, de pratiquer l'entr'aide mutuelle[18] mettant à la bouche de l'abbé d'un monastère un plaidoyer éloquent en faveur de la vie en commun, supérieure en utilité à la vie solitaire. Nous n'avons, d'ailleurs, qu'à nous reporter à notre citation des *Béatitudes*, au chapitre 1er de la thèse, pour nous assurer du souci qu'avait Lulle du bonheur matériel et spirituel des autres hommes.

Blanquerna pratique le jeûne et la pénitence, on le voit donner à Narpan, grand seigneur de bonne intention, mais qui comprend mal l'ascétisme, une fructueuse et bonne leçon. Les idées de Lulle, là-dessus, sont très claires, dormir sur une couche dure et très peu, manger peu et rien de délicat, se vêtir de drap très gros et très rude de poil de chèvre[19]. Enfin, il recommande trois choses dans la pénitence : « Contrition du cœur, confession de bouche et satisfaction pour les péchés que l'homme a commis. A la contrition convient de se souvenir et de se repentir, de pleurer et de détester les péchés commis, et il convient aussi que l'homme se confie à la Miséricorde de Dieu, craigne et aime sa divine Justice. A la confession convient que l'homme confie ses péchés sans prétexte ni répugnance avec toutes les circonstances qui les ont[20] aggravés, et

15. *Duodecim principia*, ch. XI, pp. 140 à 143. — *Declaratio Raymundi*, passages étudiés plus haut.
16. Livre II, *Blanquerna*, t. I, ch. XLIX à LXXXIV, pp. 199 à 315.
17. Livre III du t. I, ch. LXXIV à LXXXIV, pp. 371 à 422.
18. Voir notamment *Blanquerna*, t. I, ch. LX, pp. 278 et 279; t. II, ch. CXXIII, p. 314.
19. *Blanquerna*, t. I, ch. LIX, *passim*.
20. *Ibid.*, pp. 273 et 274.

qu'il se propose de ne vouloir en aucun temps recommencer à les commettre.

« A la satisfaction convient que l'homme rende tout ce qu'il retient injustement d'un autre, soit ses biens, soit sa renommée, et qu'il afflige et châtie son corps avec des veilles et des prières, avec peu de mets sans valeur, dure couche et vêtements humbles et grossiers, et autres choses semblables [21]. »

Ces trois exercices généraux correspondent donc globalement à la pénitence lullienne.

Il faut enfin non seulement assister aux offices, communier fréquemment, être en un mot d'une piété scrupuleuse, comme on le voit dans le *Blanquerna*, mais encore prier à toute occasion, penser sans cesse à Dieu, lui rapporter toutes ses actions.

Ceci est commun à toutes les personnes soucieuses de bien pratiquer la religion catholique selon le livre de *Doctrina pueril* ou le *Livre de cléricature;* mais Lulle recommande surtout et plus encore la contemplation.

Il consacre *L'Art de Contemplation* [22] et le grand *Livre de la contemplation en Dieu* aux méditations journalières du religieux [23].

Voici comment il entend cela dans *L'Art de Contemplation :* « Le souverain Bien est si haut et si excellent, et l'homme est si infime par ses fautes et ses péchés, qu'il arrive souvent aux Ermites et aux Hommes saints d'éprouver une grande difficulté et une [24] grande peine à élever leur âme à la contemplation de Dieu : et comme l'art et la méthode conduisent très bien à cela, Blanquerna considéra comment il pourrait composer un Art de Contemplation, pour aider, grâce à lui, à avoir une vraie contrition dans le cœur et abondance de larmes et de pleurs dans ses yeux, à faire monter l'entendement et la volonté plus

---

21. *Blanquerna*, t. I, ch. LIX, pp. 273 et 274.

22. *Arte de contemplacio*, à la suite du *Blanquerna*, t. II, ch. CVIII à CXXIII, pp. 240 à 355.

23. *Libre de contemplacio en Deu*, 3 tomes parus en catalan à Palma, édit. Obrador, et édition latine du traité entier dans édit. de Mayence, t. IX et X.

24. *Arte de contemplacio*, prologo, t. II, de *Blanquerna*, ch. CVIII, p. 240.

haut pour contempler Dieu en ses Honneurs et Dignités et tout ce qu'il possède en soi[25].

Ayant bien médité cette considération, Blanquerna composa ce *Livre de Contemplation* par le moyen de l'Art et le divisa en douze parties à savoir : *Vertus divines, Essence, Unité, Trinité, Incarnation, Pater noster, Ave Maria, Mandements, Miserere mei Deus (ayez pitié de moi, mon Dieu), Sacrements, Vertus et Vices.*

L'Art de ce livre consiste en ce que les Vertus divines soient premièrement contemplées les unes avec les autres et contemplées ensuite avec les autres parties de ce livre, l'âme du dévot contemplateur se proposant pour objet les Vertus divines, en sa mémoire, son entendement et sa volonté, et qu'il sache accorder en son âme les Vertus et les divines Dignités avec les autres parties du livre, de telle sorte que tout s'achemine à la plus grande gloire et au plus grand honneur des Vertus divines qui sont les suivantes : Bonté, Grandeur, Éternité, Pouvoir, Sagesse, Amour, Vertu, Vérité, Gloire, Perfection, Justice, Générosité, Miséricorde, Humilité[26], Seigneurie et Patience[27].

. Toutes ces Vertus peuvent être contemplées de différentes façons, parce que l'une consiste à contempler une Vertu avec une autre seulement, ou une Vertu avec deux, trois ou plus encore. Une autre manière est quand l'homme contemple les Vertus en l'*Essence*, ou en l'*Unité*, ou en la *Trinité*, ou en l'*Incarnation*, et ainsi des autres parties du livre. Une autre encore est quand l'homme contemple l'*Essence* ou l'*Unité*, ou la *Trinité*, ou l'*Incarnation* dans les Vertus. Une autre façon est enfin de contempler dans les paroles du *Pater Noster* ou de l'*Ave Maria*[28], etc.

L'homme peut ainsi contempler en Dieu et en ses œuvres

---

25. *Arte de contemplacio*, t. II, *Blanquerna*, ch. cviii, pp. 240 et 241.

26. *Ibidem.*, p. 241. (Voir le texte roman dans notre appendice d'après ms. Munich.)

27. *Arte de contemplacio*, prólogo, p. 241. *Blanquerna*, t. II.

28. Comparer ces quatre contemplations avec les quatre énoncées dans le *Livre de contemplation en Dieu*, t. X, édit. de Mayence, p. x.

avec toutes les seize Vertus précitées ou avec quelques-unes
d'entre elles, selon que l'homme veuille abréger ou prolonger
sa contemplation, et selon que le mode de la contemplation
convient et s'harmonise mieux avec certaines Vertus qu'avec
d'autres.

Les conditions de cet Art sont les suivantes, à savoir : que
l'homme soit en bonne disposition pour contempler et dans un
lieu approprié et convenable (montagne, bord de la mer, ombre
d'un arbre près d'une fontaine), comme on le voit souvent
ailleurs chez Lulle ; car la contemplation peut être empêchée
par une réplétion surabondante, un chagrin excessif, ou si dans
le lieu choisi il y a beaucoup d'affluence et de bruit de gens, ou
beaucoup de chaleur[29] ou de froid. Mais la plus importante
condition de cet Art est que l'homme se trouve libre des soucis
et embarras des choses temporelles, en sa mémoire, son entendement et sa volonté quand il entre en contemplation. Et comme
je suis très occupé à écrire d'autres livres, je traiterai pour
cela brièvement de la façon dont Blanquerna contemplait avec
cet Art ; et premièrement, nous commencerons par la première
partie de ce livre[30]. »

On nous excusera de ne pas donner de longues citations du
grand *Livre de Contemplation*, formidable encyclopédie ascétique qui ne comptera pas moins de cinq tomes de trois cent
cinquante à quatre cents pages chacun, dans l'édition Obrador.
Nous l'avons lu en entier dans l'édition de Mayence et nous
avons étudié les tomes parus à Palma. Il nous paraît qu'O-
brador, dans la préface du premier tome, en donne une analyse
excellente et très fidèle.

Il contient matière à contempler pour les trois cent soixante-
cinq jours de l'année et est divisé en trois cent soixante-cinq
chapitres pour cette raison, plus un chapitre complémentaire
pour les années bissextiles.

Il est divisé en cinq livres en l'honneur des cinq plaies de

29. *Arte de contemplacio*, p. 242, ms. hisp. 67, Munich, fº 233, d.
30. *Arte de contemplacio*, prólogo in *Blanquerna*, t. II, ch. cviii, pp. 242,
243.

Notre-Seigneur Jésus-Christ, en quarante distinctions en souvenir des quarante jours de jeûne de Jésus au désert. Chaque chapitre a dix paragraphes pour rappeler les dix commandements, chaque paragraphe est partagé en trois parties[31] en l'honneur de la Trinité. Chaque chapitre a trente parties en souvenir des trente deniers pour lesquels Jésus-Christ fut vendu, etc.

On voit que tout, même l'ordonnance du livre, est propre à provoquer la méditation. Il est écrit dans le même style allégorique et fleuri que beaucoup d'ouvrages de Lulle.

Lulle cherche Dieu dans les choses, en méditant sur les plus insignifiantes comme sur les plus hautes, sur la nature, sur l'homme et ses pensées, enfin sur les Dignités divines.

Le premier livre traite des Attributs divins.

Le deuxième de la création et de la providentielle ordonnance du monde et des créatures; de l'œuvre messianique et de la rédemption; des autres Attributs de l'éviternelle Essence; de la vie future et suprasensible, et de l'absolue perfection (acabament) de Notre-Seigneur Dieu [32].

Le troisième livre est une amplissime exposition curieusement colorée du spectacle que présente l'humanité en sa double face extérieure et éternelle, du corps et de l'esprit, espèce de danse non de la mort, mais palpitante et vive, large processus panoramique, où vont défilant d'abord la société civile et religieuse du peuple catalan au treizième siècle dans sa variété d'états et de catégories (nous en lirons des passages dans notre chapitre de la sociologie lullienne), où sont dépeintes avec leur mélange de vertus et de vices les sentimentalités passionnelles humaines de tous les temps et de tous les pays. C'est une fantaisie générale de l'ascète contemplatif, railleur et gai, vibrant, observateur profond, très fécond, non pas abstrait, mais palpable et qui paraît, dans son concrétisme, fille d'une conscience [33]

31. *Libre de contemplacio en Deu*, t. I, *Prœmi* (d'Obrador), p. XIII, Palma, 1906.
32. *Ibid.*, p. XVI.
33. *Ibid.*

immédiate, expérimentale, où se meuvent les fonctions des sens corporels et les facultés animiques (pensée réfléchie, disposition de l'âme, conscience, subtilité, courage et ferveur), point culminant de l'œuvre.

Dans le quatrième livre, Lulle se montre illuminé, à la fois appuyé sur les sens et sur l'intellect, sur la foi et sur la raison. Il traite des mandements de la loi divine et de la prédestination. C'est là qu'il explique les processus, les conséquences des commandements, de la foi, du libre arbitre, par exemple, au moyen du symbolisme d'arbres allégoriques [34].

Le cinquième livre parle de l'amour et de l'oraison en récits allégoriques parfois étranges, en employant même, comme à la fin du livre, des lettres algébriques, représentatives des idées sensibles et des abstractions, communes dans les Arts de Lulle que nous connaissons [35].

Dans le livre, on contemple, pour les acquérir, les Vertus humaines comme les Vertus divines, les défauts et les vices des hommes pour les éviter. En résumé, Lulle indique ou expose tous les sujets religieux ou moraux de méditation, cherche Dieu dans les choses.

Sa manière imagée et allégorique lui paraît, il se plaît à le répéter souvent, propre à mener, par une intelligence des choses sensuelles, à celle des choses intellectuelles et divines [36], ce qui est la vraie marche du mystique. L'homme s'élève des choses sensuelles aux intellectuelles en sa mémoire, sa volonté, son esprit [37].

Tout ce qui précède est donc, on le voit, purement ascétique, ensemble de moyens de perfection chrétienne corporelle et spirituelle.

Il ne faudrait pas croire que Lulle adoptait, au sujet de l'efficacité des exercices ascétiques, la façon de voir des Musulmans, de certains *soufis* tout au moins, qui prétendent arriver

34. Voir, par exemple, t. X, Mayence, pp. 1, 12 et 13, 27, 41, 103, 133.
35. *Libre de contemplacio en Deu*, Palma, Obrador, t. I, *proemi*, p. xvii.
36. Voir édit. Mayence, t. X, pp. 520, 524 et suiv., 451, etc.
37. *Clef*, t. X, Mayence, p. 549.

nécessairement à s'unir à Dieu dans l'extase, à posséder la science infuse quand ils ont accompli les devoirs surérogatoires du religieux, vécu dans la pénitence et la méditation.

Eymeric, l'inquisiteur fameux, dont on connaît les attaques contre Lulle, a eu beau l'accuser d'orgueil et d'avoir prétendu ne devoir sa sainteté qu'à ses mérites et à ses vertus, on ne trouve rien de pareil dans ses écrits.

Nous avons vu des textes de la *Declaratio Raymundi* où Lulle dit, au contraire, *qu'on ne peut être bon sans la grâce de Dieu*[38]. Le *Livre de Contemplation* en contient d'autres[39] ; on peut en dire autant des nombreux traités qui parlent de théologie ou de controverse, du *Livre du Gentil et des Trois Sages*[40]. Prenant un exemple entre cent où il se déclare indigne et où il s'en remet à la grâce de Dieu, citons le livre *de Sancto Spiritu* qui commence ainsi : « Par la grâce divine, un certain homme, dont le nom n'est pas digne d'être écrit dans ce petit livre, rapporte[41], etc... »

Le premier chapitre des *Duodecim Principia* est précédé d'une introduction où Lulle dit : « Dieu, espérants en ta vertu et confiants en ta grâce, nous désirons prouver les articles de la foi par des raisons nécessaires[42]. » Dans le livre *Art de Contemplacio*, Blanquerna dit : « Je te prie pour cela de m'accorder don et grâce tels que toutes mes puissances soient employées à honorer, louer et servir pour toujours tes honneurs[43]. »

« Par la grâce de Notre-Seigneur Dieu est fini le livre de l'*Evast, Aloma et Blanquerna*, en lequel se traite du mariage, de la religion, etc., et de la vie érémitique contemplative, pour donner une doctrine qui enseigne comment tous les hommes doivent vivre en ce monde au service de Dieu et recevoir sa

38. *Declaratio Raymundi*, ch. CXLIV et CLVII.
39. *Liber de contemplatione*, ch. LII.
40. *Libre del gentil y de les tres savis*, Palma, Obrador, prologo, p.
41. Cité par Pasqual, *Vindiciae*, t. IV, p. 294.
42. *Duodecim principia*, édit. Zetzner, p. 920.
43. *Arte de contemplacio*, Blanquerna, II, ch. CXXII, pp. 346 et 347.

divine grâce[44], etc. » Dans le *Livre de Doctrina pueril* enfin,
nous lisons : « Dieu a donné à ton libre arbitre tout ce qui
permet de désirer le salut et de détester la damnation, pour
que tu désires recevoir seulement ton salut par les dons de
Dieu[45]. »

Les textes nous permettent d'être d'accord avec le Père Pasqual et de défendre avec lui l'orthodoxie de l'ascétique de
Lulle, dont la grâce de Dieu est la principale condition de succès. Loin d'être hétérodoxe ou orgueilleux, Lulle, comme tous
les grands mystiques et ascètes catholiques, n'admet *aucune efficacité des œuvres* ni des exercices religieux et moraux *sans le
secours de la grâce de Dieu*[46].

B. — MYSTIQUE.

Lulle est un grand mystique et il est curieux de voir l'Espagne s'annoncer dès le treizième siècle comme la terre de
prédilection du mysticisme. Les sainte Thérèse, les Jean de la
Croix, d'une autre race espagnole il est vrai, puisqu'ils ne sont
pas Catalans, sont cependant des fruits de la même terre,
sincères et robustes, enthousiastes et originaux. A l'anthropo-
logiste le soin de rechercher si les mélanges de sang sémitique,
arabe et juif n'y sont point pour beaucoup.

Miguel Azin Palacios, le grand arabisant et professeur d'histoire de la philosophie de Madrid, dans un article de *Cultura
española*, intitulé *El lulismo exagerado*, appelle Lulle le mystique
anormal du treizième siècle. Or, Lulle ne paraît pas du tout
anormal à celui qui lit attentivement le *Livre de l'Ami et de
l'Aimé*, par exemple, et le compare aux productions des autres
mystiques chrétiens[47].

Nous croirons volontiers, au contraire, Menéndez Pelayo

44. *Arte de contemplacio, Blanquerna*, II, ch. cxxiii, p. 355.
45. *Doctrina pueril*, ch. lix, p. 145.
46. *Vindiciae*, t. IV, Distinction iii, Dissertation i, part. II, pp. 292 et suiv.
47. *Cultura española*, mai 1906, *El lulismo exagerado*, p. 535.

quand il dit que Lulle est un mystique complet, ce qui est très rare, c'est-à-dire non seulement sentimental et affectif, mais aussi intellectuel, un mystique intégral, dans toutes les forces et les facultés de son âme[48], qui trouve Dieu par toutes les voies sans être exclusivement naturaliste.

Pour le même auteur, précurseur en roman vulgaire des maîtres mystiques du seizième siècle, Lulle est unique en Espagne à ce moment de l'histoire. On ne peut même rien trouver de similaire à lui comparer ailleurs, si ce n'est les *Fioretti* de saint François d'Assise et certaines effusions de saint Bonaventure, maîtres de son ordre, comme on le sait déjà. Lulle s'apparente, en effet, aux premiers Franciscains. Lulle est un poète et un mystique de l'école franciscaine et qui lui fait honneur[49]. En tout cas, il ne prend pas ses sujets de méditation dans la nature seule, comme on a voulu l'insinuer, mais s'élève à Dieu en réfléchissant sur la société humaine et sur les Dignités éternelles. Il trouve Dieu dans toutes ses ressemblances créées, en mystique complet.

On trouve chez lui de belles images du monde sensible, des mouvements de passion admirables, des effusions et des éclairs poétiques splendides, en même temps que des conceptions abstraites, métaphysiques, philosophiques et théologiques fines et subtiles[50].

Le libre arbitre est captif et la volonté se soumet à l'Aimé, se donne tout entière à lui, mais ses abandons sont toujours accompagnés de souvenirs de pensées conscientes. L'aspiration absorbante et infinie n'abolit pas le sens rationnel, soit qu'ils coexistent, soit qu'ils alternent, selon les circonstances[51].

Pour être mystique, c'est-à-dire partisan d'une vie plus haute, différente de la vie sensible, d'une familiarité avec Dieu, comme disent je crois avec raison les Musulmans, pour obtenir la vraie science infuse, il faut avoir mérité par ses

---

48. Citation de Menéndez Pelayo in *Libre de amich e amat*, Palma, 1903, p. 23.
49. *Libre de amich e amat*, Palma, Obrador, 1904, proemi, p. 25.
50. *Ibid.*, pp. 24, 26, 27.
51. *Ibid.*, p. 23.

vertus et par l'aide de Dieu cette faveur ineffable, ce bonheur infini.

Le but de tout mystique est l'obtention des grâces divines et de la science infuse. Il ne les exige pas, mais les attend patiemment et ne se révolte pas contre Dieu si elles ne lui sont pas accordées.

Si la grâce est nécessaire, il n'est pas défendu de se mettre dans les dispositions favorables pour la recevoir. Le Père Pasqual exagère peut-être quand il dit qu'on ne doit pas désirer les visions et les révélations[52]. Les mystiques les plus modestes ont dû les souhaiter et c'était très naturel à notre sens.

La mystique de Lulle, comme toutes les mystiques, était en somme une *religion de l'amour,* comme en témoigne le livre *De l'Amich e de l'Amat* tout entier et le traité *Arbre de Philosophie d'amour,* l'un tout poétique, l'autre conçu selon les principes de l'Art de Lulle et qui renferment toute la mystique du maître avec l'Art de Contemplation.

Ce ne sont pas les rites déterminés qui ont de l'importance à ce degré de spiritualité, mais les dispositions de l'homme aux sept vertus, la bonne intention dans la contemplation, c'est-à-dire le souci du bonheur, du salut, de l'avancement de tous les hommes.

Lulle les possède pleinement, comme nous le disent ses biographes, et il applique à sa contemplation des divines Dignités et de leurs actes, des vertus chrétiennes, à la fois son cœur, son intellect et sa volonté[53].

Il adore Dieu (dans des prières splendides dont est rempli le traité *Art de Contemplation*[54]), la Vierge Immaculée[55], les Dignités ou Attributs divins.

La contemplation arrivée au point d'oublier le monde pour

52. *Vindiciae,* t. II, p. 499.
53. *Ibid.,* pp. 497 et 498.
54. *Arte de contemplacio* in *Blanquerna,* t. II, pp. 301 à 308, et 339 à 347, par exemple.
55. *Ibid.,* pp. 308 à 314.

ses objets transcendants n'est plus un exercice ascétique, l'oraison n'est plus une prière ordinaire à demi sensible, mais purement affective, le discours poétique n'en est que le symbole, la simplification de l'âme est plus ou moins atteinte, ce qui est la marque de la valeur de l'état mystique où le saint s'enthousiasme et qu'il traduit, une fois retourné à la vie phénoménale, en métaphores brillantes et charmantes.

Il est difficile de démêler en Lulle une continuité, des degrés dans sa vie mystique ; les biographes sont très peu explicites et lui-même ne décrit pas les phases de son approche croissante de Dieu. Nous ne pouvons donc que noter certains caractères généraux et extérieurs que manifestent les œuvres précitées.

Voici quelques images *De l'Amich e de l'Amat*, qui témoignent de son ardente passion religieuse, de son inspiration poétique très élevée, de la fraîcheur et de la force de ses effusions pieuses, dont le sensualisme commun aux mystiques de tous les pays n'est qu'apparent et destiné à mieux faire vibrer les cœurs de ceux qui l'écoutent. Voici un passage où Lulle indique comment on tend vers l'union mystique et comment on l'attend aussi de la grâce de Dieu : « Deux sont les feux qui réchauffent l'amour de l'Ami : l'un est fait de désirs, de plaisirs et de pensées ; l'autre est composé de craintes et de découragement, de larmes et de pleurs[56]. » — « Les clefs des portes de l'amour sont dorées de considérations, de soupirs et de pleurs, et leur cordon est de conscience, de contrition, de dévotion et de satisfaction, et le portier est de justice et de miséricorde[57]. » — « L'Ami demanda à son Aimé quel était le plus grand d'amour ou d'aimer. L'Aimé répondit qu'en la créature l'amour est l'arbre et qu'aimer est le fruit, et que les labeurs et les fatigues sont les fleurs et les feuilles. Et en Dieu amour et aimer sont une seule et même chose, sans aucun labeur ni fatigue[58]. » — « On demanda à l'Ami de qui il était. Il répondit : D'Amour. — De quoi es-tu ? D'Amour. — Qui

56. *Libre de amich e amat*, édit. Obrador, Palma, 1904, verset 44, p. 59.
57. *Id.*, verset 41, p. 58.
58. *Id.*, verset 85, p. 70.

t'a engendré? Amour. — Où es-tu né? En Amour. — Qui t'a nourri? Amour. — De quoi vis-tu? D'Amour. — Comment t'appelles-tu? Amour. — D'où viens-tu? D'Amour. — Où vas-tu? A Amour. — Où habites-tu? En Amour. — As-tu quelque autre chose que l'amour? Il répondit : Oui, des coups et des péchés contre mon Aimé. — Y a-t-il pardon en ton Aimé? L'Ami dit qu'il y avait miséricorde et justice en son Aimé et que pour cela son hôtellerie était entre la crainte et l'espérance[59], parce que la miséricorde le faisait espérer et la justice craindre[60]. »

On voit qu'en somme, Lulle, comme tous les mystiques, vise l'union avec Dieu, par l'amour, c'est-à-dire par un souci constant et unique de l'objet de sa méditation et du but qu'il poursuit.

Il est probable que Lulle atteignit cette union dans l'extase puisqu'il dit : « L'Ami étendit et prolongea ses pensées en la grandeur et la durée de son Aimé, et ne trouva en lui ni commencement, ni milieu, ni fin. Et l'Ami dit : « Que mesu-
« res-tu, fou? » L'Ami répondit : « Je mesure le plus grand
« avec le plus petit, l'accomplissement avec le manque, l'infi-
« nité avec la quantité, l'éternité au moyen du commence-
« ment, afin que l'humilité, la patience, la foi, l'espérance
« et la charité soient plus fortes en ma mémoire[61]. »

« Dans les secrets de l'Ami sont révélés les secrets de l'Aimé et dans les secrets de l'Aimé sont révélés les secrets de l'Ami. Et c'est une question de savoir lequel des deux secrets est la meilleure occasion de révélation[62]. » « Amour et aimer, ami et aimé se conviennent si fortement en l'Aimé qu'ils sont une seule actualité en essence, et l'Ami et l'Aimé sont choses distinctes et cependant concordantes sans nulle contrariété ni diversité d'essence. Et pour cela l'Aimé est aimable par-dessus tous les amours[63]. » « L'Ami criait après son Aimé et lui

59. *Amich e amat*, verset 95, pp. 72. et 73.
60. *Id.*, verset 95, p. 73
61. *Id.*, verset 67, p. 65.
62. *Id.*, verset 155, p. 87.
63. *Id.*, verset 205, p. 100.

répondait, disant : « De quoi te plains-tu, toi qui est œil de
« mes yeux, pensée de mes pensées, amour de mes amours et
« accomplissement de mes accomplissements et encore com-
« mencement de mes commencements [64] ? »

Lulle parle aussi de la *science infuse* avec une telle autorité
qu'on peut supposer qu'*il crut la posséder*.

« L'Ami disait que la science infuse venait de la volonté, la
dévotion et l'oraison, et que la science acquise venait de l'étude
et de l'entendement. Et pour cela l'on se demande quelle
science est plus prompte chez l'Ami, laquelle lui est plus agréable et lui paraît plus grande [65] ? » Cette science infuse n'est
pas la science des savants que Lulle possédait aussi, mais celle
des simples, de ceux qui savent écouter Dieu.

« Deux hommes disputaient entre eux à propos de la simplicité. L'un disait : « Simple est celui qui ne sait rien. »
L'autre répondait : « Simple est celui qui vit sans péché. »
Survint l'Ami qui dit : « La vraie simplicité est celle qui
« recommande avec confiance toutes ses actions à mon Aimé.
« La simplicité, c'est ce qui grandit la foi plutôt que l'entende-
« ment [66], etc. » « Une autre fois, les deux hommes deman-
dèrent à l'Ami si la science des simples était grande ? Il répondit : « La science des grands sages est un grand monceau et
« peu de grains, mais la science des simples est un petit
« monceau et grains sans nombre, parce que ni la présomption,
« ni la curiosité, ni trop de subtilité ne grossissent le monceau
« des simples. Et que font ici la présomption et la curiosité ? »
L'Ami répondit : « La vanité est mère de la Curiosité et
« l'orgueil est le père de la Présomption... et par la curiosité
« et la présomption se rassemblent les ennemis de mon Aimé,
« comme par simplicité s'acquièrent ses amours [67]. »

Ceci est la science infuse acquise de façon directe, grâce au
secours de Dieu, par les hommes simples et religieux. Le Père

64. *Amich e amat*, verset 285, p. 121.
65. *Id.*, verset 135, p. 108.
66. *Id.*, verset 329, p. 133.
67. *Id.*, verset 330, pp. 133 et 134.

Pasqual en distingue une autre qui est donnée au mystique par des rêves et des visions.

Nous avons parlé, dans notre premier chapitre, des visions de Notre-Seigneur Jésus-Christ que Lulle eut, dit le biographe anonyme, d'abord le jour où il composait un poème pour une dame, puis le lendemain [68]. La même apparition du Christ, attristé de ses vices, lui survint jusqu'à cinq fois. Ce serait d'ailleurs à la cinquième vision que Lulle se serait converti. Nous avons vu, d'après un passage du *Blanquerna* [69], que le saint Majorquain doutait de la réalité de ses illuminations et les attribuait à la fatigue consécutive aux exercices ascétiques.

Nous avons également mentionné, dans le même premier chapitre, que Lulle prétend avoir reçu en rêve le plan et la méthode de son Art sur le mont Randa [70].

Enfin, la légende du myrte merveilleux sur les feuilles duquel se trouvaient écrits en caractères grecs, arabes, hébreux, latins, les principaux enseignements du Grand Art, trouva créance pendant très longtemps. On montrait le myrte fameux à Randa, au dix-septième siècle, puisque le Père Pacifique, dans une épître adressée à M. de Vassy, traducteur de *L'Ars generalis et ultima*, prétend l'avoir vu : « Hors la ville de Majorque, il y a une campagne d'arbrisseaux de myrtes, où il y a un lieu particulier auquel le saint se retirait et demeura fort longtemps comme ermite, dans lequel on tient que Jésus-Christ crucifié lui apparaissait et lui révélait la doctrine qu'il écrivait souvent en caractères arabes, et de fait, de tous les myrtes de ces quartiers-là, ni de tout le Royaume, il n'y a eu que celui-là seul, les feuilles duquel sont toutes parsemées de lettres arabes (ce détail est une variété du récit traditionnel), et ce seul arbre porte naturellement ainsi ses feuilles, ce qui est un miracle continuel en faveur de la sainte doctrine du Seigneur, et j'ai

68. *Bollandistes*, acta 55, vol. V, p. 641 ; Pasqual, *Vida del beato R. Lulio*, édition de Palma, 1890, t. I, pp. 50 et 51.
69. *Blanquerna*, I, p. 313.
70. Pasqual, *Vida*, t. I, pp. 132 et 133.

vu moi-même ce que je vous dis et en ai rapporté quelques branches par dévotion[71]. »

La réalité de ces visions et de ces rêves, l'existence du myrte légendaire peuvent, faute de documents impartiaux et de textes lulliens formels, être, si ce n'est mis en doute, du moins tenus pour des preuves insuffisantes de l'illumination de Lulle.

Ce qui nous paraît plus sérieux, c'est le fait de mener une vie radicalement différente de celle qui précède la conversion au lendemain même de cet acte capital. Lulle ne devait pas dévier du chemin qu'il s'était tracé jusqu'à sa mort. *Le sentiment d'une présence surnaturelle* se manifeste constamment dans l'œuvre gigantesque qui paraît impossible sans son aide ou la persuasion intime de son secours. Il dit souvent qu'il élevait par la contemplation ses puissances jusqu'à Dieu : « Il contemplait et adorait nuit et jour les actes des Divines Dignités au moyen desquelles il élevait ses puissances (jusqu'à Dieu), pour connaître la Très Sainte Trinité et l'Incarnation de Notre-Seigneur Jésus-Christ et sa sainte Passion. La contemplation de Blanquerna était si haute que les puissances de son âme se parlaient mentalement entre elles[72], etc. » (On remarquera ici qu'elles concourent toujours ensemble au même but.) « Blanquerna pleurait et soupirait pendant qu'il demandait ces Dons (de Vertus) et Dieu lui donnait tout ce qu'il voulait, et Blanquerna, en pleurant, le remerciait infiniment pour cela. La contemplation et la dévotion de Blanquerna, l'art et la haute façon dont il contemplait, il n'y a personne qui en puisse parler ni les représenter, sauf Dieu seul qui les lui enseignait[73]. »

Tout le livre de *L'Ami et de l'Aimé* est rempli de passages

---

71. Épître du Père Pacifique adressée à M. de Vassy, Avant-Propos de l'édition française du *Grand et Dernier Art*, Paris, Boulanger, 1634.

72. *Blanquerna*, II, chap. cxv, p. 301; *id.*, chap. cxiv, p. 278; *id.*, chap. cxiv, p. 281; Munich, ms. 67, fol. 237.

73. *Blanquerna*, II, chap. cxxii, p. 346; *Arte de contemplacio*, Munich, ms. 67.

où il parle de *la douceur de la présence de l'Aimé* : « L'Aimé défendit à son Ami de parler et celui-ci se consolait à la seule vue de l'Aimé[74]. » « L'amour attrista l'Ami par excès de pensées, l'Aimé chanta et l'Ami se réjouit quand il l'eut entendu. Et il fut question de savoir laquelle des deux choses fut plus grande occasion de multiplier l'amour chez l'Ami[75]. »

« L'Ami vint boire à la fontaine où qui n'aime pas devient amoureux en buvant; et après avoir bu ses langueurs redoublèrent, et l'Aimé vint boire à la même fontaine pour redoubler les amours chez son ami en lesquels il redoubla aussi les langueurs[76]. » L'Ami et l'Aimé se rencontrèrent et l'Aimé dit à l'Ami : « Il n'est pas utile que tu me parles, mais fais-moi signe avec tes yeux qui sont paroles à mon cœur et je te donnerai ce que tu me demandes[77]. »

L'illumination de Lulle est admise par l'Église, puisque le titre des messes de Lulle porte : Messe du Bienheureux R. Lulle, Docteur Illuminé et martyr. Tous les ecclésiastiques qui parlent de lui dans leurs ouvrages l'appellent aussi Docteur Illuminé.

Les visions de Lulle ne sont que possibles, mais ne peuvent être considérées comme historiques, faute de textes absolument authentiques[78], et parce qu'il doute, nous l'avons vu, de leur réalité[79], bien qu'elles s'accordent avec les bonnes mœurs, avec les dogmes et les enseignements de l'Église, qu'elles soient sereines, paisibles, bonnes, utiles même, opportunes, qu'on y croie encore aujourd'hui à Majorque et en Catalogne.

Mais *Lulle fut illuminé* directement, inspiré comme il le dit, puisque sa doctrine est nouvelle en certains points, qu'elle le poussait à des entreprises qu'il n'avait pas conçues avant sa conversion, œuvres de propagande en pays musulman, de fon-

---

74. *Amich e amat*, verset 147, p. 85.
75. *Id.*, verset 154, p. 87.
76. *Id.*, verset 21, p. 54.
77. *Id.*, verset 28, p. 55.
78. Poulain, *Les Grâces d'oraison*, p. 379, *Conditions de crédibilité des révélations.*
79. Voir nos citations du *Blanquerna* dans le 1er chapitre.

dations de monastères, de missionnaires, de collèges de langues orientales, d'enseignement de méthodes destinées à la
controverse, de réformes sociales et morales, nécessaires dans
un temps où les rois et les papes étaient plus occupés des biens
terrestres que d'apologétique chrétienne, et de retour aux
vertus primitives dirigées vers la louange et l'amour de Dieu,
ce qui est la première intention. Ce n'est pas un mystique
inférieur dont l'état physiologique morbide ressort de la clini-
que.

Je demande donc aux lecteurs de considérer *Lulle* comme un
vrai mystique sain et puissant, puisqu'il trouve dans la présence
de Dieu un principe de vie nouvelle et utile, d'action infatigable et féconde, d'exaltation de son être spirituel pour le bien,
ou ce qu'il croyait le bien, de la communauté chrétienne et
des Musulmans[80].

Je demande même que l'auteur des effusions amoureuses,
mais très pieuses, de l'Ami et de l'Aimé soit mis au rang des
grands mystiques, puisqu'il n'est pas un simple affectif, mais
un contemplatif qui fait concourir *toutes les puissances de son
être* à sa poursuite mystique de l'Union, pour une science plus
haute, pour une action plus consciente. « La Mémoire, l'Entendement et la Volonté décidèrent entre eux de contempler la
divine Bonté en la Vertu, la Vérité et la Gloire[81]. » — « Oh !
Entendement et Volonté, criez et réveillez les grands chiens qui
dorment, oublieux de mon Aimé » (c'est-à-dire les indifférents[82]). Parmi beaucoup d'autres exemples, citons encore
celui-ci : « La Volonté de l'Ami voulut monter bien haut pour
pouvoir aimer beaucoup son Aimé et elle ordonna à l'Entendement de monter de tout son pouvoir. L'Entendement donna le
même ordre à la Mémoire, et tous trois montèrent contempler
l'Aimé en ses honneurs[83]. »

---

80. Voir la biographie de notre introduction et le chapitre 1er : *Caractère
de Lulle.*
81. *Arte de contemplacio* in *Blanquerna*, II, ch. cix, p. 247.
82. *Amich e amat*, v. 122, p. 180.
83. *Ibid.*, v. 220, p. 104.

N'oublions pas que Lulle, enthousiaste et convaincu de pos- séder une science infuse, surnaturelle et divine, ne prétendait pas l'avoir obtenue par ses seuls mérites, par ses vertus que nous reconnaissons, était au contraire modeste et rendait hom- mage à la grâce de Dieu, qui accorde ses dons à qui elle veut. C'est le propre des grands mystiques catholiques de faire de la grâce le couronnement de leurs efforts, récompense désirée sans doute, mais facultative, quand les fakirs orientaux au con- traire attribuent souvent les résultats qu'ils disent atteindre à leurs exercices spirituels, en font un juste et nécessaire prix de leur piété.

L'encyclopédiste majorquain du treizième siècle complète donc par l'aspect dominant du mystique, par la connaissance divine qui dirige tous ses actes, la série des personnalités diverses qu'il revêt. Il s'affirme par ses œuvres comme le mys- tique populaire, sincère et utile, poétique et enthousiaste, *pré- curseur franciscain des Jean de la Croix et des sainte Thérèse*, fruits originaux eux aussi de la terre ibérique.

CHAPITRE VI.

Lulle théologien.

Lulle est intéressant comme théologien, non seulement par sa tentative originale de démontrer les vérités de la foi par des raisons nécessaires, c'est-à-dire logiquement, mais aussi parce que son expression souvent hardie, sa forme enthousiaste, comme il convient d'ailleurs au vrai mystique, a souvent été taxée de témérité, d'hérésie même.

Le Père Pasqual avait déjà vu clairement comment il fallait détruire ces fausses opinions sur le Lullisme, aussi orthodoxe que la doctrine de Malebranche, malgré ses apparences d'indé pendance vis-à-vis de la Patristique. Les grands savants espagnols comme Menéndez Pelayo et Bonillas San Martin sont persuadés aussi de la pureté des intentions catholiques de Raymond Lulle.

Son procès est d'ailleurs gagné et les adversaires actuels n'y peuvent plus rien. Déjà béatifié, Raymond Lulle sera canonisé un jour ou l'autre, comme le méritent d'ailleurs ses missions, ses écrits, sa vie de contemplation, de prière et d'action féconde.

Puisse-t-il être jugé à sa valeur dans cette partie de notre thèse, modeste plaidoyer en faveur du grand chrétien, célèbre de nom, mais inconnu du public laïque, si ce n'est calomnié.

Lulle démontre ou mieux veut démontrer la supériorité des vérités chrétiennes sur les dogmes de la foi musulmane. Cette tentative parut suspecte de bonne heure à certains Catholiques. L'obligation de croire, d'accepter sur l'autorité des Écritures et des Pères de l'Église, semblait à beaucoup préférable à la preuve logique des mêmes articles de la foi. Mais il faut se

8

pénétrer de la situation spéciale où se trouvait R. Lulle, qui avait à convertir des infidèles habitués, si ce n'est au libre examen, du moins à la discussion, à l'explication rationnelle des principes de leur religion par des générations de docteurs. L'Islam était moins gêné que le Catholicisme dans ses commentaires de la loi; en dehors d'un petit nombre de propositions imposées par le Coran et souvent en termes qui prêtaient à plusieurs interprétations, il n'était pas défendu d'entendre tel ou tel point particulier à sa façon. Un missionnaire chrétien qui n'eût point été un logicien, un philosophe en même temps, n'eût eu aucune chance de succès dans les milieux lettrés musulmans[1].

Nous verrons, à propos de questions théologiques importantes où Lulle se montre original et peut-être hardi, et que nous choisirons pour cela, qu'il fut dénoncé comme hérétique, ou imprudent, tout au moins, au quatorzième siècle, par l'inquisiteur Nicolas Eyméric, qui obtint, prétendent certains, une bulle de condamnation du pape Grégoire XI, en février 1376.

Le fameux défenseur de Lulle au dix-huitième siècle, le Père Pasqual, de l'ordre de Cîteaux, semble avoir prouvé la fausseté de la bulle. Il y a d'ailleurs des textes pontificaux, que citent volontiers les lullistes catalans modernes, postérieurs à la bulle et qui paraissent en ignorer l'existence, exaltant au contraire les idées de R. Lulle[2].

Certains thomistes espagnols reprenant les vieilles inimitiés des Dominicains vis-à-vis des docteurs franciscains, ont en vain essayé de ressusciter les attaques anciennes d'Eyméric, sont allés même jusqu'à prétendre que les lullistes d'autrefois, originaires de Palma de Majorque ou de Barcelone, ont par amour-propre national fait disparaître par ruse ou autrement la bulle authentique de Grégoire XI.

Le zèle de disciples trop enthousiastes, jaloux de la réputa-

1. Opinion de Menéndez Pelayo d'une part, de Miguel Azin Palacios de l'autre. Tous deux sont de savants professeurs de l'Université centrale de Madrid, très connus dans le monde universitaire de tous les pays.

2. *Vindiciae*, t. II, III, IV, principalement.

tion de leur maître dans les milieux néo-scolastiques du dix-
neuvième siècle, leur fait méconnaître la valeur de Lulle. Il y a
pour lui, quoi qu'ils en disent, place à côté de saint Thomas,
peut-être un peu au-dessous. La philosophie chrétienne n'est
pas le monopole d'un docteur plutôt que d'un autre et, bien
plus, tous, avec leur originalité propre, concourent aux mêmes
buts.

La question la plus importante de la théologie lullienne est
la preuve que la foi catholique peut être démontrée par des
raisons nécessaires. L'échec de cette assertion serait propre à
rendre plus difficile la conversion des infidèles, qui croiraient
d'après cela que la foi chrétienne est nulle[3]. Lulle s'adresse aux
religieux et aux séculiers sages et discrets, afin qu'ils voient si,
oui ou non, Lulle il peut résoudre quelque objection contre la
foi catholique par le moyen de raisons nécessaires.

Il dit plus loin que ces religieux et sages séculiers voient si
les raisons qu'il a trouvées lui-même contre les Sarrasins ont
la vérité pour elles, parce que si elles servent à résoudre les
difficultés qu'opposent les Musulmans à la foi catholique, il
n'est pas douteux que ceux d'entre eux qui sont versés dans
les lettres et savants se feraient chrétiens[4].

1º Lulle vise donc bien ici la *conversion des Musulmans*, soit
directement, soit par des missionnaires versés dans son système d'argumentation;

2º Il montre clairement son intention de *prouver logiquement les vérités de la foi.*

La première entreprise est très naturelle; mais la deuxième,
qui est le moyen de la mener à bien, a paru suspecte assez souvent. Exagérée, elle peut évidemment desservir la scolastique,
conduire au rationalisme et peut-être à une indépendance to-
tale de l'Église romaine. Hâtons-nous de dire que Lulle n'a
jamais pensé à cela, exclusivement préoccupé de sa propagande
en pays d'Islam. Le Père Pasqual a d'ailleurs montré qu'il n'a

3. Cf. *De Articulis fidei*, p. 917. *Lectura compendiosa tabulae generalis*, dist. IV, t. V, Mayence.
4. Cf. *Id.* Introductio, p. 918.

jamais été en contradiction sérieuse avec les Pères de l'Église qui l'avaient précédé.

A. — A propos de Dieu.

Nicolas Eymeric reproche à Lulle d'admettre plusieurs essences en Dieu, notamment dans l'*Arbre de Philosophie d'Amour*. Il n'a lu sans doute que la question : « La grandeur de l'amour ne consiste-t-elle pas en plusieurs essences dans Aimé? dit l'Ami », et néglige la réponse qui détruit l'accusation : « La Grandeur d'Amour répondit que l'Ami est tellement lié avec son Aimé par l'unité d'une seule essence et substance qu'ils ne peuvent être séparés l'un de l'autre[5]. »

Les arguments d'Eymeric, nous en voyons un exemple ici, sont donc souvent de mauvaise foi ou les résultats d'une lecture incomplète des textes de Lulle. Lulle s'exprime très clairement sur ce point dans le livre du *Gentil et des Trois Sages* : « En prouvant la Trinité, nous avons prouvé trois articles de foi, soit le Père, le Fils et le Saint-Esprit, et nous avons prouvé comment ces trois articles sont un seul Dieu en une seule essence[6]. » Dans la *Doctrina pueril*, nous lisons que le Père, le Fils et le Saint-Esprit sont une seule essence, un seul Dieu : « Le Père est un, le Fils est un autre, le Saint-Esprit un autre encore, et toutes ces trois personnes sont un seul pouvoir, une seule essence, un seul amour[7]. » Il affirme la même chose dans le grand livre de *Contemplation en Dieu*[8]. Les livres latins, comme le *De Articulis fidei*, concordent d'ailleurs[9].

A propos de la Trinité que Lulle cherche à défendre auprès des contradicteurs possibles Musulmans, ou dont il veut prou-

---

5. *Arbre de filosofia d'amor*, Obrador, Palma, 1901, p. 160.

6. *Libre del Gentil y de les tres*, Obrador, Palma, Savis.

7. *Doctrina pueril*, Obrador, ch. II, pp. 5 et 6.

8. *Libre de Contemplacio en Deu*, Obrador, Palma, t. I, ch. XI et XII, pp. 50 et 61.

9. *De Articulis fidei*, édit. Zenner, pp. 924, 925, 928.

ver le caractère naturel si ce n'est nécessaire. Eymeric remarque que le saint majorquain admet en Dieu, activité, passivité et acte, puisqu'il dit par exemple dans le livre des *Cent Noms de Dieu* : « Toi, Essence, tu es sans oisiveté, faite de Bonté, d'Infinité, d'Éternité, d'Essenciant, d'essencier, d'essencié[10], etc. » Cela semblerait attribuer aux trois personnes divines des différences radicales, impossibles à réunir en une unité. Maints passages montrent, au contraire, que les qualités divines sont une seule essence. On lit dans le *Blanquerna* (Art de Contemplation), que les Dignités éternelles sont en Dieu ensemble et la même chose, sont une seule essence[11]. Lulle n'est donc nullement trithéiste.

Pasqual montre, par des citations nombreuses de Lulle et des Pères de l'Église qui l'ont précédé, que ce sont des qualités de Dieu qui n'en altèrent nullement l'Unité[12]. Les trois corrélatifs sont les trois moments de tout *processus* naturel, comme le prouve Lulle en examinant le triangle, figure la plus parfaite de toutes, en considérant les trois termes du raisonnement par excellence des écoles, le syllogisme : « On ne peut trouver en aucun autre nombre (que celui de trois) cette harmonie, cette beauté[13]. » Les livres catalans concordent ici aussi avec les œuvres latines.

Nous avons là déjà un exemple de ses preuves des vérités de la foi par des raisons nécessaires, si célèbres et si attaquées par des adversaires ardents, passionnés, de tous les temps.

Nous n'examinerons pas à fond la question censurée par Eymeric : si Lulle a vraiment dit que Dieu était générateur du fils. Oui, le chapitre viii du *De Articulis fidei* parle de la Divine Génération : « Le produit s'appelle le Fils, dit-il, et le producteur le Père, et tout ce qui a été mentionné est trouvé

10. *Obras rimadas*, édit. Rosello, Palma, 1859, p. 204.
11. *Blanquerna*, t. II, p. 259.
12. *Vindiciae*, t. II, p. 63 et suiv., principalement p. 74.
13. *De Articulis fidei*, p. 931. Comparer : *Disputatio Raimundi et Hamar Saraceni*, Valence, 1510, folios xxxiv et xxxv. — *Libre de Oracio*, Palma, 1901, p. 186 du chap. ii.

d'aussi réelle façon dans la Divine Génération que dans les choses créées [14]. » Dans un passage des Feuilles de l'Arbre apostolique, chapitre important de l'Arbre de Science, il est écrit : « Le Père engendre le Fils de l'Éternel, en tant qu'il le génère de Lui-même, qui est l'Éternité elle-même... et ainsi produit essentiellement, naturellement et substantiellement de l'Éternité, il ne peut être du temps ni de quelque nature temporelle [15]. » Eymeric prétend que Lulle admet, en somme, l'antériorité du Père sur le Fils et des deux sur le Saint-Esprit. Des chapitres du *De Articulis fidei*, comme le neuvième, et le dixième surtout, expriment la *pensée* du Saint de telle façon, qu'on peut, comme l'inquisiteur, l'interpréter dans un sens hérétique : « Pourquoi la personne procédant du Père et du Fils est dite le Saint-Esprit [16] ? » y est-il dit mot pour mot. Le Père Pasqual cite dans ses *Vindiciae* des quantités de textes lulliens où le Majorquain est parfaitement orthodoxe [17] ; déclare que l'ordre du Père, du Fils, du Saint-Esprit sont une manière de parler, une apparence et qu'en réalité les trois personnes n'ont entre elles aucune priorité parce que : « dans l'Éternité et l'Infinité, il ne saurait y avoir de priorité [18] ». Les trois personnes diffèrent par leur but, peut-être aussi par leur origine [19], non par le temps ou la durée, ce qui se comprend chez un théologien comme Lulle, qui s'efforce toujours de démontrer l'éternité de la production en Dieu [20].

Eymeric et les ennemis de Lulle entendent mal aussi cette parole du maître dans la *Lectura Artis Inventivae et Tabulae Generalis* [21] : « Engendrer, est-il propriété du Père et du Fils,

14. *De articulis*, pp. 926-927. *Arbre de science*, passim.
15. *Arbre de science*, chapitre de l'Arbre apostolique des feuilles. Comparer *Blanquerna*, ch. cxv ; *Acta de contemplacio*, p. 296 : « O divine miséricorde, tu as fait de ton fils infini et éternel », etc.
16. Titre du dizième chapitre du *De articulis fide*, p. 928.
17. *Vindiciae*, t. II, ch. vi, pp. 164 à 172.
18. Édition Mayence, t. V, *Lectura Artis invent. et tab. gener.* quæst. 78. — Voir *Blanquerna*, t. II, ch. cxxi ; *Art de contemplacio*, p. 340.
19 et 20. *Vindiciae*, t. II. p. 171.
21. Édition Mayence, t. V ; même traité, dist. II, part. II, quæst. 7.

celui-ci activement, celui-là passivement ? » Le Saint-Esprit serait donc engendré par le Père et par le Fils, ce qui aggraverait encore l'accusation précédente.

Mais nous croyons que le père Pasqual, s'appuyant sur des textes nets et précis, a raison quand il affirme que Lulle explique cette prétendue génération autrement qu'Eymeric, dans *L'Arbre de Science* notamment : « Le Père en tant qu'il engendre le Fils est le Père, en tant qu'il inspire le Saint-Esprit n'est pas le Père, parce que s'il était le Père le Saint-Esprit serait le Fils [22], ce qui serait absurde et impossible. Le Saint-Esprit est une production de l'amour qui s'exhale des deux personnes, du Père et du Fils. »

Autre prétendue erreur grave reprochée à Lulle : la création de l'âme humaine serait dans son système un produit nécessaire de perfection divine parce que Dieu devait nécessairement produire un monde parfait, logiquement ordonné.

Il est vrai que Lulle considère l'âme humaine rationnelle comme un chaînon indispensable dans la série harmonique des substances ; on sauterait, si elle n'existait pas, des substances corporelles aux subtances spirituelles angéliques. Il y aurait un vide dans l'ordre de la production, il y aurait deux extrêmes sans moyens. En effet, dans sa pensée l'âme rationnelle, jointe à un corps, touche par son intellect passif et par en bas aux substances corporelles, par en haut, par l'intellect actif, aux substances plus spirituelles des anges.

C'est ce qu'il veut dire, par exemple, dans le texte suivant : « Si Dieu n'avait pas produit une substance composée et qui fût union d'essences corporelle et spirituelle, qui fût l'homme, il y eût eu vide dans l'ordre de la production. Et il y aurait deux extrêmes sans moyens, c'est-à-dire des substances corporelles et des substances angéliques, et il n'y aurait pas au milieu de substance composée de substance spirituelle et de substance corporelle et Dieu aurait une plus grande propriété (de

---

22. *Arbre de science*, Zepeda. Arbre questionnel, questions de l'arbre divin, questions de la Trinité, n° 8.

production) en produisant dans sa Bonté une petite substance plutôt qu'une grande : ce qui est impossible et contre le grand ouvrage que Dieu a en sa propre Bonté par la génération et l'inspiration des personnes divines[23]. »

Conséquence condamnable, Dieu n'eût pas pu créer les substances corporelles sans créer les âmes[24], ce qui est affirmer la nécessité en Dieu en somme et nier la liberté, dans certains cas tout au moins. Mais Lulle n'a eu aucune mauvaise intention en intercalant de semblables hardiesses dans l'ouvrage précité et dans d'autres encore[25]. Il est parfaitement d'accord, comme le remarque le Père Pasqual dans les *Vindiciae*, avec les Pères de l'Église très orthodoxes qui l'ont précédé.

Le Père Pasqual cite saint Bonaventure qui dit aussi qu'il y aurait une lacune dans l'ordre de la production si une substance intermédiaire n'était produite[26]. Il montre aussi que l'opinion de saint Thomas est identique au fond[27] : « Il est du meilleur agent de produire tout son meilleur effet. » Il la retrouve chez saint Augustin, qui dit : « C'est pourquoi l'abondance et la grandeur de la Bonté de Dieu, non seulement témoignent qu'il y a de grandes choses, mais aussi de très petites et de moyens *bienfaits*. La Bonté divine doit être louée plutôt dans les grandes choses que dans les choses moyennes, et plus dans les choses moyennes que dans les moindres biens, mais plus encore dans tous que si elle ne les avait tous accordés[28]. »

---

23. Livre *De anima rationali*, part. I, *Specie prima*, col. 3, n° 3. *Id.* édition de Mayence, t. IV, p. 1. — Tout ceci paraît d'accord avec les idées sur la hiérarchie, émises dans les œuvres catalanes par eux dans la *Doctrina pueril*, ch. LXXXV, et le tome Ier du *Libre de contemplacio en Deu*, édit. Obrador.

24. *De anima rationali*, part. I, *Specie prima*, col. 3, n° 3, Mayence, t. IV, p. 2.

25. *Articulis fidei*, ch. XII, *De creatione*, p. 938. *Potestas divina non potest aliquid quod non sit de natura sua coaequare sibi in magnitudine*, etc.

26. *Vindiciae*, t. IV, dist. II, paragr. 21, p. 206.

27. *Id.*, p. 206. *Summa contra gentes*, paragr. 1, quæst. 47, art. 2.

28. *Vindiciae*, t. IV, dist. II, paragr. 24, p. 208. Saint Augustin, *De libero arbitrio*, ch. XIX.

Lulle, conformément donc à la Patristique, a simplement voulu dire que Dieu a créé le monde selon un ordre logique, l'a créé parfait, ce qui est une conséquence de sa perfection même. Le mot nécessaire a effrayé des timides, mais l'idée du saint majorquain n'est pas hétérodoxe, il a eu soin lui-même de dire souvent que *Dieu est si parfait en lui-même, qu'il n'a aucune nécessité hors de lui-même* [29]. Il ne faut donc jamais se servir contre Lulle de passages isolés du contexte, ou sans les comparer à d'autres nombreux dans son œuvre immense, qui peuvent les éclairer, car notre auteur se répète souvent en bon pédagogue.

B. — A PROPOS DU FILS.

Nous verrons d'abord un point important lié au précédent, celui de la Recréation, du rachat du péché originel par Notre Seigneur Jésus-Christ. Lulle paraît avoir professé la nécessité de cette Recréation. « Si la Recréation n'avait pas été (dit-il dans le *De Articulis fidei*), il s'ensuivrait que Dieu ne poursuivrait pas dans la nature humaine la fin pour laquelle il l'a créée et que Dieu n'aurait ni pitié ni miséricorde à l'égard de la nature humaine, ce qui ne lui convient pas. Il *faut* donc qu'il fasse cela de peur que quelque chose de discordant, vis-à-vis des prémisses, ne s'ensuive, et beaucoup d'autres défauts. *Il faut donc que la Recréation soit* [30]. »

Si l'on se reporte au premier chapitre de la thèse, on verra que le *De Articulis* est de la fin même de la carrière de Lulle, de 1296, et que notre philosophe majorquain n'enseignait pas à la légère et par hasard une doctrine hardie. C'est une thèse franciscaine connue.

La nécessité de la Recréation est une conséquence de la con-

29. Particulièrement même texte du *De anima rationali*, part. I de *utrum*. Titr. *Prima species*, quæst. 3, t. VI, Mayence.

30. *Articulis fidei*, ch. xv, p. 942. *Vindiciae*, IV, pp. 122 et suiv. Comparer le chapitre iv du livre de *Doctrina pueril*, *Libre de contemplacio*, t. I, édit. Obrador, ch. lx, lxi et lxii, pp. 4 à 22 principalement.

ception de l'Ordre, Attribut divin. D'autres que lui, saint
Denys, Jean Scot Ériugène, ont admis une hiérarchie continue
dans les créatures de Dieu, n'ont pu croire que l'Être Parfait
pût agir de manière désordonnée et inharmonique.

Évidemment, comme dans la question précédente, de la nécessité logique de la création de l'âme humaine, trait d'union
entre les substances corporelles et les substances spirituelles
angéliques, Lulle nie le bon plaisir de Dieu, le caprice absurde
d'une Providence fantaisiste, mais sa négation ne touche pas
la Liberté divine, véritable, philosophique, c'est-à-dire le choix
du meilleur, et ici, précurseur une fois de plus, annonce la
conception métaphysique d'un Leibniz sans aller jusqu'à l'optimisme complet.

Nous ne verrons plus la confusion des personnes quelquefois reprochée à Lulle, comme d'ailleurs la prééminence dans
le temps du Père et du Fils, générateurs du Saint-Esprit. Les
sens douteux ou qui paraissent contraires à l'orthodoxie catholique s'expliquent par le contexte, et Lulle ne s'écarte pas sur
ces points, comme le prouve le Père Pasqual, de la Patristique
la plus autorisée[31].

Une prétendue erreur lullienne, plus intéressante, serait
l'opinion que la nature humaine est supérieure à la nature
angélique. Lulle affirme, en effet, quelque chose de ce genre,
mais très raisonnablement. Dieu ne pouvait pas, pour son but
de salut des hommes qui avaient préféré la seconde intention
à la première, s'incarner ailleurs que dans l'humanité.

« Nous avons prouvé (dit Lulle dans le *De Articulis Fidei*)
que la Recréation devait être ; par elle, la nature humaine déviée
de son premier but par le péché des premiers parents est rendue
à son vrai but et état primitif[32]. » Plus loin, on lit ceci : « Et

31. *Vindiciae*, t. IV, pp. 95, 101 ; t. II, p. 164, par exemple. Lulle, dans le
livre *Doctrina pueril*, ch. 11, enseigne la procession et génération du Père, du
Fils, du Saint-Esprit, mais a soin de dire, v. 2, p. 5 : que la génération du Fils
par le Père et du Saint-Esprit par le Père et le Fils est infiniment éternelle ;
v. 4, p. 6 : les trois personnes sont distinctes en une seule essence.
32. *De articulis fidei*, édit Zetzner, ch. xviii, p. 945.

si l'on objecte que la Sagesse divine sait bien qu'elle pouvait prendre la nature angélique ou toute autre, et que la Volonté de Dieu devait donc le vouloir, nous répondrons : En prenant la nature angélique ou une autre, Dieu n'eût pas participé de toute créature, et si Dieu avait accompli la Recréation ou le salut de la nature humaine au moyen de l'ange ou de toute autre créature, la nature humaine n'eût été ni rétablie, ni rachetée suffisamment, à ce point qu'elle n'eût pas été dans l'état de noblesse dans lequel elle était avant le péché, parce qu'avant le péché la nature humaine n'était soumise et obéissante qu'à Dieu seul. Au contraire, si (la nature humaine) était par une autre créature, elle serait asservie et soumise à cette créature, et nous sommes prêts à répondre plus loin, quand il le faudra, à cette objection et nous y renonçons (maintenant) pour abréger [33]. »

Évidemment, pour l'amour même de l'ordre, Dieu ne pouvait pas laisser l'homme descendre définitivement, ne pas se tenir, comme c'était la première intention, entre l'animal et l'ange.

Le Père Pasqual donne à ce sujet des opinions de Pères de l'Église qui affirment la supériorité de l'homme avant le péché sur l'ange, à de certains points de vue [34]. Je ne crois pas que Lulle ait repris cette thèse de certains Franciscains dans ses livres authentiques. Le philosophe majorquain veut simplement que Dieu se soit préoccupé avant toute autre chose de rendre à l'homme sa place primitive dans la hiérarchie des êtres, et jamais réellement ne songea à mettre l'homme même au niveau des anges, ce qui n'eût jamais été accepté par des Musulmans, absolument persuadés de la *supériorité des anges sur nous en spiritualité.*

33. *De articulis fidei*, ch. xviii, p. 946; ch. cxv, *Blanquerna*, t. II, pp. 284-285. Comparer *Liber contemplationum*, lib. I, cap. ii, xlii, ccxlviii, et dans édit. Obrador, en catalan, mêmes chapitres.

34. *Vindiciae*, t. II, pp. 289 à 300. — Je ne trouve pas cette thèse dans le *Felix*, t. I, 2ᵉ partie, p. 85 et suiv., où au contraire Lulle dit que l'ange est la créature la plus semblable à Dieu, pp. 86-87.

Comme il lui arrive parfois, Pasqual, entraîné par son zèle, veut prouver contre Eymeric lui-même, principal adversaire des questions controversées précédentes, plus qu'il n'était utile, pour réduire à néant ses accusations d'erreur ou d'hérésie.

Lulle démontre dans le *De Articulis Fidei*, par exemple, que *Dieu incarné devait être conçu du Saint-Esprit*. Dans le chapitre XIX, où il traite de ce sujet, il répond d'avance à une des attaques qu'on devait provoquer plus tard et dont nous avons déjà parlé : « Il faut que le Fils soit incarné, pour que, dans le but de prendre la nature humaine, les Propriétés divines ne soient pas confondues[35], mais restent distinctes l'une de l'autre et que toute raison de filiation soit dans le Fils[36].

Il fallait que Jésus-Christ fût conçu du Saint-Esprit afin « que la nature humaine fût substantifiée (c'est l'expression de Lulle) et appropriée par la divine Unité de personne, et que la nature humaine fût identifiée en substance (substantifiée, dit Lulle) à la Nature divine[37], etc. »

Il était nécessaire aussi *qu'il naquît d'une vierge* : « Aucune noblesse ne doit être appuyée sur son contraire ; non seulement l'humanité du Fils de Dieu ne serait pas dans la pleine obéissance à la divinité ni en son entière puissance, ne serait pas non plus substantifiée en Nature divine, mais encore la Nature divine n'œuvrerait pas au moyen de cette humanité de Notre-Seigneur, en vertu de sa divine Nature, dont le propre est d'œuvrer sans corruption. Il s'ensuit donc que Jésus est né d'une femme vierge, et nous disons que nous devons appeler Jésus ainsi né et conçu selon son être et son but (Sauveur, Rédempteur) parce que le genre humain, qui avait péri, est renouvelé par le salut de Notre-Seigneur Jésus-Christ[38]. »

Lulle examine ensuite les *causes de la descente de l'humanité de Dieu aux enfers*, de la nécessité de sa résurrection. Il avait

35. *De articulis fidei*, ch. XIX, p. 947 ; *Doctrina pueril*, p. 12.
36. *De articulis fidei*, Zetzner, ch. XIX, p. 947.
37. *Id.*, ch. XX, p. 948 ; cf. *Doctrina pueril*, ch. IV, v. 5, p. 12.
38. *Id.*, ch. XXI, p. 950. Ce passage est très difficile à traduire en français, nous n'en donnons donc qu'une adaptation approximative. — *Doctrina pueril*, ch. IV, p. 12, v. 7.

déjà montré, dans le chapitre xxii du *De Articulis Fidei*, pourquoi Notre-Seigneur Jésus-Christ devait mourir. Il faut même remarquer en passant, à ce propos, que la fin de l'homme étant de louer, d'honorer Dieu, de supporter beaucoup de souffrances et de peines en son nom (Lulle va jusqu'à rechercher lui-même le martyre), Notre-Seigneur Jésus-Christ est mort pour l'homme parce qu'il fallait qu'il encourageât par son exemple tous les hommes à aimer Dieu exclusivement, à le révérer, à lui obéir tout à fait[39].

Ne devant pas, la Recréation terminée, demeurer dans un séjour terrestre ou corrompu, Jésus-Christ monta au Ciel[40]. Lulle prouve comment Jésus fut vérace et que, pour cette raison, ses enseignements sont véridiques[41] ; qu'il devra juger les vivants et les morts, car le genre humain aura une fin... L'homme tout entier ne devrait pas être jugé s'il ne se conformait à son vrai but, la béatitude obtenue par l'obéissance à Dieu, mais il a été dévié corps et esprit de ce but de Béatitude divine, auquel il a préféré les plaisirs terrestres et mondains[42], etc.

Nous avons surtout donné les textes précédents et les brèves indications ci-dessus pour persuader à nos lecteurs que Lulle a su, sans hérésie, exposer les vérités de la foi d'une manière raisonnable, ordonnée et logique, proportionnée à ses desseins de conversion des Musulmans et d'éducation des missionnaires destinés à poursuivre cette tâche. Il est impossible de résumer l'immense théologie de Lulle en quelques pages, et l'on ne peut qu'exciter ici la curiosité et peut-être changer l'opinion de ceux qui ne connaissent Lulle que de nom et l'ont toujours jugé extravagant et fou, excentrique et ridicule, sur la foi de ses vieux ennemis dominicains et même laïques, auxquels nous pardonnons un peu, en raison de leur ignorance des œuvres du maître.

39. Édit. Zetzner, *loc. cit.*, ch. xxii, p. 951.
40. *Ibid.*, ch. xxiv, pp. 953-954; ch. xxv, pp. 955-956.
41. *Ibid.*, ch. xxvi, pp. 957-958.
42. Dernier chapitre, p. 960 par exemple; *Doctrina pueril*, ch. iv, pp. 11-12, passages divers du grand livre de *Contemplation*.

C. — IDÉES SUR NOTRE-DAME LA VIERGE.

Avant de terminer ce chapitre, nous nous permettrons de présenter au public français un aspect inconnu de notre polygraphe, un *Lulle partisan de l'Immaculée-Conception* en plein treizième siècle, un Lulle émettant des idées à peu près nouvelles (saint Bonaventure était aussi un fervent de Marie) sur la mère de Notre-Seigneur Jésus-Christ ; c'est une doctrine générale franciscaine, comme on sait.

En 1306 et 1307, Lulle fut même obligé de défendre cette doctrine à Montpellier. Le livre de *Benedicta tu in Mulieribus* est consacré à la louange de la Vierge. Il n'a pas été réimprimé, Obrador y Bennassar étant malheureusement mort avant d'avoir pu l'éditer dans sa collection de Majorque. Il en a cependant publié quelques extraits dans les Revues spéciales. Lulle, dans l'un d'eux, expose le but du livre : « ... Être bénie entre toutes les femmes, c'est avoir en soi Excellence de Singulière Bénédiction ; et pour que cette Singulière Bénédiction que la Vierge Marie possède parmi toutes les femmes soit connue et aimée, moi pécheur et indigne même que mon nom soit écrit, je veux, avec l'aide de la dite Vierge, selon mon pauvre savoir, déclarer de huit manières différentes [43] la dite Excellence dont je fais le sujet et le fond de ce livre, c'est-à-dire qu'elle est bénie entre toutes les femmes, afin que ceux et celles qui ont dévotion vis-à-vis de la Vierge Marie en aient davantage encore [44]. »

Dans son introduction : « De la division de ce livre », Lulle annonce clairement son intention de parler de l'Immaculée-Conception : « Ce livre est divisé en huit parties. Dans la pre-

---

43. *Revista luliana*, Barcelone, janvier 1902. Noticia y mostra del llibre Lulia : *De benedicta tu in mulieribus*, texte catalan inédit, par Obrador y Bennassar, p. 97, et *Doctrina pueril*, ch. IV, p. 12, v. 6, où Lulle dit que Jésus-Christ naquit d'une vierge sans péché.

44. *Revista luliana*, article cité, texte catalan inédit, p. 97, janvier 1902, 1er extrait d'Obrador y Bennassar.

mière, je veux prouver que Notre-Dame Sainte-Marie est bénie entre toutes les femmes, selon sa *conception* et sa naissance, en tant qu'elle fut sans péché originel[45]. »

Nous n'avons pas le texte de cette première partie, les héritiers d'Obrador y Bennassar gardent sous clef les copies de textes et les manuscrits de leur regretté parent, en attendant de les publier. Ce que nous citons d'ailleurs de la quatrième partie suffit à confirmer ce qui précède. Marie parle, dans le passage que nous avons sous les yeux, de l'étoile qui guida les Rois Mages : « Et aussi même, sache (mon fils Raymond) pourquoi les trois Rois Mages furent guidés par l'étoile nouvelle et différente des autres par son mouvement. C'est pour que le monde connaisse que moi, Vierge et Mère du Fils de Dieu, suis étoile nouvelle venue au monde, *conçue et née sans péché originel*, et que, par moi, tout homme peut être gagné (sur le péché) pour arriver à la Gloire Céleste dont mon Fils Jésus[46] est le Roi Perpétuel, et je suis différente des autres en mon mouvement, car mon mouvement virginal a été en ligne droite et continue, persévérant en ma virginité inviolée ; en tant que Vierge, je conçus le Fils de Dieu Éternel ; Vierge, je l'enfantai et je restai et persévérai dans mon état de Vierge en tous temps[47]. » Elle ajoute qu'elle fut étoile très *luminante*, singulière en son être et son mouvement entre toutes les femmes qui ont été et qui seront, et la preuve en est : « que l'ange Gabriel me dit bien la vérité quand il me dit que j'étais la plus Bénie de Singulière Bénédiction parmi toutes les autres femmes[48] ».

Lulle se répéta souvent, non seulement dans l'ensemble de son œuvre, mais aussi dans le même traité ; ces quelques textes suffisent cependant, je l'espère, à montrer ses idées sur l'Immaculée-Conception parfaitement arrêtées. Il affirme nettement, après saint Bonaventure et avant Duns Scot, et c'était très hardi au treizième siècle : que *Marie avait été conçue et*

45. *Revista luliana*, janvier 1902, p. 97, 2e extrait.
46. *Ibid.*, 3e texte, 4e partie du *Benedicta tu*, p. 99.
47 et 48. *Ibid.*, pp. 99 et 100.

était née sans péché originel. Il est très franciscain à ce point de vue.

Il exalte les vertus de la Vierge dans les poèmes catalans comme : *La Vierge Marie, Les Heures de la Vierge, La Plainte de Notre-Dame,* dans la troisième partie de la Médecine du péché[49], etc. Dans un petit livre qui n'a pas été réédité, le *Livre de Sainte-Marie,* Lulle développe aussi des effusions poétiques très riches, des louanges imagées, allégoriques, qu'il met dans la bouche de l'Ermite (son porte-parole habituel), principal personnage du livre[50].

Dans le *De Arte Contemplationis* qui suit le *Blanquerna,* Lulle consacre tout le cent dix-septième chapitre à la contemplation dans la prière de l'*Ave Maria* et en Notre-Dame, des Vertus et Dignités de son Fils Dieu Jésus[51]. A propos de chaque point important de théologie, on pourrait montrer de même qu'en général Lulle émet les idées capitales de sa doctrine, aussi bien au commencement de sa vie qu'à la fin, poursuit ses desseins avec esprit de suite jusqu'au bout de sa carrière.

Nous ne nous attarderons pas sur les questions secondaires relatives à la Vierge, et qui parurent hardies ou erronées, par exemple de la puissance qu'a la Bienheureuse Vierge Marie de pardonner les péchés et d'accorder des vertus. Pour Lulle, la bonté et la puissance de Notre-Dame vient de Dieu et elle ne les possède pas par elle-même. Elle intervient auprès de son Fils, le prie pour ceux qui l'implorent. Elle joue dans le lullisme, absolument comme de nos jours, le rôle d'intercession très orthodoxe admis par les Conciles et les Pères de l'Église[52].

D. — *Quelques autres sujets théologiques* ont été approfondis par Lulle et ont attiré sur lui l'attention de ses ennemis. C'est

49. Rosello, Palma, Gelabert, 1859. — *Obras rimadas de Ramon Lull.*
50. Un manuscrit du *Livre de Sainte-Marie* est joint au *Liber natalis pueri Jesus,* offert, à Paris, à Philippe le Bel, par Lulle, ms. latin n° 3323, Biblioth. nationale.
51. *Blanquerna,* édit. de *Revue de Madrid,* t. II, p. 308 et suiv.
52. *Vindiciae,* t. I, p. 425 et suiv., le Père Pasqual compare des textes concordants des Pères de l'Église.

ainsi qu'on lui reproche, après Nicolas Eymeric, d'enseigner qu'il se fait dans l'Eucharistie union par conjonction de la substance du pain avec la substance du corps du Christ. Le Père Pasqual cite les textes incriminés et montre, par des passages lulliens, que tout au contraire le Bienheureux disait que par la conversion du pain en corps du Christ, la substance du pain ne fait qu'un avec la Substance du Christ, s'unit ainsi à elle et ne fait qu'un avec elle[53].

Il n'y a d'ailleurs qu'à lire le chapitre xxv du livre de *Doctrine puérile* : « Si tes yeux, fils (dit-il par exemple), te disent que la Sainte-Hostie est du pain, le Pouvoir, la Sagesse et l'Amour et les autres Vertus de Notre-Seigneur Dieu disent à ton âme que cette Sainte-Hostie et le Vin Sacré sont réellement ce corps même de Jésus-Christ qui, pour te sauver, monta sur la croix le jour du Vendredi Saint de Pâques[54]. »

On a dit que Lulle trouvait l'homme plutôt bon que mauvais et prétendait qu'il possédait le bien en germe. Je ne vois pas bien comment on peut tourner cela contre son orthodoxie. La Bible attribue en somme toutes les vertus à l'homme avant son péché et Lulle affirme souvent, quand il parle de la première intention, c'est-à-dire du but humain primitif qui consiste à honorer et louer Dieu exclusivement, que l'homme était disposé au bien, mais qu'il s'est laissé entraîner au péché, à vivre dans la deuxième intention[55].

Les inquisiteurs ont visé en lui une prétendue erreur pélagienne, et c'est là leur grief principal à ce propos ; mais le Père Pasqual prouve que Lulle ne croyait pas à la possiblité pour l'homme d'accomplir le bien par le seul exercice spirituel, les bonnes pensées, les aumônes, par l'ascétisme en un mot, mais au contraire par le secours de la Grâce de Dieu. On ne pouvait même dans ses œuvres que trouver des preuves de cette nécessité de la Grâce pour l'action honnête et droite[56].

---

53. *Vindiciae*, t. II, ch. xxxviii, p. 657 et suiv.
54. *Doctrina pueril*, ch. xxv, *De sacrifici*, p. 62, § 5 ; voir aussi, p. 63, § 8.
55. *Livre de première et deuxième intention*, t. VI, Mayence, p. 1 et suiv.
56. *Vindiciae*, t. IV, pp. 230, 231 et suiv.

Enfin, Eymeric et d'autres contempteurs de Lulle, dont les critiques ont été souvent acceptées même de nos jours, accusent Lulle d'être un orgueilleux et un faux illuminé. Il n'aurait pas le droit, à leur sens, de se dire inspiré de Dieu, ni dans son *Ars*, ni dans sa vie. Les preuves de la Sainteté de notre auteur majorquain ne leur paraissent pas suffisantes, malgré l'histoire.

Jean Ier, fils de Pierre IV, roi d'Aragon, reconnaissait déjà, en 1388, l'inspiration de Lulle et tous les princes qui lui succédèrent firent de même[57], accordant aux villes catalanes l'autorisation d'enseigner les doctrines du Maître, les mentionnant sous le nom significatif de « Doctrines de l'Illuminé Docteur Raymond Lulle[57] ».

Toujours d'ailleurs depuis le quatorzième siècle, les éditions d'ouvrages de Lulle furent publiées sous le titre d'œuvres « du Docteur et Maître Illuminé Raymond Lulle ».

Il ne paraît pas que l'autorité ecclésiastique, si stricte cependant, se soit opposée à cette dénomination.

Quant à nous, le fait même d'être demeuré fidèle à l'esprit et à la lettre de la tradition, d'avoir fait preuve de qualités d'esprit à la fois contemplatif et actif très supérieures à celles de tous les hommes de son temps, d'avoir montré une suite dans les idées très remarquable, toujours dans l'intérêt supérieur de la chrétienté en particulier, de l'humanité en général, de s'être exprimé avec un enthousiasme si fort qu'il paraît sincère, avec des élans extraordinaires, nous paraît suffisant. La comparaison avec n'importe lequel des grands mystiques serait peut-être défavorable à ce dernier au point de vue harmonieux. On ne rencontre dans la vie de Lulle aucune contradiction, aucune défaillance sérieuse.

En résumé, Lulle n'a jamais été hérétique, mais a été obligé de se plier aux façons d'écrire ou de parler des Musulmans, a même devancé son temps en théologie. Sa tentative de démonstration des vérités de la foi a été intéressante et relativement

_____

57. *Vindiciae*, t. II, ch. XLII, pp. 769 et suiv.

originale, quoique venant après celles d'Abélard, d'Alexandre de Halès entre autres. Quant à *son illumination*, elle ne paraît pas en somme plus contestable que celle des grands mystiques catholiques ultérieurs.

Loin donc de mériter le rang secondaire qu'on lui assigne dans l'histoire ecclésiastique, Lulle au contraire devrait être rangé parmi les mystiques les plus éminents.

CHAPITRE VII.

Raymond Lulle et le contre-averroïsme.

Bien que les controverses de Lulle avec les partisans occidentaux de l'averroïsme soient, en somme, inséparables de la théologie du maître, nous avons tenu à leur consacrer un chapitre spécial à cause de leur importance considérable.

Lulle est considéré non seulement par Hauréau et Renan comme un anti-averroïste outré, mais même par M. de Wulff dans son *Histoire des Philosophies Médiévales*, et par le Père Mandonnet dans son *Siger de Brabant et l'averroïsme latin au treizième siècle* [1].

Nous verrons ce qu'il faut penser de cette opinion. Lulle est exagéré quand il semble attribuer à Averroès, certainement peu compatible parfois avec l'orthodoxie catholique, mais moins impie et plus près de la scolastique qu'on ne l'a cru, les seules idées retenues et reprises par les hommes du treizième siècle.

Averroès, l'*Ibn-Rochd* des Arabes, avait commenté Aristote après avoir traduit en arabe certains de ses traités. Cet auteur fameux séparait complètement, disait-on à tort, les deux domaines de la philosophie et de la religion, et professait des opinions plus ou moins conformes au péripatétisme, mais contraires aux dogmes musulmans. Cadi de Cordoue au douzième siècle, ses livres avaient été brûlés par les Musulmans orthodoxes et malgré qu'Averroès se conformât aux rites de l'Islam. On sait aujourd'hui qu'on exagérait [2].

---

1. *Siger de Brabant et l'averroïsme latin au treizième siècle*, par le P. Mandonnet, Fribourg, Librairie de l'Université, 1899.
2. Gautier, *Théorie d'Ibn-Rochd sur les rapports de la religion, de la philosophie*, Paris, 1909.

Avant le treizième siècle, les attaques d'Albert le Grand contre l'averroïsme en témoignent, les traductions arabes d'Aristote et les traités d'Averroës s'étaient répandues d'Espagne en France, comptaient des partisans dans tout le monde latin[3].

Tout d'abord, on ne connaissait que l'*Organon* d'Aristote par l'intermédiaire de Boëce. Jusqu'aux premières années du treizième siècle, on ne possédait en somme que la logique du Stagirite.

La Métaphysique et les traités de sciences naturelles arrivèrent d'Espagne les premiers, la Physique et la Métaphysique étaient en tout cas en circulation en Occident avant 1210[4].

On savait, et l'autorité ecclésiastique s'en était émue de bonne heure, qu'Aristote se trouvait en conflit avec la foi chrétienne sur des points importants. Les Commentaires d'Averroës, explicatifs sans doute de la pensée du maître, mais qui dépassaient parfois Aristote en hardiesse et n'étaient plus toujours bien compris non plus, allaient-ils avoir droit de cité dans les écoles de la chrétienté?

On n'eut pas même le temps, dit le P. Mandonnet, de se poser la question, et Aristote et Averroës, traduits en latin, étaient déjà dans la place et, plus ou moins fidèlement expliqués, devaient encourager la contre-scolastique.

L'autorité ecclésiastique, très énergique, agit immédiatement. Une première condamnation frappa les doctrines suspectes au *Concile* de la province ecclésiastique de *Sens*, tenu à Paris en 1210. Il défend d'interpréter, dans les leçons publiques et même privées, à Paris, les livres d'Aristote sur la Philosophie Naturelle ainsi que leurs commentaires[5].

En 1215, Robert de Courçon, légat du pape, prohibe de nouveau dans un règlement des écoles les Commentaires, la lecture de la Métaphysique et de la Philosophie Naturelle d'Aris-

3. De Wulff, *Hist. de la philos. médiévale*, p. 321; Mandonnet, pp. 28 et 29.

4. Mandonnet, *Siger de Brabant*, p. 28.

5. *Ibid.*, p. 29; Denifle, *Chartulaire de l'Université de Paris*, p. 70.

tote, les doctrines de David de Dinant (panthéiste fameux), d'Amaury de Chartres (doctrine de Dieu immanent dans les créatures), et d'un certain Maurice d'Espagne, que plusieurs ont cru pouvoir identifier avec Averroës lui-même[5], dans leur zèle orthodoxe.

Ces défenses gênèrent d'abord le mouvement péripatéticien dans les écoles de l'Occident latin. La Logique Ancienne et Nouvelle d'Aristote était même seule permise dans le règlement de 1215[6].

Grégoire IX, dans un règlement fondamental du 13 avril 1231, destiné aux maîtres et aux étudiants de l'Université de Paris, donne un premier coup aux anciennes prohibitions, tout en maintenant leur principe. Il les déclare provisoires jusqu'au moment où un examen attentif des œuvres d'Aristote aura permis de les expurger et de choisir celles que l'on peut étudier sans danger[7].

Guillaume d'Auxerre, Simon d'Authie et Étienne de Provins sont même chargés par le pape Grégoire IX de cette prudente revision. Le projet était difficile à réaliser, les maîtres précédents ne purent, dans ces ouvrages de philosophie et de science pure, faire un choix vraiment sérieux. Aristote ne fut pas expurgé[8]. La condamnation n'était pas officiellement levée, mais en fait personne n'obéissait à son esprit. Hauréau a cru à tort, dit M. Mandonnet, que les prohibitions furent relevées, car Urbain IV, le 19 janvier 1263, ne fait que les renouveler. Dans les statuts anglais qui règlent l'admission des bacheliers à la magistrature, la *Logique* et le *De Anima* sont seuls permis[9]. On remarquera, cependant, que le traité *De Anima* était ajouté aux livres permis, ce qui encourageait l'introduction des autres livres dans l'enseignement.

Le 19 mars 1255, la Faculté des Arts, dans un règlement

5. Mandonnet. *Siger de Brabant*, p. 29.
6. *Ibid.*, p. 32.
7. *Ibid.*, p. 33.
8. *Ibid.*, pp. 33 et 34.
9. *Ibid.*, pp. 35 et 36.

capital décisif, permettait enfin l'enseignement intégral d'Aristote ou tout au moins de tous les traités que l'on possédait de lui, soit : les *Traités de Physique, de Métaphysique, des Animaux, du Ciel et des Mondes, du Sommeil et de la Veille, des Plantes, de la Mémoire et de la Réminiscence, de la Différence de l'Esprit et de l'Ame, de la Mort et de la Vie,* en un mot tout ce qu'on attribuait alors au Stagirite[10].

Ce règlement, en 1255, ne faisait que consacrer officiellement ce qui existait en fait depuis déjà longtemps. Il était évidemment contraire au document pontifical *postérieur* de 1263 et ne fut pas légitimé par l'autorité ecclésiastique.

L'Église ne retire pas ses prohibitions, puisque les enseignements d'Aristote étaient souvent en opposition avec l'enseignement chrétien[11], mais elle sait très bien que beaucoup d'autres doctrines du Stagirite sont une mine précieuse à mettre en exploitation pour renouveler le bagage philosophique et même scientifique des Frères Prêcheurs et Mineurs[12].

Aristote est donc définitivement enseigné dans l'Université de Paris et y jouit d'une faveur particulière à partir de 1230, s'il faut en croire Bacon[13].

Cependant, l'opposition est très grande chez les théologiens et dans les cloîtres; on se rend très bien compte, dans les milieux compétents et soucieux d'orthodoxie, que les idées d'Aristote sur Dieu, sur le Monde, sur l'Ame sont absolument suspectes.

L'Université de Paris est seule entièrement pour Aristote et même pour ses commentateurs, dont Averroës est le principal. Les grands théologiens, comme Albert le Grand et saint Thomas d'Aquin, admirent Aristote, admettent certaines propositions, mais font des restrictions sur d'autres ou les rejettent. En tout cas, s'ils acceptent un petit nombre d'idées attribuées à Averroës et à Aristote, ils combattent vigoureusement cel-

10. Mandonnet, *Siger de Brabant*, p. 37.
11. *Ibid.*, p. 38.
12. *Ibid.*, p. 38.
13. *Ibid.*, p. 38.

les qui sont trop nettement contraires à l'orthodoxie catholique[14].

Ce n'est pas le lieu ici de faire la part de ce que ces docteurs acceptèrent ou rejetèrent d'Aristote, d'Averroës et de leurs commentateurs.

Le Problème fondamental du treizième siècle est toujours de savoir en quelle mesure les penseurs chrétiens seront sectateurs du fondateur du Lycée et de ses disciples arabes? C'est là-dessus que les esprits vont se diviser. Certains même vont surenchérir sur Averroës.

Il y avait trois camps à l'Université de Paris : les Français, les Anglais et les Picards. De bonne heure se signalait à la tête de ces derniers le fameux Siger de Brabant, bientôt un des maîtres les plus célèbres de l'averroïsme latin au treizième siècle.

Des troubles naissaient à propos des catégories d'étudiants appartenant aux trois nations, aussi bien qu'au sujet des doctrines professées. La nation des Français se sépare des deux autres et fonde une seconde Faculté des Arts avec un recteur autonome, rompt toutes relations avec les Anglais et les Picards. Simon de Brion, légat du pape, pris pour arbitre, ne peut les mettre d'accord[15].

En 1269, saint Thomas d'Aquin revient à Paris prendre part à la réunion du chapitre général des Frères Prêcheurs, pour y discuter certaines questions et diriger l'une des deux écoles de théologie des Dominicains. On sait qu'il avait repris son enseignement en 1269-1270 pour le quitter en 1272[16].

Il prenait une part prépondérante aux disputes quodlibétiques qui avaient lieu deux fois par an, à Pâques et à la Noël, sur des sujets théologiques et philosophiques multiples[17].

---

14. Miguel Azin Palacios a démontré dans sa thèse *El averroïsmo de san Tomas de Aquino*, que saint Thomas n'a pas rejeté toutes les opinions d'Averroës, mais certaines seulement.

15. *Siger de Brabant*, pp. xciv, xcv, xcvi (94, 95, 96).

16. *Id.*, pp. xcvii, xcix (97, 99).

17. *Id.*, pp. ci, cii (101, 102).

Saint Thomas ne revenait sans doute pas à Paris pour ces motifs seulement, mais surtout dans le but de défendre les idées des Frères Prêcheurs, battues en brèche par les séculiers d'une part, par certains Franciscains de l'autre. Or, les intérêts des Frères Prêcheurs étaient très sérieusement engagés à l'Université de Paris.

Les polémiques ne pouvaient que se raviver avec la présence de saint Thomas.

Les Dominicains avaient eu d'abord les Franciscains comme alliés contre les séculiers, mais une lutte s'engagea presque aussitôt entre les deux maîtres fameux de l'un et de l'autre ordre, entre saint Thomas et Jean Peckham, tous deux très écoutés à l'Université[18].

Thomas était intellectualiste; les disciples de Bonaventure, partisans de la théologie mystique, affective et volontariste.

Dès 1270, saint Thomas eut à lutter contre les séculiers, contre les augustiniens et contre les averroïstes. C'est une année très riche en troubles[19].

L'averroïsme ou ce que l'on appelait globalement ainsi jadis, professé par quelques étudiants ou quelques maîtres ès arts, était devenu populaire; des artisans de Paris dissertaient sur l'Intelligence commune de l'humanité et niaient le mérite individuel[20].

C'est cet averroïsme, dont Siger de Brabant était le principal porte-étendard, que saint Thomas combattait.

La crise était si aiguë que Gilles de Lessines demandait vers Pâques 1270, au vieux maître Albert le Grand, alors à Cologne, son avis sur des propositions controversées et nettement averroïstes[21].

Les Franciscains, très informés des opinions de saint Thomas, qui adoptait Aristote en partie et le rejetait quand il le

---

18. Mandonnet, *Siger de Brabant*, pp. cx à cxiv (110 à 114).
19. *Ibid.*, pp. cxvii, cxviii (117, 118).
20. *Ibid.*, p. cxviii (118).
21. *Ibid.*, pp. cxxii, cxxiii (122-123).

croyait hétérodoxe, attaquent le grand Docteur comme en une certaine mesure allié des averroïstes[22].

Saint Thomas avait évidemment beaucoup appris dans les Commentaires d'Averroës, toutes les fois où ils expliquaient Aristote sans exagération, avait révéré même le grand interprète arabe du *Stagirite*, mais il repoussait en grand catholique la doctrine averroïste de l'unité d'Intellect et celle de la négation de l'immortalité personnelle qui en est la conséquence. L'unité de l'Intellect agent et le Monopsychisme humain sont incompatibles avec l'idéologie scolastique et entraînent la négation de la vie future comme l'entendent la scolastique et la foi orthodoxe[23].

Saint Thomas attaque donc *Siger de Brabant* sur ces propositions capitales dès 1270. L'agitation averroïste battait son plein ; la diffusion de l'erreur arabe était telle qu'Étienne Tempier, évêque de Paris, condamne[24] en 1270 treize propositions dont la substance est nettement averroïste et qui contiennent l'interprétation arabe d'Aristote, et deux relatives aux enseignements de saint Thomas, que la haine des Franciscains anglais pour le grand Docteur scolastique avait signalées.

Les treize propositions condamnées en 1270 se ramènent à quatre chefs principaux :

I. — Dieu ne connaît rien hors de lui-même. Dieu ne connaît pas les singuliers. Les actions humaines ne sont pas soumises à la Providence divine.

II. — Le Monde est éternel ; il n'y a pas eu de premier homme.

III. — Il n'y a numériquement qu'une seule Intelligence pour tous les hommes. Il est faux ou impropre de dire que c'est l'homme qui comprend. L'Ame, qui est la forme de l'homme, comme telle se corrompt par la mort. Dieu ne peut

---

22. Mandonnet, *loco citato*, pp. cxxiii, cxxiv (123-124). Cf. Miguel Azin Palacios, *El averroïsmo de san Tomas de Aquino*, Zaragoza, 1894.

23. De Wulff, *Histoire de la Philosophie médiérale*, pp. 322-323.

24. *Chart. Univ.*, Paris, I, p. 486.

pas donner l'immortalité ou l'incorruptibilité à une chose corruptible et mortelle. L'Ame séparée après la mort ne peut pas souffrir d'un feu corporel.

IV. — Tout ce qui se passe dans le Monde est soumis nécessairement à l'influence des corps célestes. La volonté de l'homme veut ou choisit sous l'empire de la nécessité. Le libre arbitre est une puissance passive et non active, mue nécessairement par son désir[25].

On peut considérer les treize propositions comme les théories fondamentales de l'averroïsme, et particulièrement de l'averroïsme professé à l'Université de Paris au treizième siècle[25].

Maître ès arts, Siger de Brabant professe à Paris, est à la tête des agitations de l'Université. De 1272 à 1275, il se met à la tête du parti des ennemis d'Albéric de Reims, recteur de l'Université. C'était aussi bien une opposition de doctrine que de nation. Il entraîne avec lui vers l'averroïsme beaucoup d'étudiants et continue depuis la condamnation de 1270 à propager son enseignement suspect.

Un décret de la Faculté des Arts (1271) interdisait aux maîtres d'enseigner des doctrines, de formuler des doctrines théologiques insuffisamment basées ou hardies, ce qui prouve bien la continuation des menées averroïstes[27].

Enfin, une seconde condamnation dans laquelle est englobé un autre averroïste contemporain, Boèce de Dacie, met un terme à l'enseignement de Siger de Brabant en 1277, qui fut plus tard puni de la détention perpétuelle.

Cette condamnation, due comme la première à l'évêque Étienne Tempier, après enquête ordonnée par le Pape, vise deux cent dix-neuf propositions aristotéliques en général ou averroïstes, scientifiques ou contraires à l'enseignement chré-

---

25. Mandonnet, ouvrage cité, pp. cxxviii, cxxix (128-129). *Chartulaire de l'Université de Paris*, I, p. 487.

26. Mandonnet, *Siger de Brabant*, p. cxxix (129)

27. *Ibid.*, p. cxxix (129) à ccxxxiv (234). — De Wulff, *loc. cit.*, pp. 326, 328, 329.

tien et au platonisme [28] traditionnel des théologiens de Paris.

Saint Thomas, appelé à Naples par Charles d'Anjou dès 1272, était mort dans cette ville, comblé de cadeaux et très honoré par le prince français, en 1274. Néanmoins, les séculiers ennemis des Dominicains réussirent à faire comprendre une vingtaine de propositions qui attaquent plus ou moins directement l'enseignement de saint Thomas dans la condamnation de 1277 [29]. C'est ce qui a fait croire à Hauréau que Lulle, en croyant poursuivre les averroïstes, attaquait en fanatique d'inoffensifs thomistes [30]. Il se trompe, car Lulle ne paraît pas viser saint Thomas dans les trois *Traités latins* que je considère comme les plus importants et authentiques.

Saint Thomas avait, en effet, professé cinq théories plus ou moins imprégnées d'averroïsme, savoir : l'unité du Monde, l'individuation dans les espèces spirituelles et les espèces matérielles ; la localisation des substances séparées et leur rapport avec le monde physique ; l'excellence de l'âme et de son opération intellectuelle en dépendance des conditions du corps ; enfin, le déterminisme, sans lequel la volonté accomplit son opération [31], rejetées en général par les Franciscains.

La condamnation dont l'effet était impossible à Paris, le fut à Oxford par l'archevêque de Cantorbéry, Robert Kilwardby ; l'unité des formes intellectuelles professée par saint Thomas, dont la prohibition eût provoqué des troubles à Paris, fut atteinte parmi d'autres propositions du maître [32].

Robert Kilwardby, quoique Dominicain, était disciple de l'augustinisme et craignait, dit M. Mandonnet, que le succès de saint Thomas ne ruinât la doctrine de saint Augustin.

Lulle, du tiers-ordre de Saint-François, profondément imbu d'augustinisme néoplatonicien, comme nous l'avons vu et

28. Mandonnet, *Siger de Brabant*, p. ccxxxiv (234) et suiv.
29. *Ibid.*, ccxlvii (247).
30. Azin Palacios, *El averroïsmo de san Tomas de Aquino*, Zaragoza, 1894.
31. Mandonnet, *loc. cit.*, p. ccxlviii (248).
32. *Ibid.*, p. ccxlix (249).

comme nous le verrons encore, champion de la chrétienté contre les enseignements de l'Islam, devait naturellement se déclarer contre le danger que faisait courir à ses desseins l'averroïsme latin du treizième siècle.

Auteur de traités destinés à convaincre les averroïstes, Lulle poursuit cette tâche jusqu'à la fin de sa vie, puisque le livre *Lamentatio Duodecim Principiorum Philosophiae contra averroïstas*, auquel nous avons emprunté souvent, est de 1310.

Celui qui nous intéressera le plus, comme répondant minutieusement aux deux cent dix-neuf propositions condamnées en 1277 par Étienne Tempier, est l'ouvrage nouvellement édité par Keicher[33] et qui date de 1297 ou de 1298 : *Declaratio per modum dialogi edita contra aliquorum philosophorum et eorum sequatium opiniones.* Cet ouvrage est désigné dans un catalogue de 1311 sous le titre de : *Liber contra errores Boetii et Sigerii;* il paraît authentique[34]. Je crois, en effet, avec M. Mandonnet, que Lulle vise surtout dans ce livre l'averroïsme de Boëce et Siger, bien qu'il y prenne Socrate pour interlocuteur.

Le titre du catalogue de 1311 est, d'ailleurs, significatif, et enfin, n'est-il pas naturel que Lulle s'adresse aux maîtres de l'aristotélisme hardi et de l'averroïsme, aux porte-étendards Siger et Boëce? Beaucoup de chapitres du traité, comme un grand nombre de solutions contenues dans les autres livres antiaverroïstes de Lulle, combattent, bien entendu, d'autres doctrines encore et en général toutes celles que le grand Majorquain croyait dangereuses pour la suprématie de la pensée catholique. Il intitule ces livres *Contra averroïstas*, parce que l'averroïsme est le principal ennemi et peut-être aussi que l'on confondait toutes les hardiesses théologiques au treizième siècle et qu'on les attribuait à la même école.

Ne nous attardons pas à analyser les deux cent dix-neuf chapitres où Lulle réfute les deux cent dix-neuf propositions

___

33. Cité par Mandonnet, p. ccxxxv (235). — Keicher, *Raymundus Lullus und seine stellung zur arabischen philosophie mit... Declaratio Raymundi per modum dialogi edita*, Münster, 1909.

34. Mandonnet, ouvrage cité, p. 235. Paris, Biblioth. Nat., lat. 15450, f. 80.

condamnées ; nous verrons comment il en résout quelques-unes. Il semble que le lecteur aura une idée suffisante de la controverse de Lulle si nous exposons surtout les réponses aux treize questions condamnées en 1270 qui résument, de l'avis de M. Mandonnet, tout l'averroïsme du treizième siècle[35].

Les autres questions sont bien moins importantes et Lulle ne les traite pas de façon originale. Nous nous en tiendrons donc à l'examen de ces treize propositions. Lulle, sous son prénom de Raymond, répond à Socrate, protagoniste des philosophes ; tous deux sont dans une forêt, près d'une fontaine, et décident de discuter sur la vérité ou la fausseté des deux cent dix-neuf articles condamnés[36].

Lulle demande à Socrate de consentir à ce qu'il prenne trois positions, à savoir : poser les Principes : Bonté, Grandeur, Durée, etc., dont il déduira toutes choses ; s'en tenir aux opinions communes des plus grand philosophes ; avoir recours aux points transcendants[37].

1° Dieu ne connaît rien hors lui-même.

Socrate dit que Dieu connaît toutes choses en lui-même, donc la Connaissance est éternelle ; Dieu est et reste Permanent sans aucun changement, il ne connaît donc rien hors lui-même. « ... Dieu ne comprend ni toi, ni moi, ni le soleil, ni l'arbre, ni les choses semblables, puisque moi, toi et les autres choses ne sont pas ce que Dieu connut avant que nous ne fussions. Si nous avions été, en effet, avant que Dieu ne nous connût, nous aurions été avant que nous eussions été, ce qui est une contradiction insoutenable. Il s'ensuit donc que Dieu ne connaît pas quelque chose de produit dans son Être, car il connaîtrait aussi quelque chose hors de Lui[38]. »

35. Mandonnet, *Siger de Brabant*, pp. 128-129.
36. *Dialogus*, p. 94, édit. Keicher.
37. *Id.*, pp. 97 à 101, texte latin.
38. *Dialogus : Declaratio Raymundi*, pp. 104 et 105.

Raymond répond que Dieu est Infini en Grandeur, et que s'il ne connaissait rien hors de lui-même, il serait petit à ce point de vue. D'autre part, connaître en un temps, avant la création, et ne plus connaître en un autre, une fois les choses venues à l'être, serait une imperfection, ce qui est contraire à la première position. « Dieu doit donc connaître nécessairement aussi bien ce qui est produit du non-être en être, qu'il a connu tout cela avant que cela ne fût[93]. » Il me connaît et te connaît donc « en nous-mêmes et en lui-même »... Toutes ses Dignités, comme l'Éternité, la Puissance, concourent à cette Connaissance[40].

On remarquera dans la pure fiction littéraire, qui est le *Dialogue*[41], la faiblesse de certains arguments de Socrate. Raymond se donne à lui-même un avantage facile.

Les fameuses raisons nécessaires nous paraissent un peu fades elles-mêmes et masquent mal les postulats chrétiens indémontrables, sans lesquels elles ne sont rien. Lulle l'a si bien vu qu'il pose la Foi comme critérium suprême ; nous l'avons vu ailleurs[42].

2° *Dieu ne connaît pas les singuliers.*

Cette proposition se rattache à la précédente et sa réfutation est la même.

3° *Les actions humaines ne sont pas soumises à la Providence.*

Lulle répond à cette question dans un chapitre intitulé : *Dire que Dieu accorde la Félicité à l'un et pas à l'autre est sans raison et irreprésentable*[43].

Socrate dit : « Fictivement et sans raison, des hommes

39. *Declaratio Raymundi*, p. 105, ch. III.
40. *Id.*
41. Mandonnet, *Siger de Brabant*, p. 146.
42. Par exemple, dans le *De articulis fidei*, p. 918.
43. *Declaratio Raymundi*, ch. XXIII.

disent que Dieu accorde le bonheur à un homme et non pas
à un autre; il en est ainsi parce que Dieu est cause de la Première Intelligence, la Première Intelligence cause de la seconde
qui n'est pas aussi simple que la première. Et la deuxième
intelligence est cause de la troisième qui est plus composée que
la seconde, et cela à tel point qu'une seule est cause de plusieurs effets. Et Dieu ne peut être cause de l'un sans être cause
de l'autre. Il faut donc que si Dieu accorde la félicité à un
homme, il accorde la même à un autre pour qu'il puisse être
cause générale applicable à toutes les causes[44]. »

Voici comment Lulle répond à cette objection : « Raymond
dit... Je te dis, en outre, que si Dieu ne pouvait accorder la
félicité à Martin sans l'accorder aussi à Guillaume, Guillaume
posséderait quelque dignité par laquelle Dieu lui ferait la même
grâce qu'à Martin[45]; que, de même, Guillaume empêcherait
Dieu de faire cette grâce à Martin, ce qui ne convient pas et
est impossible. Il en est ainsi parce que la Grâce ne doit pas
survenir contrainte, mais libre, et, par-dessus tout, parce que
Dieu est libre de vouloir ou de ne pas vouloir. Guillaume
serait un être en soi et cause de sa propre dignité, et non l'effet
de Dieu, ce qui est impossible, Donc[46], etc... »

4° Le Monde est éternel[47].

Cette question est une des plus sérieusement visées par les
deux condamnations d'Étienne Tempier; elle constitue une
des doctrines capitales de l'aristotélisme et de l'averroïsme. Si
le Monde est éternel, plus de création *ex nihilo*, plus de Recréation, plus de Jugement Dernier.

Après avoir développé plusieurs arguments de moindre im-

44. *Declaratio Raymundi*, ch. xxiii, p. 127.
45. *Id.*, ch. xxiii, p. 128.
46. *Id.*, ch. xxii, p. 128.
47. Mandonnet, *Siger de Brabant*, p. clxxx (erreur très développée chez
Siger).

portance, Lulle expose celui qu'il croit décisif : « Raymond
dit : La raison pour laquelle Dieu n'a pas créé le Monde de
toute Éternité consiste dans la disposition des Dignités divines,
qui sont infinies, parce que de cette infinité Dieu ne peut produire, avec elles-mêmes, d'autres dignités qui leur soient égales, car s'il le pouvait, il pourrait produire une autre essence
égale à lui en bonté, en grandeur, etc., ce qui est impossible.
D'où suit que Dieu ne peut de même produire ni une infinie
bonté, ni une infinie grandeur, ni une puissance infinie, ni
par conséquent une durée infinie, comme il a été dit plus
haut[48]. Et la raison pour laquelle Dieu a produit le Monde
dans le temps consiste dans les Dignités divines. En effet, la
divine Bonté fut la raison pour laquelle Dieu créa le Monde
bon et sa Grandeur fut pour lui le motif de créer le Monde
grand, et son Éternité le lui fit produire durable, c'est-à-dire à
parte post, non à *parte ante*, comme il a été dit. Il en est de
même pour la Puissance, etc. D'où suit que, de même que la
divine Bonté est un motif pour lui de produire le bon, de
même la divine Volonté est la raison de lui faire créer le voulu
et il produisit ainsi le Monde parce qu'il le voulut. Et comme
tu dis que la Volonté divine est changée pour vouloir et ne
pas vouloir produire le Monde, tu parles mal et tu ne te rap-
pelles pas l'exemple donné dans la troisième position. Dieu
choisit l'homme juste, mais ne le choisit pas quand il commet
le péché; la divine Volonté n'est donc pas immuable[49], etc.
Je dis de même qu'il n'y a pas de non vouloir en Dieu, ni
directement ni indirectement, alors que l'essence de sa Volonté
est voulant tout entière, de même qu'entièrement bonne, entièrement grande, éternelle et puissante, de même qu'il ne convient
pas qu'il y ait de mal dans la divine Bonté, ni quelque chose de
petit dans la divine Grandeur, ni de temps dans son Éternité, ni
d'impuissance dans la divine Puissance, il ne convient donc pas
qu'il y ait par conséquent[50] de non vouloir dans la divine

48. *Declaratio Raymundi*, ch. LXXXVII, p. 169.
49. *Ibid.*, *tertia positio*, p. 100.
50. *Ibid.*, ch. LXXXVII, p. 169.

Volonté. La différence que tu places dans la divine Volonté, entre vouloir et non vouloir, n'est pas réelle, mais tu la rends telle (seulement) dans ta considération [51].

« Socrate dit : Ce que Dieu fait, il le fait avec Bonté et Grandeur et ainsi avec Éternité pour que son acte soit bon, grand, éternel... et comme le Monde est son œuvre, il s'ensuit que le Monde est bon, grand, éternel, etc.

« Raymond dit : La vérité est ce que tu dis, si l'on juge de l'opération intrinsèque que Dieu a en lui-même ; mais si l'on juge de l'opération extrinsèque, tu ne dis pas la vérité, c'est-à-dire que Dieu a créé le Monde bon, grand et durable, mais pas éternel à *parte ante*, ni infiniment bon, ni infiniment grand, puisque le Monde ne peut pas plus participer de l'Éternité que de la Bonté, de la Grandeur et comme il a été dit plus haut.

« Socrate voulut démontrer encore que le Monde était éternel. Mais Raymond ne voulut pas soutenir le même débat, disant que par cela même qu'il est prouvé que le Monde n'est pas éternel, l'homme peut répondre à toutes les autres raisons qui lui sont opposées [52]. »

Comme on le voit, Lulle déduit sa défense de la doctrine chrétienne, des Principes ou Attributs divins qu'il pose au début de son *Art*. Les choses créées sont, nous le savons, des participations créées des Dignités infinies, des Principes absolus, Bonté, Grandeur, Puissance, etc.

5° *Il n'y a pas de premier homme.*

Cette assertion, qui nous paraît absurde, semblait digne d'examen à un homme du Moyen-Age. En effet, des averroïstes comme Siger de Brabant professaient l'éternité de l'espèce humaine. Dans le *De Aeternitate Mundi*, ce Maître en renom pose qu'il n'y a pas de Premier Générateur, puisqu'il suppose-

51. *Declaratio Raymundi*, ch. LXXXII, p. 169.
52. *Ibid.*, p. 170.

rait un générateur antérieur. Il n'y a donc pas, selon lui et les averroïstes du treizième siècle, dont il est un des chefs principaux, de commencement dans les espèces dont les individus viennent à l'existence par voie de génération. « D'autre part, ce qui est éternel dans le passé l'est aussi dans l'avenir et réciproquement. » Les espèces sont causées, non dans un premier individu, mais dans chaque individu en particulier dans lequel elles ont, dit le P. Mandonnet, leur raison d'être et leur raison d'être causées. Dieu, pour les averroïstes, ne peut produire directement, mais par l'intermédiaire d'agents générateurs, principes constitutifs qui sont éternels [53].

Lulle répond à cela par des arguments théologiques : « ... Si la génération des hommes était éternelle, la corruption des hommes serait éternelle aussi et le nombre des hommes qui sont morts ne serait pas limité mais infini, et le nombre des hommes qui vivent aujourd'hui serait limité et fini. Et parce que l'Infini est plus que le fini, la finalité serait dans la mort et non dans la vie des hommes, et il s'en suivrait que les hommes seraient pour ne pas être et qu'ils vivraient pour mourir et qu'ils vivraient peu pour être morts perpétuellement, ce qui n'est ni intelligible ni agréable à croire, mais contre les conditions de l'être, en cela que l'existence doit être en concordance avec sa fin et sa fin avec elle-même, et cela selon la Philosophie et selon la Nature. Mais toi, Socrate, qui te dis philosophe, tu parles contre la Philosophie et, en tant que ce que tu dis implique que la génération de l'homme est l'instrument de la corruption, comme il a été dit précédemment, (tu te trompes.) »

Il n'est pas utile d'insister, le texte lullien est suffisamment explicite [54].

53. Mandonnet, *Siger de Brabant*, pp. CLXXXI et CLXXXII.
54. *Declaratio Raymundi*, ch. IX, p. 112.

6° *Il n'y a numériquement qu'une seule intelligence pour tous les hommes.*

Voici une assertion averroïste très grave, au point de vue catholique. Elle est incompatible avec l'idéologie scolastique et détruit la personnalité humaine, la responsabilité individuelle, le salut et la condamnation de chacun des hommes, la croyance au *libre arbitre*.

Au chapitre xxxii, Socrate veut démontrer que l'Intellect est unique afin que les hommes puissent comprendre les choses universelles, et il n'est pas plus diversifié et divisé en soi que la lumière du soleil n'est diversifiée dans une chambre par le grand nombre de fenêtres[55].

Raymond répond qu'il n'est pas plus difficile à Dieu de donner la compréhension des choses universelles à des intellects séparés qu'à un Intellect général. « Si l'intellect était un dans tous les hommes, il en serait de même de la volonté et de la mémoire, ce qui est impossible et contre l'expérience que tu as, parce que tu sais que tu as la liberté de comprendre une chose ou une autre, comme d'aimer et de repasser dans ta mémoire ceci ou cela. Il s'ensuit donc que tu as un intellect propre, une volonté propre et une mémoire propre, qui sont les puissances de ton âme, qui est une partie de toi-même et que tu fais d'elles ce qui te plaît; mais s'il en était comme tu dis, c'est-à-dire que tu étais l'instrument de l'intellect, de la volonté et de la mémoire, ton intellect serait comme un artisan qui se sert de son instrument à son gré et tu ne comprendrais ni ne te souviendrais, ni n'aimerais librement ceci ou cela, ce qui est faux et nous en avons l'expérience[56]. »

Ils continuent ainsi et Raymond ajoute : « Si l'intellect était un dans tous les hommes, la résurrection serait impossible, car elle ne pourrait avoir lieu s'il n'y avait plusieurs intellects,

55. *Declaratio Raymundi*, ch. xxxii, pp. 133 et 134.
56. *Ibid.*, p. 134.

et nous avons prouvé au chapitre xviii qu'il y aura une résurrection, pour que Dieu soit plus intelligible dans la plus grande durée et le plus grand acte de comprendre que dans les moindres durée et acte de comprendre et cela parce que son intelligibilité est grande et non pas petite ; mais s'il n'y avait pas d'autre vie, Dieu agirait contre sa plus grande intelligibilité et son plus grand acte de comprendre, en tant qu'il ne voudrait pas qu'une autre existence fût, et il serait ainsi contre lui-même, ce qui est impossible[57]. »

Lulle montre aussi qu'un semblable Intellect commun serait éternel. Et nous avons prouvé et nous prouverons en plusieurs endroits (dit-il), qu'il n'y a rien d'éternel si ce n'est Dieu. Il est donc prouvé que les intellects des hommes sont plusieurs et, cela prouvé, toutes les choses qui ne conviennent pas sont impossibles à démontrer. S'il y avait un seul Intellect en tous les hommes, ce serait comme si les fondations d'une chambre une fois détruites, les murs et les toits étaient détruits[58].

7° Il est faux ou impropre de dire que c'est l'homme qui comprend[59].

Les averroïstes et les philosophes naturels, qu'on sait aujourd'hui s'être cachés sous le manteau de l'Averroës imaginaire du treizième siècle, déduisent cette conséquence de la communauté d'Intellect aristotélicienne. Pour eux, le philosophe grec a raison et nous ne connaissons rien par notre propre intellect, mais par l'Intellect général. Lulle détruit cette proposition de même manière que la précédente ; nous n'avons donc qu'à nous reporter au chapitre xxxii de la *Declaratio Raymundi* déjà cité.

8° L'âme est la forme de l'homme et, comme telle, se corrompt par la mort.

Socrate dit, comme les disciples de la Philosophie Naturelle et comme Siger, que l'âme est inséparable du corps et que

57. *Declaratio Raymundi*, ch. xxxii, p. 135.
58. *Ibid.*, fin de la page 135.
59. *Ibid.*, ch. cxvi, p. 181.

l'âme se corrompt par suite de la corruption de l'harmonie de l'âme et du corps.

Raymond répond que *si l'âme rationnelle était corruptible, la résurrection serait impossible;* or, comme la résurrection est nécessaire, ainsi qu'il a été prouvé ailleurs, l'âme rationnelle est incorruptible[60].

Cet argument syllogistique, peut-être très décisif pour un homme du treizième siècle, l'est beaucoup moins pour nous. Nous préférons souvent en ces matières le recours à la foi, à l'intuition personnelle; mais Lulle s'adressait le plus souvent à des Musulmans très logiciens et, dans le traité qui nous occupe, à des étudiants et à des maîtres de l'Université de Paris fort attachés à la logique de l'École.

9° *Dieu ne peut pas donner l'incorruptibilité à une chose corruptible et mortelle.*

D'une part, dit Lulle, Dieu peut tout ce qu'il veut et, de l'autre, il faut, pour les raisons examinées plus haut, que l'âme rationnelle soit incorruptible et immortelle.

10° *L'âme, séparée, ne peut souffrir après la mort de feu corporel.*

« Socrate dit à Raymond : Comment peux-tu croire que l'âme séparée puisse être tourmentée par le feu, alors qu'il est admis que l'âme est substance spirituelle et que le feu est substance corporelle? Puisque la substance spirituelle ne peut être touchée, le feu ne peut, par conséquent, tourmenter ce qui ne peut être touché[61]. »

« Raymond dit à Socrate : Dieu agit, en son effet, de deux manières : l'une sans intermédiaire, et l'autre par un intermédiaire; ce moyen sans intermédiaire est, par l'acte des Raisons divines, comme lorsque la Divine Volonté veut accorder

60. *Declaratio Raymundi*, ch. cxvi, p. 181.
61. *Ibid.*, ch. xix, p. 123.

la Félicité à un homme et non pas à un autre, qu'elle peut donner comme nous l'avons prouvé au chapitre XXIII. La manière qui agit avec un intermédiaire est comme le feu avec lequel Dieu brûle le bois, ou selon toi, comme le Ciel avec le feu duquel brûle le bois[62]. »

Socrate a raison selon le cours de la Nature, mais non selon l'opération divine qui n'a pas besoin d'intermédiaire. Il imagine à tort une Première Intelligence créée de Dieu et qui crée le Monde à son tour, Dieu crée directement. Par conséquent, ce que Dieu peut selon le cours naturel, il le peut surnaturellement chez les âmes damnées, s'il veut qu'elles soient tourmentées par le Feu ; d'ailleurs, il pourrait toujours par la Puissance infinie ce que Socrate pense qu'il lui serait impossible de faire, etc.

11° *Tout ce qui se passe dans le monde est nécessairement soumis à l'influence des corps célestes*[63].

Lulle admet bien, comme nous l'avons vu dans un autre chapitre, que les corps célestes puissent influer sur le corps humain ; il croit donc à l'astrologie, mais il nie leur influence sur les âmes. Il n'accepte même pas dans le chapitre LXXIV l'influence d'une Intelligence Motrice du Ciel sur le corps. Quant à l'âme, « ~~parce qu~~'elle est créée avec un grand *libre arbitre* afin qu'elle ait en contemplant Dieu grandes facilités à se rappeler, à comprendre et à aimer, qu'elle n'aurait pas, si l'Intelligence précitée influait sur elle ainsi naturellement, comme fait le corps du Ciel sur le corps de l'homme[64]. »

12° *La volonté de l'homme veut ou choisit sous l'empire de la nécessité.*

Nous avons déjà cité souvent les passages où Lulle affirme le *libre arbitre* de l'homme, sans lequel il n'y aurait ni péché originel, ni responsabilité devant Dieu.

62. *Declaratio*, ch. XIX, p. 123.
63. *Ibid.*, ch. LXXIV, p. 156.
64. *Declaratio Raymundi*, ch. LXXIV, p. 156 ; cf. ch. CXXXIII, p. 188.

Lulle, à l'occasion d'autres questions, prouve dans plusieurs passages de ses œuvres, notamment dans la *Declaratio Raymundi*, passages auxquels nous renvoyons en note, au sujet de l'influence des astres sur les créatures humaines, que *l'homme est libre de choisir le bien et d'éviter le mal*. Le polygraphe majorquain a d'ailleurs toujours enseigné l'importance du libre arbitre dans la vie morale et intellectuelle de l'homme, par exemple dans les *Duodecim Principia*[65].

13° *Le Libre Arbitre est une puissance nécessairement passive, puisqu'elle est mue nécessairement par son désir.*

« Socrate dit que dans toutes ses actions, l'homme suit toujours son désir et toujours le plus fort. »

Raymond dit en résumé dans les chapitres CXVIII et CLVIII auxquels il renvoie : « Que l'intellect et la volonté, parce qu'ils possèdent intrinsèquement la liberté, sont libres de choisir le plus ou le moins désirable, comme l'homme qui peut aimer son fils plus que Dieu ou la luxure plus que la chasteté et ainsi de suite. Ainsi ta position ne vaut rien[66]. »

On voit, ici même, l'importance que Lulle ajoute à l'existence du *libre arbitre*, nous l'avons signalée plus fortement encore peut-être dans son ascétique et sa mystique.

Lulle a donc combattu les averroïstes du treizième siècle. dont Siger de Brabant et Boëce étaient les plus en vue, les maîtres les plus réputés.

Sur la *question des Deux Vérités*, plutôt tranchée par les chefs de l'averroïsme latin dans le sens d'une séparation des deux domaines théologique et philosophique, séparation que l'examen des œuvres d'Averroës ne permet pas d'imputer à ce philosophe arabe, auteur, au contraire, d'un traité de *l'Accord de la Philosophie et de la Religion*[67], Lulle ne s'écarte pas de la

---

65. *Duodecim principia*, édition Zetzner, ch. XI, *De voluntate*, p. 141.
66. *Declaratio*, ch. CLXIV, p. 200.
67. Léon Gauthier, *Théorie d'Ibn Rochd sur les rapports de la religion et de la philosophie*. On impute donc à tort cette erreur à Averroës et on a été

scolastique ordinaire et fait de la philosophie la servante de la théologie[68].

L'acte ecclésiastique de 1270 ne contenait pas toutes les propositions condamnées en 1277, mais seulement les plus importantes de celles qui constituent l'enseignement de l'averroïsme latin du treizième siècle. Aussi n'avons-nous pas analysé la réfutation lullienne de l'impossibilité de l'illumination, de l'inutilité de la sépulture pour la résurrection des corps, puisque pour les philosophes les corps sont définitivement corrompus et détruits, de la négation de la Grâce, de l'inutilité des vertus chrétiennes[69]. Lulle les résout dans le sens le plus orthodoxe et le plus traditionnel.

Il est probable que Lulle a, malgré sa connaissance de l'arabe, ignoré les textes mêmes d'Averroës et que, malgré certains titres comme : *Ars Theologiae et Philosophiae Mysticae contra Averroem, Liber de Existentia et Agentia Dei contra Averroem* (1311), il ne connut pas les opinions véritables du penseur et commentateur arabe, qui admirait tous les prophètes, hommes complets à la fois théologiens et philosophes, qui, toutes les fois qu'une assertion, un raisonnement philosophique paraissaient contredire les dogmes, interprétait allégoriquement ceux-ci; enfin, ne niait nullement ni la Grâce ni la connaissance mystique dans l'extase[70].

Il attaque donc Averroës à travers les philosophes du treizième siècle, disciples de Siger de Brabant, qui dépassent en hardiesse le philosophe arabe.

La preuve en est qu'il demande au Concile de Vienne, comme il l'avait fait au roi Philippe le Bel, la proscription en bloc des écrits d'Averroës de toutes les écoles de Paris et d'Occident,

aussi gratuitement jusqu'à l'attribuer à Lulle (sauf les professeurs de l'Université de Madrid).

68. *Arbol de Ciencia*, édit. Zepeda, p. 378. *Duodecim principia*, Introd. p. 113.

69. *Declaratio Raymundi*, pp. 150, 197, 202, 207, 208, etc.

70. Léon Gauthier, *Thèse : La théorie d'Ibn Rochd (Averroës) sur les rapports de la religion et de la philosophie*, Paris, Leroux, 1909. Notamment pp. 48, 49, 56, 57, 58, 62, 97, et la conclusion.

sans se douter (les orthodoxes arabes ordinaires en firent autant d'ailleurs) que sur plusieurs points Ibn Rochd est un vrai scolastique musulman et nullement un impie.

Peu nous importe, en somme. Lulle a énergiquement combattu des doctrines dangereuses pour l'orthodoxie, réellement professées par des maîtres écoutés, et son erreur d'attribution de certaines opinions professées par les averroïstes ne diminue pas la valeur des services rendus au catholicisme et aux Pères de l'Église, dont l'enseignement était ébranlé par l'averroïsme latin.

Lulle n'enseigna jamais longtemps, à Paris, ni son Art ni le contre-averroïsme. Il lutta deux fois contre les partisans de Siger de Brabant, de 1297 à 1299 et de 1309 à 1311. La première fois, il écrivit et lut la *Declaratio Raymundi*, en 1298, présenta la même année à l'Université *l'Arbre de Philosophie d'Amour* après avoir publié d'ailleurs le petit livre : *Brevis practica Tabulae Generalis* ; en 1299, il répondit par écrit aux questions de son disciple maître Thomas d'Atrebate, et composa le *Cant de Ramon.* Jusqu'à la fin de 1299, Lulle, avec l'approbation du Recteur de Paris et du roi de France, enseigne son Art, discute avec ses élèves, combat l'averroïsme à l'Université [71].

La deuxième fois, Lulle poursuit les mêmes buts, attaque d'autres opinions, moins dangereuses peut-être, des averroïstes latins, publie le traité *Duodecim Principia Philosophiae* dédié à Philippe le Bel, en 1310, et plusieurs autres écrits de controverse comme les *Sermones contra errores Averroïs,* en 1311.

Cette deuxième fois, Lulle a un grand succès. Il se voit approuvé par quarante maîtres et bacheliers de l'Université de Paris, en 1309, pour la lecture de son *Ars Generalis et Ultima,* et par Philippe le Bel, en 1310 [72].

En tout cas, depuis le début de la lutte contre les averroïstes

---

71. Voir *Vida de Lull de Pasqual,* t. II, pp. 71 à 93. — Renan, *Averroës* p. 258 et suiv. — Hauréau, *Hist. littér.,* t. XXIX, p. 33.

72. Hauréau, *loc. cit.,* pp. 42-43. — *Acta sanctorum,* pp. 648, 655, 670.

jusqu'en 1311, Lulle ne resta jamais plus de deux ans de suite à Paris.

Être estimé, considéré à l'Université de Paris, compter de nombreux disciples soit de son Art, soit de son anti-averroïsme, avoir l'approbation du roi Philippe le Bel ne suffisait pas à Lulle. Il se rend au Concile de Vienne où il réussit à faire adopter, par Clément V, quelques-unes de ses idées comme celle de la fondation de collèges de missionnaires et de chaires de langues orientales. Nous croyons avec Hauréau, si souvent malveillant à l'égard de Lulle cependant, qu'il ne réussit pas à obtenir le principe d'une croisade contre les Sarrasins détenteurs du Saint Sépulcre, ni même, ce qui était plus facile, des mesures radicales contre l'averroïsme latin[73].

On peut dire néanmoins que Lulle, plus modéré que ne le croit Renan, puisque les textes ne montraient aucune exagération dans ses réfutations de l'averroïsme latin, ne méritait pas un demi-succès de la part du Concile, mais d'être écouté par le Pape et les évêques.

Si la consécration pontificale et hiérarchique catholique lui manqua en partie, l'enthousiasme des maîtres et des élèves de l'Université de Paris montre suffisamment que ses efforts n'avaient pas été inutiles. S'il ne fut pas le seul champion de l'orthodoxie catholique contre des nouveautés dangereuses, il a incontestablement maintenu la discipline scolastique, retenu de nombreux penseurs hésitants dans la tradition patristique des Saint Augustin, des Saint François, des Alexandre de Halès, des Saint Bonaventure.

73. Hauréau, *loco citato*, pp. 45-47.

CHAPITRE VIII.

Lulle savant.

A côté de sa méthode générale métaphysico-logique, Lulle *se sert de l'observation et de l'expérience scientifique*, anticipant sur son temps comme son devancier franciscain Roger Bacon. Il dit, comme nous l'avons déjà vu, qu'il ne faut se servir de ses figures et de ses schèmes qu'une fois en possession de la vérité. Il a sans doute fréquemment raisonné, *a priori*, déduit beaucoup de choses des Principes ou Attributs divins, mais on l'a souvent calomnié aussi en le croyant incapable de science positive.

Il ne faudrait pas se persuader cependant pour cela que Lulle a été un savant absolument original, un inventeur très remarquable. Ceux qui l'ont le mieux étudié à ce sujet, Weyler y Laviña, par exemple, démontrent que ce fut surtout un vulgarisateur. Rien d'étonnant à cela puisqu'il faisait de la science, non pour elle-même, mais pour démontrer l'excellence de son Art, applicable à toutes les connaissances humaines, ou pour fournir des arguments aux missionnaires en pays infidèles.

Il admettait sans doute la supériorité de l'entendement sur les sens, comme le montrent maints passages des *Duodecim Principia* par exemple, mais il n'en étudiait pas moins les données sensibles et ne dédaignait pas de s'occuper de physique, de météorologie, de chimie, de médecine et de droit, mêlant à des extravagances, à des vues excentriques des aperçus exacts, prophétiques même.

C'était un Pic de La Mirandole majorquain, un encyclopédiste de son temps, et s'il ne peut être compté parmi les grands savants du Moyen-Age, il peut être placé parmi les érudits les mieux renseignés et peut-être parfois parmi les précurseurs les plus intelligents, ce qui prouve une fois de plus que la mystique et la connaissance ordinaire peuvent très bien s'allier chez le même homme.

Nous avons vu, dans le chapitre de la Scolastique, que Lulle avait des idées métaphysiques sur l'Univers, d'origine peu expérimentale. L'état de la science au treizième siècle ne permettait pas de se livrer aux recherches méthodiques, possibles plus tard. Rien d'étonnant dès lors à ce que le Bienheureux Raymond ne fût pas un astronome ou un physicien comparable à ceux de nos Universités.

Il faut cependant avouer, pour être juste, qu'il connut beaucoup de choses et sut vulgariser en Occident des découvertes antérieures peu connues des Européens ou oubliées depuis les Grecs.

A.

Il croyait, après Bède le Vénérable du huitième siècle, Saint Albert et Duns Scot parmi les chrétiens plus récents, après Strabon, Thion de Smyrne et sa fille Hypatie parmi les anciens, *que la terre était ronde*[1].

Beaucoup à cette époque admettaient que la terre était plate, et c'était même une opinion assez générale parmi les chrétiens[2].

Il avait donc quelque mérite à professer la rotondité et surtout à l'enseigner.

Voyons ce que le Bienheureux dit à ce sujet dans le *Livre de Contemplation en Dieu* :

« Quand mon âme imagine la superficie de la terre qui est au-dessous de nous, il semble à mon intelligence et à ma raison que toutes les pierres et les eaux qui sont à sa surface doivent tomber jusqu'en bas, et il me paraît possible qu'elles tombent et impossible qu'elles ne tombent pas. Mais contrairement à cette possibilité ou impossibilité, il paraîtrait aux hommes être

1. *R. Lulio juzgado por si mismo*, Weyler y Laviña, Palma, 1866 pp. 266, 267.
2. Saint Augustin et Lactance considéraient la rotondité de la terre comme impossible. Voir leurs œuvres.

placés à la même surface de la terre qui est au-dessous de nous
parce qu'il leur semblerait que nous, les pierres et les eaux,
tendrions vers le haut parce que le haut pour eux leur paraîtrait le bas, car ils auraient leurs pieds en ligne droite avec les
nôtres[3]. »

Cette croyance à la rotondité de la terre était déjà très importante pour le navigateur auquel elle ouvrait de nouveaux hori-
zons, mais elle n'avait pas, quoiqu'elle fût professée depuis
l'antiquité chez de rares écrivains, peut-être bien seulement
une élite, pénétré dans la connaissance populaire et pratique.

B.

Lulle la reprend d'une manière plus explicite dans un autre
passage de ses œuvres où il tente de nous donner la raison du
flux et du reflux de la mer sur les côtes de l'Océan, en Angleterre. Je donne même quatre motifs de ce mouvement dans
les *Quæstiones per Artem Demonstrativam seu Inventivam solubiles*[4].

La première est de la sphéricité de la Terre et de la sphéricité de la Mer : « La Terre et la Mer sont un corps sphérique
et parce que la sphère de l'Eau est située dans la concavité au-
dessus de la sphère de la Terre, la grande Mer tend naturellement à submerger la Terre ; mais parce que la Mer est un
corps mixte et que chacune des parties de l'Eau tend à s'unir
avec les autres, attendu que l'Eau a naturellement une grande
force *restrictive,* pour ce motif la Mer a naturellement une
grande tendance à être agglomérée et non pas à se diviser
et à s'étendre, et c'est la raison pour laquelle elle ne peut submerger la Terre, parce que si elle la submergeait, il faudrait
qu'elle se divise et s'étende. L'Eau a donc aussi deux tendances

3. *Liber de contemplatione*, t. VI, ch. CLXXX, pp. 108, 109, 110.
4. *Quaestiones per Artem Demonstrativam seu Inventivam solubiles*, éd.
May, vol. IV, quest. 154. Ceci est une idée attribuée à Lulle et qu'il pouvait
avoir en somme. On n'en parle pas dans les œuvres catalanes que nous possédons.

naturelles contraires. Par l'une se produit le flux, et par l'autre le reflux[5]. »

La seconde raison est la suivante : « Comme la Terre fait un arc parce qu'elle est sphérique, l'Eau de la Mer fait aussi un arc, arc donc la concavité est au-dessus de la convexité de la Terre. De toute autre manière la superficie inférieure de l'Eau et la superficie de la Terre ne feraient comme elles font une seule superficie. » Suit un développement que nous résumons avec Mossen Bové.

L'argument lullien est en somme le suivant sur ce second point : Placés sur la côte occidentale de l'Angleterre, nous observons que les eaux de la Mer forment un arc immense et que cet arc est la cause du flux et du reflux des eaux[6]. Mais ses extrémités ont besoin de deux points d'appui, au cas contraire comment tiendrait-il? Un de ces points nous le tenons, nous le connaissons déjà, il est formé des côtes d'Angleterre, de France, de la péninsule Ibérique, d'Afrique, mais l'autre où est-il? Il doit cependant exister de toutes façons, parce qu'il faut qu'il y ait une terre opposée aux plages anglaises, un continent que nous ne connaissons pas[7].

Voici la troisième raison : « Le Soleil a une force dispersive et la Lune une force agrégative. Tandis que le Soleil suit la nature du Feu, la Lune suit la nature de l'Eau. A cause de la nature du Soleil la Mer est *fluxive* et à cause de la nature de la Lune elle est *refluxive*[8].

« Le flux existe parce que le Feu du Soleil repousse l'Eau, en divisant une partie au moyen d'une autre, parce que le Soleil a ainsi plus d'action sur les eaux que lorsque toutes leurs parties sont ensemble. Le reflux existe d'autre part à cause de la nature de la Lune, parce que cet astre, recevant la lumière du

---

5. Cf. *Revista luliana*, février 1902, Barcelone. Cité dans l'article : *Lo beat R. Lull y'l descubriment de les Amériques*, par Mossen Bové, p. 107.

6. Cf. même article, p. 108.

7. *Revista luliana*, février 1902, p. 108.

8. Je traduis constamment du catalan et du latin et je suis souvent obligé de sacrifier l'élégance à la fidélité.

Soleil, protège l'Eau en empêchant d'agir la trop grande chaleur du Soleil. Autant la Lune reçoit de lumière solaire, autant empêche-t-elle le Feu de séparer les parties des eaux. C'est pourquoi à la nouvelle Lune voyons-nous, parce que cet astre reçoit alors moins de lumière du Soleil, la Mer se montrer moins fluxive qu'à la pleine Lune selon les dispositons des terres toutefois [9]. »

Voyons maintenant la quatrième et dernière : « L'influence que le Soleil a sur la Terre et sur la Mer se réverbère jusque sur la Lune. C'est ainsi que sur la splendide face de la Lune apparaissent des taches de Mer et de Terre, les taches de Terre sont noires, et celles de Mer pâles. Aussi la Lune est-elle attractive de cette réverbération. L'influence du Soleil sur la Terre et la Mer est d'autre part si grande... qu'elle arrive jusqu'au monde de la Lune, et c'est pour cela qu'existe la réverbération précitée. En vertu de la nature du Soleil, de la Lune, de la Terre et de la Mer, dont nous avons parlé, s'expliquent le flux et le reflux de la grande Mer, parce que le Soleil influe sur cette dernière avec une si grande force, que cette influence reflue une autre fois jusqu'à la Lune qu'elle attire et que la Terre et l'Eau sont pleines de l'influence qui reste. La mer Méditerranée n'a ni autant de flux ni autant de reflux que la grande Mer (l'Océan) parce que son arc n'est pas aussi sphérique et parce qu'il est trop raccourci par la proximité des terres. La Méditerranée a cependant un peu de flux et de reflux, comme dans ses ondes qui réverbèrent les plages, et on le voit clairement en l'observant [10]. ».

Lulle observait donc admirablement. Non seulement l'école de Barcelone et de Palma est convaincue de l'importance des précédents passages, remarqués déjà par le Père Pasqual [11], mais le célèbre écrivain espagnol, M⁰ᵉ Pardo Bazan, dans une conférence qu'elle donnait à Madrid sur les *Franciscains et Chris-*

---

9. Même passage de l'édition de Mayence, tome IV. *Quaestiones*, etc.
10. Article cité, pp. 109 et 110.
11. Pasqual, *Vindiciae*, vol. I, p. 178.

tophe Colomb[12], fait hardiment de Lulle un précurseur savant du grand Génois.

Lulle ne savait pas que le continent hypothétique fût précisément l'Amérique, mais il a le mérite d'avoir eu une conscience nette de ce continent et de l'avoir dit dans ses livres. Que cet enseignement ait été peu connu, c'est possible, mais en somme Lulle mérite déjà le nom de Révélateur du Nouveau-Monde[13].

Que Colomb se soit servi des livres de Lulle connus à Gênes où le Saint habita plusieurs fois et eut des amis, le Père Pasqual ne le croit pas. Le seul fait que Christophe Colomb ait toujours cherché un nouveau chemin des Indes-Orientales paraît au savant cistercien, comme à moi d'ailleurs, la preuve même que Colomb ne lut jamais les ouvrages de Lulle[14].

Cela ne diminue d'ailleurs le mérite d'aucun des deux hommes célèbres.

C.

Lulle s'est beaucoup occupé de la *direction des bateaux à voile*. Il a fait une rose des vents de Majorque, vulgarisé et fixé par des figures géométriques précises la méthode de rectification de la marche des navires, en tenant compte des vents. Il sut donc être utile encore une fois aux navigateurs.

Laissons de côté la rose des vents, déjà connue des Romains, des Grecs, des Étrusques. Saint Albert en trace deux dans son *Livre des Météores* bien avant Lulle[15] qui traite de la direction des vaisseaux selon les vents dans plusieurs traités et surtout dans l'*Ars Generalis et Ultima*. « L'art de naviguer descend d'abord de l'Art Général (méthode scientifique), dit Lulle, et de la géométrie et de l'arithmétique ensuite. Pour le montrer, traçons une figure divisée en quatre triangles, comme on le voit, et composée d'angles droits, aigus et obtus.

12. Conférence à l'Ateneo de Madrid, 4 avril 1892 : *Les Franciscains et Colon*.

13. Article de la *Revista luliana*, février 1902, p. 114.

14. Pasqual.

15. Weyler y Laviña, *R. Lulio juzgado por si mismo*, p. 337.

Et je suppose que dans le lieu dans lequel il y a quatre angles aigus, soit la Tramontane et le pont du Navire, et que le Navire y soit, désirant aller vers l'Orient. Mais il va par Jaloque[16] et quand il aura fait quatre milles, les quatre milles vers Jaloque n'en valent que trois vers l'Orient. La raison de ceci est parce que dans la durée du mouvement s'engendre premièrement l'unité ou le point, et quand le Navire aura fait huit milles vers Jaloque, ils n'en valent que six vers l'Orient. La raison de ceci est parce que la seconde unité est causée, et qu'avec la première elle cause une ligne composée de deux unités ou points. Et quand le Navire aura encore fait quatre milles, la troisième unité est causée, et ainsi se fait le triangle par douze milles (trois fois quatre) causant un quadrangle (quatre fois trois), et ainsi l'on montre par quel moyen dans le mouvement du Navire le triangle et le quadrangle sont composés[17]. Par le moyen que nous avons donné du mouvement du navire par douze milles, le nautonier peut connaître qu'en allant par Jaloque, par cent milles, le Navire se détourne de l'Orient par vingt-cinq milles ; le navire perd en quatre milles vers Jaloque un mille vers l'Orient, le mouvement du Navire étant premièrement par un point, après par une ligne, après par un triangle, puis par un quadrangle. Si le Navire s'éloigne du port et veut aller vers l'Orient, mais dévie au Midi, cette déviation est double de l'Orient vis-à-vis de la déviation qu'il fait lorsqu'il se dirige vers Jaloque. La raison de ceci est que Jaloque est entre l'Orient et le Midi. Si le Navire va par le Libèche, quoiqu'il désire aller par l'Orient[17'], on vérifie une triple déviation. Et s'il va par l'Occident il arrive à une quadruple. Nous avons montré le moyen par lequel les nautoniers peuvent juger le détour du lieu où ils veulent aller... les

---

16. Jaloque, vent du Sud-Est ; Tramontane, du Nord ; Libèche, du Sud-Ouest, etc.

17. *Ars ultima et generalis*, édit. Zetzner, p. 550 du ch. cxi, et *Grand et dernier art*, édit. F. Vassy, Paris, 1634, pp. 521-522.

17'. Le *par* de la vieille édition française équivaut à *sur*, aller sur le Sud par exemple, sur l'Orient. Je rectifie avec le texte latin la plupart du temps.

principes généraux sans lesquels le Navire ne peut être en mouvement, principes qui sont : le point, la ligne, le triangle, le quadrangle, et la diminution d'un mille des quatre milles vers le Jaloque est de deux des huit milles vers le Midi, et ainsi des autres. Nous avons maintenant l'intention de donner une doctrine et un Art par lesquels les nautoniers sachent connaître en quel lieu de la mer est le Navire et nous avons l'intention d'en

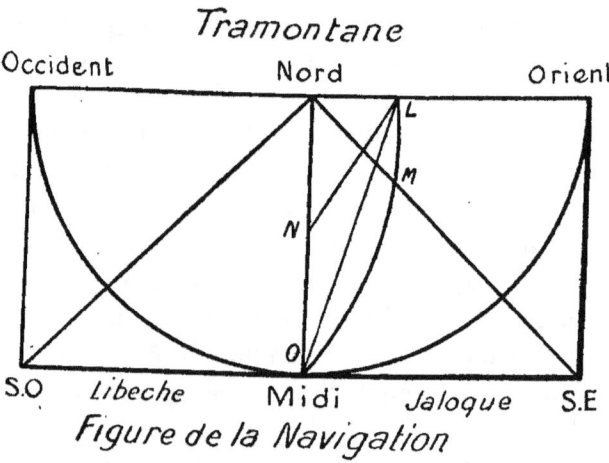

Figure de la Navigation

donner des exemples, nous basant sur la distance qui existe entre deux montagnes[18]. » Comme il serait trop long de citer Lulle lui-même, résumons la suite :

Supposons trois montagnes situées sur l'Orient, le Jaloque et le Midi, distantes de quatre milles du port et représentées par les lettres LMN sur la figure précédente. Désignons par O une quatrième montagne située au Midi et distante de huit milles de ce port. Deux questions sont posées : Quelle distance y a-t-il de L à M et à N ? De combien O est-il éloigné de L et de M ?

On répond à peu près de la manière suivante à la première question : Les marins considèrent les distances par la multiplication des milles et la déviation de la route. Si quatre milles

18. Même traité, pp. 522-523, Weyler y Laviña, p. 335.

se ramènent à trois par déviation, il s'ensuit que la montagne L sur l'Orient est éloignée de la montagne M située sur le Jaloque de trois milles et que L est éloigné de six milles de la montagne N qui est sur le Midi.

On raisonne de la façon suivante pour résoudre la deuxième question : Si le mont O du Midi est éloigné de huit milles du navire (les marins calculent le temps de la marche de cette montagne à celle qui est sur l'Orient ou L), c'est le double que de M qui est sur le Jaloque.

Si on pose une troisième et une quatrième question : Quelle distance y a-t-il de L à O? — Quelle est celle de M à O? — On répondra à la troisième question que, du port à O, il y a huit milles, de L au port, quatre, mais en tenant compte de la déviation on trouve que L est éloigné de neuf milles de O. On dira, pour résoudre la quatrième : Il y a huit milles du port à O et quatre jusqu'à M, d'où l'on concluera que M est à six milles de O [19]. On peut connaître, en raisonnant ainsi, les distances d'autres montagnes, multipliant les milles par les triangles et les quadrangles. Lulle étudie à la suite comment on peut distinguer les vents principaux de la Méditerranée : la Tramontane, le Jaloque, le Libèche, le Mistral et le Grec, selon le degré d'humidité ou de sécheresse de l'air, de froid ou de chaud, leur direction par rapport aux points cardinaux, la couleur des nuées qui les accompagnent. Ici, que l'on nous laisse citer brièvement le Majorquain : « Les nuées, selon les couleurs qu'elles ont, signifient les vents. Une nuée rouge signifie le vent d'Orient; si elle a une couleur d'or, le vent du Midi, et si elle a une couleur blanche, elle signifie le vent Septentrional. Si elle a une couleur noire, elle signifie le vent Occidental. Or, quelquefois la nuée est composée de plusieurs couleurs et alors elle signifie le mélange des vents et suivant qu'il y a plus d'une couleur que d'une autre [20]. »

Cette connaissance expérimentale des vents prouve que Lulle

19. *Ars generalis et ultima*, Zetzner, p. 551 et suiv.; édit. F. Vassy, pp. 523, 524, 525; Résumé, par Weyler y Laviña, *loc. cit.*, pp. 335, 336.

20. *Art*, édit. Vassy, pp. 524, 525.

ne fut pas toujours théoricien. Elle est importante dans les passages étudiés, parce que grâce à elle notre Bienheureux donne les moyens de calculer le lieu en lequel se trouve le navire, d'après les angles du vaisseau aux vents et aux points cardinaux[21].

D.

Lulle connut les propriétés de l'aiguille aimantée, et s'il n'inventa pas la boussole, il sut du moins populariser l'usage de cette aiguille nautique parmi ses lecteurs déjà plus nombreux, comme le croit mon maître M. Morel-Fatio, que les clercs initiés des écoles.

Il est certain que Jacques de Vitry, mort en 1244, écrivit que l'aiguille de fer touchée par l'aimant se dirigeait vers le nord, poussée par une force occulte, ce qui la rendait très utile à la navigation. Weyler y Laviña cite aussi Hugues de Berzil, assistant de la croisade de 1204, qui parle de cet instrument dans sa Bible[22]. Saint Albert (Œuvres, t. II, *Livre des minéraux*) en parle avant Lulle. Enfin, Vincent de Beauvais, qui vivait bien antérieurement à Lulle, dit au tome I de son *Miroir naturel*, page 502 : « La pierre d'aimant attire le fer et le fer obéit à cette pierre par la vertu occulte qui se trouve en elle... Dans cette pierre, l'angle qui a la vertu d'attirer le fer regarde le Zaron ou Nord et l'angle opposé regarde l'Aphron, c'est-à-dire le Sud[23], etc. »

Lulle parle souvent de l'aiguille aimantée, surtout pour lui comparer l'affection, l'attraction des personnes ou des choses les unes pour les autres[24] : « Et Dieu comme il a fait l'homme contre sa nature, celui-ci lui est plus contraire que l'aimant ne l'est au fer dans sa simplicité. »

21. *Art*, édit. Vassy, pp. 524, 525 ; Laviña, p. 336.
22. Weyler y Laviña, *loc. cit.*, p. 338, cite H. de Berzil, d'après P. Paris, manuscrits français, t. III.
23. Cité dans Weyler y Laviña, pp. 338 et 339.
24. *Félix de les Maravelles*, édit. Obrador, t. I, p. 158 : tout le chapitre III est consacré à l'aimant.

Cela n'a rien qui doive nous surprendre, car Lulle prouve, en mentionnant dans plusieurs traités l'aiguille aimantée avec sa propriété de tourner vers le nord, sans cependant expliquer la raison de cette direction mystérieuse, l'importance qu'il lui attribue déjà dans la navigation. Il dit dans le *Félix de les Maravelles* : « Sache, Félix, dit le philosophe, que l'aimant a une vertu par laquelle l'aiguille se tourne vers la Tramontane (vent du Nord) et vers le Midi[25]. » Dans un traité de la fin de sa vie, bien postérieur par conséquent au *Félix*, dans *L'Ars Generalis et Ultima*, le saint Majorquain dit au chapitre de *La Navigation* : « Du fer aimanté (ou de l'aimant, voir d'autres éditions) et de la Tramontane, il ne faut pas parler ici, car nous en avons déjà l'expérience[26]. » Il dit encore ailleurs : « Comme l'aiguille se dirige vers le Nord, si elle est touchée par l'aimant, aussi convient-il à ton serviteur de se diriger vers ton amour, etc. »

E.

En dehors de ces connaissances assez rares pour son temps, Lulle en avait toutes sortes d'autres. Nous mentionnerons *l'importance qu'il accorde aux éléments* et à leur mélange, non seulement en physique, mais en médecine. Comme les Grecs, il attribue les maladies à des influences du chaud, de l'humidité, du sec, etc., fait de la médecine une sorte de chimie. C'est en somme erroné et peu original au Moyen-Age. Nous citerons quelques passages à titre de curiosité et tirés d'un livre de Lulle très populaire, *La Doctrina pueril* : « Sache, fils, que le corps humain est composé de quatre éléments et que le corps est sain ou malade selon qu'il y a équilibre ou déséquilibre dans les propriétés de ces éléments. C'est pour cela que les médecins renforcent certains éléments et en affaiblissent d'autres jusqu'à ce qu'ils obtiennent leur vertu équilibrante, cause de la santé. Il y a quatre tempéraments,

25. *Félix de les Maravelles*, édit. Obrador y Bennasssar, t. I, p. 159.
26. *Ars generalis et ultima*, Zetzner, p. 55, édit. Vassy, p. 525.

savoir : colérique, sanguin, phlegmatique et mélancolique. La colère vient du Feu, le sang de l'Air, le phlegme de l'Eau et la bile de la Terre. La colère est chaude par le Feu et sèche par la Terre, le sang est humide par l'Air et chaud par le Feu, le flegme est froid par l'Eau et humide par l'Air, la mélancolie est sèche par la Terre et froide par l'Eau. Or, quand ces tempéraments sont troublés, les médecins s'efforcent de les régler, c'est donc par leur trouble (ou dérangement) que l'homme est malade[27]. »

On remarquera que Lulle n'était ni plus ni moins absurde que les médecins du temps de Molière et que ces vieilles théories ont été en honneur presque jusqu'à nos jours.

On lit plus loin dans le même traité : « Fils, si tu es malade, ne te fie pas à un médecin qui croit que le Chaud et le Sec peuvent être au même degré dans les choses médicales. En effet, si le Chaud est au quatrième degré, le Sec doit être au troisième. Si le Chaud est au troisième, le Sec doit être au second, et si le Chaud l'est au second, le Sec doit être au premier, et cela parce que le Feu est chaud par lui-même et sec par la Terre. Et il s'ensuit de même, fils, de l'Air et du Feu. Comme l'Air est humide par lui-même, il est chaud par le Feu ; l'Eau est froide par elle-même et humide par l'Air ; la Terre est sèche par elle-même et froide par l'Eau. Donc un médecin qui ignore les degrés précités et qui veut plutôt discourir que rechercher l'occasion de la maladie, ne combat pas la maladie et ne nous met pas en concordance avec la Volonté divine[28]. »

D'une manière générale, Lulle considère les quatre éléments comme agissant dans tous les corps, permettant leur composition. La plupart des changements que nous constatons dans les corps proviennent d'actions et de réactions des éléments les uns sur les autres. Or, nous avons vu plus haut, dans un

27. *Libre de Doctrina pueril*, édit. Obrador, p. 201 ; comp. *id.*, p. 266 ; cf. *Félix de les Maravelles*, t. I, pp. 107 à 114. (Idées grecques très communes dans les Écoles.)

28. *Doctrina pueril*, pp. 207 et 208,

autre chapitre, que tout, depuis la matière la plus brute, est élémenté dans la Nature. « Tout ce que tu manies, palpes, sens et tout ce que tes yeux voient, tout est des quatre éléments[29]. » La Corruption et la Génération sont dues aussi bien l'une que l'autre à la concordance ou à la contrariété des éléments[30]. Tout ceci est d'Aristote[31] et assimile la médecine à une chimie.

F.

Il est inutile de parler des connaissances de Lulle en *zoologie*, en *botanique*, en *minéralogie*. Dans le *Félix de les Maravelles*, il expose les qualités des corps, leurs propriétés, leurs usages ; mais dans un temps où l'histoire naturelle était si peu avancée, R. Lulle ne faisait que répéter ce que disaient ses contemporains, c'est-à-dire les erreurs dont les bestiaires du Moyen-Age nous donnent une idée.

G.

Le grand Majorquain fut plus distingué en chimie, et après avoir brièvement énuméré ce que la science de Berthelot lui doit, nous ferons définitivement justice de la légende qui le représente comme un alchimiste.

On sait dans tous les laboratoires que Lulle a vulgarisé la préparation de l'acide nitrique, ce qui n'est pas d'une faible importance. Nous extrairons d'un article très averti de Fr. Querubi de Carcagente, franciscain érudit, quelques indications au sujet de la compétence chimique de Lulle.

Lulle était déjà remarquable par sa théorie de l'unité de la science dont nous avons déjà parlé, mais il sut, dans un temps où les laboratoires n'étaient guère outillés, improviser, se servir de ce qui lui tombait sous la main et faire œuvre utile. On m'a dit à Milan que l'on connaissait encore au dix-huitième

29. Œuvre citée, p. 264.
30. Cf. même ouvrage, pp. 264 et 265.
31. Cf. *Doctrina pueril*, ch. LXXII, pp. 196, 197, 198.

siècle la maison où Lulle se livrait à des expériences chimiques. Il indiquerait, dans son traité : *Potestas Divitiarum,* un instrument composé de boules très analogue à l'appareil de Liebig pour recueillir l'acide carbonique.

Tout cela supposait une connaissance exacte de beaucoup de substances, connaissance qu'il n'était pas facile d'acquérir au treizième siècle [32].

Il fait mention[*] d'un certain nombre de substances comme le sel de potasse, le tartre calciné, de la distillation de l'urine, de la coupellation de l'argent, de la préparation des huiles essentielles, de la rectification de l'alcool, de la préparation du mercure blanc (composé de mercure et de sublimé corrosif), du précipité rouge. Ces connaissances paraîtraient sans doute très banales aujourd'hui mais dénotent chez Lulle un grand pouvoir d'observation et un grand souci du travail scientifique.

Il est inutile, pour l'histoire des idées de Lulle, d'insister sur sa valeur comme savant. Il était au courant de ce que ses contemporains instruits, musulmans ou chrétiens, connaissaient et rien de plus ; mais il faut, à l'occasion de ses expériences chimiques, faire justice d'une accusation absolument erronée : *Lulle ne fut jamais alchimiste.*

On a attribué à Lulle des ouvrages qu'il n'a jamais écrits. On lui a également imputé un séjour en Angleterre où il aurait transmué les métaux et enseigné à le faire. Salzinger lui-même, l'excellent éditeur lullien du dix-huitième siècle, considère Lulle comme l'auteur des traités d'alchimie. Or, le style d'ouvrages comme le *Premier et dernier testament,* souvent cités, n'est pas celui du polygraphe majorquain. On peut en dire autant du célèbre *Codicille.* Hauréau, parfois injuste vis-à-vis de Lulle, a très bien vu en France l'erreur commune et l'a signalée très énergiquement [33]. Notre encyclopédiste ne

32. *Revista luliana, R. Lulio alquimista,* février 1902, pp. 118-119, article de Fr. Querubi de Carcagente. — Le traité *Potestas Divitiarum* est peut-être d'un disciple.
[*] D'après le même franciscain.
33. Hauréau, *Histoire littéraire de la France,* t. XXI, pp. 281 et 282.

peut avoir pratiqué l'alchimie. On se base, pour lui attribuer
des préoccupations de ce genre, sur des traités comme les
Experimenta, *L'Antiquum Testamentum*, *L'Ars Operativa Me-
dica*, qu'Hauréau, après Luanco, l'Espagnol qui a définitivement ruiné cette opinion dans un opuscule célèbre [34], se refuse
à lui attribuer. Ces ouvrages ne sont pas mentionnés dans les
deux anciens catalogues d'août 1311 et de 1314. Les contemporains et les amis de Lulle ne les ont pas connus [35]. La critique des textes démontre que le style et les expressions ne sont
pas du temps de Lulle, mais du quinzième siècle. On les fait
écrire à l'auteur présumé dans des villes où ni le biographe
anonyme, ni ses livres authentiques ne mentionnent qu'il a vécu.
On y cite des personnages qui lui sont postérieurs. On y parle
d'un roi d'Angleterre, Robert ou Rupert, inconnu dans l'histoire [36]. Salzinger a cru que Lulle était alchimiste, mais le Père
Pasqual détruit les raisons que le savant éditeur croyait pouvoir en donner [37]. Le même critique ruine aussi la tradition
qui en fait un disciple d'Arnaud de Villeneuve. Lulle lut cet
auteur et le connut sans doute, mais ne travailla pas avec lui [38].

Il existe des textes de Raymond qui ne laissent aucun doute
sur son mépris de l'alchimie, dans *L'Arbor Scientiae* par exemple, mais nous citerons un passage d'un ouvrage plus connu et
réimprimé, le *Félix de les Maravelles*, très affirmatif. Tout le
chapitre consacré à l'alchimie est une réfutation de la possibilité de la transmutation, et Félix, dans les lignes suivantes,
conclut, après avoir entendu le philosophe démontrer l'absurdité logique de l'opération : « Selon vos paroles, il est impossible que l'on fasse une transmutation d'un élément en un
autre, ni d'un métal en un autre, selon l'art d'alchimie, car
vous dites qu'aucun métal ne désire changer son être en un

---

34. Luanco, *Ramón Lull considerado como alquimista*, pp. 17, 33, 34 et
suivantes. Barcelone, 1870.
35. Hauréau, *loc. cit.*, pp. 272, 273.
36. *Ibid.*, pp. 281, 282.
37. Pasqual, *Vindicae*, t. I, pp. 437, 438, 439.
38. Luanco, *id.*, p. 12.

autre être (le philosophe lui avait expliqué cela dans l'apologue du lion et du sanglier : le sanglier s'y défendait contre le lion pour ne pas perdre son être, transmuer sa chair en celle du lion); car s'il changeait son être en un autre être, il ne serait pas le même être qu'il aimait à être, j'ai donc bien compris toutes vos raisons et vos allégories[39]. »

Le procès est jugé; Lulle désapprouvait l'alchimie, la trouvait contradictoire avec l'essence même des éléments, des métaux, qui sont particuliers et n'ont aucune tendance à se transmuer. *On a donc calomnié Lulle en le considérant* gratuitement et jusqu'à nos jours *comme un alchimiste.*

H.

Je ne crois pas que Lulle ait *rien inventé en géométrie.* Il attribue à cette science une grande valeur et, comme Platon et les néo-platoniciens, considère les principes des choses matérielles comme de forme géométrique. Se souvenant du *Timée,* allégoriquement ou réellement, il fait tout partir successivement de la ligne, du triangle, du quadrangle et du cercle, comme nous en avons vu un exemple à propos de l'art nautique[40].

Le triangle, le quadrangle et le cercle symbolisent, en tant que figures géométriques les plus simples et les plus usuelles, la Forme Universelle et plusieurs autres concepts.

Nous nous rappelons des triangles et des figures schématiques usités dans l'*Ars Magna,* comme moyens graphiques. D'une manière générale, ces trois figures servent souvent à Lulle dans ses démonstrations. C'est en ce sens que sa géométrie est intéressante, elle cesse d'être abstraite pour être vivante et illustrer sa pensée[41].

39. *Félix de les Maravelles,* t. I, ch. IV, *De alquimia,* p. 165.
40. Le *De auditu kabbalisticu,* édit. Zetzner, p. 111, n'est pas à citer, il est apocryphe.
41. Bové, *Sistema científico luliano,* pp. 388 et 389.

I.

Nous ne parlerons guère, en terminant ce chapitre, des connaissances astronomiques proprement dites de Lulle. Faute de
lunette ou de télescope il ne pouvait guère faire avancer la
science céleste et il ne fait guère que vulgariser les notions
connues de son temps. Nous avons déjà vu que le Majorquain
soupçonnait la pluralité des mondes et croyait à la rotondité
de la Terre. Nous ne nierons pas qu'il fût partisan de l'astrologie. Cela ressort d'ailleurs de la lecture de plusieurs de ses
traités. Voici, par exemple, un passage du *Libre de Doctrina
pueril* très clair : « L'astronomie est une science démonstrative
par laquelle l'homme a connaissance que les corps célestes ont
une souveraineté et une action sur les corps terrestres et montre
que la Vertu qui est dans les corps célestes vient de Dieu, Souverain des Cieux et de tout ce qui est [42]. » Lulle confond, comme
on voit, l'astronomie avec l'astrologie. Félix, dans le livre de
Les Maravelles, demande au berger s'il y a Chaleur, Humidité,
Froid et Sécheresse dans les douze signes et dans les sept planètes. « Le pasteur répondit que les astronomes ont attaché
les quatre qualités précitées aux douze signes et aux sept planètes parce qu'elles sont l'occasion de la multiplication des
quatre qualités dans les éléments, plus fortement en un temps
qu'en un autre, et que cela explique l'influence que les corps
terrestres reçoivent des corps célestes. » (Tome I, p. 101.)

Rien d'étonnant à ce que Lulle fût partisan de l'astrologie;
réaliste, il devait admettre, non seulement *l'unité de matière*,
mais une correspondance étroite entre toutes les créatures terrestres ou célestes, participations finies des mêmes Attributs,
des mêmes Principes : Grandeur, Bonté, Durée. etc. D'ailleurs, jusqu'à Galilée, tout le monde fut astrologue. Tycho-
Brahé lui-même et Copernic, dit-on, établirent des thèmes
généthliaques.

42. *Libre de Doctrina pueril*, p. 188, édit. Gili, Barcelone, 1907.

Il est donc inutile d'étudier Lulle dans les détails copieux des traités de géométrie, de médecine, de droit, d'art militaire, qu'il écrivit. Il n'ignora rien des connaissances du temps, instruisit de son mieux ses futurs missionnaires ou se servit de tout cela pour illustrer sa méthode, en démontrer l'universalité; mais sauf quelques anticipations très remarquables sur son temps et dont nous avons un peu longuement parlé, ce n'est pas l'aspect du savant qui fit l'originalité de Lulle et qui suffira à sauver son nom de l'oubli.

CHAPITRE IX.

Lulle pédagogue et moraliste.

Raymond Lulle est un moraliste chrétien. Il recommande aux laïques les vertus ordinaires du catéchisme, aux clercs et à ceux qui se consacrent au service de Dieu l'imitation des vertus plus hautes des Saints; enseigne aux contemplatifs, aux ermites, auxquels il prêche d'exemple, la manière de distinguer et d'acquérir une rare perfection morale.

Comme les traités où Lulle se montre pédagogue, tels que le *Blanquerna*, le *Félix* et surtout le livre de *Doctrina pueril*, contiennent parmi d'autres enseignements celui de la morale, nous parlerons de ce dernier comme faisant partie intégrante de l'éducation des enfants. Nous n'examinerons pas de nouveau la méthode pédagogique de Lulle puisque nous avons étudié dans le chapitre : *La Forme du Lullisme,* les moyens concrets qu'il emploie pour frapper celui auquel il s'adresse, allégories, symboles et paraboles, etc.

Le *Blanquerna* et le *Félix* sont, nous l'avons déjà vu, des romans à tiroirs philosophico-religieux. Le livre de *Doctrina pueril* est un *compendium*, un plan d'éducation que Lulle écrivit pour son fils, mais qui, en réalité, n'a de puéril que le nom et pourrait servir de guide à des hommes, ce qu'il fit d'ailleurs jusqu'à nos jours en Espagne. Les trois ouvrages précités sont très populaires parce qu'ils ont été écrits en langue vulgaire, en catalan, et que Lulle s'y exprime sans figures, sans schèmes et sans lettres algébriques.

Au commencement de ce travail et à propos de la jeunesse de Lulle[1], nous avons cité des passages du *Blanquerna* où il

1. Chapitre 1er, *Psychologie de Lulle,* cit. du ch. iv du *Blanquerna*.

témoigne une fois de plus du souci constant d'unité, d'harmonie, que l'on retrouve dans toute son œuvre, dans toute sa vie. Le lecteur a sans doute remarqué que le polygraphe majorquain s'occupe du corps aussi bien que de l'âme de l'enfant, qu'aucun détail physique ne lui apparaît inutile : le choix de la nourrice, la nourriture de l'enfant une fois sevré, la façon de le vêtir. Avant tout, et ceci répond aux objections de ceux qui s'en tiennent encore aux seuls traités latins de Lulle, l'élève doit bien apprendre sa langue maternelle, le catalan, le latin ensuite (a). Il ne néglige pas les arts, la musique, mais, ce que nous verrons, ne veut pas faire place dans son éducation modèle à la géométrie et à l'astronomie, par exemple, comme trop compliquées et propres à absorber, à distraire un homme de ses devoirs envers ses semblables et envers Dieu. Il fait étudier ensuite la logique, la rhétorique et la philosophie naturelle, qui mènent à la médecine ; enfin, la théologie, médecine de l'âme et science capitale, maîtresse, puisqu'elle nous conduit à la Vie Éternelle. Naturellement, et comme il convient à un ascète et à un mystique, Lulle fait marcher de pair l'éducation religieuse et scientifique, l'acquisition des vertus pieuses comme celle des vertus laïques, « convenant comme il dit à la bonne éducation qui doit resplendir principalement chez les nobles et les personnes distinguées[2]. »

Attendu que Lulle renvoie à la *Doctrina pueril*[3] dans le chapitre du *Blanquerna* que nous venons de résumer, nous ferons comme lui. Le petit livre dont nous allons nous servir contient en somme, avec netteté et précision, ce que le Bienheureux dit ailleurs très copieusement, par exemple dans l'énorme *Libre de Contemplatio en Deu*, et présente l'avantage d'être exclusivement pédagogique.

Suivant l'ordre même de Lulle, nous verrons : 1° l'éducation religieuse ; 2° l'éducation morale proprement dite ; 3° l'éducation scientifique.

a. *Doctrina pueril*, ch. LXXIII, p. 185.
2. *Blanquerna*, édit. de Revue de Madrid, ch. IV, pp. 27, 28, 29 et 30.
3. *Ibid.*, même chapitre, p. 28, paragr. 6.

I.

L'éducation religieuse comprend : *a*) la connaissance *des Quatorze Articles de la Foi ; b*) des *Dix Commandements ; c*) des *Sept Sacrements ; d*) des *Sept Dons du Saint-Esprit ; e*) des *Huit Félicités ; f*) des *Sept Joies de Notre-Dame* [4].

A.

Les quatorze articles de la foi se réduisent à douze ; le second, c'est-à-dire la croyance à la Trinité, comptant pour trois.

Le premier (et le fait pour Lulle de commencer son livre ainsi est caractéristique de son mysticisme) est *l'existence de Dieu.* Le premier article est de croire en un Dieu qui est le commencement de toutes choses et Seigneur bienfaiteur de tout ce qui est [5], Parfait, Invisible, souverainement Bon, Grand, Éternel, Juste, Miséricordieux, Sapient : « Dieu t'a créé et mis au monde pour que tu croies en lui et que tu l'adores », dit le Bienheureux, dans le chapitre premier [6]. Cette idée que Dieu a créé le monde pour sa gloire est chrétienne sans doute, mais semble chez Lulle un écho d'une pensée musulmane très courante. Peut-être est-ce une tactique.

Admettant cette proposition fondamentale, il impose comme première obligation à l'enfant d'être agréable à Dieu, et pour cela d'aimer les vertus qui peuvent contribuer à ce but, c'est-à-dire préférer la Gloire Éternelle à celle de ce Monde, aimer la vérité, la justice, être reconnaissant, s'humilier devant son Seigneur, n'avoir aucune honte de servir, honorer Dieu et de lui obéir [7].

Ceci est très important, parce que les devoirs de l'homme et

4. *Doctrina pueril*, édit. Gili, Barcelone, texte publié par Obrador, table, pp. 299, 300, 301.
5. *Ibid.*
6. *Ibid.*, pp. 3 et 4.
7. *Ibid.*

sa conduite tout entière seront, d'après Lulle, toujours rapportés à ce service de Dieu. Laïque, clerc, chevalier, roi même, l'homme a été fait pour honorer et louer Dieu, et s'il s'écarte de son vrai but, la première intention, comme dit Lulle, s'il s'intéresse aux choses mondaines qui le distraient de Dieu, il tombe dans le péché. C'est la seconde intention, celle qu'il n'eût jamais fallu avoir et qu'on peut éviter en songeant toujours à son Seigneur Dieu.

Comme on le voit, Lulle est *mystique jusque dans sa pédagogie et sa morale.* Tout est lié une fois de plus dans son œuvre, même ce qui pouvait paraître très différent et éloigné de son système général ou un délassement dans sa vie si bien remplie.

Le deuxième article consiste à *croire en Dieu le Père;* le troisième en *Dieu le Fils;* le quatrième, de croire en *Dieu Saint-Esprit.* Il laisse espérer à l'enfant qu'il comprendra un jour les mystères de la Trinité, qu'il est obligé de croire sans les entendre à cause de son âge, et il ajoute : « Et sais-tu pourquoi je te parle ainsi subtilement? Pour que ton entendement s'habitue à exalter et à diriger ta volonté vers l'amour de Dieu[8]. »

On voit ici déjà le souci de parler à l'entendement, de prouver les propositions les plus difficiles par des raisons suffisantes, pensée lullienne si féconde et si originale.

Le cinquième article, qui traite *De la Création* « *ex nihilo* », enseigne à l'enfant à être reconnaissant envers Dieu qui a élevé l'homme au-dessus des autres êtres de la terre, l'a comblé de biens et qui, dans sa Sagesse, a fait toutes les choses bien appropriées à leur rôle dans la Nature. Lulle va, sans doute, un peu loin dans *son finalisme* quand il dit que Dieu a créé la mer pour que les poissons puissent y nager[9]. Mais Bernardin de Saint-Pierre, dans ses Études de la Nature, était aussi naïf il y a un siècle à peine. Le chapitre conclut que l'enfant doit

8. *Doctrina pueril,* p. 6.
9. *Ibid.,* p. 9.

accomplir des œuvres agréables à Dieu par reconnaissance [10].

Le sixième article expose brièvement ce que c'est que le
péché originel et l'utilité de la Rédemption, et il conclut en
mettant en garde l'enfant contre la désobéissance : « Et par
la désobéissance et le péché, les pécheurs vont dans le Feu
éternel souffrir angoisses et peines, perdant la Gloire Éternelle de Notre-Seigneur Dieu [11]. »

Le septième article parle de la *Gloire*. Lulle y examine la
Gloire Céleste et la compare à celle de la terre au détriment de
cette dernière; il exhorte son élève à entrer dans la gloire de
ceux qui comprennent et aiment Dieu [12].

Le huitième envisage la *Conception*, c'est-à-dire l'humanité
de Notre-Seigneur Jésus-Christ ajustée à sa nature divine, par
la grâce du Saint-Esprit, dans les entrailles de Notre-Dame.
Ici Lulle est obligé de faire appel à la Foi et ne peut expliquer
comme il le fera ailleurs ce mystère à son jeune fils [13].

Le neuvième explique la *Nativité;* le dixième, la *Passion:* le
onzième, la *Descente de Jésus-Christ aux enfers;* le douzième,
la *Résurrection*. Assurément, Lulle prend prétexte de ces articles pour exhorter l'enfant à honorer et à servir Dieu, ce qui
est son habitude, mais il insiste particulièrement sur la régé-
nération de l'homme que symbolise la résurrection de Notre-
Seigneur Jésus-Chrit et que nous devons rechercher [14].

Le treizième article, de l'*Ascension*, est l'occasion de montrer
au disciple que son âme montera au ciel, au jour du Jugement,
si elle aime, honore et loue de son vivant le Fils de Dieu;
ira dans le même lieu que lui, pour sa Gloire Céleste [15].

Le quatorzième s'occupe du *Jugement dernier*. Lulle décrit
les merveilles que verront les bons, les joies qu'ils éprouveront,

10. *Doctrina pueril*, p. 10.
11. *Id.*, ch. iv, p. 13.
12. *Id.*, ch. v, pp. 13, 14, 15, 16.
13. *Id.*, ch. vi, pp. 16, 17, 18, 19.
14. *Id.*, ch. vii, viii, ix, x, pp. 19 à 30.
15. *Id.*, ch. xi et xii, pp. 30 à 33.

et encourage l'enfant à être un aimable serviteur de Dieu pour mériter la récompense suprême[16].

B.

L'étude des dix mandements ou commandements est ensuite l'objet des soins du Bienheureux Raymond Lulle. Il commence par : *Tu aimeras ton Dieu*, et il en donne les raisons ordinaires du catéchisme ou à peu près.

Nous retiendrons dans le commentaire très vivant la partie purement morale et générale, laissant de côté ce qui est exclusivement théologique. Lulle y répète ce que nous retrouvons dans ses ouvrages de controverse et de mystique.

Écoutons ce qu'il dit dans le chapitre *Tu ne seras point parjure* : « Aimable fils, il vaut beaucoup mieux avoir vérité en bouche qu'or ou argent en caisse, s'il sont acquis par faux serment. La bouche et la volonté sont données à l'homme pour détester la fausseté. Sache, fils, qu'un homme menteur fait beaucoup de serments, et que, pour cette raison, il n'est pas cru par serment. Fils, ne jure pas par ta tête, car tu ne la donnerais pas pour tout le trésor du Roi; ne jure pas par ton âme, car je ne sais ni ne peux juger la gloire et la vertu que tu pourras posséder par elle[17]. »

Lulle veut que l'*on se souvienne de ses péchés* et que l'on songe aux vanités du monde le jour du repos[18].

Honore ton père et ta mère, parce que tu as ton honneur dans celui de tes parents et ton déshonneur dans le tien. « Si tu as, fils, dit le Bienheureux, des richesses et des honneurs par la peine de ton père et de ta mère, tes parents en sont payés par ton honneur. Rappelle-toi donc combien leur est dû que tu leur fasses honneur[19]. »

A propos de la *prohibition de l'homicide*, Lulle, en dehors

16. *Doctrina pueril*, ch. xii, pp. 33 à 36.
17. *Id.*, ch. xiv, p. 40.
18. *Id.*, ch. xv, p. 43.
19. *Id.*, ch. xvi, pp. 44 et 45.

des raisons religieuses de cet ordre, prononce des paroles intéressantes très courantes chez les Orientaux : « Aimable fils, un
homme peut en tuer un autre, mais un homme ne peut rendre
la vie à celui qu'il a tué. » Plus loin, nous pouvons noter cette
pensée très philosophique : « L'homme aussitôt né commence
à mourir ; le cœur, chaque jour, se rapproche de la mort, et
pour cela, mon fils, il ne faut pas que tu commettes d'homicide[20]. »

Quand *il défend la luxure,* Lulle dit entre autres choses :
« Aimable fils, la luxure pousse les nations à se faire la guerre
et les hommes à se blesser, et les femmes font détruire et brû-
ler les villes et les châteaux, et les enfants naturels héritent
injustement[21]. »

Nous n'examinerons pas chacun des autres commandements,
nous en avons assez dit pour montrer que Lulle les explique un
par un, non seulement au point de vue religieux, mais au point
de vue de la vie, et qu'il sait employer une forme souvent
saisissante et originale.

C.

Notre auteur parle ensuite des sept Sacrements en des termes
peu différents de ceux qu'emploient les théologiens de notre
époque. Il expose dans la deuxième partie de la *Doctrine puérile*
quelques idées sur les grands, les prêtres, les moines, que nous
examinerons quand nous nous occuperons de Lulle sociologue.

On peut citer, comme exemples de ses enseignements au sujet
des mandements, ses *idées sur le mariage* : « Tu es obligé, fils,
d'être en Ordre de Mariage ou de Religion, car tout autre état
s'écarte de l'intention finale pour laquelle il est créé » (c'est-à-
dire servir et honorer Dieu[22]). Il ajoute : « Charité, Crainte et
les autres vertus qui leur ressemblent sont des aides à maintenir
normal l'Ordre de Mariage ; la superfluité des vêtements ornés,

20. *Doctrina pueril,* ch. xvii, pp. 46 et 47.
21. *Id.,* ch. xviii, p. 48.
22. *Id.,* ch. xxviii, p. 69.

l'artifice dans les manières et les pensées désordonnées font briser chez l'homme le Sacrement du mariage[23]. »

D.

Lulle donne ensuite à l'enfant le désir d'acquérir *les Sept Dons du Saint-Esprit : la Sagesse, l'Intelligence, le Conseil, le Courage, la Science, la Piété, la Crainte de Dieu.*

Naturellement, si Raymond s'occupe de ces sujets, ce n'est pas dans le but de conduire son disciple à user des Sept Dons pour sa satisfaction personnelle, pour acquérir la puissance et la gloire en ce monde, mais pour les mettre au service de Dieu qui les a accordés. C'est ainsi qu'il dit de la Science qu'il vaut mieux posséder celle que le Saint-Esprit accorde que celle que l'on apprend à l'école du maître[24]. *Cette science infuse* nous est enfin donnée pour mieux connaître Dieu. Elle s'acquiert par la Grâce divine.

« La Piété, dit-il plus loin, fait donner, pardonner, pacifier, s'humilier, aider les autres. La Piété donne à l'homme confiance dans les dons qu'accorde le Saint-Esprit, et la Piété vainc et dépossède de leur pouvoir la cruauté et l'ingratitude. » « Il est nécessaire, fils, que tu t'aimes toi-même ou que tu te veuilles du mal à toi-même : or, si tu t'aimes, aie de la piété ; si tu te veux du mal, aie de la cruauté[25]. »

Crains Dieu et non pas les hommes, recommandé Lulle[26].

E.

Le Saint majorquain expose ensuite à son élève *les Huit Béatitudes* : régner, posséder, être consolé, accomplir la justice, être miséricordieux, voir Dieu, être patient, être généreux. Nous verrons ce qu'il pense des deux premières quand nous

23. *Doctrina pueril,* ch. xxviii, p. 70.
24. *Id.*, ch. xxxiv, p. 82.
25. *Id.*, ch. xxxv, p. 85.
26. *Id.*, ch. xxxvi, p. 87.

étudierons sa sociologie. Dès maintenant, on peut comprendre
qu'il préfère le Règne de Dieu et la possession des Biens Célestes. « Si tu veux être plus riche que le Roi, mon fils, sois plus
pauvre d'esprit que le roi. Or, si toi qui n'es pas Roi dans ce
Monde peux être plus riche que le Roi en méprisant ce Monde,
combien plus encore peux-tu par la pauvreté d'esprit être
riche dans le Règne de Dieu[27]. » On ne rencontre rien d'original dans l'examen des suivantes. Lulle, comme il convient
à un mystique, considère le fait de voir Dieu, par l'abandon
des choses terrestres, la pénitence et la contrition, comme la
Suprême Félicité. Il montre que l'on peut arriver à posséder à
cet effet des yeux spirituels en lavant ses yeux corporels « de
l'eau de son cœur, qui sort de ses yeux, de larmes et de
pleurs[28]. » « Or, une telle vision (celle de Dieu), fils, est au-
dessus de toute félicité sur terre et aucuns yeux ne peuvent
y monter sans netteté d'âme pure et sanctifiée, en laquelle ne
soient ni fautes, ni torts[29]. »

Il termine cette partie des félicités ou béatitudes par des
considérations très élevées, par exemple les suivantes où se
retrouve tout son enthousiasme mystique : « Énamouré de
Dieu, enflammé de la Grâce du Saint-Esprit, on ne fait pas de
différence entre sa propre terre et la terre étrangère, ni entre
son honneur et son déshonneur, ni entre un homme et un
autre, ni entre action et passion, car tout vous plaît de tout
ce qui peut vous faire servir Dieu[30]. » Nous laisserons de côté
les Sept Joies de Notre-Dame Sainte Marie, comme trop exclusivement religieuses, bien que Lulle y témoigne d'une dévotion
à la Vierge que nous avons vue ailleurs le caractériser, au point
qu'on peut dire qu'il fut précurseur des fondateurs du culte
de l'Immaculée-Conception au treizième siècle.

27. *Doctrina pueril*, ch. XXXVII, p. 91.
28. *Id.*, ch. XXXXII, p. 100.
29. *Id.*, même chap., p. 101.
30. *Id.*, ch. XLIV, p. 105.

II.

Avec le chapitre LII du livre de *Doctrina pueril* commence la morale proprement dite enseignée par Lulle à son fils, *morale religieuse* sans doute, mais en pouvait-il être autrement de son temps où, sauf quelques érudits, personne ne connaissait la morale indépendante d'un Socrate ou d'un Platon, ou du moins n'en possédait que les fragments passés dans la littérature latine, faute de savoir le grec? Cette morale a pour base la Volonté.

Nous croyons pouvoir la diviser en trois parties : *connaissance des Vertus à acquérir, des Vices et Péchés à éviter, exposition et comparaison des Trois Lois : Loi Naturelle, Loi religieuse Ancienne et Loi Nouvelle ou chrétienne.*

A. — LES SEPT VERTUS.

La première Vertu pour Lulle est d'avoir la *Foi*, car elle seule donne le bonheur dans le Royaume de Dieu. Ici, notre Bienheureux ne s'explique pas comme on le désirerait, car on pourrait croire qu'il dédaigne les œuvres ; or, on peut déjà voir, et on s'en convaincra par la suite, que nul plus que lui ne fut homme d'action infatigable[31]. *L'Espérance* lui paraît aussi très nécessaire et plutôt pour le Monde Céleste que pour celui-ci[32]. Ce Monde-ci étant méprisable et mauvais par la faute des hommes, on ne peut espérer le bonheur que dans l'autre. Ceci est d'une théologie assez banale en somme. Il engage à posséder *la Charité* et *la Justice,* à imiter dans la mesure du possible Dieu qui possède ces Vertus d'une façon parfaite, car il est Bon, pour lui plaire et pour mériter les bienfaits de sa Justice[33]. On peut tout cela si on le veut et avec l'aide de Dieu.

La Prudence qui consiste à choisir le meilleur bien ou le moindre mal, à faire concorder le temps et le lieu, la quantité

31. *Doctrina pueril*, ch. LII, pp. 122, 123, 124.
32. *Id.*, ch. LIII, pp. 125 et 126.
33. *Id.*, ch. LV, pp. 132 et suiv.

et la qualité, à dissimuler pour garder les secrets[34], etc., cependant « sans fausseté ni tromperie[35] » quand il s'agit des actions de la vie. « Savoir tromper et ne pas le vouloir, c'est aimer la prudence; celui qui sait tromper et ne l'aime pas, sait et aime pratiquer la Charité et la Justice[36]. »

Cette Prudence consiste à savoir s'écarter des tentations mondaines et à leur préférer les biens spirituels.

Le Courage vis-à-vis de la tentation du mal, de l'orgueil et de l'acquisition des biens terrestres, vis-à-vis de la mort, quand on a agi honnêtement, chrétiennement, rend calme, puissant et fort[37].

« Aimable fils, si tu es faible par peur, pense que tu dois mourir... Si, par *Pauvreté,* tu veux pencher vers quelque mauvaise action, désire avoir pauvreté d'esprit qui est richesse de courage, et si les belles manières de la femme veulent te pousser à la luxure, juge et imagine la saleté qui sort de l'homme et de la femme. Et si tu as de telles pensées et de telles imaginations, tu seras fort contre les vices qui sont désagréables à Dieu[38]. »

En somme, Lulle pratique la méthode que nous avons remarquée dans sa mystique, la Volonté distrait l'esprit des pensées basses ou nuisibles et le tourne vers d'autres idées qui sont belles et utiles au but, qui est de servir Dieu. Souvent aussi, toujours dans sa mystique, Lulle se sert de l'imagination pour mieux frapper l'entendement. La citation précédente illustre cette dernière remarque, d'une manière très nette d'ailleurs et très frappante.

« *Le Primat de la Volonté est parfaitement enseigné.* En effet, *la Tempérance* est pour notre polygraphe la Volonté réfrénée quand elle est entre deux extrêmes, contraires en quantité[39].

---

34. *Doctrina pueril,* ch. LVI, pp. 135 et 136.
35. *Id.,* p. 137.
36. *Id.*
37. *Id.,* ch. LVII, pp. 139, 140.
38. *Id.,* ch. LVII, p. 140, § 8; voir aussi § 7.
39. *Id.,* ch. LVIII, p. 141.

Beaucoup se souvenir et comprendre font la Volonté tempérée; beaucoup se souvenir et vouloir peu comprendre mortifient l'entendement et exaltent la foi et la croyance. Or, si tu veux comprendre par une volonté tempérée : la foi est égale à la volonté, l'aimant ou le haïssant à la mémoire et à l'entendement[40]. » On sait que Lulle est un ami de l'harmonie, de la conciliation des contraires et on le voit naturellement ici prêcher cette doctrine à son fils. Il en sera de même pour la tempérance physique que pour la tempérance morale. Écoutons le Bienheureux s'exprimer simplement à ce sujet : « Pour ce qui est de manger et de boire, tu auras plaisir à le faire en temps opportun de manger et de boire, et par l'excès de manger et de boire, tu auras peine et souffrance et maladie qui occasionneront ta mort. Si tu as de la tempérance en mangeant et en ne mangeant pas, en buvant et en ne buvant pas, tu auras plaisir et félicité[41]. »

Lulle attribue *plus de mérite aux riches tempérants qu'aux pauvres,* comme il est naturel d'ailleurs : « Aimable fils, les hommes pauvres n'ont pas aussi grande douleur à endurer la faim que les hommes riches à manger avec excès, et les hommes pauvres ne peuvent avoir autant de mérite à la tempérance que les riches, et pour qu'il en soit ainsi, ne veuille donc pas être riche pour ne pas trop manger, ni être pauvre pour faire acte de tempérance[42]. »

Il n'est *pas pour l'excès de privation,* mauvais pour le corps, mais pour la modération. Il étend cette vertu à l'âme, et cela se comprend chez un homme si prudent et si sage dans ses conseils aux clercs et aux laïques. « Ta fortune et ta qualité (dit-il à son fils) veulent la modération dans ton vêtement, ton langage, ton sommeil, ta dépense et dans toutes les autres choses dont tu as besoin pour la louange et le service de Dieu[43]. »

40. *Doctrina pueril*, ch. LVIII, p. 141.
41. *Id.*, p. 142, § 5.
42. *Id.*, § 6.
43. *Id.*, ch. LVIII, p. 142, § 8.

Les Sept Vertus sont le chemin du Salut, mais le plus parfait
des hommes ne pourrait être sauvé sans la Rédemption du
Seigneur Jésus-Christ. Croire même que les œuvres puissent
mériter le Salut est une occasion de péché. Lulle préfère à
ces orgueilleux qui croient être sauvés par leurs seules œuvres
« les pécheurs qui, à cause de leurs péchés, se considèrent
comme indignes du Salut[44] ». « L'indignité que le pécheur
connaît en lui-même s'accorde avec la Miséricorde de Dieu[45]. »

Enfin, notre auteur termine le chapitre du Salut en rappe-
lant à l'enfant une fois de plus que *Dieu lui a donné le Libre
Arbitre ou Volonté* pour aimer le Salut et haïr la Damnation :
« Ainsi, Dieu a donné à ton libre arbitre tout ce qui regarde
le désir de Salut et la haine de la damnation pour désirer
recevoir le Salut seulement par les dons de Dieu[46]. »

Cela ne veut pas dire que le disciple de Lulle devra mépriser
les œuvres, au contraire, mais qu'il ne devra jamais s'attribuer
de mérite, ni se croire uniquement sauvé par elles. On les
doit à Dieu, elles sont une manière de le louer et de le servir,
ce qui est notre seul but sur la Terre. Elles nous préparent
mieux que tout à recevoir les bienfaits divins.

B. — LES SEPT PÉCHÉS CAPITAUX.

Comme il a recommandé les Sept Vertus qui mènent indirectement au salut, en tant qu'elles nous permettent d'être plus
facilement choisis par Dieu, pour jouir de ses dons, Lulle met
en garde son fils contre les Sept Péchés Mortels qui mènent à la
Damnation : la Gloutonnerie, la Luxure, l'Avarice, la Mauvaise Volonté, l'Orgueil, l'Envie, la Colère. Il ne dit à ce sujet
que ce que peuvent enseigner les clercs et en tout cas, la
plupart du temps, rien d'original. On peut remarquer cependant qu'il donne une grande importance à la mauvaise volonté.
Cela se comprend facilement chez un mystique qui demande

44. *Doctrina pueril,* LIX, p. 144, § 6.
45. *Ibid.*
46. *Id.,* ch. LIX, p. 145, § 8.

à la volonté toute sa force dans sa marche vers Dieu. Lulle dit
que si Dieu avait eu mauvaise volonté, il n'eût pas créé le
monde, ni donné aux hommes un Rédempteur. Celui qui a
mauvaise volonté est pour lui semblable au démon. Ce péché
est la source de la tristesse, de la colère, des mauvaises paroles, du mensonge, de la trahison, de beaucoup d'autres
fautes[47].

Tous les autres péchés sont à combattre, parce qu'ils sont
contraires à la louange et au service de Dieu. Ici, comme dans
tous les passages des traités moraux de Lulle, reparaît la même
conception du but de la vie : exalter et glorifier le Créateur en
y appliquant la Bonne Volonté.

Lulle termine l'examen des péchés à éviter par le chapitre
de *La Damnation* où il rappelle l'importance de la bonne
volonté, de l'usage harmonieux et sain du *libre arbitre*[48] :
« Ta volonté a le pouvoir de vouloir et de faire le mal ; c'est
pour cela que toi pour toi-même et tout autre homme pour
lui-même peut choisir la Damnation sans l'aide de Dieu[49]. »

C. — LES TROIS LOIS.

Lulle apprend à son fils ce qu'est la *Loi Naturelle,* la morale
antérieure à toute religion, et compare la *Loi Nouvelle* (l'Évangile) à l'*Ancienne* (Loi Mosaïque) au profit des enseignements
chrétiens, bien entendu.

Au sujet de l'*Ancienne Loi de Moïse,* Lulle rend justice à
l'utilité qu'elle présentait jusqu'à la venue de Jésus-Christ.
Elle est, dit-il, le commencement et le fondement de la nouvelle loi, qui est fruit et accomplissement de la première[50].
Les Juifs, qui ne la comprennent ni dans son esprit ni dans
sa lettre[51], puisqu'ils refusent de reconnaître la relation qui
existe entre les deux Lois Mosaïque et Évangélique, et les

47. *Doctrina pueril,* ch. LXIII, pp. 155, 156, 157, §§ 4, 5, 6, 7.
48. *Id.,* ch. LXVII, pp. 166 et 167.
49. *Id.,* p. 167, § 5.
50. *Id.,* pp. 170, 171, 172.
51. *Id.,* p. 172, § 7.

signes qui dans l'Ancienne loi annoncent la Nouvelle[52], et qu'ils ont causé la Passion de Notre-Seigneur le Fils de Dieu, méritent ainsi d'être punis par la Justice de Dieu[53] : « La Loi Nouvelle est de la Grâce de Dieu, fondée sur la Loi Naturelle et sur l'Ancienne Loi écrite. Le fondement le plus grand de la Nouvelle loi est l'accord et l'union du Fils de Dieu et de la nature humaine, par l'intermédiaire de Notre-Dame Sainte Marie, Vierge Glorieuse[54]. »

Nous connaissons ces idées répétées dans les traités théologiques de Lulle et nous n'insisterons pas. Un fait demeure intéressant cependant, c'est que si Lulle considère l'Ancienne Loi comme abrogée, il n'en est pas de même de la Loi Naturelle qu'il laisse coexister à l'Évangile. C'est une idée, dans tous les cas, toute chrétienne.

Pour notre Bienheureux, la Loi Naturelle antérieure aux prophètes et éternelle consiste à « honorer son seigneur, son père, son bienfaiteur et aimer son prochain. C'est Loi Naturelle que l'homme veuille pour son prochain ce qu'il veut pour lui-même, et détester dans son prochain ce qu'il déteste chez lui-même, et c'est Loi Naturelle d'aimer le bien et d'éviter le mal[55] ». Cette loi veut surtout qu'on soit obéissant à Dieu : « Une telle loi est signifiée à l'entendement humain par les œuvres qu'accomplissent les éléments, les plantes, les animaux, les oiseaux, les hommes et toutes autres créatures. En effet, dans tout ce qu'ils font naturellement est manifesté à l'homme... qu'il doit être obéissant à Dieu et accomplir ce qu'il faut pour atteindre le but pour lequel il a été créé[56] » (louer et servir Dieu). Tout obéit dans la Nature, « les éléments obéissent des uns aux autres, les plantes, les arbres, selon le temps, portent feuilles, fleurs et fruits, et certaines bêtes s'inclinent devant les autres. Et tout ceci signifie que l'homme, selon le cours natu-

52. *Doctrina pueril,*, p. 171, § 5.
53. *Id.*, p. 172, § 8.
54. *Id.*, ch. LXX, p. 173, § 1.
55. *Id.*, ch. LXVIII, p. 168, § 3.
56. *Id.*, ch. LXVIII, p. 168, § 1 et 2.

rel des choses, doit être obéissant à Dieu et à son seigneur terrestre, et que tout homme doit suivre la nature de son entendement[57]. Or, dans cette Loi ont été les philosophes qui ont composé la science de la philosophie ». Lulle profite de son exposition des Trois Lois et de leur comparaison pour recommander à son fils d'essayer de convertir les Musulmans et de prêcher auprès des Chrétiens dissidents et même des Païens. Il lui donne des notions plus ou moins sérieuses sur les croyances de ces divers religionnaires. On peut s'étonner qu'il ne parle pas très souvent de la conversion des Juifs, mais de son temps, comme du nôtre, ces Sémites devaient être irréductibles ou à peu près, et tous ceux qui avaient pu être amenés de gré ou de force à la Loi Nouvelle, à Majorque et en Catalogne, étaient déjà Chrétiens dès les premières années de la conquête. Quant au reste, il avait été sans doute expulsé et banni.

III.

La partie où Lulle énumère les sciences et les connaissances qu'il veut enseigner à son disciple est confuse, peu ordonnée. Comme toujours, notre auteur mêle aux chapitres principaux religieux et théologiques des développements et des chapitres qui, d'après notre conception actuelle, seraient mieux à leur place ailleurs, dans les traités ou des parties de traités qui leur seraient exclusivement réservés. Nous n'insisterons pas, nous en avons étudié plusieurs dans d'autres parties de ce travail.

Lulle veut que son disciple apprenne d'abord la grammaire et surtout celle de la langue romane, puis la logique dans le même langage : « Avant que tu apprennes la logique en latin, apprends-la en roman, au moyen des vers qui suivent ce livre (il fait allusion à ses œuvres rimées et on sait qu'il considérait le rythme des vers comme un excellent moyen mnémotechnique auditif), et sais-tu pourquoi? Parce que tu la comprendras mieux ainsi avant de la connaître en latin[58]. » Comme on pou-

---

57. *Doctrina pueril*, ch. LXVIII, p. 169, § 4.
58. *Id.*, ch. LXXIII, p. 185, § 8.

vait s'y attendre, il insiste sur la méthode logique qui lui est
particulière, sur la montée et la descente de l'esprit : « Par
cette connaissance (dit-il), tu sauras descendre des choses générales aux choses spéciales et, des spéciales, hausser ton entendement jusqu'aux choses générales[59]. » Lulle expose ensuite
l'utilité de la rhétorique, art de parler avec ordre et beauté[60].
Néanmoins, il ne faut pas perdre de vue que tout ceci a pour
but d'être agréable aux gens et à Dieu[61].

Lulle dit à son fils qu'après ces sciences on peut apprendre
la géométrie, l'arithmétique, la musique, l'astronomie. Il ne les
sépare pas dans le chapitre LXXIV et nous pourrions, sans nous
tromper, voir là une réminiscence des conceptions grecques,
pythagoriciennes et même platoniciennes. Chose étrange, il ne
les recommande pas à son élève parce qu'elles sont trop absor-
bantes. L'astronomie fait oublier les choses terrestres qui
manifestent le Pouvoir et la Beauté de Dieu, la géométrie et
l'arithmétique requièrent toute la pensée humaine et, par là,
l'homme ne peut plus bien aimer et contempler Dieu[62].

Il exalte ensuite la théologie[63], la place au-dessus de toutes
les sciences, puisqu'elle enseigne à parler de Dieu, à l'aimer,
à le servir, ce qui est notre finalité sur terre. Il déplore
qu'Aristote et Platon ne soient pas arrivés à comprendre Dieu,
faute de la connaître[64].

Il veut ensuite qu'il ait des teintures de droit, de médecine,
d'arts mécaniques (c'est-à-dire qu'il ne méprise pas les métiers
manuels). Il se montre en ceci *précurseur de Rousseau*, quoique dans une autre intention ; il est même assez terre à terre
en cette circonstance : « L'artisan peut vivre dans quelque pays
que ce soit, et c'est pour cela que les Musulmans ont une très
bonne coutume en ceci que tout homme chez eux, aussi riche

59. *Doctrina pueril*, ch. LXXIII, p. 184, § 5.
60. *Id.*, p. 185, § 9.
61. *Id.*, p. 185, § 12.
62. *Id.*, p. 188, § 9.
63. *Id.*, ch. LXXVII.
64. *Id.*, ch. LXXV, p. 190, § 7.

qu'il soit, ne laisse pas de montrer à son fils quelque métier, de telle sorte que si la richesse lui manquait, il puisse vivre de son métier[65]. »

Lulle revient ensuite à des sujets particuliers, comme de l'âme et du corps humain et de leurs rapports, de la vie et de la mort, du mouvement des quatre éléments, de l'hypocrisie et de la vaine gloire, vices qu'il méprise toujours, lui si franc et si modeste.

Il expose les devoirs du Prince, des religieux, que nous verrons dans le chapitre de la Sociologie de Lulle, inspire à son fils le désir de convertir les Musulmans et les égarés hors du christianisme, parle de l'Enfer et du Paradis, montrant l'horreur de l'un et la douceur de l'autre. Nous avons déjà cité des passages de ces pages de théologie pédagogique quand nous avons parlé du théologien. Il y aurait beaucoup à dire sur tout cela, mais le détail dépasse le cadre de notre travail synthétique, et nous ne pouvons que suggérer le goût de lire Lulle lui-même et de l'aimer un peu.

Indépendamment de ses préoccupations mystiques et de ses desseins de missionnaire, on ne peut nier qu'avant les grands pédagogues du Moyen-Age et des Temps Modernes, le grand Majorquain avait vu nettement l'importance capitale de l'harmonie de l'âme et du corps. Nous avons vu un passage curieux du *Blanquerna* dans notre chapitre Iᵉʳ et ce que nous dirions de la nourriture ferait double emploi avec lui. Il consacre tout le chapitre XCI à cette primordiale question, insiste sur la sobriété et sur la nécessité de suivre en cela la Nature : « La Nature perd dans les enfants des hommes riches et gagne chez les enfants des pauvres[66]. » L'âme ne peut user de ses vertus qu'autant que le corps use de ses membres : « Les hommes riches, qui ne font rien faire à leurs fils et qui les nourrissent dans l'oisiveté, ne font rien pour que leurs fils sachent se rappeler, comprendre et vouloir[67], etc. »

65. *Doctrina pueril*, ch. LXXIX, pp. 208 et 209, § 3.
66. *Id.*, ch. XCI, p. 254, § 13.
67. *Id.*, p. 255, § 15.

Évidemment, l'ordre manque un peu dans les traités pédagogiques et moraux de Lulle, mais la séparation des domaines
n'était pas logique et nette comme de notre temps, et qu'importe, *s'il a exalté la Bonne Volonté* et dit de belles et excellentes
choses qu'on ne devait reprendre que plus tard !

CHAPITRE X.

Lulle sociologue.

Lulle ne fut évidemment pas un sociologue dans le sens moderne du mot, mais sut voir les vices de la société catalane et même chrétienne du treizième siècle, conseiller les remèdes à apporter à la corruption croissante.

Il songe à réformer dans un sens humain, c'est-à-dire charitable, honnête et pieux, toutes les situations sociales, depuis celle des rois et des princes jusqu'à celle des laboureurs et des artisans. Il trace, d'ailleurs, dans le *Blanquerna*, le *Livre de Contemplation*, l'*Arbre des Sciences*, le *Livre de Doctrine puérile*, le *Félix de les Maravelles*, la ligne de conduite droite et bonne de chacun. Rêveur et poète, mystique et philosophe, moraliste et savant, Lulle met un peu de ces divers aspects de son caractère dans la cité idéale qu'il imagine et souhaite. Utopique peut-être, sa conception n'en est pas moins intéressante pour l'étude de la vie civilisée au treizième siècle et des idées de Lulle que complète et termine le présent chapitre.

Avant d'examiner les doctrines de Lulle sur le bon fonctionnement de la société chrétienne, sur les rapports de catégories d'hommes qui jouent un rôle dans ce milieu et d'analyser ce rôle, il nous faut connaître auparavant, d'une façon plus précise encore que nous ne l'avons fait, les raisons d'être, les vrais buts de l'Humanité. La huitième partie du *Félix de les Maravelles*, qui comprend soixante-douze chapitres, traite de l'Homme. On y trouve d'utiles passages relatifs à la manière d'être de la société humaine. Après avoir défini l'homme, Lulle traite, au chapitre III, de la question qui nous occupe : Pourquoi l'homme existe-t-il ? Voici sa réponse (l'ermite dit à Félix) : « Dieu est mémorable, intelligible, aimable et honorable... et, pour être commémoré, connu, aimé, honoré, craint, obéi et servi, *il a créé l'homme, afin qu'il se souvienne de Dieu, le comprenne, l'aime, le serve, l'honore.* Beau fils, cette raison que je vous ai donnée est la principale raison de l'existence de l'homme. Au-dessous d'elle[1], il y en a une autre, à savoir : que l'homme est *pour avoir de la gloire au Paradis* en se souvenant de Dieu, en le connaissant et en l'aimant perdurablement, sans fin. Après cette raison, fils, dit l'ermite, il y a une autre raison encore, à savoir que *l'homme existe pour le cours de la nature,* c'est-à-dire engendrant un autre homme, comme nous l'avons déjà dit. — Seigneur, dit Félix, la principale raison pour laquelle l'homme existe est donc pour se souvenir de Dieu, pour le connaître et l'aimer[2]. » « Pourquoi donc alors, continue Félix, Dieu est-il si peu commémoré, connu et aimé en ce monde? et pourquoi commémore-t-on, comprend-on et aime-t-on mieux les vanités de ce Monde que Dieu? » L'ermite répond par une allégorie que nous pouvons traduire en entier à cause de sa brièveté : « Aimable fils, dit l'ermite, il y avait dans une ville un noble citadin très riche et très honoré. Ce citadin était bel homme et d'excellentes mœurs en toutes choses. Le citadin avait une très belle femme qu'il aimait et honorait beaucoup. Dans la maison de ce citadin entrait un villageois qui apportait du fumier de l'étable et la femme du citadin fautait contre l'honnêteté avec ce vilain qu'elle aimait mieux que son mari. Ah ! fils, dit l'ermite, que la faute et la déviation du but pour lequel l'homme existe sont grandes[3] ! »

Ailleurs, nous lisons : « Seigneur, dit Félix, pourquoi l'homme vit-il en ce Monde? L'ermite répondit et dit : L'homme vit en ce Monde pour qu'en vivant il se souvienne de Dieu, le connaisse et l'aime, et l'homme vit dans ce Monde pour pouvoir vivre dans l'autre en gloire perdurable. Et sache

1. *Félix,* tome II, ch. III, p. 16.
2. *Id.,* ch. XVII. — *N. B.* Nous traduisons le verbe *membrar :* se souvenir, se rappeler, par commémorer, pour éviter la difficulté de la concordance des verbes actifs avec le verbe pronominal.
3. *Félix de les Maravelles,* édit. Palma, 1903, II, ch. III, p. 17.

encore que l'âme rationnelle est une seule et même chose avec sa vie, car *ce qui est l'âme rationnelle est vie*, à savoir que la mémoire, l'entendement et la volonté sont de la nature de la vie spirituelle, et leur vivre est l'être qui est l'âme, comme l'être du soleil qui est de luire et dont la forme et la matière sont de lueur[4]. »

« L'homme juste veut vivre longuement dans le Monde pour pouvoir servir Dieu et avoir grande gloire au Paradis[5]. »

Toutes les conceptions sociologiques de Lulle seront plus ou moins fondées sur les trois raisons d'être de l'homme, surtout sur les deux premières. Critères moraux de la conduite morale, ces raisons se rattachent à la finalité générale que Lulle attribue au Monde : servir à la louange et à la connaissance de Dieu.

Lulle met l'homme au-dessus des autres créatures. Voici, par exemple, ce qu'il dit à ce sujet dans le *Livre de Doctrina pueril* : « Dieu a créé le cheval afin que l'homme chevauche, l'autour pour chasser, le mouton pour être mangé, la laine pour faire des vêtements, le feu pour chauffer, le bœuf pour labourer et les autres créatures pour servir l'homme[6]. » — « Tu ne pourrais dire, fils, combien de créatures Dieu a créées, et tu ne saurais dire la seigneurie qu'il t'a donnée sur elles, et tu ne pourrais comprendre la grande dette qui t'est incombée pour le grand bienfait que tu as reçu de ton Créateur[7]. » Nous reconnaissons ici l'abus de la finalité naïve des Hébreux et de l'Occident chrétien, qui fait tout créer par Dieu pour notre utilité. Lulle en avait trouvé le principe dans les Écritures et dans la Patristique antérieure à lui. Ce point est trop connu pour que nous insistions ; nous le signalons parce qu'on le trouve chez les disciples de Lulle avec une forme identique, par exemple dans la *Theologia Naturalis* de Ramon de Sibiude.

L'homme ne saurait poursuivre les buts pour lesquels il a

---

4. *Félix*, II, ch. ɪv, pp. 19 et 20 ; cf. ms. 52, Münich, ff. 46 et 47, en appendice.
5. *Ibid.*, pp. 21 et 22.
6. *Doctrina pueril*, Barcelone, Gili, 1906, ch. ɪɪɪ, verset 14, p. 9.
7. *Ibid.*, verset 17, p. 10.

été créé s'il n'était libre. Lulle n'est pas pélagien puisqu'il s'est
préoccupé de concilier la Prédestination avec le Libre Arbitre.
Il l'a déjà fait dans *L'Ars Inventiva Veritatis*, mais de façon
abstraite[8]. Dans le *Félix de les Maravelles*, il explique cet accord
d'une manière concrète et plus claire.

« Fils, dit l'ermite à Félix, la conséquence qu'il faut tirer de
la Prédestination est : que s'accomplit en l'homme ce que sait
la Sagesse de Dieu, qui est accomplie en ce qu'elle en sait elle-
même. Et la conséquence du Libre Arbitre est pour la Justice
de Dieu qui est accomplie en elle-même et en tout ce qu'elle
fait dans les créatures. Il convient, par le moyen de cet accomplissement, que l'homme ait la liberté de pouvoir se sauver
par la Grâce de Dieu toutefois, ou de pouvoir se damner, car
s'il n'y avait pas de liberté, la Justice de Dieu ne pourrait
œuvrer directement en l'homme et cette impuissance est chose
impossible[9]. »

On voit par ce texte qu'en somme, la Prédestination est
générale et qu'elle ne gêne pas l'exercice du Libre Arbitre. Dieu
sait d'avance qu'un homme sera sauvé ou damné ; mais il ne
l'a ni sauvé ni damné lui-même d'avance. L'homme est libre
de bien ou de mal faire[10].

Nous n'avons pas à étudier les vertus que Lulle demande
aux hommes de son temps, l'éducation physique et morale,
l'instruction qu'il veut leur donner, nous les avons déjà examinées dans le chapitre : *Pédagogie et morale de Lulle*.

Suivant plutôt le plan du *Livre de Contemplation*, nous allons
passer en revue les conceptions particulières de Lulle, à propos de chacune des catégories sociales qu'il distingue.

Religieux avant tout, Lulle met naturellement les *clercs* en
tête de sa hiérarchie. Le *Blanquerna*, roman à tiroirs de 1283,
renferme dans son livre II une longue énumération et description des vertus et des devoirs des prêtres. Il est peu origi-

8. *Ars inventiva*, 3e question résoluble, *modus* KKK, p. 171, t. V, Mayence.
9. *Félix de les Maravelles*, t. II, ch. LVII, p. 262.
10. *Ibid.*, pp. 266 et 267, *passim*.

nal en somme[11]. Le livre III, de *L'État de prélature*, est plus intéressant; il traite d'abord des Huit Béatitudes dont nous avons parlé plusieurs fois et que devraient, selon Lulle, posséder les évêques. Il se termine par une dispute quodlibétale entre clercs, et que préside Blanquerna, devenu évêque: Lulle ajoute au récit de la controverse l'énoncé des questions posées que Blanquerna envoya au Pape[12].

Certaines sont originales, d'autres nous sont très familières, toutes composent en somme un vrai manifeste des idées maîtresses de Lulle à ce moment de sa vie : *Les infidèles doivent-ils être ou non laissés dans l'ignorance? Les chrétiens doivent-ils abandonner le Saint-Sépulcre et la Terre-Sainte entre les mains des Musulmans infidèles? Est-il opportun et nécessaire de démontrer les vérités de la Foi catholique par des raisons nécessaires? Pourquoi l'homme fut-il créé? Une inspection des évêques et des archevêques pour s'assurer s'ils remplissent leurs devoirs est-elle utile*[13]? (Nous voyons ici se faire jour une idée très intéressante qui devait être adoptée plus tard et que Lulle ne fait malheureusement qu'énoncer.) Un évêque pêche-t-il plus en donnant aux siens les biens de l'Église qu'en s'emparant des richesses d'un Juif converti[14]?

Le livre IV, où nous voyons Blanquerna devenu pape, choisi par les cardinaux pour ses vertus, contient des vues très ingénieuses sur les moyens de rattacher tous les hommes à la même foi par des missions appropriées[15]; sur le rôle pacificateur des peuples et des princes chrétiens que devraient jouer les papes[16]; et, entre autres dispositions pontificales, un projet de chapitre annuel des évêques et archevêques dans leur diocèse, présidé par quatre cardinaux et d'un chapitre cardinalice de même genre présidé chaque année par le Pape[17];

11. *Blanquerna*, t. I, livre II, pp. 199 à 371.
12. *Id.*, livre III, pp. 433, 434, 435.
13. *Id.*, p. 435, question 7.
14. *Id.*, question 8.
15. *Id.*, t. II, livre IV, ch. xcii, pp. 80 et suiv.; lxxxix, pp. 49 et suiv.
16. *Id.*, ch. lxxxviii, p. 37 et suiv.
17. *Id.*, ch. xcvi, p. 110 et suiv.

Lulle veut aussi que les jugements romains soient égalitaires et gratuits, que le latin devienne la langue universelle et que l'on assure la protection des missionnaires en pays infidèles[18].

Le livre V traite de la vie érémitique et nous l'avons analysé plus haut.

Prêtrise, prélature, pontificat, état d'ermite ou de moine, telles sont donc les diverses situations des clercs.

Nous trouvons moins de détails dans le *Livre de Contempla tion*, à cause du nombre considérable de sujets de méditation auxquels il s'arrête.

Au chapitre cx : *Comment l'homme fait attention aux actions des clercs*, Lulle dit qu'ils doivent être imités, parce qu'ils donnent l'exemple et montrent la voie droite aux hommes.

Il établit les différences qu'ils ont avec les laïques : ils ne vendent pas, n'ont pas de famille et ne sont pas préoccupés par le souci de gagner de l'argent. Ils sont chastes pour mieux servir et aimer Dieu[19]. Il faut admirer et respecter surtout les ermites, qui fuient la vanité de ce Monde, et vont dans les montagnes et les lieux inhabitables prier et honorer Dieu, mangent des herbes et se privent de tous les bienfaits de ce Monde, « et toute leur vie (ô Dieu) consiste à vous aimer, à vous bénir, à vous prier, contemplant votre Bonté et votre Sainteté[20] ». Lulle prie Dieu de lui permettre de voir un jour les hommes religieux apprendre divers langages orientaux et aller prêcher les infidèles, risquant ainsi le martyre pour son amour[21].

Il est entendu que Lulle réprouve, plusieurs textes nous l'ont montré plus haut et dans d'autres chapitres, les clercs qui s'écartent du but d'adoration et de service du Seigneur, ce qui semble montrer que certains prêtres, abbés, prélats de

18. *Blanquerna*, t. II, livre IV, ch. xcviii, ci et cii, p. 149 et suiv., 137 et suiv., 142 et suiv. — Son amour pour la langue romane ne l'empêche pas de préconiser l'universalisation du latin.

19. *Livre de Contemplation en Dieu*, édit. Obrador, Palma, t. III, ch. cx, p. 47, § 14.

20. *Ibid.*, § 26, p. 49.

21. *Ibid.*, § 29, p. 50.

son temps étaient plus attachés qu'il ne convient aux biens de ce monde. Le mauvais clerc est pour lui le plus méprisable des hommes[22].

Mais *les critiques de Lulle ne sont pas dirigées contre la hiérarchie catholique*, ni inspirées par des sentiments de révolte contre le système social, ce sont des *rappels à la conception évangélique du devoir*, très naturels chez un Franciscain convaincu.

2° Immédiatement au-dessous des clercs, Lulle place *les Princes et les Rois*. Il composa, comme on sait, des traités où il donnait des conseils politiques aux monarques, par exemple la *Doctrina Principis in suo regimine*, le *Liber de Fine*, les mêmes idées y reparaissent : qu'au lieu de s'occuper des vanités, ils feraient mieux de songer à protéger les œuvres de conversion des infidèles ou à récupérer la Terre-Sainte[23].

Nous trouvons des opinions qui nous intéressent davantage dans le livre de *Doctrina pueril* et dans le *Livre de Contemplation*, dans l'*Arbre des Sciences*. « Sache, fils, que nul homme n'est aussi tenu à accomplir son devoir comme le Prince ou le prélat; car moi, toi ou lui, nous n'avons de devoir qu'envers un seul homme qui est notre Roi, mais le Roi a des devoirs envers moi, envers toi, envers lui... et envers tous les hommes qui sont en sa seigneurie[24]. »

« Le Prince est individuellement un homme comme un autre, mais Dieu l'a honoré en le rendant le seigneur de beaucoup d'hommes. Or, quand tu vois que le Roi est un homme comme les autres, ne le méprise pas, mais aime-le parce que tu es de nature semblable, et crains-le, parce qu'il est ton seigneur et celui de tous les hommes, et honore-le parce que Dieu l'a honoré en le mettant au-dessus de toi et de tant d'hommes plus grands que toi[25]. »

22. Voir *Doctrina pueril*, ch. LXXXII, versets 6 et 7, p. 218, édit. Gili de Barcelone, 1907.

23. On sait que ces deux soucis ont été les thèmes favoris de ses suppliques aux grands.

24. *Doctrina pueril*, ch. LXXX, verset 2, p. 211.

25. *Id.*, même ch., verset 5, p. 212.

« Le Prince... doit ordonner harmonieusement son royaume avec des hommes bons, qui l'aident à diriger sa maison et son royaume[26]. »

« De mauvais ministres et de mauvais conseillers sont la destruction de la seigneurie et de l'honneur du Prince, et la destruction du Prince est la destruction de la terre et du peuple[27]. »

« Si un mauvais peuple fait un mauvais seigneur, un bon peuple fait un bon seigneur, etc[28]. » — « Aucun homme n'a tant de fripons et de voleurs, de traîtres, d'ennemis, de trompeurs dans son entourage que le Prince ; celui qui désire être Prince ne craint donc pas les périls qui viennent par les hommes précités[29]. » « Sache, fils que si tu détestes ton seigneur parce qu'il fait justice de toi, tu détestes donc le cordonnier qui a fait tes souliers, le tailleur qui a fait ta gonelle, car le Roi est plus obligé de faire justice de toi que le cordonnier de faire tes souliers ou le tailleur ta gonelle[30]. »

Lulle croit naturellement que les Princes sont de droit divin : « Dieu a mis entre lui-même et toi un seigneur terrestre. Et, sais-tu pourquoi? C'est afin qu'aimant, honorant et craignant ton seigneur terrestre, tu aimes et tu honores Dieu et que tu craignes sa puissance[31]. » On voit ici s'affirmer une fois de plus le but général de la finalité de l'homme. « La justice du Roi est la paix de son peuple[32] » est-il dit dans l'*Arbor Imperialis*. Dans la même partie de l'*Arbre de Science*, nous lisons : « Plus belle est la justice du Roi que sa couronne. Aucun homme s'il est seul ne peut se défendre d'un mauvais Prince. Le pouvoir du mauvais Prince est la prison de la sa-

---

26. *Doctrina pueril*, ch. LXXX, verset 6, p. 212.
27. *Id.*, même ch., verset 7, p. 212.
28. *Id.*, même ch., verset 8, p. 213.
29. *Id.*, même ch., verset 9, p. 213.
30. *Id.*, même ch., verset 10, p. 213.
31. *Id.*, même ch., verset 11, p. 213.
32 et 33. *Arbor scientiae : arbor imperialis*, édit. latine de Palma, fᵒ CXXI, sans date. Folios 123 et 355, édit. Zepeda, en castillan, de 1663, *Proverbios del Arbol imperial.*

gesse et de la volonté[33]. L'humilité n'est jamais si belle chez aucun autre homme que chez le Prince[34]. » Les conditions que doit réunir un bon roi sont, d'après le même *Arbre Impérial* : la justice, le savoir, l'amour de ses sujets, la crainte du mal, l'honneur et la liberté.

Mais tous les Rois et tous les Princes ne sont pas bons, et voici comment Lulle stigmatise ces mauvais gouvernants : « Nous ne pouvons voir les Rois ni leur parler, car les portes de leurs palais sont fermées et les portiers nous menacent quand nous voulons entrer[35]. Il est difficile de rencontrer chez eux les qualités requises : bonté, humilité, rectitude et honneur. » Lulle a même l'air de dire qu'ils sont, en général, très préoccupés de la vaine gloire et des biens présents. « Loué soyez-vous, (seigneur Dieu), et ce que vous êtes, car je n'ai pas encore vu de Roi qui, pour l'amour de vous, ait renoncé à son règne ni qui ait donné ses richesses aux pauvres, ni qui ait été assez pieux pour aller mettre dans le vrai chemin ceux qui se trompent, ni qui soit devenu martyr comme vous le fûtes (en Jésus-Christ) et comme le furent vos Apôtres[36]. » Lulle dit ailleurs, un peu plus loin, que les Rois ne désirent pas honorer et louer Dieu comme ils aiment à se faire honorer et louer par leurs poètes et leurs jongleurs[37], et que leurs barons font des vanités et des choses qui intéressent leur gloire ou leur richesse et qu'il serait bon que ces princes et ces grands seigneurs fussent plus riches de vertus et de bonnes mœurs et plus accomplis que les autres hommes[38]. » Lulle ajoute philosophiquement que le Roi est l'égal des autres hommes dans la mort, et conclut de façon très chrétienne qu'il ne valait pas la peine d'être si puissant de son vivant pour se contenter de si peu ensuite : « Quand le Prince est vivant, toute la terre de ses

34. *Arbol de ciencia*, édit. Zepeda, Bruxelles, 1663 ; proverbes de l'*Arbre impérial*, folio 355. Voir tout l'*Arbre impérial*, folios 145 à 158.
35. *Libre de Contemplacio*, t. III, ch. cxi, § 7, p. 52.
36. *Id.*, § 13, p. 53.
37. *Id.*, p. 53.
38. *Id.*, § 16, p. 54.

royaumes ou de ses principautés ne lui peuvent suffire ;
mais, quand il est mort, un peu de terre pour l'enterrer lui
suffit [39]. »

Il est presque anarchiste, en apparence, quand il remarque
ceci, par exemple : « Les Rois et les Princes, Seigneur, parce
que l'homme les craint et les honore, croient être bons et dignes d'être aimés et honorés. Mais ils ne songent pas combien
ils sont dignes d'être détestés et déshonorés pour les mauvaises
actions qu'ils commettent envers leurs sujets [40]. » « Les Princes,
Seigneur, j'ai vu qu'ils ornaient leurs mains d'or et d'argent et
de pierres précieuses. Mais qu'importe, s'ils les salissent du
sang des hommes pauvres par défaut de justice ? Et qu'importe,
Seigneur, que le Prince soit bien vêtu, comblé de plaisirs et
bien reposé, si son peuple est traité injustement, appauvri,
malmené et effrayé comme un animal domestique par des bêtes sauvages [41] ? » « *Seigneur Dieu, vous avez donné les Princes
aux peuples* (on remarquera que Lulle ne dit pas les peuples aux
princes) pour qu'ils aient de la justice et pour qu'ils fassent
marcher les gens dans le chemin de la vérité ! Mais nous voyons
Seigneur qu'ils ne font de cela que le contraire, car personne
n'est hors de la voie de la justice comme eux, et il n'y a pas
d'hommes qui détournent plus souvent les autres du chemin de
la vérité que les mauvais Princes qui aiment mieux la fausseté
que la vérité [42]. »

Lulle reproche enfin aux Princes de chasser le gibier, ce qui
est occasion de péché, et de ne pas détruire les mauvais hommes qui malmènent et terrorisent leurs sujets et portent le
désordre dans leurs fiefs. « Ils ne prennent pas garde, ô Seigneur, des mauvais mandataires [43] qu'ils délèguent à leur place
et qui sont pour le peuple comme des loups enragés. Et, pen-

39. *Libre de Contemplacio de Deu*, t. III, ch. CXI, § 18, p. 54.
40. *Id.*, § 24, p. 54.
41. *Id.*, § 20, p. 55.
42. *Id.*, § 29, p. 56.
43. Le terme *procurador* signifie en général toutes les personnes qui rem-
placent le maître (ses ministres), ses officiers, ses mandataires,

dant que le Prince chasse et s'en va loin de chez lui, les loups mangent les brebis qui leur sont confiées[44]. »

On voit donc que Lulle se rend un compte exact de ce que doit être un chef de peuples, et ne se gêne pas du tout pour donner son avis sur les qualités que doit avoir le bon Prince et les vices qu'il lui faut éviter. Le fait même d'étudier la question de façon si précise semble indiquer qu'il ne trouvait certes pas parfaits les monarques de son temps.

3° *Les chevaliers* ont des devoirs très sérieux à accomplir dans la société. Lulle s'en occupe dans le *Libre de Caballeria* avec de copieux détails. Il est inutile d'étudier ce livre trop développé et nous nous contenterons de ce que nous enseigne le *Livre de Contemplation*. « Maint chevalier, Seigneur, quand il est sur son cheval, muni de toutes ses armes, croit être un lion, et si quelqu'un le supplie et lui demande miséricorde, il a un si grand orgueil qu'il ne veut se laisser émouvoir ni par la ~~piété~~, ni par la miséricorde. Mais quand il est vaincu dans la bataille et lorsqu'il est tombé de son cheval, il a alors pitié de lui-même et demande miséricorde[45]. » « Cela m'émerveille beaucoup, Seigneur, de voir comment il se peut que les chevaliers croient être les meilleurs hommes du Monde et que je m'aperçoive qu'ils sont les pires hommes du Monde et ceux qui mettent le Monde le plus en peine, car ils forcent et trompent les femmes, volent, contraignent et tuent les hommes et abîment les biens que la terre porte[46]. Ils trouveront la vérité de ce que je dis dans la bouche des hommes pauvres, s'ils osent la dire[47]. Ils devraient mourir pour conquérir le Saint-Sépulcre, pour la Sainte Église, pour Dieu, pour donner l'exemple, pour la justice, mais ils dépensent leur courage pour des vanités ou l'acquisition des joies terrestres, ce qui est mauvais et indigne[48]. »

44. *Libre de Contemplacio*, t. III, ch. cxi, § 19, p. 54 ; comparer § 3o, p. 56 du même tome III.
45. *Id.*, ch. cxii, § 9, p. 58.
46. *Id.*, § 17, p. 6o.
47. *Id.*, § 18, p. 6o.
48. *Id.*, § 24, p. 62.

Nous savons que Lulle eût voulu réunir tous les ordres militaires en un seul pour une croisade efficace et la défense de la chrétienté, former, avant Ignace de Loyola, une milice du Christ.

4° Lulle s'intéresse ensuite à la situation des *pèlerins et des pieux voyageurs*. On ne se soucie en voyage ni de ses aises, ni de son plaisir, on s'arrête dans les couvents où l'on vit pour Dieu, où l'on passe quelque temps dans la compagnie des saints religieux pour le plus grand profit de l'âme[49]. « Ceux et celles qui vont dans les terres lointaines (la Palestine) et qui vont par beaucoup de chemins ardus et périlleux doivent auparavant prendre une grande peine, Seigneur..., et faire attention que leur cœur ne soit ni occupé, ni encombré des vanités de ce monde[50]. »

Le pèlerinage est donc bon selon Lulle, mais à condition qu'il ne soit pas une occasion de fêtes et de réjouissances, qu'il soit une vraie pénitence.

5° Les *juges et les avocats*, les témoins eux-mêmes ne paraissent pas toujours à Lulle accomplir leurs devoirs comme il le faudrait : « Les juges et les avocats, Seigneur, apprennent (le droit) au commencement de leurs études, avec l'intention de juger vraiment et de raisonner sur des vérités; et quand ils ont appris la science du droit, ils commettent des injustices et raisonnent contre la vérité. Or, tout cela est, Seigneur, avilissement de leur office, puisqu'ils apprennent dans une intention et après agissent dans une autre[51]. »

Nous voyons que les juges et les avocats chevauchent de beaux palefrois, de belles mules et de beaux mulets, qu'ils ont de très nobles lits, qu'ils sont très bien vêtus, mangent des mets très délicats, et que les pauvres (pendant ce temps) pleurent et s'attristent, deviennent malades des tromperies et des injustices qu'ils subissent de la part des mauvais juges et des

---

49. *Libre de Contemplacio de Deu*, t. III, ch. cxiii, pp. 63 à 68.
50. *Id.*, § 26, p.68.
51. *Id.*, ch, cxiv, § 14, p. 72, § 15, p. 72.

mauvais avocats[52]. » Voici ce qu'il dit des témoins de son temps : « Nous voyons que les témoins se corrompent par de l'argent et par le loyer de leur témoignage. Or, le monde entier est corrompu et troublé par la tromperie que font les faux témoins et par la fourberie qui règne chez les mauvais juges et les mauvais avocats[53]. » Lulle finit ce chapitre en se jugeant lui-même trop modestement. Il dit qu'il est plus faux témoin et plus faux juge que les autres, qu'il est indigne de la Grâce et de la Bénédiction divines, mais qu'il ne désespère pas enfin de la Pitié et de la douce Miséricorde de son Seigneur Dieu[54].

6° *Les médecins* ne trouvent pas chez Lulle un accueil plus favorable : « Il arrive tous les jours que les médecins travaillent dans l'homme, à l'aventure, parce qu'ils ne connaissent pas la maladie[55]. Ils soignent le corps des autres, remarque Lulle avec amertume, mais ne songent guère à soigner leur âme[56]. Il y a deux causes à la corruption de l'Art de Médecine, ajoute-t-il : 1° l'ignorance des médecins qui ne connaissent ni les maladies, ni les remèdes, ni ne savent tempérer la surabondance des humeurs par l'apaisement de l'élément humide ou par l'exaltation du sec, par exemple[57]; 2° leur seule intention, en se livrant à la médecine, de devenir riches et d'être considérés comme de bons médecins[58]. »

La conclusion est que pour être bon médecin il faut soigner son âme, être vertueux et bon, pour pouvoir secourir les autres avec dévouement et efficacité.

7° Lulle trouve à redire sur les mœurs habituelles des *marchands*, plus souvent mauvais et trompeurs que loyaux et droits. Ils vendent souvent de mauvaises marchandises et, quoiqu'ils les aient achetées à bon marché, ne s'en défont

---

52. *Libre de Contemplacio*, t. III, ch. cxiv, § 26, p. 75.
53. *Id.*, § 6, p. 70.
54. *Id.*, § 30, pp. 75 et 76.
55. *Id.*, ch. cxv, § 12, p. 78.
56. *Id.*, § 15, p. 79.
57. *Doctrina pueril*, ch. lxxviii, verset 4. § 201.
58. *Libre de Contemplacio*, ch. cxv, § 18, p. 79.

qu'à des prix très élevés et disproportionnés[58]. » Les idées lulliennes, à ce sujet, sont assez banales en somme et ne méritent guère qu'on s'y arrête.

8° Plus intéressante est la méditation de Raymond sur *le
métier de marin*. Il se complaît à imaginer des allégories, des
comparaisons aujourd'hui un peu fastidieuses, entre la nef
ballottée par les flots et la vie des hommes de son temps, mais
symbolise parfois l'inégalité de sa propre vie avec un accent de
vérité saisissant et très poétique : « Comme les marins qui
périssent sur la mer vous réclament et se confient à vous, Seigneur, votre sujet, votre homme, fils de votre femme, vous
réclame de même et vous prie, puisqu'il voit périr sa nef
dans la tempête des péchés, et il crie après votre merci afin
que vous garnissiez sa nef de vertus et que vous éloigniez
d'elle les vices qu'elle a en elle-même. Or, si vous n'exaucez
pas mes prières, ma nef périra dans un si grand éloignement,
car elle ne sera jamais au port de salut ni en présence de son
Dieu[59]. »

9° *Les jongleurs* sont malheureusement employés à louer les
princes, à flatter leur vanité quand ils ne devraient servir
qu'à aimer et servir Dieu[60]. Lulle a montré dans ses œuvres
rimées : *Les Heures de la Vierge, Les Cent Noms de Dieu, Le
Desconort, La Médecine de Péché*, etc., que la poésie était un
merveilleux instrument de vulgarisation religieuse[61]. Nous le
voyons exposer dans le *Blanquerna* ses idées sur l'utilité de
chanter en vers les Vertus et les Dignités divines, notamment
quand il parle du *Jongleur de Valeur* : « A cette intention (dit
l'Empereur à Blanquerna), je veux écrire un livre de cette
ordonnance et pour ce jongleur et pour beaucoup d'autres,
je le distribuerai dans l'Univers entier, pour qu'ils manifestent et démontrent à la cour des grands princes et des grands
seigneurs, où cette vertu est dépréciée et blasphémée, ce qu'est

58. *Libre de Contemplacio*, t. III, ch. cxvi, pp. 85, 86 et 87.
59. *Id.*, ch. cxvii, § 30, p. 96.
60. *Id.*, ch. cxviii, p. 97 et suiv.
61. *Obras rimadas*, édit. Rosello, Palma, 1859.

la Valeur et afin qu'ils blâment le contraire de la Valeur et l'arrachement de tout bien où il est aimé et honoré[62]. J'ordonnerai aussi que ces jongleurs ne prennent ni salaire ni gage d'autre personne que de la mienne et de mon trésor royal, afin qu'ils puissent être de plus fidèles louangeurs de la Valeur[63]. »

10° *Les bergers* ne gardent pas bien leurs brebis et les bons pasteurs sont rares, ils ne défendent plus leurs troupeaux des attaques des loups. Ceux qui dirigent les hommes font de même, ils les laissent souffrir des injustices des mauvais fonctionnaires indignes des Princes ou conduisent le peuple dans la voie du péché, ils s'écartent du but de l'homme : louer et honorer Dieu, et en détournent les autres[64].

11° *Les laboureurs* amassent du blé dans leurs greniers et n'amassent guère des mérites par leurs piété[65].

12° Voici comment Lulle nous parle des *peintres*. Il ne paraît pas avoir été très artiste, mais au contraire d'une piété un peu iconoclaste. Je ne sais si sa longue fréquentation des Musulmans ne lui avait non plus inspiré l'horreur des représentations de scènes religieuses.

Les peintres, dit-il, peignent de couleurs dorées ou argentées les vêtements de Jésus-Christ, quand, au contraire, tout « fut peint sur la croix de fiel et de vinaigre, de mort horrible et angoissante[66] ». « Les peintres, nous les voyons peindre les croix d'or et d'argent, de couleurs vermeilles, (les garnir) de pierres précieuses. Mais je n'ai vu, Seigneur, aucun peintre peindre la croix comme vous le faites, car je n'ai pas vu de peintre peindre la croix de son sang ou de sa propre chair, de ses propres larmes, comme vous l'avez peinte de votre glorieux corps et de votre précieux sang et de vos miséricordieuses larmes[67]. »

62. *Blanquerna*, ch. LV, p. 242. La valeur dont Lulle parle est naturellement la valeur de son Seigneur Dieu.
63. *Blanquerna*, t. I, ch. LV, p. 242.
64. *Libre de Contemplacio*, t. III, ch. CXIX, pp. 103 et suiv.
65. *Id.*, ch. CXXI, pp. 117 et suiv.
66. *Id.*, ch. CXX, paragr. 6, p. 111.
67. *Id.*, § 4, pp. 110 et 111.

Lulle s'attriste de voir les femmes *peindre leur visage ou leurs cheveux*. Il aimait que l'on fût naturel et que l'on s'occupât d'aimer Dieu, dont la beauté est durable, plutôt qu'un corps périssable et fragile. « De quelle importance sont pour les femmes, Seigneur, les couleurs et les peintures qu'elles mettent sur leurs figures ou sur leurs cheveux, puisque la maladie et la vieillesse détruisent et condamnent tout ce qu'elles peignent? Car les femmes ont beau blanchir leur figure, la maladie et la vieillesse l'engraisseront ou la maigriront ou la rendront rugueuse; elles ont beau rendre leurs cheveux épais et noirs, cela n'empêchera pas la maladie et la vieillesse de les blanchir de cheveux blancs[68]. »

13° Enfin, Lulle parle *des artisans* : forgerons, menuisiers, cordonniers, tailleurs, etc. Il reconnaît leur grande utilité : « Dans cette science (mécanique et manuelle), les hommes travaillent corporellement pour pouvoir vivre et les métiers s'entr'aident l'un l'autre. Sans ces offices, le monde ne serait pas bien ordonné et les bourgeois, les chevaliers, les princes, les prélats ne pourraient vivre sans les hommes qui exercent les métiers précités[69]. »

Nous avons vu, dans le chapitre de *Lulle pédagogue et moraliste*, que le grand Majorquain conseille à son fils d'apprendre un métier, en prévision de revers de fortune toujours possibles. Il ajoute : « Il n'y a pas de métier qui ne soit bon... tout homme peut choisir un bon métier : et pour cela, fils, je te conseille de le faire[70]. »

Lulle remarque que les artisans veulent que leurs fils deviennent des bourgeois. Or, le bourgeois est oisif, vit peu longtemps, parce qu'il mange et boit trop, et oublie le service de Dieu; or, « l'homme est fait pour travailler et peiner et celui qui fait son fils bourgeois va contre sa raison d'être, et

---

68. *Libre de Contemplacio*, t. III, ch. cxx, § 16, p. 113. Lulle revient sur la même idée aux paragraphes 17 et 18.

69. *Doctrina pueril*, ch. lxxix, verset 2, p. 208; cf. aussi *Livre de Contemplation*, t. III, ch. cxxii, pp. 124 et suiv.

70. *Doctrina pueril*, ch. lxxix, verset 7, p. 209.

c'est pour cela que cet office est plus puni qu'un autre par notre Seigneur Dieu [71] ».

Lulle résout curieusement, on le voit, le problème de l'inégalité des classes. Nous avons suffisamment donné d'exemples des conceptions sociales de Lulle pour nous arrêter ici. Le lecteur peut, en effet, se faire une opinion assez nette de la sociologie lullienne d'après ce qui précède. *Lulle, ami de la pauvreté franciscaine*, mystique charitable, *réprouve le luxe et la fausse gloire des riches et des puissants. Il veut des réformes, mais sans révolution. Ce n'est pas un rigoriste de l'ordre de Saint-François, un partisan de Joachim de Flore.* Lulle veut un retour aux vertus évangéliques, à l'amour de Dieu, fait par les prélats et les Princes eux-mêmes. *Respectueux de la hiérarchie catholique, c'est un franciscain très orthodoxe.* De plus longues citations confirmeraient encore le principe posé au début du chapitre et appliqué dans tous les textes examinés. *L'homme a été créé pour servir, connaître et aimer Dieu.* Est bien et bon, dans quelque situation que ce soit, ce qui est conforme à cette finalité. Est mal, blâmable, à corriger dans une société meilleure, tout ce qui s'en écarte pour rechercher la vaine gloire et les richesses passagères du Monde.

71. *Doctrina pueril*, ch. LXXIX, verset 12, pp. 210 et 211.

CONCLUSION DE LA PREMIÈRE PARTIE.

Lulle n'est pas, on le voit, ce personnage légendaire excentrique, mystérieux, obscur que l'on nous a toujours présenté.

Nous montrerons dans la seconde partie qu'il n'est pas isolé dans l'histoire de la philosophie médiévale, mais se rattache au contraire au courant augustinien et anselmien, aux traditions des Franciscains.

Nous avons exposé ses principales idées et constaté que sa contribution à la pensée chrétienne, à la civilisation du Moyen-Age est des plus importantes.

1° Le premier peut-être des Docteurs médiévaux, *il sait enseigner de façon concrète*, attrayante, au moyen d'allégories, d'anecdotes, de poèmes, propres à frapper les sens pour mieux agir sur l'esprit.

2° Il a l'idée de *rattacher toutes les sciences à une méthode unique*, conséquence logique de l'exemplarisme qu'il professe, de réduire à une unité de métaphysique la multiplicité des connaissances distinctes.

3° Il cherche à *démocratiser le savoir,* à le simplifier, à le vulgariser, à mettre en langue populaire catalane ou catalano-provençale ce qu'il sait de la philosophie et de la théologie, donne à tous de curieux conseils pédagogiques et sociaux et devance Rousseau dans l'éducation selon la nature.

4° Reprenant un des projets de Roger Bacon, il fonde pour la première fois en Europe des *cours de langues orientales* à l'usage des missionnaires.

5° Il combat par des *arguments de raison* l'islamisme orthodoxe et la philosophie averroïste, dangereuse pour les Musulmans et les Chrétiens croyants, montrant ainsi la voie à la controverse religieuse la plus claire, la plus simple, débarrassée de l'attirail compliqué des recours aux paroles de l'Écriture et des Docteurs, la plus efficace, puisqu'elle fait appel à l'intelligence et laisse volontairement l'autorité de côté.

6° Son rôle comme *savant* n'est pas des plus effacés ; s'il n'invente pas souvent, il fait entrer dans la pratique la science de son temps, la met à la disposition des laïques et des personnes de bonne volonté, dans des traités en langue romane ou en latin relativement clairs et agréables.

7° Il donne à tous la *méthode naturelle, psychologique et sociale d'arriver à Dieu par la contemplation* des choses, la marche à suivre pour devenir comme lui des mystiques complets, à la fois spéculatifs et actifs, mettant pour une connaissance plus haute et une action morale plus efficace les résultats de sa longue expérience.

8° Plus que tout autre Docteur, par son souci même de *vulgarisation,* de simplification encyclopédique dans l'idiome parlé par tout le monde, Lulle devait exercer une énorme influence sur les esprits. La pureté et l'énergie de sa vie, l'esprit de suite qu'il affirme dans ses multiples entreprises, enthousiasmaient ceux qui connaissaient l'homme et son œuvre.

Quelques scories, telles que l'emploi trop fréquent de schémas géométriques, nuisaient à la diffusion des doctrines : certains se passionnaient pour les combinaisons du Grand Art, d'autres s'entêtaient à ne voir dans ses livres que cette excentricité trop apparente.

Je ne crois pas néanmoins que les Prêcheurs et Nicolas Eymeric l'aient détesté pour ce seul motif.

Lulle est un scolastique très orthodoxe, comme j'espère l'avoir démontré, un passionné, et peut-être un rêveur. mais nullement un hérétique et un raisonneur dangereux pour l'Église.

On sait maintenant qu'il ne fut ni alchimiste ni magicien, mais les historiens de la philosophie et les curieux se demandent encore les raisons définitives de l'ostracisme dont il a toujours été frappé.

Lulle ne fut ni *panthéiste mystique, ni réformateur anarchique, ni rationaliste exagéré,* comme on l'a dit récemment encore et comme on veut le démontrer en Espagne dans une thèse prochaine.

1° C'est le hardi *porte-parole des Frères Mineurs orthodoxes* dont l'idéal de pauvreté et de dévotion ardente s'oppose à celui plus brillant des clercs qui monopolisent le pouvoir et le savoir. Il diminue leur rôle exclusif, en démocratisant la science, la philosophie, la théologie, en les exposant souvent en langue vulgaire. Il veut néanmoins que les chefs eux-mêmes procèdent à ces réformes.

2° Il *dédaigne l'érudition théologique et scolastique*, ne s'appuie guère sur l'autorité, mais utilise à la fois des raisonnements accessibles à tous les hommes et fait appel à leur cœur, à leur sentiment. Ce n'est pas un rhéteur, mais un mystique populaire.

3° Il *prêche le retour à la simplicité* apostolique, rappelle les grands de la terre à leurs devoirs en leur offrant lui-même l'exemple de son sacrifice. Ancien sénéchal du roi don Jaime, de noble famille, jadis très riche, Lulle a tout abandonné pour se consacrer à l'amour exclusif de son Dieu. Il reproche à tous les hommes de son temps leur attachement aux vanités de ce monde.

4° Il *défend entre autres les thèses franciscaines* de l'hylémorphisme et de la pluralité des formes et prêche ouvertement l'Immaculée-Conception.

Grand homme d'action franciscain du treizième siècle, très écouté et respecté en Espagne, de tempérament antithomiste, Lulle devait déplaire aux Scolastiques de la nouvelle École, aux Dominicains et à Nicolas Eymeric dont le caractère et les traditions étaient tout différents.

DEUXIÈME PARTIE

Donner une idée d'ensemble du Bienheureux Raymond Lulle après l'avoir examiné successivement dans chacun des rôles qu'il a joués, telle fut la tâche délicate et parfois même embarrassante que nous avons poursuivie dans notre première partie.

Nous espérons avoir détruit la légende de Raymond le fou, le catholique suspect et extravagant, et dessiné un portrait du personnage et de l'œuvre plus exact qu'on ne l'avait jamais fait.

Il nous reste maintenant à aborder le *problème des origines*, *très difficile* et considéré par beaucoup comme insoluble.

Personne avant nous en France n'avait peut-être osé tenter de rattacher le grand Majorquain à un courant chrétien traditionnel, à une école de penseurs européens connus.

Autodidacte, ou tout au moins irrégulier dans les études occasionnelles que lui permettait une vie tourmentée et vagabonde, on ne trouve évidemment dans ses livres aucune imitation servile de ceux qui l'avaient précédé, car il ne cite jamais personne. On peut cependant reconnaître dans ses traités, comme nous allons le faire : 1° *plusieurs doctrines grecques;* 2° *quelques opinions philosophiques juives;* 3° *un certain arabisme d'expression plutôt que de fond;* 4° beaucoup de *thèses augustiniennes, anselmiennes* et enfin *franciscaines.*

CHAPITRE PREMIER

Lulle et les Grecs.

Nous savons, depuis la lecture de la première partie de ce travail, que Lulle, comme tous les scolastiques, adopte dans sa Cosmologie, sa Psychologie, sa Physique, la terminologie d'Aristote et certaines idées du Stagirite, et que plusieurs de ses doctrines semblent inspirées plus ou moins directement du néo-platonisme.

Ce n'est pas assurément dans le texte que Raymond lit les maîtres de la pensée grecque, il sut médiocrement le latin et vraisemblablement à la fin du treizième siècle seulement. A plus forte raison ignora-t-il le grec, comme d'ailleurs la plupart des hommes de son temps. On voit dans le *Blanquerna*, le livre de *Doctrina pueril*, ouvrages qui nous révèlent les idées pédagogiques de Lulle, qu'il ne recommande nulle part l'usage de cette langue.

Le Majorquain ne sut donc d'Aristote que ce qu'en donnaient les traductions latines assez complètes depuis la publication de l'*Eptateuchon* de Thierry de Chartres, et surtout les commentaires divers des Arabes qui mélangeaient au péripatétisme des idées néo-platoniciennes, sans se douter de cette adjonction. Tout le monde au treizième siècle attribuait à Aristote des ouvrages anonymes néo-platoniciens comme la *Théologie*, écho fidèle des *Ennéades*[1].

Lulle croyait donc connaître le Philosophe plutôt qu'il n'était vraiment informé de sa pensée. En tout cas, nous sommes sûrs qu'il avait eu en mains, si ce n'est les originaux,

---

1. *Avicenne*, par Carra de Vaux, Paris, 1900, p. 74; Picavet, *Esquisse*, pp. 114, 115, 116.

du moins des commentaires des livres *de la Métaphysique, de la Physique, du Ciel et du Monde, de la Génération et de la Corruption, des Météores, du Sommeil et de la Veille, du Sentant et du Senti, des Animaux, des Plantes et des Herbes*, qu'il cite avec un bref sommaire de leur contenu dans la *Doctrina pueril*[2].

A la fin du treizième siècle, toute l'encyclopédie péripatéticienne était commentée et discutée par les Musulmans et les Chrétiens.

Les exemples que nous avons donnés dans la première partie montrent que Lulle se tint dans les limites du péripatétisme permis par l'évêque de Paris, Étienne Tempier, et qu'il combattit l'éternité du Monde, le monopsychisme humain, la doctrine de l'influence des sphères sur les âmes humaines, propositions défendues par les averroïstes, péripatéticiens, débarrassés du souci d'accorder leurs opinions avec un dogme révélé.

Mais si l'on peut sûrement attribuer à Lulle une certaine connaissance d'Aristote, plus ou moins altérée par des philosophies grecques postérieures, on ne sait pas du tout quels furent ses initiateurs. Ni les érudits allemands qui publient les *Beiträge*[3], ni les patients professeurs espagnols qui ont étudié le lullisme n'ont résolu le problème[4].

Lulle, fidèle aux habitudes de son époque, ne cite jamais ses sources, ne s'appuie jamais sur l'autorité de tel ou de tel Docteur contemporain. Ce qui est plus étonnant, c'est qu'il ne demande même pas, comme le font Saint Bonaventure ou Saint Thomas, l'assentiment de Pères de l'Église ou d'auteurs chrétiens pour ainsi dire classiques quand il énonce ou défend une opinion. Il paraît même déformer si bien les idées qu'il ne peut avoir lui-même trouvées qu'on ne saurait en reconnaître l'origine certaine.

Il semble qu'après avoir lu ou entendu toutes sortes de choses dans les milieux chrétiens et arabes, il ne se soit servi

2. *Doctrina pueril*, ch. LXXVII, pp. 197, 198, 199.
3. *Beiträge zur Geschichte der Philosophie des Mittelalters*, Münster.
4. Bauillos San Martin, *Fernando de Cordoba*, Madrid, p. 140 et suiv.

de ce fond que plus tard, comme de réminiscences plus ou moins fidèles et qu'il ait été lui-même embarrassé d'attribuer à tel maître plutôt qu'à tel autre. Il faisait siens des enseignements courants, de toutes provenances, à condition qu'ils ne fussent ni contraires à ses buts, ni à l'orthodoxie catholique, les amalgamait, les exprimait à sa manière.

On ne peut donc démêler définitivement les origines de ses idées, mais seulement constater des ressemblances, supposer la vraisemblance de rapports.

Quant à Platon, Lulle ne put le connaître qu'indirectement puisqu'il ne savait pas le grec. De plus, il n'y avait en circulation au treizième siècle que la traduction latine du *Timée* par Chalcidius, des fragments du *Phèdon* et du *Parménide* plus ou moins mal compris et surtout commentés dans un esprit néo-platonicien. Il n'y a donc pas eu d'influence du platonisme véritable sur la pensée de Lulle.

Plus encore qu'Aristote, Platon n'arrivait aux hommes du treizième siècle qu'à travers Plotin et son école, vu avec les yeux de Saint Augustin ou du pseudo-Denys, élèves et adaptateurs chrétiens du néo-platonisme.

On peut donc, sans risques de se tromper, dire que Lulle subit l'influence des derniers hellénisants plutôt que celle des maîtres véritables de la pensée grecque. Le Majorquain ne fait pas exception au treizième siècle, comme on voit.

A. — LULLE ET LE PÉRIPATÉTISME

Comme tous les docteurs du treizième siècle, Raymond Lulle emprunte au péripatétisme métaphysique, physique, psychologique et logique.

1° Au point de vue métaphysique, objet favori des études scolastiques, Lulle traite en détail, dans les *Duodecim Principia*, dans certains chapitres de la *Declaratio Raimundi*, dans ses cours recueillis par des disciples sous le nom de *Commentaires aux Quatre Livres des Sentences de Pierre Lombard*, des rapports de l'Acte et de la Puissance, de la Forme et de la

Matière [5], de l'Essence et de l'Existence [6], des causes de l'Être et de la Création [7].

Bien entendu, Lulle envisage-t-il ses problèmes d'une façon souvent très différente du péripatétisme véritable, comme on a pu s'en apercevoir dans la première partie et comme on le verra encore mieux dans le chapitre *Lulle et les penseurs chrétiens*. Il arrive très fréquemment que la question, la terminologie soient d'Aristote et la doctrine néo-platonicienne et chrétienne. Le fait est très connu, d'ailleurs, depuis les travaux des Picavet, des Von Hertling et de ceux qui les suivent.

Enfin, Raymond Lulle établit comme le Stagirite la séparation des êtres en deux catégories : l'Acte Pur, exempt de toute potentialité, et les êtres mélangés d'acte et de puissance [8].

2° La Physique de Lulle s'écarte moins du péripatétisme que sa Métaphysique ; beaucoup plus d'opinions du Maître sont compatibles, en effet, dans ce domaine avec la Foi catholique. Un Docteur chrétien ne peut accepter le Dieu d'Aristote, Premier Moteur immobile qui ignore le Monde ; il a recours à l'acte conscient volontaire d'un Dieu qui fait et connaît le Monde.

Il n'y a aucun inconvénient chrétien, d'autre part, à ce que Raymond accepte comme il le fait le passage de la puissance à l'acte dans le Monde sensible par le mouvement : « Le Mouvement dit : Je suis l'être existant en puissance pour l'acte et j'existe dans le sujet dans lequel je suis, et avec moi le moteur meut le mobile de puissance en acte [9]. »

Il accepte le rôle des quatre éléments dans l'Univers, leur superposition par ordre de densité entre la concavité du Ciel et

5. *Duodecim principia*, cb. i, ii, pp. 116 à 120, édit. Zetzner ; *Declaratio Raimundi*, édit. Keicher, *passim*, II ; *Livre des sentences*, t. IV, édit. Mayence, question 56 et suiv.

6. *Blanquerna*, t. II, ch. cxi, p. 258.

7. *Grand et dernier Art*, p. 12 ; *Doctrina pueril*, ch. lxxvii, p. 198 ; ch. iii, p. 7.

8. *Blanquerna*, t. II, ch. cxi.

9. *Duodecim principia*, ch. ix, p. 136.

la terre centrale, leur mélange dans les corps qu'ils composent[10].

Le Ciel firmament est le premier mobile : « C'est le corps qui se meut par soi-même parce qu'il n'y a aucune mobilité plus grande que la sienne et, partant, le mouvement commence par lui... et demeure en lui[11]. » Concave, il contient l'Univers créé dont il est la limite extérieure. C'est une cinquième essence distincte de celle des quatre éléments sublunaires.

Il y a deux cieux chez Lulle : le Ciel empyrée séjour des Bienheureux et le Ciel firmament qui contient tous les êtres créés dans sa concavité.

Ce Ciel transmet son mouvement aux sphères des planètes qui lui sont concentriques et, de l'une à l'autre jusqu'au monde de la génération et de la corruption ou monde sublunaire, situé entre la terre, centre du système, et la sphère de la lune.

Par suite, le Ciel firmament assimilé à un corps, le Premier Corps créé, et les sphères avec une intensité décroissante exercent une influence sur les choses terrestres, mais Lulle s'écarte ici délibérément du péripatétisme arabe et juif accueilli par les averroïstes latins. Il refuse aux sphères un Intellect et ne leur accorde qu'une Ame motrice pour pouvoir nier leur influence sur les âmes des hommes. « Je ne dis pas que le Ciel ait une Ame végétative, sensitive, imaginative ou rationnelle, mais seulement motrice[12]. »

« L'Astronomie est la science démonstrative par laquelle l'homme connaît que les corps célestes ont domination et influence sur les corps terrestres, et démontre que cette vertu qui est dans les corps célestes vient de Dieu, Souverain des Cieux et de toute chose si grande soit-elle[13]. »

Nous avons vu longuement tout ceci dans le chapitre du *Contre-averroïsme de Lulle*.

10. *Doctrina pueril*, ch. xcxiv, pp. 263 à 267. — *Félix*, II, ch. vii, p. 33.
11. *Grand et dernier Art*, édit. Vassy, ch. xliii, p. 297.
12. *Declaratio Raymundi*, ch. xcii, p. 172.
13. *Doctrina pueril*, ch. lxxiv, n. 7, pp. 187 et 188,

Autre restriction très importante : Raymond est partisan de
la nouveauté du Monde, créé *ex nihilo*, ce qui fait qu'il
repousse la doctrine des péripatéticiens judéo-arabes et des
averroïstes de l'éternité de l'Univers. Il consacre, par exemple,
le long chapitre LXXXVII de la *Declaratio Raymundi* à la réfutation minutieuse de cette opinion anti-catholique[14]. Nous avons
vu que Lulle admet la possibilité de la Pluralité des Mondes
malgré Aristote et accepte cependant la conception d'un Univers formant un *Tout limité* au Ciel firmament, fini, par opposition à Dieu Créateur, seul Infini.

3° *La psychologie de Lulle est aussi inspirée plus ou moins du
péripatétisme.* Le Majorquain admet une hiérarchie d'activités,
de fonctions de la vie humaine : Végétative, Sensitive, Rationnelle[15], subdivisées elles-mêmes en puissances hiérarchisées.
Chacune d'entre elles est unie à celle qui lui est immédiatement inférieure et agit sur elle. Il accepte la théorie de l'Intellect passif et de l'Intellect actif, mais les noms changent ;
l'Intellect passif devient, en partie, *l'Intellective*, fonction de
l'âme rationnelle qui la rattache au corps. Cette Intellective
est, d'une part, forme du corps, et, de l'autre, exerce une
fonction de connaissance. Au point de vue de la survie, c'est
une véritable ψυχη ; elle périt avec l'être humain corporel dont
elle était la forme; la Volonté ou libre arbitre, puissance supérieure de l'Ame rationnelle, survit seule au corps[16].

Nous verrons bientôt que Lulle suit l'école franciscaine en
se montrant partisan d'une complication de la hiérarchie des
formes agissant sur des matières, c'est-à-dire de la pluralité
chez l'homme de formes hiérarchisées et subordonnées les
unes aux autres.

4° Malgré le doute qui plane sur l'authenticité des ouvrages
de logique formelle attribués à Lulle, trop abstraits pour avoir
jamais été composés par lui, on peut être sûr, par la termino-

14. *Declaratio Raymundi*, ch. LXXXVII, pp. 163 à 170. — *Ars ultima et
generalis*, ch. XLI, pp. 290 et ss. — *Félix*, 3e partie, ch. II, pp. 100 et ss.
15. *Doctrina pueril*, ch. CXXXV, pp. 231 et 232.
16. *Id.*, v. 7 et 10, pp. 232 et 233.

logie employée dans les Arts, dans les traités dus aux disciples les plus vraisemblablement fidèles, que Raymond étudia la Logique Péripatéticienne.

En effet, ses définitions de la Logique : « La Logique est l'acte par lequel le logicien trouve la conjonction naturelle entre sujet et prédicat, laquelle est le moyen avec lequel il sait faire des conclusions nécessaires. » « Le logicien traite encore de cinq prédicables et des dix prédicaments ; de plus, le logicien traite du syllogisme et des figures, etc.[17] », prouvent sa connaissance de la Logique de l'École.

On sait qu'il lui préférait sa méthode métaphysico-logique du Grand Art : « L'artiste peut plus apprendre de cet Art en un mois que le logicien de la logique en un an[18]. » Ou la démonstration par équiparance : « La nouvelle façon de démontrer est plus vraie, plus forte et plus claire que celle de démontrer selon la dialectique syllogistique[19]. »

Donc en somme, comme tous les scolastiques, Lulle prend des cadres et des termes au péripatétisme, mais étudie les mêmes problèmes dans un autre esprit, tout chrétien, sous l'influence du néo-platonisme continué par la Patristique, et se montre néanmoins souvent original.

B. — LULLE ET LES NÉO-PLATONICIENS

Lulle pouvait connaître les théories principales de l'école de Plotin par quelques ouvrages apocryphes : la *Théologie* du pseudo-Aristote, un opuscule pseudo-aristotélicien *De Anima*, le *Liber de Causis* commenté par Saint Thomas d'Aquin et traduit en latin dès le douzième siècle, extrait très populaire d'un ouvrage théologique de Proclus, et d'autres opuscules néo-platoniciens attribués à Aristote, tous très répandus chez les Arabes, abondamment commentés par eux et que les Occiden-

17. *Grand et dernier Art,* ch. cii, pp. 500 et 501.
18. *Id.,* p. 502.
19. *Liber de novo modo demonstrandi,* prologue, p. 1. Tome IV, édit. Mayence.

taux traduisirent de l'arabe en latin, ce qui prouve leur importance dans la philosophie musulmane.

D'autre part, il est prouvé que Saint Augustin a beaucoup
puisé dans le néo-platonisme et son école a une énorme influence sur toute la théologie médiévale. Le pseudo-Denys
enfin, adaptateur des idées du plotinisme au christianisme,
est répété et commenté par Saint Anselme, par Saint Bonaventure et d'une manière générale par les Docteurs franciscains
qui précèdent Lulle[20].

Quoique Raymond et les hommes de son temps n'aient
certainement jamais lu les *Ennéades* elles-mêmes, il est évident
que leur théologie et leur mystique en sont fortement inspirées
par l'intermédiaire des Arabes, de Saint Augustin, des traductions et des commentaires du pseudo-Denys.

On retrouve d'ailleurs chez Lulle, quoique très modifiées
par les intermédiaires et par le Majorquain lui-même, bon nombre d'idées empruntées par les théologiens chrétiens à Plotin
qui les émet pour la première fois.

1° Plotin est le créateur de l'*exemplarisme* et sépare le Monde
intelligible (Dieu et ses Idées éternelles identiques aux Dignités lulliennes) du Monde sensible qui n'en est que l'image, la
participation finie : « Il ne faut pas, dit-il, accorder que le
Monde est mal fait parce qu'on y souffre mille peines; c'est
exiger pour le Monde sensible une trop grande perfection et le
confondre avec le Monde intelligible dont il n'est que l'image[21]. »

Comment peut-il y avoir infinité à la fois là-haut et ici-bas
(dans l'Un et dans la Matière)? C'est qu'il y a deux infinis et
qu'il y a entre eux la même différence qu'entre l'archétype et
l'image[22].

2° Plotin n'est *pas panthéiste* quoique émanatiste, le Bien,
le Dieu séparé des *Ennéades*, peut, sans donner naissance à des

20. Saint Bonaventure cite saint Augustin et Denys à chaque instant. Voir,
par exemple, l'*Itinerarium mentis ad Deum*, ch. 1, édit. de Mayence, 1599,
t. VII, p. 126; ch. vii, p. 134.
21. *II*e *Ennéade*, liv. IX, § 4, édit. Bouillet, t. I, p. 267.
22. *II*e *Ennéade*, liv. IV, § 15, même édit., t. I, p. 220.

hérésies, inspirer les théologiens chrétiens partisans d'un Dieu bon, Créateur distinct des créatures. Ainsi le Premier, le Bien absolu (disent les *Ennéades*), domine tous les autres êtres, est uniquement le Bien, ne possède rien en lui, n'est mélangé à rien, est supérieur à toutes choses et est la cause de toutes. Le Beau et les êtres ne sauraient provenir du Mal ni de principes indifférents ; car la cause est meilleure que l'effet parce qu'elle est plus parfaite[23]. »

On voit ici aussi l'origine de la doctrine qui fait du Mal un non-être. Saint Augustin, saint Bonaventure, beaucoup d'autres avant Lulle, n'ont qu'à reprendre la conception plotinienne de l'Être parfait identifié au Bien absolu.

3° La conception d'un *Dieu Providence* est toute plotinienne dans le christianisme.

« Si l'on admet qu'en Dieu aucun acte n'est imparfait, s'il est impossible de concevoir en lui rien qui ne soit total et universel, chacune des choses qu'il contient renferme en soi toutes choses. Ainsi le futur même étant déjà présent en Dieu, il ne saurait y avoir en lui rien de postérieur ; mais ce qui est déjà présent en lui devient postérieur en un autre être. Or, si le futur est déjà présent en Dieu, il doit y être présent comme si ce qui arrivera était déjà connu, c'est-à-dire qu'il doit être disposé de telle sorte qu'il ne se trouve exposé à manquer de rien lorsqu'il se réalisera, de telle sorte qu'il ne manque de rien absolument[24]. » Nous lisons ailleurs : « Nous supposerons que cette prévision et ce raisonnement (semblables à ceux de l'artiste qui délibère avant d'exécuter une œuvre) étaient nécessaires pour déterminer comment l'Univers pouvait être fait et à quelles conditions il devait être le meilleur possible[25]. » On remarquera ici, en passant, que chez Plotin comme chez les auteurs antérieurs au christianisme fixé par les Pères, les idées de Providence, de Prévision et aussi de Prédestination ne sont pas séparées.

23. V⁰ *Ennéade*, liv. V, § 13, Bouillet, t. III, p. 93.
24. VI⁰ *Ennéade*, liv. VII, § 2, Bouillet, t. III, p. 410.
25. III⁰ *Ennéade*, liv. II, § 1, Bouillet, t. II, p. 20.

Proclus, d'ailleurs, transmettra aux chrétiens ses opinions sur la Providence et influera sur le Moyen-Age, surtout par l'intermédiaire de Guillaume de Moerbeke, dont les traductions des *Éléments théologiques* sont très étudiées [26].

4° *L'idée de la Procession* divine, sans la dégradation des Hypostases, est indirectement tirée des *Ennéades* : « Revenons à l'assertion que nous avons émise plus haut, à savoir que le Premier reste toujours identique, quoique les autres êtres naissent de lui [27]. » Les chrétiens ne peuvent accepter l'inégalité des Hypostases, conséquence de la dégradation qui compromettrait l'Unité d'Essence des Trois Personnes divines. L'Un, le Premier, engendre, chez Plotin, l'Intelligence et celle-ci engendre à son tour l'Ame du Monde et la Matière. Le Monde est éternel dans les *Ennéades* ce qui est hétérodoxe. Comparons un texte de Plotin et un texte de Lulle. « Ce qui est éternellement parfait engendre éternellement et ce qui est engendré est éternel, mais inférieur au principe générateur », dit le maître grec [28] : « Infiniment éternel et parfait (proclame Raymond dans la *Doctrina pueril*), Dieu le Père engendre Dieu le Fils et Dieu le Saint-Esprit procède de Dieu le Père et de Dieu le Fils. Le Père est un, le Fils un autre et le Saint-Esprit un autre encore, et toutes ces trois personnes sont une seule Puissance, une seule Sagesse, un seul Amour [29]. »

La Procession chrétienne est spéciale à la Trinité, mais il n'y a pas Procession dans la Création, œuvre directe de Dieu et faite *ex nihilo*, ne l'oublions pas, ce qui est très différent de la doctrine néo-platonicienne.

5° *L'immortalité de l'âme* est clairement exposée pour la première fois chez Plotin et tout le catholicisme développe ses idées sur ce point : « Le Principe qui possède l'Être par lui-même (l'âme est liée à la Nature divine et éternelle dont elle est l'image) et au premier degré existera toujours. Or, cet Être

26. Voir Denifle, *Archives*, II, pp. 226-227.
27. V° *Ennéade*, liv. V, § 1, Bouillet, t. III, p. 77.
28. V° *Ennéade*, liv. I, Bouillet, t. III, p. 14.
29. *Doctrina pueril*, Gili, Barcelone, 1907, ch. II, vv. 3 et 4, pp. 5 et 6.

Premier, Éternel, ne doit pas être une chose morte comme une pierre, un morceau de bois. Il doit vivre et vivre d'une vie pure, tant qu'il demeure en lui-même. Si quelque chose de lui se mêle à ce qui est inférieur (le corps), cette partie rencontre des obstacles dans son aspiration au Bien, mais elle ne perd pas sa nature et elle reprend son ancienne condition quand elle retourne à ce qui lui est propre[30]. » Plotin donne même une preuve bizarre de cette immortalité. « Beaucoup d'âmes qui ont vécu sur la terre ont, après être sorties de leur corps, continué d'accorder leurs bienfaits aux hommes, en révélant l'avenir (inutile de dire que le christianisme n'admet la nécromancie qu'à titre d'apparition exceptionnelle miraculeuse de Saints dans un but d'édification). Elles rendent d'autres services, elles prouvent par elles-mêmes que les autres âmes n'ont pas dû périr[31]. »

6° Le *réalisme* est tout entier dans les *Ennéades*. « S'il est nécessaire que l'Intelligence soit la Puissance Créatrice de l'Univers, Elle ne saurait, en le créant, penser les êtres comme existant dans ce qui n'existe pas encore. Les Intelligibles doivent donc exister antérieurement au Monde, n'être pas des images des choses sensibles, être au contraire leurs archétypes et constituer l'essence de l'Intelligence (or, notre intellect est l'image de l'Intelligence suprême, directement émanée de l'Un). L'Intelligence est donc essentiellement les êtres et quand elle les pense, ils ne sont pas hors d'elle ; ils ne lui sont ni antérieurs ni postérieurs[32]. » Puisque notre intelligence est une image de l'Intelligence, la parole suivante des *Ennéades* s'applique à elle : « La Pensée est la même chose que l'Être. La Science des choses immatérielles est identique à ces choses mêmes. »

« C'est pourquoi je me reconnais moi-même pour un être et j'ai des réminiscences des choses Intelligibles[33]. » Les chrétiens orthodoxes n'acceptent pas en général ou négligent la réminis-

30. *IVe Ennéade*, liv. VII, § 9, p. 467, Bouillet, t. II.
31. *IVe Ennéade*, liv. VII, § 15, p. 476, Bouillet, t. II.
32. *Ve Ennéade*, liv. IX, § 6, p. 138, Bouillet, t. III.
33. *Ve Ennéade*, livre IX, § 6, p. 139, Bouillet, t. III.

cence qui impliquerait la pluralité des existences de l'âme et
sa préexistence, considérées comme des hérésies ou des hardiesses, mais ceux d'entre eux qui sont réalistes raisonnent au
fond comme Plotin. En effet, tout le réalisme médiéval est
dans ces passages célèbres et il ne faut pas lui chercher d'autre
origine directe ou indirecte;

7° *La liberté plotinienne* a inspiré les Docteurs médiévaux :
« C'est par la vertu de l'Intelligence que l'âme est libre quand
elle s'élève au Bien sans rencontrer d'obstacles; tout ce qu'elle
fait pour y arriver dépend d'elle. Quant à l'Intelligence, elle est
libre par elle-même [34]. »

8° Plus particulièrement *en mystique*, l'influence de Plotin se
fait sentir sur Lulle comme sur les autres contemplatifs chrétiens. En effet, Raymond s'élève de la contemplation des créatures, des Dignités divines dans leurs ressemblances sensibles,
des puissances de l'âme jusqu'au Monde intelligible. Il dit très
souvent dans le *Livre de Contemplation* : « Celui qui veut ardem-
ment et délibérément prier et contempler ton saint et glorieux
Secret, doit savoir se représenter des images sensibles afin de
pouvoir se tourner en changeant vers ta contemplation au
moyen de figures intellectuelles [35]. » C'est-à-dire qu'il faut
monter par degrés du sensible à l'intelligible [36].

C'est sans doute accorder une importance extrême à un
moyen concret, à une étape inférieure de l'ascension mystique.
Plotin est moins pédagogue que Lulle, mais leurs méthodes
sont identiques au fond.

Écoutons Lulle dans *L'Amich e l'Amat* : « L'Amour détrui-
sait toutes les choses dans le cœur de son véritable Ami pour
pouvoir être compris et vivre en lui [37]. » « La plus haute condition de cet Art (dit-il dans *L'Art de Contemplation*, est que
l'homme se trouve libre des soucis et embarras des choses tem-

---

34. *VI° Ennéade*, livre VIII, § 507, Bouillet, t. III.
35. *Livre de Contemplation*, ch. cccxxxix, p. 451, t. X, édit. Mayence.
36. *Id.*, ch. ccclii, p. 520, t. X, édit. Mayence, ch. ccclviii,
ccclxii, même tome.
37. *Amich e Amat* dans *Blanquerna*, t. II, édit. Madrid, v. 254, p. 212.

15

porelles dans sa mémoire, son entendement et sa volonté, quand il entre en contemplation[38]. » Enfin : « Dans les secrets de l'Ami sont révélés les secrets de l'Aimé et dans les secrets de l'Aimé sont révélés les secrets de l'Ami, et on se demande lequel de ces deux genres de secrets est la plus grande occasion de Révélation[39]. »

La *purgation des passions*, la *montée du sensible à l'intelligible*, qu'on remarque chez le Majorquain, peuvent très bien, malgré des différences de détail, avoir trouvé indirectement leur modèle dans les *Ennéades*. Le passage suivant est, par exemple, significatif : « Quiconque veut l'atteindre (le Bien, le Premier), ne s'éloignera pas de ce qui tient le premier rang pour tomber à ce qui occupe le dernier, mais ramènera son âme des choses sensibles, qui occupent le dernier degré parmi les êtres, aux choses qui tiennent le premier rang ; il se délivrera de tout mal, puisqu'il souhaite s'élever au Bien ; il remontera au principe qu'il possède en lui-même ; enfin, il deviendra *un de multiple qu'il était*, et ce n'est qu'à ces conditions qu'il contemplera le Principe supérieur[40]. »

Bien d'autres idées, telles que la division tripartite des puissances de l'âme, la hiérarchie des êtres au-dessous de Dieu, communes à Lulle et à d'autres Docteurs, comme Saint Bonaventure, Saint Anselme, par exemple, qui suivent le pseudo-Denys et Saint Augustin, ont sans doute leur origine dans les *Ennéades* de Plotin.

Ce que nous venons de dire de l'influence indirecte du néo-platonisme sur Lulle suffit à montrer que le Majorquain ne fait pas exception à la règle et se rattache, comme tous les augustiniens et les franciscains, à la philosophie plotinienne, s'il nous est impossible d'établir par quels intermédiaires indiscutables se fit cette initiation générale et importante.

Nous aurons d'ailleurs, à propos des rapports des Pères de

38. *Art de Contemplacio* in *Blanquerna*, II, ch. cvii, v. 6, pp. 242, 243.
39. *Amich e Amat* in *Blanquerna*, II, v. 272, p. 216.
40. *VIe Ennéade*, livre IX, § 3, pp. 540, 541, Bouillet, t. III.

l'Église et du lullisme, à examiner en détail certaines doctrines primitivement plotiniennes et diversement modifiées par la pensée chrétienne.

CHAPITRE II.

Lulle et les Juifs.

Menéndez y Pelayo dit que le *Livre du Gentil et des Trois Sages* fut composé par Lulle en arabe, puis traduit par lui en catalan, et que cet ouvrage est l'écho d'un *Barlaam* arabe ou plus probablement du *Cuzari* de Juda Levi. Il ajoute cependant « qu'il n'est pas évident que le Bienheureux ait été versé dans la littérature rabbinique[1] ».

Nous poserons donc dès maintenant l'improbabilité de sources juives habituelles. A l'exception d'Avicebron, très connu et souvent mis à contribution au treizième siècle quand on traite de la Matière, les philosophes juifs même les plus célèbres, comme Maïmonide, n'avaient pas grand'chose à apprendre à Lulle[2]. Ce sont des adaptateurs du péripatétisme au judaïsme dont la synthèse thomiste a pu tenir compte, mais que Lulle devait laisser de côté dans sa lutte contre la philosophie arabe hétérodoxe et les averroïstes latins. En effet, pouvait-il se servir d'arguments empruntés à des penseurs juifs quand il s'adressait si souvent à des Musulmans. On sait que les Sarrasins ont horreur des Juifs et disent volontiers que Mahomet est mort des suites lointaines du repas empoisonné que lui aurait servi la juive de Khaïber.

Quoi qu'il en soit, Lulle a été souvent accusé d'avoir copié le *Fons Vitae* d'Ibn Gabirol, plus connu des latins sous le nom altéré d'Avicebron, dans ses théories sur la Matière et la Forme,

---

1. *Origenes de la novela.* Madrid, Suarez, t. I, Introducttion, pp. LXXIII et LXXIV.
2. Munk, *Mélanges de philosophie juive et arabe*, fasc. II, pp. 486, 487.

et d'une manière générale toutes les fois où il parle de physique[3]. Ceci n'a rien d'étonnant, puisque Avicebron avait été plusieurs fois traduit d'arabe en latin, notamment par Dominique Gundisalvi ou Gundissalinus, érudit de l'école de Tolède. Les grands scolastiques le connurent et lui empruntèrent plus d'une fois, certains sans le dire, d'autres, comme Duns Scot, qui le prenait peut-être pour un péripaticien chrétien en le citant très hardiment : « *Ego autem ad positionem Avicembronis redeo, etc*[4]. » Je ne crois pas, quant à moi, que cette influence juive sur le lullisme soit directe. Tout au plus peut-on dire que Lulle reprend quelques idées de *la Physique* d'Ibn Gabirol, qu'il connut par les scolastiques et surtout par les Franciscains sans savoir probablement d'où elles venaient.

Une autre imputation commune à tous ou à presque tous les historiens de la philosophie, est celle qui fait du schématisme des *Arts de Lulle* une forme de la *Kabbale* pratique des Hébreux. Nous réfuterons définitivement cette dernière opinion, car les cercles, les figures et les lettres du Grand Art n'ont rien de commun avec les opérations de la Kabbale symbolique hiéroglyphique.

A. — Lulle et Ibn Gabirol

Il se rencontre chez Lulle plusieurs ressemblances avec des passages d'Ibn Gabirol[5]. C'est ainsi qu'en bon néo-platonicien, le philosophe juif est exemplariste comme Lulle[6] : « Les Universaux ne sont pas seulement simples et mis dans l'Intellect divin, mais existent dans les choses dispersées et séparées. » Mais les différences sont aussi très marquées.

Avicebron donne à la Volonté une importance privilégiée... « Tout mouvement dans l'Univers émane de la Volonté divine.

3. *Dictionnaire philosophique*, par le Père Rapin.
4. *De rerum principio*, q. 8, art. 4. Voir article de M. Lœwe sur *La Physique d'Ibn Gabirol* in *Revue des Études juives*, t. 35, 1897, p. 182.
5. Tout le treizième siècle lui a emprunté plus ou moins.
6. *Fons vitae*, édit. Baeumker, Münster, pp. 143-144. Voir texte, note 13.

La Volonté est une Faculté divine qui pénètre dans l'Univers »
dit Munk en résumant le *Fons Vitae*[7]. « Si la Volonté est une
cause efficiente (dit Ibn Gabirol), elle a dans son essence la
forme de toute chose[8]. » « On dit que le Créateur Très Haut
se trouve dans tout (omniprésence et non pas panthéisme);
car la Volonté qui est sa Faculté, se communique à toute chose
et entre dans toute chose, et aucune chose n'est vide d'elle,
puisque c'est par elle que toute chose existe et se maintient.
Ne vois-tu pas que ce sont uniquement la Matière et la Forme
qui constituent l'Essence de toute chose ; or, la Matière et la
Forme ne subsistent que par la Volonté, car c'est elle qui les
fait, qui les joint ensemble et qui les tient[9]. »

Lulle souscrirait à la toute-puissance de la Volonté divine,
mais ne l'isolerait pas des autres Dignités divines aussi nettement. Sans méconnaître que la Création soit un acte volontaire
de la Bonté divine, le Majorquain prononce souvent des paroles de ce genre : « Ta Volonté est si haute Seigneur et si
merveilleuse, qu'elle doit être obéie dans le Monde entier,
en raison de ta Bonté, de ta Puissance, de ta Perfection et de
ta Justice[10]. » Dieu est plusieurs choses, a plusieurs qualités
distinctes, mais cependant est Un avec elles. O Souverain Bien,
toi qui es Infiniment Grand en Éternité, Puissance, Savoir,
Amour, Vertu, Vérité, Gloire, Perfection, Justice, etc, je
t'adore te remémorant, t'entendant, t'aimant, t'exaltant, toi et
toutes les Vertus précitées *qui sont avec toi et toi avec elles une
Essence et une même chose sans différence aucune*[11]. »

Pour Lulle, la Vérité est grande, bonne, durable, etc.,
comme la Grandeur est voulue par Dieu bonne, durable, etc.
Il semble y avoir à la fois distinction et compénétration des
Dignités. En tout cas, la Création n'est pas exclusivement acte
de Volonté chez Lulle, mais aussi de Bonté, de Grandeur, de

---

7. Munk, *Mélanges*, 1er fasc., § 72, p. 226.
8. *Ibid*.
9. Munk, *loc. cit.* trad. du *Fons vitae*, livre V, v. 62, fasc. 1, pp. 136-137.
10. *Blanquerna*, II, *Art de Contemplation*, v. 6, ch. cxvi, p. 305.
11. *Ibid.*, v. 2, ch. cix, p. 244.

Puissance, etc. Il n'isole pas un Attribut, une Dignité des autres avec une préférence aussi marquée. « Ce qui a l'être, tu
l'as créé de Rien, Néant avec lequel ne peut se comparer l'Acte
de tes Dignités (Bonté, Grandeur, Puissance, etc), lequel Acte
a créé toute chose en tant qu'elle possède l'être, tout l'Être étant
soutenu en être par l'Acte de tes Dignités [12]. » Ce texte de
Blanquerna est explicite, et Lulle ne paraît pas s'être inspiré
d'Avicebron sur ce point.

A cette thèse se rattache en effet, tout un côté de la théorie
de la Matière et de la Forme, différent chez Ibn Gabirol et chez
Lulle.

Il faut reconnaître, pour être juste, que le Majorquain et
l'auteur du *Fons Vitae* admettent tous deux cependant, *l'inséparabilité de la Matière et de la Forme dans les êtres créés*, c'est-
à-dire dans les êtres autres que Dieu. « Il n'y a dans les choses
intelligibles, tant universelles que particulières, autre chose
que la Matière et la Forme [13]. » Les substances simples d'Avicebron sont composées elles-mêmes de Matière et de Forme :
« Ce qui prouve que les substances simples qui sont au-dessus des substances composées, sont composées de Matière et
de Forme, c'est que les choses inférieures viennent des choses
supérieures et en sont l'image ; car si l'inférieur vient du supérieur, il faut que les degrés des substances corporelles correspondent aux degrés des substances spirituelles [14]. »

Les choses simples sont les intelligibles, et Avicebron considère ces intelligibles comme des créatures.

On voit ici déjà que Lulle identifie les intelligibles avec Dieu,
ce sont les prototypes, les Dignités, les Principes coéternels et
coessentiels à Dieu, donc antérieurs à toute matière et à toute
forme qu'ils créent puisqu'ils sont identiques à l'Acte même
de Dieu. Le Majorquain est radicalement opposé à la composition des intelligibles, en lesquels Avicebron place Matière et
Forme.

12. *Blanquerna*, t. II, *Art de Contemplation*, ch. cxv, v. 14, p. 298.
13. Munk, *loc. cit.*, fasc. I, trad. du *Fons vitae*, livre II, § 31, p. 36.
14. Munk, trad., fasc. *Ibid.*

On peut tout au plus accorder aux partisans d'une influence sur Lulle que celui-ci adopte le concept hylémorphique d'Avicebron en le restreignant au monde sensible. Il n'y a pas d'inconvénient à admettre, comme ils le font, une matière dans l'ange : « Dieu a créé ces anges, fils, au commencement, de Matière, de Temps et de Mouvement[14]. »

La Matière d'Avicebron est un simple support : « La Forme vient d'en haut et la Matière la reçoit d'en bas, c'est-à dire que la Matière est un substratum, dans ce sens qu'elle se trouve sous la Forme et que la Forme est portée par elle[15]. » Cette Matière a même une essence spirituelle : « L'idée qu'il faut se faire de l'essence de la Matière (dit le *Fons Vitae*) est d'une faculté spirituelle subsistant par elle-même[16]. »

Mais Lulle fait de la *Première Forme* et de la *Première Matière des créations de l'Acte* de toutes les *Dignités divines et non des émanations de la seule Volonté*.

Avicebron admet l'Intellect commun, le monopsychisme humain : « Comme l'Intellect individuel est composé de Matière et de Forme, il s'ensuit que l'Intellect universel est également composé de Matière et de Forme[17]. »

La plupart des philosophes arabes et juifs faisaient de même. Or, c'est une proposition averroïste combattue par Lulle, notamment dans la *Declaratio Raymundi*[18]. Lulle, en réaliste franc, a tout au plus suivi sa pensée jusqu'au bout, attribué à toutes les choses créées une Matière et une Forme, à l'individu comme à l'Univers, collection de genres, d'espèces, d'individus, sans intention panthéiste.

La Création *ex nihilo* n'est nulle part mentionnée chez Avicebron.

Enfin, la mystique du philosophe juif ne s'appuie pas nettement sur la Grâce : « Si tu me demandes comment on arrive

---

14. *Doctrina pueril*, ch. xcviii, v. 1, p. 276.
15. Munk, trad. du *F. Vitae*, liv. V, § 39, p. 118, fasc. I.
16. *Id.*, § 3, fasc. I, pp. 90 et 91.
17. *Id.*, liv. IV, § 6, fasc. I, pp. 66 et 67.
18. *Declaratio Raymundi*, ch. xxxii, pp. 133 à 136.

(à réaliser) cette espérance sublime (d'atteindre la Volonté), il faut (dis-je) te séparer des choses sensibles, t'enfoncer dans les choses intelligibles et t'attacher à celui qui donne le Bien, car si tu fais cela, il jettera son regard sur toi et te fera le Bien, car il est la source de bienfaisance. Qu'il soit loué et exalté[19]. »

Il semble que le secours de Dieu soit utile, mais qu'il soit déterminé par l'effort du mystique, ce qui est une idée orientale et non pas chrétienne.

En résumé, si certaines idées d'Avicebron, les unes communes à tous les néo-platoniciens, les autres originales adoptées par beaucoup de Franciscains, se rencontrent plus ou moins modifiées chez Lulle, les différences sont assez grandes pour que l'on puisse douter de rapports étroits entre les deux philosophes.

Avicebron professe même souvent des opinions contraires à l'orthodoxie et au lullisme, comme l'éternité du Monde, l'immobilité d'un Dieu qui ne connaît pas le Monde. Il est peu probable que Lulle ait subi l'influence profonde d'un *penseur analogue aux averroïstes*, qu'il a toujours énergiquement battus en brèche.

B. — LULLE ET LA KABBALE.

On a toujours considéré Lulle comme un disciple de la *Kabbale* pratique. Menéndez Pelayo lui-même, qui remarque l'absence d'émanatisme évident et de métaphysique *kabbalistique* dans les écrits du Majorquain, fait de l'art combinatoire une application de la théosophie juive[20].

Dans le prologue d'un traité attribué à Lulle, *De Auditu Cabbalistico*, le Bienheureux considérait la Kabbale comme une méthode métaphysico-logique, révélée par Dieu à l'âme rationnelle, ce que l'on peut dire de son Art[21]. Ailleurs, dans le

---

19. Munk, tr. du liv. V, § 74, fasc. I, p. 148.
20. Introduction du *Blanquerna*, édit. de la *Revue de Madrid*, pp. xxxv[I] et xxxvii.
21. Édit. Zetzner, *De Auditu cabbalistico*, prol., ch. 1, pp. 43 et 44.

même traité, on trouve les paroles suivantes : « Là où finit la
philosophie de Platon, là commence la sagesse de la Kabbale [22].
Or, il n'est parlé de cette science hébraïque dans aucun autre
livre de Lulle, et précisément Antoine Pasqual a déjà trouvé,
au dix-huitième siècle, que cet opuscule contient trop de phrases inusitées, trop de termes abstraits que Lulle n'emploie
jamais ; il pense même qu'il fut édifié par un lulliste anonyme,
heureux d'attribuer au maître ses propres élucubrations [23].

Nous croyons, avec le consciencieux auteur des *Vindiciae*,
que le *De Auditu Cabbalistico* est apocryphe. Cette première
preuve de filiation doit donc être écartée définitivement.

Analysons d'ailleurs le *Zohar*, et nous verrons s'il y a quoi que
ce soit dans Lulle qui ressemble à sa théosophie toute orientale.

Munk dit qu'il n'y a pas dans la Kabbale de dualisme de la
Matière et de la Forme, mais une émanation graduelle de la
Lumière divine.

Au-dessus de toute chose est l'Aïn Soph, le Dieu non manifesté, pure abstraction compréhensible seulement dans sa manifestation. Pour se manifester, ce Dieu devait créer, se développer par voie d'émanation.

Cette Lumière se retire en elle-même pour former un vide
qu'elle remplit graduellement par une lumière tempérée et de
plus en plus imparfaite (*çim-çoum*).

La première manifestation est le Macrocosme, Fils de Dieu,
l'homme primitif (l'Adam Kadmon), qui est la figure d'homme
qui plane au-dessus des animaux symboliques d'Ézéchiel [24].

La deuxième manifestation est la Création émanée en quatre
degrés de l'Adam Kadmon, c'est-à-dire les mondes : Açila,
Beria, Yecira et Asyya.

Açila, ou Monde de l'Émanation, représente les qualités
opératrices d'Adam Kadmon, ce sont les Puissances ou les
Intelligences émanées de lui, à la fois qualités essentielles et
instruments avec lesquels il opère.

22. Édit. Zetzner, *De Auditu cabbalistico*, ch. vii, p. 107.
23. *Vindiciae*, t. I, p. 275.
24. Munk, *Mélanges*, fasc. II, pp. 491 et 492.

Elles sont réduites à dix, qui forment la sainte décade des Séphiroth, composée de trois et de sept nombres sacrés. Les trois premières sont essentiellement des intelligences, tandis que les sept autres sont de simples attributs. Voici leur ordre dans l'émanation : 1° *Kether*, la Couronne ; 2° *Hokmah*, la Sagesse ; 3° *Binah*, l'Intelligence ; 4° *Hesed*, la Grâce, ou *Gedoulah*, la Grandeur ; 5° *Gebourah*, la Force ; 6° *Tiphereth*, la Beauté ; 7° *Netzah*, le Triomphe ; 8° *Hôd*, la Gloire ou la Majesté ; 9° *Yesod*, le Fondement ; 10° *Malkhout*, le Règne.

De ce premier Monde de l'Émanation, émanèrent successivement les trois autres mondes dont le dernier, Asyya, est en quelque sorte le rebut de la création et le siège du mal[25].

L'homme par sa nature participe des trois mondes créés, et pour cela est appelé *Microcosme* (*olam katâm*) ; car tout ce que l'Adam Kadmon ou Macrocosme contient virtuellement, le microcosme le contient en réalité. Par l'âme comme principe vital, il appartient au monde Asyya ; par l'esprit ou âme rationnelle au monde Yecira ; par l'âme intelligente (ou l'Intellect) au monde Beriah. Cette dernière âme est une partie de la divinité, elle est préexistante.

Pour exprimer cette triplicité, la langue hébraïque a trois mots qui désignent les âmes précitées, savoir : *nephesch* (souffle), *rouah* (esprit), *neschamah* (âme) ; Isaïe y fait allusion par ces mots : « Je l'ai créée (*berathiv*), je l'ai formée (*yeçartiv*), et je l'ai faite (*afasithiv*)[26]. »

L'homme est donc composé de deux principes, l'un bon et l'autre mauvais, et il dépend de lui de faire prévaloir l'un sur l'autre. Après la mort, il est récompensé selon ses œuvres, car la *neschamah* est immortelle.

Certains kabbalistes admettent de plus le retour dans l'Adam Kadmon, après des transmigrations multiples[27].

Comme on le voit, ce système émanatiste, qui passe de l'Es-

25. Munk, *Mélanges*, fasc. II, pp. 492-493.
26. Isaïe, ch. XLIII, verset 7.
27. Munk, fasc. II, p. 493, et *La Palestine*, Didot,

prit à la Matière, du Bien absolu au Mal, par une dégradation mystérieuse, est étranger au lullisme.

Suspect au judaïsme orthodoxe, c'est un système qui, selon Munk, très bien informé, « s'écarte de la doctrine mosaïque, aboutit au panthéisme, ne connaît pas de Dieu libre, créant par sa Volonté, mais seulement une fatalité organisatrice de la Matière divine[28]. »

On ne trouve jamais trace de ces idées hybrides, filles de l'Orient persan, selon Franck, teintées de néo-platonisme, s'il faut en croire Munk et Karppe[29] dans les œuvres authentiques catalanes de Lulle, ni dans les œuvres latines écrites par lui ou sous ses ordres.

Quant à la Kabbale pratique, *Gematria* ou *Notarikon*, adoptée par les Arabes et les Juifs dans la confection des talismans et des amulettes[30], elle ne servait guère à son but noble d'interprétation symbolique de la Bible dans les milieux que fréquentait Lulle. D'ailleurs, ceux qui lisaient les livres kabbalistiques devaient, comme aujourd'hui passer pour des fous et se cacher soigneusement.

Nous allons voir tout de suite que Raymond ne s'en servit jamais, quand nous aurons donné une idée de cette pratique, débarrassée de la terminologie hébraïque.

On tire des sens favorables au *Zohar* des textes de la Torah, en attribuant une signification hiéroglyphique numérique à chaque lettre hébraïque, des mots et des phrases de l'Écriture Sainte. On additionne, on soustrait, on multiplie, en considérant les lettres comme des nombres ayant un sens caché.

Voici d'abord un exemple authentique : AD(A)M de droite à gauche M D A donne $40 + 4 + 1 = 45$. Or, si l'on additionne $4 + 5$ on a 9. Le nombre 9 symbolise l'harmonie parfaite des trois ternaires : supérieur, humain et naturel. Adam, dont la

28. Munk, fasc. II, p. 494.
29. *Ibid.* — Karppe, *Nature et origine du Zohar, etc.*, pp 136 et 168.
30. Figures du livre de Doutté, *La Magie arabe*, Paris, 1908.

signification littérale est, en hébreu, *terre, rouge*, deviendra donc harmonie parfaite[30 bis].

Je prends, d'autre part, une application usitée chez les occultistes judéo-chrétiens dans les écrits de Stanislas de Guaïta, de Papus, de Barlet, par exemple.

Un, c'est Dieu ; deux, le Bien et le Mal, l'antagonisme des forces positive et négative ; trois, l'harmonie entre les contraires, l'équilibre, le triangle sacré, la Trinité des Personnes, une essence ; quatre, le monde élémentaire ; cinq, l'homme, composé de la tête et des quatre membres, le Microcosme, le Pentagramme, symbole magique de la Volonté ; six, le double ternaire ascendant, harmonie du Monde supérieur et du Monde inférieur, Dieu, le Macrocosme symbolisé par le Sceau de Salomon ou étoile à six pointes, l'analogie, etc.

On trouverait d'autres sens usités dans la magie de tous les pays, mais ceux-ci sont courants dans les ouvrages occultes, musulmans, juifs et chrétiens.

Prenons pour plus de simplicité l'alphabet français au lieu de l'alphabet hébreu ou arabe. Si $A = 1$, $B = 2$, $C = 3$, $D = 4$, $E = 5$, $F = 6$, le mot *bec*, qui désigne ordinairement la bouche de l'oiseau, voudra dire Dieu.

En effet, $B = 2$, $E = 5$, $C = 3$. Si j'additionne l'équivalent numérique des lettres, j'ai $2 + 5 + 3 = 10$. Or, $1 + 0 = 1$. Un est le hiéroglyphe de Dieu dans toutes les théosophies dérivées du sémitisme.

On voit d'ici, par ce dernier exemple surtout, la déformation que l'on peut faire subir au sens de n'importe quelle parole ordinaire, par la méthode kabbalistique pratique.

Or, les lettres chez Lulle ne déforment, ne changent absolument rien. Elles représentent, abrègent les concepts, permettent même une généralisation assez haute comme en algèbre, ce qui n'est pas du tout kabbalistique.

Les formules lulliennes sont des applications simplifiées des Définitions, des Principes, des Conditions, des Règles de

30 *bis*. Papus, v. *Kabbale*, p. 35, Paris, Chacornac, 1903.

l'Art, elles sont un schématisme qui n'a rien d'ésotérique et ne change pas le sens des concepts qu'il résume, généralise, combine ou représente. Elles n'ont donc rien à faire avec le système de transformation d'idées et de sens kabbalistique. Il ne s'agit pas chez Lulle de dénaturer ou de changer le donné.

Quant aux figures employées, Lulle n'avait pas besoin de les emprunter aux Hébreux ; les Pythagoriciens, les Platoniciens, les néo-Platoniciens après Aristote, les auteurs chrétiens comme Saint Denys, Saint Cyrille, Saint Augustin, Saint Albert, Saint Bonaventure, Saint Thomas, les employaient pour abréger ou illustrer leur pensée[31].

Nous verrons dans cette thèse un passage curieux du pseudo Denys[32] (on en trouverait d'autres chez Saint Augustin), qui compare souvent le Monde majeur à un cercle et le Monde mineur à l'âme de l'homme.

Le zodiaque, les cercles astrologiques, les cercles concentriques du système de Ptolémée adopté par Aristote, les figures talismaniques des Hindous et des Mexicains ne sont pas d'origine juive. Je crois au contraire, avec le mythologue Andrew Lang[33] et mon regretté maître Eugène Lefébure, que ces figures, employées dans des buts différents de magie ou de schématisme, sont naturelles, viennent à l'esprit de l'homme de tous les temps et de tous les pays.

Rien ne prouve donc que Lulle ait pris son symbolisme généralisateur dans la Kabbale dont il paraît totalement ignorer la théosophie. On peut dire, jusqu'à nouvelle découverte de documents, qu'il ne doit presque rien au judaïsme méprisé des Arabes et qu'il connut tout au plus la religion juive ordinaire comme en témoigne le *Livre du Gentil et des trois Sages*, par exemple, où trois penseurs, l'un chrétien, le second musulman

---

31. Cardinal Dubois, *De exemplarismo divino*, II, 688 et suiv. 700, 716, 717, cité par Aristote, *De anima*, ch. II; Boèce, *De consolatione*, livre III, prosa 12 ; saint Maxime, *Mystagogie*, ch. I fin, et *De ordine*, livre I, ch. II, etc.

32. Voir chapitre *Lulle et les chrétiens.*

33. Andrew Lang, *Mythes et religions*, Alcan.

et le troisième juif, cherchent à vanter auprès d'un païen (le Gentil), les mérites respectifs de leurs religions[34].

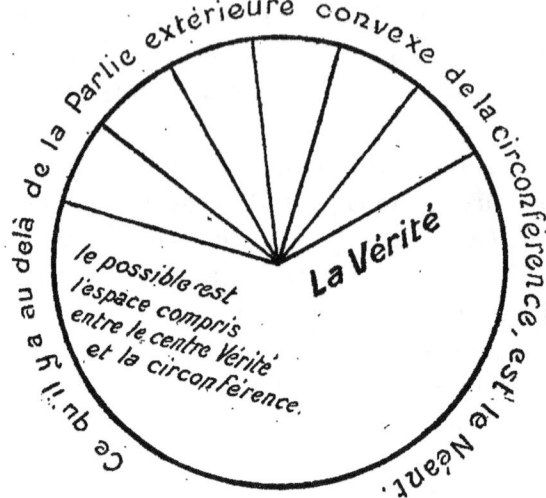

Figure du Fotouhât (les Inscriptions sont à leur place symbolique mais traduites en français pour les lecteurs non-arabisants.)

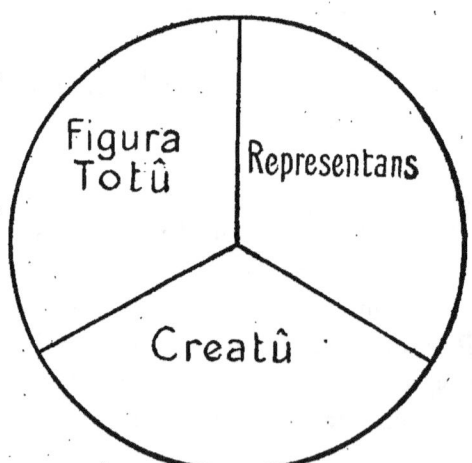

Totum creatum est corpus sphaericum extra quod nihil est.
Figure du *DE AUDITU KABBALISTICO*.

34. *Libre del Gentil y de les tres Savis*, édit. Obrador, Palma, *passim*.

CHAPITRE III.

Lulle et les Arabes.

Obrador y Bennassar, éditeur des œuvres catalanes de Lulle, Menéndez Pelayo, attribuent aux influences musulmanes une grande part dans la genèse du lullisme. De savants arabisants, comme Julien Ribera et Miguel Asin Palacios ont cherché même à démontrer que Lulle était un *Soufi* chrétien, fidèle disciple des Arabes[1]. Or, nous avons dit que les Grecs avaient pu indirectement inspirer Raymond et nous ferons bientôt la preuve que le polygraphe de Palma fut surtout augustinien, anselmien et franciscain. Il lui reste donc peu de chose à emprunter comme fond aux Arabes, sauf en matière de chimie ou de sciences naturelles, monopolisées pour ainsi dire par les Musulmans d'Espagne.

Même dans le domaine scientifique, on retrouverait beaucoup de traces de doctrines grecques ou de répétitions de Saint Albert et de Roger Bacon.

1° GRANDS PHILOSOPHES SOUPÇONNÉS D'AVOIR INSPIRÉ LULLE.

Les arabisants exagérés répondent, il est vrai, que Lulle a dû connaître les Grecs par les traductions arabes. Qu'importe si l'esprit de ses enseignements était hellénique et nullement sémitique. On a dit que Lulle traduisit la *Logique* de Ghazali[2], mais cette logique toute formelle est celle des péripatéticiens. Ce

1. Ribera, *Origines de la filosofia de R. Lulio en homenaje á Menéndez Pelayo*.
2. Hauréau, *Hist. littéraire*, X, XXIX, p. 296. L'œuvre n'est pas citée dans les catalogues antérieurs au dix-huitième siècle.

qui nous intéresserait davantage serait la transcription en catalan d'un aperçu sur la philosophie musulmane jointe à ce
livre du *Soufi de Bagdad*, mais on ne l'a trouvé nulle part. Or,
ce serait justement le seul ouvrage spéculatif qui pourrait
démontrer quelle connaissance Lulle aurait eue de la philosophie générale arabe, puisqu'il contient en appendice un résumé
de doctrines musulmanes hétérodoxes que Ghazali combattra
plus tard dans sa Destruction des Philosophes (*Tahfot el fala
cifa*[3]). On rapporte aussi que Lulle écrivit en arabe *El Teliph*
et *El Kindi*, mais on ne sait ce que ces ouvrages sont devenus.
Il est probable qu'il rédigea tout d'abord le *Livre de Contemplation* en arabe. Tout cela prouverait que notre Bienheureux
était versé dans les langues orientales, mais rien jusqu'à maintenant ne permettrait d'affirmer qu'il se soit servi d'idées musulmanes importantes. Lulle prit-il à Avicénne? Non, sans
doute, car cet auteur, à côté de thèses péripatéticiennes acceptées
par les Chrétiens, de preuves intéressantes en faveur de l'immortalité de l'âme, admettait trop de propositions averroïstes,
comme l'intelligence des sphères, l'éternité du Monde, pour
que le Majorquain ne le comprît dans la même réprobation
qu'Averroës[4].

.Il est à peu près inutile d'examiner la possibilité de rapports entre Ibn Rochd (Averroës) et Raymond Lulle. Les
traités écrits par le Bienheureux ou dictés par lui à ses disciples contre cet « Arabe impie », témoignent d'une aversion
profonde vis-à-vis du grand philosophe arabe. Lulle est très
connu comme champion de l'anti-averroïsme et nous nous
sommes étendu longuement sur cet aspect de notre personnage
dans un chapitre spécial de la première partie. On ne sait pas
si Raymond s'est servi des Commentaires d'Aristote dus à la
plume d'Averroës, comme le firent la plupart des hommes du
treizième siècle. En tout cas, il combattit le monopsychisme
humain, l'éternité du Monde, la doctrine de l'indifférence

3. Munk, *Mélanges de philosophie juive et arabe*, fasc. II, pp. 376,
377, 378.
4. *Avicenne*, Cana de Vaux, Alcan, 1900.

divine vis-à-vis de l'Univers, l'affirmation de l'Intelligence active des sphères célestes et de leur influence sur les âmes humaines, thèses qui faisaient l'originalité d'Ibn Rochd chez les Arabes et chez les Latins. Les titres de ses traités montrent même que Lulle visait plutôt les averroïstes latins, comme Siger de Brabant et Boèce de Dacie, qu'Averroës lui-même, témoin le titre primitif complet de la *Declaratio Raymundi* : «*Aliqui christiani et magni in scientia nominati... dicunt quod fides sancta catholica est magis improbabilis quam probabilis : inde sequitur*, etc. » (pp. 917-918). Connaissait-il donc Averroës lui-même ? Rien ne le prouve, puisqu'il combat des erreurs surtout exposées en latin dans les milieux théologiques du treizième siècle.

A plus forte raison peut-on soutenir qu'il ne lui emprunta aucune idée originale. L'influence des principaux philosophes arabes écartée, reste la supposition de rapports avec des Musulmans moins connus.

2° Philosophes moins connus et mystiques arabes.

Guardia, par exemple, émet l'idée que les termes de la scolastique lullienne sont empruntés à la logique des Arabes[5]. Or, nous verrons qu'on les rencontre chez des auteurs chrétiens antérieurs à Lulle. Il n'est donc pas besoin de leur attribuer une origine orientale.

C'est presque une habitude chez les historiens de la philosophie de soupçonner un arabisme toutes les fois qu'ils ne comprennent pas quelque chose dans les traités de notre auteur. Cela s'explique par le mystère dont les Occidentaux se plaisent à entourer les croyances ou les philosophies sémitiques, et peut-être par l'enthousiasme excessif un peu romantique qu'éprouvent les Espagnols à trouver dans leur civilisation des traces très réelles et profondes de l'occupation musulmane.

---

5. Guardia, Compte rendu de la publication du 1er tome de l'édition Rossello des œuvres catalanes de R. Lulle, *Revue philosophique*, 1887, p. 419.

Laissant de côté les auteurs imprégnés de ces tendances plus artistiques que sérieuses, examinons les arguments que présentent les savants arabisants Miguel Asin Palacios et Ribera, tous deux professeurs à l'Université de Madrid. Ces érudits, surpris de trouver des analogies curieuses entre des auteurs arabes qu'ils ont étudiés et Raymond Lulle, ne se sont pas malheureusement contentés de les signaler, mais ont très vite conclu à des influences musulmanes foncières sur la pensée de Lulle.

M. Asin trouve, par exemple, une ressemblance frappante entre une figure circulaire du *Fotouhat* du *Soufi* murcian, Mohy ed Din, Ibn el Arabi et un schéma de Lulle. Il conclut de ce fait présumé vrai à des relations de maître à disciple, entre le *Soufi* et Lulle[6]. Or, le graphisme attribué au Bienheureux ne se trouve que dans le traité *De Auditu Cabbalistico*, suspect à tous les lullistes depuis longtemps. Ce livre, contenu dans l'édition Zetzner, très abstrait, écrit dans un style de basse scolastique inusité au treizième siècle, contient des idées qui ne sont pas du temps. Il est pour moi, et pour d'autres sans doute, nettement apocryphe[7]. Nous le supposerons authentique pour le moment et nous verrons qu'il ne prouverait rien, qu'il n'y aurait même pas à s'en servir pour démontrer l'arabisme de Lulle. Le *pantacle* du *De Auditu Cabbalistico* contient les mots : « *Figura totum representans creatum,* et on lit au-dessous : *Totum creatum est corpus sphaericum extra quod nihil est.* » Il n'est pas expliqué dans le traité auquel il est joint, mais, s'il était de Lulle, signifierait, conformément aux doctrines connues du Docteur Majorquain, que le Ciel est la limite extérieure de l'univers créé, qu'il contient tout ce qui existe dans sa concavité, ce qui est très d'accord avec le système de Ptolémée et le péripatétisme qu'il adopte[8]. La figure de Mohy ed Din qui ne nous paraît présenter aucune ressemblance de sens avec celle

6. *Homenaje à Menéndez Pelayo*, Madrid, Suarez, pp. 5 et 7.
7. Voir Bové, *Sistema científico luliano*, ch. xlvi, note A, p. 385.
8. Édit. Zetzner, 1651, Strasbourg, *De Auditu cabbalistico*, p. 111.

de Lulle contient plusieurs inscriptions arabes. On lit au centre :
« La Vérité, qui est chez les Musulmans un attribut divin privi-
légié. » Entre le centre et la périphérie sont écrits les mots suivants : « Le Possible est l'espace compris entre le centre qui est
la Vérité et la circonférence. » Enfin, hors du cercle, on voit
à gauche la phrase suivante : « Ce qu'il y a au dehors de la
partie extérieure convexe de la circonférence est le Néant[9].
« Il n'est pas nécessaire de montrer que l'on rencontre partout, chez Saint Grégoire de Nazianze, Saint Maxime, Saint Augustin, des comparaisons du cercle au Monde majeur et au
Monde mineur (l'homme) lui-même[10].

Mohy ed Din est panthéiste, de l'aveu de M. Asin, et Lulle
ne l'est pas, ce qui suffirait à les différencier.

Le rapprochement des figures écarté, puisque le schéma de
Lulle est apocryphe, examinons deux autres prétendues analogies notées par M. Miguel Asin.

1° Lulle admettait comme le *Soufi* que *les astres ont des
âmes*. Mais Mohy ed Din et la plupart des Arabes, après les
Grecs, accordaient aux corps célestes d'être informés par des
âmes intelligentes, influentes sur les âmes humaines. Or, le
Majorquain, comme nous l'avons vu dans le chapitre de *Lulle
contre-averroïste*, combat cette thèse, ne reconnaît aux astres
qu'une influence sur les corps humains, parce qu'ils n'ont pas
d'âme intellectuelle ou rationnelle, mais seulement une *âme
motrice*.

2° Lulle emploierait souvent la *comparaison de Dieu avec
une lumière resplendissante*, à l'imitation de Mohy ed Din[11].

Mais tous les mystiques l'ont employée, depuis Saint Denys,
l'Aréopagite, jusqu'à Jacob Bœhme[12]. On la retrouverait même
chez Saint Paul et chez Saint Jean, si on s'en donnait la peine.
Les preuves d'une parenté entre Lulle et le *Soufi* de Murcie ne
sont donc pas si solidement étayées que le croyait M. Miguel

9. *Homenaje á M. Pelayo*, p. 7.
10. Saint Augustin, *De quantitate animae*, ch. xvi.
11. *Homenaje*, note 1, p. 11.
12. Saint Denys, *Théologie mystique*, passim.

Asin Palacios. Le même critique va trop loin aussi quand il veut prouver l'emprunt de Lulle aux Arabes dans le début de la *Disputatio Raymundi* et *Hamar el Saraceni*. Il croit que le Bienheureux prend aux Musulmans le nombre et le nom des Dignités de Dieu quand il leur demande de lui accorder l'existence des Principes qu'ils admettent aussi[13]. Cela veut dire, selon moi, que Lulle prie ses interlocuteurs infidèles d'accepter comme Principes, auxquels se rapportera toute l'argumentation, les attributs de Dieu : Bonté, Grandeur, Puissance, Sagesse, Volonté, Courage, Vérité, Gloire, Perfection et Miséricorde, que tous les adorateurs d'un seul Dieu, Chrétiens, Musulmans, Juifs admettent facilement, *puisqu'ils accordent à Dieu toutes les qualités imaginables*. Il suppose que les deux interlocuteurs prennent la même base de discussion et pas autre chose. M. Asin paraît croire que le nombre cité dans le traité (soit onze Dignités) est particulier aux Musulmans. Or, je ne connais personnellement aucun groupement des Attributs par onze dans aucune des confréries de *Soufis* que j'ai fréquentées et je vis depuis plus de douze ans au milieu de Musulmans qui ne me cachent rien de leur religion.

L'ordre et le nombre des Dignités sont d'ailleurs très variables dans d'autres ouvrages de Lulle où il discute pourtant aussi avec des islamisants. Il énumère, par exemple, neuf Dignités seulement dans la *Declaratio Raymundi* : la Bonté, la Grandeur, l'Éternité, la Puissance, la Sagesse, la Volonté, le Courage, la Véracité et la Gloire[14]. M. Miguel Asin Palacios, si érudit pourtant, n'a donc apporté aucune contribution décisive à la recherche des origines. Peut-être les coïncidences que remarque M. Julian Ribera, dans son mémoire : *Les Origines de la Philosophie de R. Lulle*, sont-elles plus dignes de retenir notre attention. Sans doute moins importantes que ne le croit l'auteur du travail, elles nous intéressent néanmoins.

1° Ribera note que Lulle vante l'hygiène des Musulmans.

13. *Disputatio R. cum Hamar Saraceni*, t. IV, édit., Mayence, p. 1 du traité.
14. *Declaratio Raymundi*, prologues, *Positio secunda*, p. 98.

Ils boivent de l'eau, dit le Bienheureux, ce qui leur permet de vieillir plus que les Chrétiens qui s'échauffent en buvant du vin : « Pour conserver la jeunesse (dit-il aussi) mieux vaut des vêtements amples que des vêtements étroits, afin que l'air puisse se répandre sur la superficie du corps[15], etc. »

2° Lulle proposait d'adopter des coutumes religieuses des Sarrasins. Le Majorquain veut, en effet, dans le verset 156 de *L'Ami et l'Aimé*, que les Chrétiens placent le nom de Jésus au commencement de leurs lettres comme les Musulmans y mettent le nom de Mohammed[16].

Dans le *Blanquerna*, l'évêque dit : « Il ne sera plus permis à l'avenir que les hommes et les femmes puissent se voir à l'église[17]. » Ceci est bien semblable à la coutume arabe de la séparation des sexes dans les mosquées. Dans le même roman, le Pape demande à un cardinal s'il a vu pleurer quelqu'un à son sermon et comme le Cardinal lui répond que non, le Pape, qui représente Lulle, reprend et trouve surprenant « que les Sarrasins, qui vivent dans l'erreur, pleurent dans les sermons et les écoutent avec une si grande dévotion[18] ». Un secrétaire de langue arabe qu'avait le Pape répondit à ce propos et dit « que les Sarrasins prêchaient sur la dévotion et les gloires du Paradis et les peines infernales, et que c'était pour cela qu'ils avaient une si grande dévotion dans leurs sermons et qu'ils pleuraient par la dévotion qu'ils avaient[19] ».

Dans le prologue des *Cent Noms de Deu*, Raymond dit qu'il a fait ces vers pour qu'on les chante dans les églises comme les Sarrasins psalmodient le Coran dans les mosquées, et il annonce qu'il ajoute un nom aux quatre-vingt dix-neuf noms de Dieu des Musulmans. « Ils disent que celui qui saurait le centième saurait toutes choses, c'est pourquoi j'ai fait ce livre des *Cent Noms de Dieu*, que je connais tous[20]. » Il espérait ainsi

15. *Félix de les Maravelles*, II, ch. ii, p. 31.
16. *Amich e Amat*, ch. cvii, v. 156 et suiv., édit. Madrid ; v. 149, p. 86, édit. Obrador.
17-18. *Blanquerna*, II, ch, c, p, 134.
19. *Ibid.*
20. *Obras rimadas*, édit. Rosello, p. 201.

inspirer admiration et respect aux Musulmans, être pris par eux pour un marabout, professeur de la *science infuse*.

3° Le livre *De l'Ami et de l'Aimé* a été fait, dit Ribera, à l'imitation des cantiques de Dieu et d'amour que font les hommes dévots musulmans, comme l'avoue clairement le *Blanquerna*[21]. Nous lisons, par exemple, dans ce livre si intéressant, les paroles suivantes : « Blanquerna avait l'intention de faire un livre de l'Ami et de l'Aimé pour apprendre aux ermites la contemplation et la dévotion, entendant par l'Ami un chrétien quelconque fidèle et dévot et par l'Aimé, Dieu notre Seigneur. Pendant que Blanquerna était en train de considérer cela, il se rappela que dans certaine occasion, étant Pape, un Arabe lui dit que parmi eux il y avait quelques personnes religieuses, lesquelles sont très respectées et estimées au-dessus des autres, et qui se nomment *Soufis* ou marabouts. Ces personnes ont l'habitude de prononcer quelques paraboles d'amour et de brèves sentences qui insufflent à l'homme grande dévotion et qui ont besoin d'être exposées. Et l'entendement monte plus haut dans la contemplation par une (telle) exposition, et par cette élévation la volonté monte et multiplie davantage la dévotion. Après avoir considéré tout cela, Blanquerna résolut de comparer le livre selon la dite méthode[23]. »

Ribera conclut de tout ce qui précède que Lulle a emprunté son mysticisme aux marabouts, qu'il est un vrai *Soufi* chrétien. Nous allons voir qu'il reprend la comparaison de Raymond et du *Soufi* murcian Mohy ed Din, allant jusqu'à soupçonner Lulle d'avoir copié l'auteur du *Fotouhat*.

Nous dirons, avant d'examiner la deuxième sorte d'accusation, que Lulle a simplement eu l'intention de permettre aux Musulmans désireux de devenir Chrétiens tout ce qui, de leurs mœurs et de leurs coutumes pieuses, n'était pas incompatible avec les dogmes catholiques.

Dans un but de rapprochement des Européens et des Arabes,

---

21. *Blanquerna*, II, pp. 105 et 106.
23. *Ibid* , pp. 159-160, appendice, ms. 57, Munich, fo 202.

peut-être veut-il introduire quelques pratiques dévotes qui n'ont rien de foncièrement musulman, comme la litanie des noms de Dieu, la psalmodie religieuse de vers faciles à retenir, la rédaction des livres mystiques dans la forme de cantiques d'amour. Je ne vois pas là de preuve concluante d'un arabisme foncier de Lulle, mais un acte de tolérance très intelligent.

Nous avons vu dans toute la thèse, et nous le verrons encore, qu'il n'y a aucune idée capitale musulmane dans les doctrines de Lulle, champion infatigable quoique large de la Croix contre le Croissant.

Voici maintenant les faits plus particuliers encore sur lesquels Ribera se base pour rapprocher Raymond l'ermite de Mohy ed Din le *Soufi*.

1° Lulle, comme les fakirs et Mohy ed Din aime Dieu d'un amour exclusif, vit dans des grottes à de certains moments de sa vie, se couvre de vêtements très pauvres, parcourt les contrées en demandant l'aumône pour exhorter les gens à faire leur examen de conscience et à l'imiter[24].

2° Comme les *Soufis*, Raymond croit que la foi est supérieure à l'entendement (Ribera paraît ignorer ici que Lulle contemple avec toutes les facultés de l'âme, se sert de toutes à la fois dans ses livres principaux). Il prétend comme eux préférer la *science infuse* aux sciences ordinaires.

3° Lulle enseigne, comme les mystiques musulmans, l'union avec Dieu, dans son cantique de *L'Ami et de l'Aimé*[25].

4° Lulle emploie un technicisme étrange à saveur kabbalistique, ce qui est habituel aux santons musulmans[26].

Il enseigne tout en vers, comme les *Soufis*[27].

Rien de ces pratiques n'est spécial aux Musulmans. Les solitaires chrétiens, bien avant la venue de Mohammed, ont vécu dans des grottes, pauvrement vêtus, grâce aux dons volontaires des passants auxquels ils prêchaient le retour à la simplicité

24. Ribera, *loc. cit.*, p. 198.
25. Voir notre chapitre: *Lulle mystique*.
26. Ribera, *loc. cit.*, p. 199.
27. *Obras rimadas : Applicatio de Art général*, par exemple.

et à la dévotion des premiers disciples de Jésus. L'extase unitive est aussi bien connue des yoguis hindous que des moines
chrétiens, ou des fakirs musulmans, la mystique est à peu près
la même dans toutes les religions. Les poèmes et les cantiques
religieux sont aussi bien païens que chrétiens et musulmans ;
toutes les religions de l'Inde, depuis le bouddhisme, le djaï-
nisme, le brahmanisme, jusqu'aux sectes récentes de l'*arya-
somadj* ou du *brahmo-somadj*, associent la poésie et le chant à
leur culte.

La kabbale de Lulle n'existe que dans l'imagination des auteurs mal informés, comme je l'ai montré dans le chapitre
Lulle et les Juifs.

La forme schématique du *Grand Art* n'a rien de commun
avec le symbolisme compliqué et subtil du *Zohar*. C'est une
expression graphique de cet Art, un essai de démonstration
concrète au moyen de signes, d'abréviations, mais nullement
un ésotérisme.

5° La vie de Mohy ed Din et celle de Lulle, également tourmentées, sont bien remplies. Le *Soufi* murcian écrivit quatre
cents œuvres[28].

Ni Lulle, ni l'auteur du *Fotouhat* ne sont les seuls à avoir
rempli des traités énormes et nombreux de leurs doctrines et
de leurs théories, de leurs vers et de leurs anecdotes.

6° Voyons quelques autres points de contact présumé, importants quoique secondaires.

a) Mohy ed Din recherche comme Lulle la science de L'Ami,
ne se contente pas du syllogisme et demande la *science infuse*
que Dieu concède aux hommes de bonne volonté[29].

b) Ils visent tous deux l'unité de la science, harmonisent les
contraires, l'ontologique et le moral, le psychologique et la
logique, l'être et le non-être, l'affirmation et le doute[30].

c) Poétiques et imagés, ils ne citent jamais les autres mais
semblent parler sous l'influence d'une inspiration divine,

28. Ribera, pp. 200 à 204.
29. *Id.*, p. 206.
30. *Id.*, p. 207.

d'une illumination, soit qu'ils croient réellement posséder la
science infuse transcendante, soit qu'ils veuillent seulement le
faire croire aux autres. Ils emploient aussi les symboles géométriques, schématisent leurs concepts dans des tables et des
cercles, voient tout en représentations concrètes. Dieu est le
centre de la circonférence dont la périphérie est la dernière
émanation[31], etc.

d) Ils ont passé pour des fous ou des hommes ivres[32].

e) Tous deux ont détesté les philosophes naturalistes arabes,
ont été nettement antiaverroïstes[33].

Rechercher la science de Dieu, prétendre posséder la *science
infuse* et, par conséquent, ne jamais rapporter les paroles des
autres, sont des caractéristiques de tous les mystiques poètes
et des façons d'être communes. C'est peut-être encore une
tactique.

Lulle n'avait pas besoin de l'exemple du *Soufi* murcian pour
harmoniser les contraires, unifier les sciences diverses dans
une méthode générale. Les néo-platoniciens suivis par les
Pères de l'Église l'avaient essayé bien avant Mohy ed Din.

Ruysbroeck est un mystique amoureux et très poétique dans
L'Ornement des Noces Spirituelles[34]. Il n'a pourtant nullement
subi en Flandre l'influence des marabouts musulmans. *Le Cantique des Cantiques* est une œuvre juive. Tout au plus peut-on
dire que Lulle reproche aux Chrétiens, dans le *Blanquerna*, de
délaisser la littérature mystique et leur conseille d'imiter l'enthousiasme dévot des Musulmans. Cela veut-il dire que Raymond n'eût pas aimé Dieu et n'eût jamais écrit *L'Ami et
l'Aimé*, s'il n'eût pas su que les *Soufis* composaient des poèmes
de ce genre? Je ne le crois pas.

Sans doute la forme du livre est-elle orientale avec intention, mais le tempérament de Lulle l'eût amené à exalter en

31. Ribera, p. 208.
32. *Id.*, p. 210.
33. *Id.*, p. 210.
34. Ruysbroeck l'admirable, *L'Ornement des Noces spirituelles*, traduction
Maeterlinck.

phrases harmonieuses et imagées l'amour mystique, même s'il
se fût exclusivement adressé à des Chrétiens.

Quant aux symboles graphiques, ils sont très usités dans les
écoles pythagoricienne, platonicienne (*Le Timée*), péripatéticienne, néo-platonicienne. Les Pères de l'Église ont continué
à les employer. En remontant plus loin, on trouverait des figures
circulaires, triangulaires pour représenter des idées métaphysiques, au Mexique d'une part, dans l'Inde ancienne de l'autre.

Tous les novateurs ont toujours passé pour des fous, ainsi
d'ailleurs que ceux dont la vie était différente de celle de la
foule. Clercs ou solitaires pieux, les Chrétiens convaincus,
comme les Musulmans orthodoxes, devaient détester l'averroïsme.

Souvenons-nous du *Tahfot el Falacifa* de Ghazali, *Soufi*
indépendant, qui, avant Lulle et Mohy ed Din, combat l'im-
piété d'Ibn Rochd et des penseurs de son genre. Il me paraît
peu croyable cependant que le fameux Al Gazel, mystique original et destructeur de l'hérésie musulmane, les ait inspirés[35].

7° Ribera reproche aux partisans de l'originalité de Lulle de
ne pas s'être aperçu que le *Livre des Cent Noms de Dieu* attribue aux titres qualificatifs de la Divinité des Vertus Magiques,
ce qui est musulman. « Comme Dieu a mis de la Vertu dans
les Paroles, les Pierres, les Herbes, combien donc davantage
en a-t-il placée dans ses Noms. C'est pourquoi je vous conseille
de dire chaque jour *Les Cent Noms de Dieu* et de les porter sur
vous écrits[36]. »

Si Lulle veut convertir les Musulmans, et sans leur enlever
leurs coutumes compatibles avec la religion catholique, il n'y
a rien d'étonnant à ce qu'il conserve la tradition des *Cent Noms
efficaces de Dieu,* qui est encore vivace en Afrique de nos jours.
Le chapelet des Khouans des confréries a quatre-vingt-dix-
neuf grains et une houppe terminale, et sert toujours à prononcer les titres de Dieu, un par un.

---

35. Munk, fasc. II, pp. 376, 377, 378. — Ghazali et Al Gazel sont un seul et
même auteur.
36. Ribera, p. 212; cf. *Obras rimadas,* p. 202.

Le chapelet est de toutes les religions et a peut-être été connu par le christianisme et l'hindouisme (bouddhique et brahmanique) bien avant que l'Islam s'en soit servi. Quant à la Vertu des Noms, elle a été acceptée universellement depuis les débuts de l'humanité, par Pythagore ensuite dans le monde antique, surtout enfin par une tradition ininterrompue d'hommes de toute religion et de toute race. Un mot, abréviation d'idée, d'abord chanté, est écrit d'une manière magique.

L'incantation précède le talisman, mais tous deux sont des manifestations universelles de la croyance à l'efficacité de la parole, substrat de pensée.

La médecine du treizième siècle croyait aux qualités occultes des pierres et des herbes, était, on le sait, une sorte de magie naturelle.

8° Il y aurait aussi à rapprocher une idée de Mohy ed Din de certains passages du *Blanquerna.* L'auteur arabe attribue une mission distincte à chacun des *qolb* (*essieu* en arabe) ou princes de la Sainteté, protecteurs chacun d'une partie de la terre, sous un nom différent tiré d'un texte coranique. De même, chaque cardinal a dans le *Blanquerna* une appellation distincte, qui rappelle une louange du Seigneur, *Laudemus te, Benedicamus te*[37], etc.

Mais cette manière de nommer les *qolb*, saints protecteurs de régions déterminées, n'est pas particulière à l'Islam. On a toujours donné aux religieux chrétiens, dans certaines communautés d'Orient tout au moins, des noms mystiques comme Théodore, Théophile, et les noms des jeunes filles espagnoles comme : Incarnation, Assomption, Immaculée, Ascension, témoignent du même souci dévot.

Si l'on objecte que *Laudamus te* ou *Benedicamus te* symbolisent des fonctions particulières, nous répondrons que les attributions diverses des frères d'un même couvent : panetier, jardinier, portier, sonneur, cuisinier, pouvaient donner à Lulle l'idée de nommer par offices ou devoirs à remplir les

37. Ribera, p. 213; *Blanquerna*, II, ch. LXXXVI, pp. 4 et 15.

cardinaux destinés chacun à une besogne différente. L'association des noms et des choses est inhérente à la conscience humaine et n'a rien de spécialement musulman.

Je ne crois pas que Lulle se soit servi des enseignements du *Fotouhat*, si tant est qu'il ait entendu parler de Mohy ed Din dans ses voyages. Je ne trouve aucune ressemblance frappante, définitive, pouvant permettre de supposer une filiation entre les deux mystiques.

D'ailleurs, serions-nous arrivés à la constater que cela n'eut rien prouvé en faveur d'une influence dogmatique ou doctrinale islamique.

Lulle n'a évidemment imité ni le kabbalisme du *Soufi* précité, ni suivi son émanatisme affirmé clairement par les traducteurs Miguel Asin et Ribera. Quant à l'expression de ses doctrines, elle lui est si peu particulière qu'on doit encore moins la comparer à la forme du lullisme pour en conclure à un pastiche.

Admettons que Raymond ait imité, aussi fidèlement que MM. les Professeurs de Madrid le disent, les allures des marabouts arabes et fait des concessions religieuses à l'Islam. Il ne me paraît pas possible de trouver dans toute son œuvre un seul argument en faveur d'un emprunt exclusivement musulman en matière de foi. Il n'était pas défendu à Lulle de tolérer ou de recommander, pour attirer les Maures, l'usage de pratiques pieuses superficielles de leur religion, compatibles avec la foi catholique. Si enfin ces concessions étaient nombreuses, ce qui n'est pas, elles ne démontreraient pas que le Majorquain fût un élève des Arabes et leur doive beaucoup. Ses idées sont grecques et chrétiennes et n'ont rien de l'Islamisme, nous le verrons bientôt.

3° AUTRES REPROCHES D'ARABISME AUSSI PEU FONDÉS.

M. Menéndez y Pelayo, dans ses *Origines de la Nouvelle*, reprend malheureusement la thèse des auteurs précités au point de vue littéraire, globalement et sans la contrôler. Il tente même de faire du *Livre des Bêtes*, version espagnole du *Roman du Renard* intercalée dans le *Felix de les Maravelles*, une imitation du *Khalila et Dimna*[38]. M. Morel Fatio est d'ailleurs du même avis.

Cependant, l'influence est-elle bien prouvée? Pelayo est obligé d'avouer que les animaux ne jouent pas le même rôle dans le *Felix* que dans le livre arabe : le bœuf se dévoue à la place du chameau quand le lion a faim. La conspiration du renard contre le lion n'est pas préparée de la même façon dans le *Felix* et le *Khalila*, la manière dont on la découvre et la punition du coupable diffèrent aussi dans les deux ouvrages. Les aventures qui arrivent aux divers animaux ne sont pas les mêmes dans le *Felix*[39]. M. Menéndez y Pelayo a des doutes et n'ose cependant pas s'affranchir de l'opinion reçue d'érudits compatriotes qui voient un peu trop d'arabisme partout dans la philosophie et la littérature espagnoles.

La plupart de nos contes de fées sont orientaux et nous ne savons au juste comment ils nous sont parvenus. Il est plus difficile encore, devant les variations du *Roman du Renard* de Lulle, de reconnaître si le fond de cette nouvelle est directement inspiré des Arabes ou issu de récits plus anciens que le *Khalila et Dimna*, également colportés chez les Musulmans et chez les Chrétiens.

Examinons enfin l'argumentation de Lulle contre les partisans du Prophète et voyons s'il a, comme le croit Guardia[40], montré de la timidité dans les traités qui leur étaient destinés, évité par exemple de heurter de front leurs thèses théologiques principales et d'exposer les dogmes du catholicisme comme la Trinité ou l'Incarnation. Guardia se base à tort sur un texte isolé de l'*Ars amativa*, car nul livre, même *La Disputatio Raymundi et Hamar Saraceni*, ne peut confirmer sa thèse. De peur que l'on ne me reproche de citer des textes isolés, je donnerai

---

38. *Origenes de la Novela*, I, Introduct., LXXII, LXXIII, Madrid, 1901.
39. *Ibid*., LXXXV et LXXXVI.
40. *Revue philosophique*, octobre 1887, p. 423, cite introduct. catalane de l'*Ars amativa*, ms. 284, Bibl. Nat.

ici un résumé du début de cette *Disputatio* célèbre où se trouve le plan du traité : « Ce livre se divise en trois parties. » La première comprend la position et l'argumentation du Sarrasin ; la deuxième, la position et l'argumentation du Chrétien ; la troisième traite du but et de l'ordonnance en vue desquels le livre est fait.

Dans la première partie, le Sarrasin pose dix-huit Principes (il fallait que Lulle pût trouver chez son adversaire le fondement de ses déductions, le moyen de le combattre avec une méthode qu'il admette lui-même ; c'est une fiction littéraire comme l'a remarqué Mandonnet). Il essaie avec ces Principes de détruire la loi chrétienne. Dans la deuxième partie, le Chrétien pose les mêmes Principes avec lesquels il essaie de détruire la loi des Sarrasins, car la Trinité et l'Incarnation une fois prouvées, la loi des Chrétiens sera vraie et la loi des Sarrasins sera détruite et démontrée fausse. Dans la troisième partie, tous les deux décident que le Livre (formé de leurs discussions) sera transmis aux principaux (de l'une et de l'autre religion), afin qu'ils voient eux-mêmes lequel des deux déduit les plus puissantes Raisons contre la Loi de l'autre [41].

Ils discutent de la Trinité tous les deux. Le Sarrasin dit, prenant pour base les principes : « Posé que les qualités précitées ne soient en Dieu ni substantielles, ni accidentelles, il s'ensuit que Dieu n'est ni en trois personnes, ni incarné, et j'ai l'intention de le soutenir dans la seconde partie [42]. » Le Chrétien lui répond en faisant appel aux corrélatifs, à l'universalité de la division tripartite dans la nature, arguments que nous connaissons bien [43]. A propos de l'Incarnation, le Musulman dit : « Un Christ homme n'est pas nécessaire, parce que l'homme est homme créé, quantifié et nouveau et que d'autre part l'être créé, quantifié et nouveau ne peut être l'Être Incréé, Infini et Éternel : il est donc prouvé que Dieu ne peut s'incarner [44]. »

41. *Disputatio cum Hamar*, in Mayence, t. IV, p. 2.
42. *Ibid.*
43. Édition Proaza, 1599, f⁰ˢ 64 et 65 à 72.
44. Édit. de Mayence, t. IV, *Disputatio*, p. 3.

Voici une des réponses du Chrétien : « Quand tu dis qu'aucun Être existant unique et infini ne peut être joint à un homme fini et nouveau, composé de diverses essences... je dis que tu es dans le vrai au point de vue naturel, mais que tu parles à tort au point de vue surnaturel. En effet, de même que la Charité élève l'homme à aimer Dieu plus que soi-même, de même la Nature divine peut élever la Nature humaine en raison de sa Puissance infinie, de façon à ce qu'en même temps l'homme soit en elle et Dieu par elle, de telle sorte que l'homme devenu homme par son humaine nature, que Dieu soit homme par la Nature humaine et que Dieu reste cependant Dieu par la Nature divine[45]. »

Je ne jugerai pas la valeur des arguments de Lulle, assez peu probants pour un Musulman. La Trinité et l'Incarnation sont des dogmes du domaine exclusif de la Foi et qu'il est impossible de démontrer rationnellement une fois pour toutes.

Lulle essaya, et, comme on peut le penser, n'eut pas grand succès parmi les Arabes, difficiles à convertir, pour ne pas dire complètement inébranlables dans leur foi.

Ceci dit, il nous faut retenir des passages précédents que Lulle, au mépris de sa liberté et de sa vie, ne s'est jamais privé de lutter franchement avec les Sarrasins, de leur prêcher les dogmes chrétiens les plus opposés à l'islamisme, d'essayer de les leur faire accepter par des raisonnements explicites nullement atténués.

Une présomption en faveur d'une concession foncière à la religion de Mahomet ne peut donc être tirée de l'opinion de Guardia, superficielle, erronée, gratuite. On trouverait d'ailleurs dans le traité *Disputatio cum Hamar* bien d'autres preuves de la hardiesse de Lulle dans ses controverses.

Il ne se gêne point par exemple pour reprocher à Mahomet de répandre sa fausse et diabolique Loi par le glaive et la force. Il en prend texte pour exhorter le Sarrasin : « Accepte donc ma Loi et tu auras la Vie Éternelle, car elle aura été donnée et

---

45. *Disputatio cum Hamar Saraceni*, Mayence, t. IV, ch. II, pp. 14 et 15.

Lo Beat Ramon Lull disputant con los doctors Cerrahyns

CARoLVS CARRIÉ

répandue par la prédication et le seul sang des Bienheureux Martyrs[46]. »

Il accuse souvent enfin Mahomet d'avoir été luxurieux, orgueilleux, impatient[47].

Arrivés aux termes de notre enquête sur la possibilité d'une filiation des Doctrines philosophiques ou théologiques musulmanes dans l'œuvre de Lulle, nous voici obligés de reconnaître la légèreté de la plupart des prétendues preuves d'influences musulmanes, apportées par des érudits cependant remarquables.

Les seules doctrines foncières dont l'origine arabe est peut-être authentique, quoique indirecte chez Lulle, sont précisément celles que les professeurs espagnols n'ont pas étudiées et qui lui viennent de l'ancienne école franciscaine : la pluralité des formes, par exemple.

Nous sommes contraint par les faits, c'est-à-dire par les textes eux-mêmes, d'affirmer que Raymond repoussa tout arabisme important ou caractéristique, accueillit peut-être quelques coutumes extérieures sans répercussion sur la Foi catholique, prit des façons orientales de s'exprimer, ce qui est tout naturel, mais n'emprunta aucune idée musulmane spéciale.

Lulle n'est pas le disciple, mais plutôt l'adversaire des Arabes. Il connaît leur pensée, non pour l'utiliser à son profit mais pour la combattre. Il a étudié l'arabe et fréquenté les Maures pour essayer de les convertir; il a fait comme les missionnaires de tous les temps et rien de plus.

---

46. *Disputatio*, Mayence, IV, ch. II, quest. 2, § 3, p. 12.
47. Édit. Proaza, folio 35, § 18, folio 35, § 30-31.

CHAPITRE IV.

Lulle et les Penseurs Chrétiens.

Raymond Lulle n'inventa pas les idées théologiques qu'il expose dans ses œuvres, malgré l'originalité de l'expression ; on reconnaît dans ses paroles l'influence des Pères de l'Église et des penseurs chrétiens imbus des doctrines néo-platoniciennes.

Lulle est augustinien et anselmien, franciscain dans beaucoup de ses traités, mais se montre indépendant néanmoins très souvent, dans les limites du dogme et de l'orthodoxie, dans la poursuite de buts qui lui sont spéciaux et dans la forme allégorique et dialoguée.

Il semble, en tout cas, que l'on ait beaucoup trop insisté en Espagne sur les origines arabes du lullisme et négligé l'inspiration chrétienne, dominante à mon avis.

On ne connaît ni les livres que lisait Lulle, ni les maîtres auprès desquels il étudia. Aucun document ne permet donc d'établir une filiation définitive entre ses idées et celles des autres penseurs chrétiens. Mais certaines ressemblances sont trop frappantes pour être fortuites.

A. — LULLE ET SAINT AUGUSTIN

La contribution qu'a apporté l'augustinisme à la pensée de Lulle me paraît des plus capitales.

Saint Augustin est non seulement un théologien étudié pendant tout le Moyen-Age, mais le vrai *père de la mystique chrétienne orthodoxe*. Les réalistes puiseront aussi dans son exemplarisme des arguments solides pour leurs théories. Saint

Anselme, Alexandre de Halès, Saint Bonaventure, beaucoup
de franciscains seront augustiniens ou se réclameront de Saint
Augustin. Voici les points sur lesquels la filiation augustinienne
des opinions de Lulle me paraît très vraisemblable.

1° *L'exemplarisme.* Tout dans les traités catalans et latins du
Majorquain, est participation finie des Dignités Divines, Principes absolus, Divins exemplaires incréés. Or, la *Cité de Dieu*
dit : « Les Idées sont des raisons immuables et invisibles des
choses, même de celles qui sont visibles et muables et qui ont
été faites par elles, car Dieu n'a rien créé en l'ignorant... Si
donc il a fait toutes choses avec science, il a fait nécessairement ce qu'il connaissait[1]. » « Il existe des Idées principales
ou principes des choses. Ces Idées sont stables et immuables,
elles n'ont pas elles-mêmes reçu de forme, elles sont donc
éternelles, elles résident dans l'Intelligence divine. Ces Idées ne
commencent ni ne finissent, et c'est cependant d'après elles que
reçoit sa forme tout ce qui commence et tout ce qui finit[2]. »
Le Saint est réaliste. La certitude de la Connaissance est armée
par la correspondance des Choses et des Idées Éternelles (*principales formae quaedam vel rationes rerum in divina intelligentia
continentur*). La Raison Suffisante des choses ne se trouve ni
en elles, ni en nous, mais en Dieu[3]. Or, le réalisme de Lulle,
conséquence de l'exemplarisme, n'est pas différent de celui-là.

2° Lulle est *volontariste* comme l'évêque d'Hippone. Nous
trouvons dans *Le Livre de Contemplation* : « Béni soyez-vous,
Dieu, qui avez voulu que l'âme humaine ait les vertus naturelles en puissance[4]. » « Loué soyez-vous, car vous avez voulu
créer l'âme rationnelle qui a sa nature d'être dans le corps
humain. » « Béni soyez-vous, vous qui avez voulu que l'Être
soit chose ayant pouvoir de bien être[5]... » Cette expression :
« vous qui avez voulu », revient très souvent dans le tome Ier.

1. *De Civitate Dei,* ch. xi, §§ 3, 10 22, ch. viii, §§ 6 et 7.
2. *Livre des Quatre-vingt-trois Questions,* quest. 46.
3. *Id.*, quest. 12, §§ 6 et 8.
4. *Libre de Contemplacio de Deu,* t. I, ch. xxxvi, 175.
5. *Id.*, ch. xlix, p. 249.

Le titre même de la XIIIᵉ distinction, dans le tome II : « Comment tous les biens, tant qu'ils sont, sont voulus par la Volonté divine[6] », montre le volontarisme de Lulle. Voici enfin un texte significatif : « Tous les biens sont en votre Vouloir ; avant d'être, ils étaient déjà dans votre Vouloir, car s'ils n'y avaient été, ils n'auraient pas été comme vous avez voulu qu'ils fussent[7]. » Les chapitres LXIII, LXIV, LXV sont consacrés à l'étude détaillée de la Volonté divine qui n'a voulu ni péché, ni faute[8], qui a voulu que Jésus-Christ fut Dieu et homme ensemble : « Rien ne pouvait, ni anges, ni démons, ni autre chose, vous empêcher de faire ce que vous vouliez[9]. » Nous avons vu, dans les chapitres *Lulle mystique* et *Lulle moral*, le rôle qu'il fait jouer à la Volonté dans la vie chrétienne et qu'il la confond avec l'Amour. La Bonté détermine la Volonté divine à agir. Dieu aime et connaît la création dans l'Éternité, et s'il l'aime, c'est parce qu'il est bon avant tout, dit Raymond dans *Les Cent formes du Grand et Dernier Art*. Saint Augustin disait : « C'est la Bonté qui a décidé Dieu à faire ce qu'il a fait, c'est-à-dire ce qui est bon[10]. » Saint Augustin attribue une importance extrême à la Volonté dans la Création. Il devait se montrer volontariste en psychologie, en mystique, en morale. Il place la Volonté à la tête des puissances de l'âme. Il la confond même parfois avec le désir et la joie, la crainte et la tristesse, c'est-à-dire avec l'affectivité : « Qu'est-ce que le désir et que la joie, sinon une volonté qui consent à ce qui nous plaît ? Et qu'est-ce que la crainte et la tristesse, sinon une volonté qui nous détourne de ce qui nous déplaît ? Or, nous consentons à ce qui nous plaît en le souhaitant, ce mouvement s'appelle désir et quand c'est en jouissant, il s'appelle joie. De même quand nous nous détournons de l'objet qui nous déplaît avant qu'il nous arrive, cette volonté s'appelle crainte, et après qu'il est arrivé, tristesse.

---

6. *Libre de Contemplacio de Deu*, t. II, ch. LXIII, dist. XIII, titre, p. 24.
7. *Id.*, § 19 de la page 27.
8. *Id.*, ch. LXIV, pp. 29 et 39.
9. *Id.*, ch. LXV, pp. 34 et 35.
10. *Grand et dernier Art*, — *Les Cent Formes*.

En un mot, la volonté de l'homme, selon les différents objets qui l'attirent ou qui la blessent, qu'elle désire ou qu'elle fuit, se change et se transforme en ces différentes affections. C'est pourquoi il faut que l'homme, qui ne vit pas selon l'homme, mais selon Dieu, aime le bien, et alors il haïra nécessairement le mal [11]. » On voit dans ce passage l'origine de l'identification fréquente chez les théologiens et les mystiques ultérieurs, entre la Bonne Volonté et l'Amour, la Mauvaise Volonté et la Haine, l'attachement au Péché. La première intention, d'aimer et de louer Dieu est chez Lulle un acte de Bonne Volonté; la deuxième intention, d'aimer la Vaine Gloire, le Péché, est acte de Mauvaise Volonté. *La Cité de Dieu* s'oppose à la *Cité du Démon* chez Saint Augustin et la différence entre les deux provient de la différence de *Volontés : l'une dirigée* vers Dieu et l'aimant plus qu'elle-même; *l'autre détournée* de Dieu et s'aimant elle-même plus que Dieu.

3° On comprend très bien que si l'évêque d'Hippone *identifie l'Amour et la Bonne Volonté*, sa mystique est nécessairement affective plutôt qu'intellectuelle. Toutes les mystiques sont, il est vrai, affectives : élan du cœur, exaltation du sentiment religieux, de l'amour de Dieu. Mais certaines refusent à l'Intellect la possibilité d'approcher de Dieu ou même de le comprendre. Au contraire, *Saint Augustin est à la fois mystique affectif et intellectuel.* S'il identifie la Science de Dieu et son Amour comme il a fondu la Volonté et l'Amour : « *Si sapientia Deus est... verus philosophus est amator Dei* [12] », il faut chercher le vrai pour, à la fois, le connaître et l'aimer : « *O veritas, veritas ! quam intime etiam tum medullae animi mei suspirabant tibi* [13]. » Saint Augustin distingue *deux connaissances, intellectuelle et affective,* les unit pour saisir la Vérité Vivante en s'appuyant à la fois sur l'une et sur l'autre. Lulle contemplait avec toutes les puissances de son âme, ne visait pas à l'anéantissement de l'intelligence au profit d'états purement affectifs où l'individu

11. *Cité de Dieu,* xiv, 5 et 6.
12. *De Civitate Dei,* VIII, § 1.
13. *Confessions,* liv. III, ch. vi.

conscient disparaît. Il suivait en cela la mystique orthodoxe
fixée par Saint Augustin.

4° *L'accord du Libre Arbitre et de la Prédestination* qu'on
trouve souvent chez Lulle : « Comme il faut à la fois considérer la Sagesse et la Justice (de Dieu), qui ne sont pas séparables, il y a à la fois Prédestination et Libre Arbitre [14] », a été
déjà résolu par Saint Augustin : « Dieu opère dans l'homme la
volonté de croire, mais consentir à l'appel de Dieu ou n'y pas
consentir appartient à la Volonté [15]. »

5° La doctrine *de la Grâce* complète cette conciliation chez
Lulle toute la XX° distinction du *Livre de Contemplation* [16], traite
de la Miséricorde de Dieu. Il parle souvent de la Grâce et de
ses dons, comme nous l'avons déjà vu. Or, Saint Augustin
disait déjà : « O Dieu, celui-là vous cherche bien en qui vous
opérez de vous chercher bien [17] » ; et dans une lettre aux moines
d'Adrumète : « Ne niez pas la Grâce et ne défendez pas non
plus le Libre Arbitre à ce point que vous le sépariez de la
Grâce, comme si sans la Grâce nous pouvions seulement penser ou faire la moindre chose selon Dieu [18]. »

6° Le *Dieu Providence* de Saint Augustin est donc le Dieu
de Lulle, et la conception de sa Puissance, de sa Bonté, de sa
Grandeur est la même chez le Majorquain et chez l'évêque
d'Hippone.

7° Quelque chose de plus particulier est la *correspondance
des Facultés de l'Ame* chez Saint Augustin et chez Lulle. On
trouve chez le Docteur du treizième siècle la division *trichoto-
mique* de l'évêque africain en Mémoire, Intelligence et Volonté ;
la Volonté est naturellement chez tous les deux la puissance
supérieure de l'âme : « L'âme rationnelle est l'essence qui a le
pouvoir de se rappeler, de comprendre et de vouloir [19] », dit

14. Mayence, t. II, *Ars inventiva*, 3° quest. résoluble KKK, p. 171.
15. *De Civitate Dei*, loc. cit.
16. *Libre de contemplacio*, édit. Obrador, t. II, ch. xciii et xciv.
17. *Soliloques*, liv. Ier, ch. ier, n° 6, t. I, col. 872.
18. Épître CCXIV, n°s 1, 2, col. 969.
19. *Doctrina pueril*, ch. lxxxv, verset 4, p. 231.

Lulle. Il ajoute, ailleurs, pour faire comprendre l'unité essentielle des trois personnes : « L'âme intellectuelle est une essence en trois choses diverses, desquelles est l'être de l'âme, et ces trois choses sont : mémoire, entendement et volonté[20], etc. » N'est-ce pas chez Saint Augustin que Lulle a pris cette idée : « *Atque ita fit illa trinitas ex memoria et interna visione et quae utrumque copulat voluntate. Quae tria enim cum in unum coguntur, ab ipso coactu cogitatio dicitur. Nec jam in his tribus diversa substantia est*[21]. »

Remarquons dans les textes choisis une autre idée que Lulle a peut-être prise à Saint Augustin, celle de comparer les trois puissances de l'âme aux trois personnes de la Trinité. De même, d'ailleurs, qu'Augustin emploie tantôt des comparaisons tripartites de la Trinité aux trois moments de l'existence : être, connaître, vouloir[22] ; tantôt à l'être, à la vie et à la connaissance[23], ainsi qu'à d'autres triades, Lulle ne se borne pas non plus à faire correspondre les trois puissances de l'âme avec les trois personnes de la Trinité divine, mais leur rapporte l'idée de triangle, celle de ses trois corrélatifs, et dans le chapitre III du *Félix* prouve par de nombreux exemples que la Trinité est un principe naturel, puisqu'on la retrouve partout.

8° Nous avons déjà vu que la ressemblance de nos idées, participations finies des Idées divines, étaient chez Lulle un garant de la confiance que nous pouvions accorder à notre connaissance. Ce *rapport du problème critériologique à la théodicée* est pour la première fois nettement affirmé par saint Augustin dans le christianisme. *Certitude de la conscience et de la réalité du moi pensant, des premiers principes logiques, métaphysiques, moraux, de nos représentations intellectuelles du monde extérieur* sont, dans le lullisme, comme dans les œuvres de l'évêque d'Hippone, la *conséquence de l'exemplarisme*[24].

20. *Félix de les Maravelles*, I, ch. III, *De l'Unité de Dieu*, p. 28.
21. *De Trinitate*, XI, 16, et XV, 3.
22. *Confessions*, XIII, 11.
23. *De libero arbitro*, passim.
24. *De vera religione*, pp. 72 et 73.

9° *Le rôle de l'illumination dans la connaissance* intellectuelle joue un rôle important dans le lullisme comme dans toutes les mystiques postérieures à Saint Augustin. Comme tous les Franciscains contemplatifs, Lulle compare Dieu dans beaucoup de ses livres à une lumière, à un soleil : « *ea non posse intelligi nisi ab alio quasi suo sole illustrentur* », avait dit Saint Augustin avant lui, « *in quodam luce sui generis omnia quae cognoscit intueatur*[25] », Dieu est le maître intérieur de l'âme, la *ratio inferior (quae intendit temporalibus)* et la *ratio superior (quae intendit æternis conspisciendis aut consulendis*)* sont des modes de connaissances distinctes, l'une infiniment plus noble que l'autre.

Les essences de toutes choses sont nécessairement et immuablement conformes à leur exemplaire incréé, base de toute vérité, et nous ne comprenons pas cette conformité par la *ratio inferior*, mais seulement par la *ratio superior*, et cela par l'action illuminatrice de Dieu**.

Dans les *Duodecim Principia*, Lulle dit : « *Rursus dixit Intellectus alium modum habeo per ea quae sunt superiora, puta per Deum et per suas Dignitates et per substantias separatas****. »

Nous reviendrons sur cette question à propos de Saint Bonaventure, qui reprend beaucoup de théories augustiniennes et qui a dû les transmettre assez directement à Lulle. On peut même dire que tous les grands Docteurs franciscains ont donné au lullisme leurs interprétations de l'augustinisme en même temps que leurs propres idées.

B. — LULLE ET LE PSEUDO-DENYS.

Lulle a dû subir l'influence d'un autre transmetteur de la pensée néo-platonicienne, traduit en latin par Scott Eriugène et

---

25. *De Trinitate*, xii, 15.
  * *De Trinitate*, xii, 1 et 7, cité par de Wulff, *Histoire*, édit. 1912, p. 98.
  ** *De Civitate Dei*, ibid., cité Wulff, xc, p. 98.
  *** *Duodecim principia*, ch. x, p. 140.

très souvent cité par saint Anselme et saint Bonaventure, commenté par tous les mystiques médiévaux, le pseudo-Denys.

1° *L'exemplarisme de Plotin est professé par ce maître* : « Il n'y a rien qui soit qui ne participe en quelque façon de cet Un qui, en sa nature partout unique, anticipe uniquement et universellement toute chose, voire même les contraires et opposés[26]. »

2° Nous savons que Lulle considère le Monde comme créé par un Acte de Bonté de Dieu : « Il commença à considérer quel grand bien c'est pour Dieu d'engendrer, lui qui est Bien infini, éternel, puissant, savant[27], etc. » « Dieu est Bon comme auteur des choses bonnes (dit Denys), Grand comme auteur des choses grandes[28]. Le Bon est le Principe et la Fin de tout, même du mal, et c'est en faveur du Bon que s'accomplit tout ce qui est bon, et tout ce qui en est l'opposé[29]. » Mais saint Denys attribue au Bien une importance beaucoup plus privilégiée que ne le fait Lulle. Celui-ci, tout en exaltant la Bonté de Dieu, considère toutes les Dignités ou Attributs comme égaux. La conception lullienne du Mal identifié au Non-Être est déjà dans les Noms Divins qui répètent Plotin : « Le Mal n'est pas dans les êtres, car si tous les êtres procèdent du Bon et que le Bon soit dans les êtres et les comprenne tous, où le Mal ne sera pas dans les êtres ou il sera dans le Bon[30]. »

3° Denys, avant Lulle, sépare nettement Dieu de ses créatures : « Il faut chercher, en outre, comment nous connaissons Dieu, qui n'est intelligible, ni sensible, ni absolument rien de ce qui existe[31]. » Et cependant il recommande de s'élever à lui par la contemplation des êtres créés, qui sont ses ressemblances. « Or, n'est-il pas vrai de dire que, sans connaître Dieu dans sa nature, dont la connaissance en effet surpasse toute

26. *Noms Divins*, ch. II, édit. J. de Saint-François, Paris, Hauquefeuille, 1608, f° 147 ; comparer ch. VII, f° 119 ; ch. XIII, f° 224.
27. *Blanquerna*, II, ch. CXIII, p. 271.
28. *Noms Divins*, ch. I, f° 137, édit., Paris, 1608.
29. *Ibid.*, ch. IV, p. 31, édit. Dulac, p. 217.
30. *Ibid.*, § 21, pp. 201 et 202, édit. Dulac.
31. Édit. Dulac, p. 217.

raison et toute intelligence, par l'ordonnance de tous les êtres qu'il a extraite de lui-même et où reluisent les images et les similitudes des paradigmes divins, nous nous élevons autant que possible, ainsi que par une route graduelle, en dehors de tout, au-dessus de tout, en la cause de tout jusqu'à l'Être, au-delà de tous les états [32]. »

4° *L'idée d'attribuer plusieurs Noms Divins* aux aspects différents de l'Essence divine œuvrant, agissant pour créer le Monde, est dans le pseudo-Denys : « Le nom de Bonté est le plus auguste des Noms [33]. » Or, Lulle met la Bonté à la tête des Dignités quand il les énumère et lui associe cependant la Grandeur, la Puissance, la Durée, etc. Toute la Théologie Mystique est consacrée à exalter les Noms ou Qualités divines après avoir longuement montré que les Attributs sont les façons humaines de se représenter Dieu, mais que, considéré En Soi, ce Dieu, qui possède toutes les Qualités, est au-dessus de toutes les Attributions et de tous les Noms qu'on peut lui donner [34]. Bien que la distinction de Denys en Théologie Négative (quand il dépouille l'idée de Dieu de toute qualité pour la rendre plus pure) et en Théologie Positive [35] (quand il étudie les aspects sous lesquels nous contemplons Dieu) ne soit pas tranchée dans les œuvres de Lulle, il se peut que le Majorquain ait subi le contre-coup de la pensée du pseudo-Denys par Saint Anselme, Saint Bonaventure ou les Franciscains mystiques qui l'ont tous commenté.

5° *La hiérarchie des êtres au-dessous de Dieu*, où l'homme occupe actuellement un rang inférieur à l'ange, parce qu'il est quoique spirituel par son âme rationnelle, attaché à l'animal et à la plante par son corps et ses puissances vitale, végétative, sensitive, a trouvé son expression la plus nette chez l'Aréopagite, et l'on ne s'est pas fait faute de s'appuyer sur lui. « L'infinie puissance de Dieu se communique par degrés à tous les êtres et il n'y a pas d'être si complètement déshérité qui ne possède

32. *Noms Divins*, ch. VII, § 3, p. 252, édit. Dulac.
33. *Ibid.*, ch. VIII, p. 3, *id.*
34. *Ibid.*
35. *Théologie mystique.*

quelque puissance, ou intelligente, ou raisonnable, ou sensible, ou vitale, ou substantielle, et l'être potentiel en soi, s'il est permis de parler de la sorte, n'obtient son être que de la puissance substantielle[36]. » Denys insiste sur la Hiérarchie dans les Noms Divins, la Hiérarchie Ecclésiastique, la Hiérarchie Céleste[37]. On sait aussi que la classification des Êtres Spirituels, acceptée par les catholiques dès la diffusion des idées de l'Aréopagite, est encore admise aujourd'hui. A savoir : première Hiérarchie : Séraphins, Chérubins et Trônes ; deuxième Hiérarchie : Dominations, Vertus et Puissances ; troisième Hiérarchie : Principautés, Archanges et Anges[38]. Nous prétendons (à propos des Anges) que les derniers ordres n'embrassent pas toute l'éminente vertu des premiers à laquelle ils n'atteignent que partiellement, selon leur capacité à raison de l'harmonieuse et enchaînante communication de toutes choses[39].

6° Les *idées du pseudo-Denys sur la contemplation et sur l'extase* sont répétées par tout le Moyen-Age.

On monte à Dieu par la considération de sa propre nature : « Or, Dieu, étant le Principe de cette sainte et belle institution, en vertu de laquelle les Intelligences sacrées se connaissent elles-mêmes, quiconque se mettra à considérer sa propre nature verra d'abord ce qu'il est, premier don de son aspiration à la Lumière[40]. » Nous avons vu[41] une citation du chapitre VII des *Noms Divins*, où il parle de la Contemplation, de la recherche de Dieu dans ses ressemblances, dans ses créatures.

Tout *L'Art de Contemplation* et le *Livre de Contemplation en Dieu* de Lulle, sont des développements de cette méthode mystique.

Bien entendu, Denys, préconise-t-il l'ascétisme moral et la pratique du Bien : « En effet, ainsi le déclare notre illustre Maître, le Premier Mouvement de l'Intelligence vers le Divin

---

36. *Noms Divins*, ch. VIII, § 3, p. 261, édit. Dulac.
37. Voir ces traités dans l'édition Dulac.
38. *Hiérarchie céleste*, ch. CVI, § 3, pp. 397-398, *id.*
39. *Hiérarchie ecclesiastique*, ch. XII, § 2, édit. Dulac.
40. *Noms Divins*, ch. VII, § 3, p. 252.
41. *Id.*, ch. II, § 4, pp. 412 et 413.

c'est la Charité de Dieu et l'initial ébranlement de la Charité Sacrée dans l'exécution des divines Ordonnances, c'est l'ineffable production en nous de l'Être divin[42]. » « Mais celui qui accomplit ses devoirs envers Dieu et envers les créatures de Dieu, arrive à l'Extase par la contemplation de ce qui l'entoure. « Comme on l'a clairement exposé dans le *Traité de l'Intelligence et du Sensible*, ce que la Hiérarchie renferme de Sensible est le signe de l'Intelligible, auquel il achemine en manuducteur; et l'Intelligible est le principe de tout ce que la Hiérarchie renferme de Sensible dont il constitue la Science[43]. »

Il y a, vis-à-vis de Dieu, une très divine Gnose qui s'obtient par agnosie, au moyen d'une Union supérieure à l'Intelligence, lorsque l'Intelligence, détachée de tous les êtres et en sus dépouillée d'elle-même, s'unit aux Clartés supersplendides, en elles et par elles, s'illumine de l'insondable Abîme de la Sagesse[44]. Quand on a contemplé Dieu dans les choses, on arrive à l'atteindre sans secours sensible par un effort exclusif et amoureux. « Le Divin Amour est extatique, lui sous l'empire duquel celui qui aime n'est plus à soi, mais à ce qui est aimé... Ainsi, Paul le Grand, possédé du Divin Amour dont la force le ravissait en extase, s'écriait avec sa voix d'enthéastique : « Je vis, mais ce n'est plus moi, c'est le Christ qui vit en moi, tel qu'un véritable amant, passé comme il dit du Monde à Dieu, vivant non plus de sa vie propre mais de la vie souverainement chère à l'objet de son amour[45]. » Lulle, dit dans le même sens : « On demanda à l'Ami où était son Aimé. Il répondit : « Voyez-le dans une maison plus noble que toutes les « autres noblesses créées et voyez-le dans mes amours, dans « mes langueurs et dans mes pleurs[46]. » — « Dis-moi, Fou d'Amour, quelle chose est plus risible ou l'Aimé dans l'Aimé ou l'Ami dans l'Aimé[47]? » Il semble donc, et on pourrait mul-

42. *Hiérarchie céleste*, ch. II, partie 1, p. 404.
43. *Ibid.*, partie 3, *Contempl.*, p. 411, une édition.
44. *Noms Divins*, ch. VII, partie 3, *Contempl.*, pp. 253 et 254.
45. *Ibid.*, ch. IV, § 13, pp. 188, 189.
46. *Amich e amat*, 23e édit., Palma, 1904, p. 54.
47. *Ibid.*, v. 12, p. 52.

tiplier les rapprochements, que Lulle ait indirectement subi
l'influence de la pensée mystique du pseudo-Denys, quoiqu'il
soit impossible d'en établir la filiation, à cause de l'originalité
avec laquelle Raymond s'exprime, originalité qui a fait croire
à son illumination plus que toute autre cause.

C. — LULLE ET SCOT ERIUGÈNE.

Scot Eriugène est un des penseurs les plus curieux du neuvième siècle et un de ceux qui ont eu le plus d'influence sur
les mystiques et les indépendants du Moyen-Age.

Il faut écarter dès maintenant toute concordance de la part
des théories hardies de Scot Eriugène avec des idées lulliennes en métaphysique. La Création du Monde par processions
substantielles, successives et décroissantes : « *Natura creans nec
creata; natura creans creata; natura creans creata nec creans;
natura nec creata nec creans* », du *De Divisione naturae*, avec son
retour de la Nature en Dieu, est étrangère au lullisme. Il enseigne l'Éternité du Monde : « La Création eût été un Accident,
si Dieu avait existé avant le Monde[48]. » Il est très ésotérique,
interprète l'Écriture symboliquement. Le Paradis c'est la
nature humaine. La Source est Jésus-Christ, Source de Vie.
Les quatre Fleuves sont les quatre Vertus principales. L'Arbre
de Science, ce sont les confus désirs des sens. L'Arbre de vie
est le Seigneur, le Verbe qui est revêtu de la nature de
l'homme, etc[49]. Lulle accepte plus simplement les données de
la Bible et de l'Évangile sans leur attribuer des sens aussi subtils.

Il ne faut pas croire, soit dit en passant, qu'Eriugène soit
émanatiste, il parle toujours de Procession, non pas d'Émanation, admet l'identité de l'Être divin et de sa Volonté. Quand
il montre que Dieu est le Courant de l'Être et de la Vie qui tra-
verse toutes choses, anime, soutient, enveloppe tout, il rappelle sans cesse qu'il n'y a jamais confusion entre le Créateur

48. *De Divisione naturae*, liv. III, 8, p. 198, édit. Schlüter, 1838.
49. *Ibid.*, liv. IV, § 17 et suiv., p. 393 et suiv.

et la créature. Il n'est donc panthéiste ni d'intention, ni de
doctrine. Cela n'empêche pas ce grand esprit d'être calomnié,
à ce propos, par beaucoup d'historiens de la philosophie[50].

Scot Eriugène, présente évidemment quelques affinités
générales avec Lulle, parce qu'il est imbu comme lui de Saint
Augustin, auquel il associe dans sa doctrine certaines idées du
pseudo-Denys et des Pères grecs qu'il connaissait dans la langue. On sait que Scot a traduit les *Noms Divins* de l'Aréopagite en latin et que c'est grâce à lui que les siècles suivants
ont connu ce Mystique important.

Tout naturellement, l'exemplarisme des auteurs précédemment cités, l'amène à professer une mystique que nous connaissons déjà. Il *s'élève à Dieu en partant de la contemplation
des choses et surtout de l'âme humaine* : « Ce n'est pas seulement par la vie des phénomènes que l'Ame avertie de la substance
qui les porte s'élève à l'invisible. Il y a un moyen plus sûr d'y
arriver, c'est de nous contempler nous-mêmes : considérons
notre âme, cherchons-y pieusement le Dieu suprême, il nous
sourit avec complaisance[51]. Il n'y a pas de route plus sûre vers
la contemplation du Divin Exemplaire, que de considérer son
image la plus rapprochée de nous, qui est notre âme : c'est la
route par excellence, presque la seule[52]. »

Il n'admet *pas l'identification complète dans l'extase* :
« Quand la Vérité ne nous éclaire pas, nous ne voyons que
mal, misère, corruption, erreur; mais ceux qui vivent pieusement, et pieusement comprennent la Science, aperçoivent le
Monde illuminé par des Clartés, ils le voient tel qu'il est en
Dieu (dans la Pensée divine), bon, pur, parfait, immaculé et
cette doctrine, obscure pour les autres, les enchante de la plus
douce lumière[53]. » L'homme peut atteindre sa fin : Dieu[54], par
l'extase ou au jour du Jugement : « Ne craignons pas de le

50. René Taillandier, *Scot Eriugène*, thèse française, Strasbourg, Berger-
Levrault, 1843, pp. 192 et 193.
51. *De Divisione naturae*, liv. II, 24, p. 137.
52. *Ibid.*, II, 32, p. 169.
53. *Ibid.*, liv. III, § 20, 143.
54. *Ibid.*, liv. V, § 4, pp. 433, 434.

répéter, l'Union s'accomplira sans qu'il y ait confusion ni anéantissement de substances[55]. »

En mystique très chrétien, Eriugène accorde une grande importance à la Grâce : « La Résurrection est une loi de nature, la Déification est un Don de la Grâce[56]. L'Incarnation de Jésus-Christ est un Don de cette Grâce[57]. Les Deux Intentions de Lulle existent chez Scot Eriugène, puisque le but de l'homme est de rechercher et d'atteindre Dieu et de fuir les contradictions de la Nature. Lulle les nomme autrement : Service et Honneur de Dieu et Vaine Gloire, mais ce sont en somme, chez les deux penseurs, la Cité de Dieu et la Cité du démon de Saint Augustin : « Par l'Intellect, l'homme aperçoit l'Unité pure, l'identité des contraires ; par les sens, il voit les oppositions de la Nature finie[58]. » La correspondance de la Trinité divine avec les trois puissances de l'Ame, déjà remarquée chez Saint Augustin, est exposée dans le *De Divisione Naturae* : « Nous connaissons la Trinité de l'Ame, ses trois facultés fondamentales sont l'Essence, la Puissance et l'Énergie. Au moyen de ce ternaire, où s'exprime exactement la ressemblance de la Trinité divine, le Dieu caché nous est sans cesse présent[59]. Chacune des puissances de notre Ame répète les fonctions des Trois Personnes divines[60]. »

Il est aussi un *grand défenseur de la liberté humaine* : « Est-ce donc la liberté qui est la cause du péché? Non, ce n'est que son mauvais emploi[61]. » Eriugène dit que le Mal ne sera pas éternel, car « Jésus-Christ est venu pour sauver tout le Genre Humain ». « Le mal se commencera dans la Bonté divine, la misère dans la Béatitude, la mort dans la Vie Éternelle[62]. »

55. *De Divisione naturae*, liv. V, § 20, p. 461.
56. *Ibid.*, § 23, p. 452.
57. *Ibid.*, § 25, p. 480.
58. *Ibid.*, liv. II, § 23, pp. 136, 137, 138.
59. *Ibid.*, p. 125 et suiv.
60. *Ibid.*, p. 125 et § 29, p. 156.
61. *De Praedestinatione*, ms. et édit. Mauguin, p. 141 ; ex *Divis naturae*, liv. IV, § 16, p. 390.
62. *De Divisione naturae*, liv. V, § 27, p. 389.

La Prédestination, qui fait l'objet d'un traité spécial de Jean Scot, *concilie la Liberté et la Grâce* : « O Seigneur très Miséricordieux, tu n'as pas fait le péché, ni la mort, ni le néant, ni le châtiment, et c'est pourquoi ils ne sont pas... Jésus-Christ est l'éternelle Vie et il est la mort de l'éternelle Mort[63]. » « Je crois à une seule prédestination qui est ce qu'est Dieu lui-même, étant sa Loi éternelle et immuable, et comme elle ne prédestine personne au Mal, car elle est le Bien, elle ne prédestine personne à la Mort, car elle est la Vie[64]. »

Jean Scot, augustinien et disciple de l'Aréopagite, confond volontiers la philosophie et la théologie, et met les arguments de raison au service de la Foi, autre point de contact avec Lulle.

Le Majorquain n'a probablement pas utilisé directement les traités d'Eriugène, mais a été peut-être influencé par le courant général mystique auquel appartient l'auteur du *De Divisione Naturae*.

D. — LULLE ET SAINT ANSELME.

Anselme est à la fois, au onzième siècle, l'un des derniers représentants de la Patristique et l'un des premiers scolastiques. Il est nourri de Saint Augustin, d'une part, et, de l'autre, constitue la métaphysique, la Théodicée, la psychologie que l'on verra développer par les grands Docteurs du treizième siècle.

Je ne crois pas, avec Draeske[65], qu'il faille le considérer comme extra-scolastique parce qu'il n'emploie pas le langage abstrait de l'École et qu'il soit possible de nier l'influence qu'exerça le pseudo-Denys sur ses idées.

Anselme applique la méthode dialectique aux choses de la Foi et reproduit les enseignements des Noms Divins, de la Théologie Mystique et de la Hiérarchie de l'Aréopagite.

63. *De praedestinatione*, Mauguin, Conr., 1er, ch. xvi, 184 ; cf. *id.*, p. 171.
64. *Id.*, Épilogue, p. 189.
65. Draeske, *Revue de philosophie*, 1909, p. 641 ; *Neue Kirchliche Zeitschrift*, 1900, p. 210.

Lulle trouve évidemment en lui, peut-être parce qu'il est partisan d'une justification de la croyance par la démonstration et d'une mystique ascendante, enthousiaste dans sa gradation, un précurseur dont les idées confirment ou dirigent les siennes.

Saint Anselme est peut-être le premier Docteur qui emploie avec efficacité les arguments de raison dans la démonstration des dogmes. Sa démonstration est plus profonde que celle de Saint Thomas, qui met la raison dans l'extérieur de la Foi. L'archevêque de Cantorbery la place au contraire dans l'intérieur de la Foi. Le *Proslogium* et surtout le *Monologium* dissertent sur l'Existence et la Nature de Dieu avec une ampleur inconnue jusqu'alors. Voici un exemple célèbre des démonstrations intrinsèques de Saint Anselme : « *Si enim id quo majus cogitari non potest est in solo intellectu, id ipsum quo majus cogitari non potest, quo majus cogitari potest. Sed certe hoc esse non potest. Existit ergo procul dubio aliquid quo majus cogitari non valet et in intellectu et in re* [66]. » *Le Saint passe* comme on voit *du subjectif à l'objectif.* Le titre même de « *Monologium sive exemplum meditandi de ratione fidei* » montre que Lulle n'avait qu'à continuer la voie qu'Anselme avait tracée.

Réaliste délibéré, Anselme fait de l'existence, de la grandeur, de la bonté des choses créées, des manifestations finies, des correspondances, des images du Monde Intelligible. Celui qui les étudie attentivement, qui les contemple par exemple dans sa propre nature, peut monter jusqu'à la compréhension, l'Amour de Dieu.

Réalisme, exemplarisme, mystique ascendante sont trois doctrines qui s'associent chez les Docteurs qui présentent des ressemblances avec Lulle, et chez le Majorquain par conséquent. On ne saurait donc les étudier séparément la plupart du temps. « Il y a donc Une Nature, Substance ou Essence, bonne et grande par elle-même, qui tire son existence de son propre sein et de laquelle procèdent véritablement la Bonté, la Grandeur, l'Existence, qui, par conséquent, est la Souveraine Bonté, la

66. *Proslogium*, cap. II.

Souveraine Grandeur, l'Être ou la Substance par excellence, en un mot le Principe Supérieur à toutes choses[67]. »

On ne peut pas raisonnablement penser (dit Anselme dans le chapitre où il enseigne que l'Ame est le miroir et l'image de la Substance Suprême) qu'il ait pu être donné à une créature intelligente quelque chose de plus important, de plus semblable à la Sagesse Suprême, que la faculté par laquelle elle peut se rappeler, comprendre et aimer ce qui est excellent et grand par-dessus toutes choses. Rien donc n'a été accordé à aucune créature, qui présente à ce point l'image du Créateur[68]. »

On voit ici qu'Anselme avant Lulle accorde à Dieu les Attributs Bonté, Grandeur, Sagesse, etc., qu'il retrouve à l'état de participations finies dans les créatures. Ces Dignités, Principes de la Science comme de l'Être, sont unes en l'Essence de Dieu. « L'Essence Suprême n'est pas sous un rapport différente de ce qu'elle est sous un autre, car ce qu'elle est dans son Essence, de quelque manière, elle l'est dans la totalité de son Être[69]. » Il est clair que tout ce qu'elle est de bien, elle l'est au suprême degré. Elle est donc la Suprême Essence, la Vie Suprême, les Suprême Justice, Sagesse, Vérité, Bonté, Grandeur, Beauté, Immortalité, Incorruptibilité, Immutabilité, Félicité, Éternité, Puissance, Unité, ce qui n'est autre qu'affirmer qu'elle est l'Être Souverainement Étant, Souverainement Vivant et de même en tout point[70]. » Remarquons qu'Anselme comme Lulle place à la fois toutes les Qualités, toutes les Dignités divines ensemble dans l'Essence Unique, et cependant montre une tendance, comme tous les néo-platoniciens et leurs disciples, à identifier Dieu et le Bien, qui crée le Monde par un Acte de Bonne Volonté, par Amour.

Peut-être faut-il voir dans le passage suivant de Saint Anselme une source d'inspiration des Deux Intentions lulliennes. « L'âme humaine est faite de manière que, si elle néglige d'aimer

67. *Monologium*, ch. IV, fin, édition Bouchitté, p. 21.
68. *Id.*, ch. LXVIIV, édit. Bouchitté, Paris, Amyot 1842, p. 202.
69. *Id.*, ch. XVII, p. 67.
70. *Id.*, ch. XVI, p. 64.

l'Essence Suprême, elle souffrira une *éternelle misère* et que, comme elle aura pour prix de son amour une *éternelle joie*, elle souffrira pour prix de son mépris un *châtiment éternel*. Comme elle recueillera dans le premier cas une inaltérable satisfaction, elle éprouvera dans le second une inconsolable privation [71]. » Anselme précède Lulle dans la confiance considérable qu'il a dans le Libre Arbitre humain. Il le définit, dans le *De Arbitrio* (ch. 1) : « La Liberté de l'*Arbitrium* est la puissance de conserver la rectitude de la Volonté à cause de cette rectitude même. » Voici comment il se sert de ce Libre Arbitre, de cette Volonté pour la Science de Dieu : « Je ne tente pas, Seigneur, de pénétrer ta Profondeur, parce qu'en aucune manière je ne lui compare mon intelligence ; mais je désire comprendre cette Vérité que mon cœur croit chérir. Car, *je ne cherche point à comprendre pour croire, mais je crois pour parvenir à comprendre*. Je crois, en effet, parce que si je ne croyais pas à cet être, je ne parviendrais pas à le comprendre. » Le rôle de la Volonté est donc prépondérant chez Anselme comme chez Lulle ; *cette puissance de l'Ame précède et guide l'Intelligence*, en somme. Les penseurs de leur courant sont donc opposés au thomisme sur ce point, ils sont anti-intellectualistes, comme tous les mystiques.

La Providence, la Prédestination augustiniennes sont affirmées par Saint Anselme [72]. La Division Tripartite des puissances de l'Ame : Intelligence, Mémoire et Volonté, enseignée par l'évêque d'Hippone, est adoptée par l'auteur du *Monologium* et du *Proslogium*.

Notons, avant de quitter ce grand mystique, exemplariste et réaliste, qu'il s'inspire non seulement de Saint Augustin, mais aussi manifestement du pseudo-Denys. Ceci, par exemple, est bien de l'Aréopagite : « Si quelqu'un examine attentivement les natures différentes qui s'offrent à lui, qu'il le veuille ou non, il s'aperçoit qu'elles n'ont pas toutes le même degré de

71. *Monologium*, ch. LXXI, p. 215, LXXII, p. 216, ch. LXXII, p. 217.
72. *Id.*, ch. XIII, p. 52 ; ch. XX, p. 78, etc.

dignité, mais qu'elles se distinguent par le plus ou le moins de noblesse[73]. » *Il insiste sur l'utilité de connaître l'inférieur, image du supérieur*, comme l'auteur des *Noms Divins et de la Hiérarchie ecclésiastique* : « Quelle conséquence est donc d'une plus parfaite évidence que plus l'âme raisonnable s'applique avec zèle à se connaître elle-même, plus elle s'élève à la connaissance de l'Essence Suprême ; et que plus elle néglige de s'étudier elle-même, plus elle s'éloigne de la contemplation de celle-ci[74]. » Lulle trouvait, enfin, un écho de l'Aréopagite dans des effusions de ce genre : « Je te chercherai en te désirant, je te désirerai en te cherchant ; je te trouverai en t'aimant, je t'aimerai en te trouvant. Je reconnais, Seigneur, et je t'en rends grâces, que tu as créé en moi ton image pour que je me souvienne de toi (mon âme), pour que je pense à toi, pour que je t'aime. Mais cette image est tellement effacée par l'action des vices, elle est si obscurcie par la vapeur du péché, qu'elle ne peut atteindre le but qui lui avait été d'abord marqué, si tu ne prends soin de *la renouveler* et de *la réformer*[75]. » Il y a là une indication poétique sur le rôle de la Grâce dans l'Ascension mystique et peut-être aussi sur le Don d'Amour que fit Dieu à l'homme, en général, en s'incarnant en Jésus-Christ. Des détails considérés comme caractéristiques du lullisme, par exemple, l'emploi des *trois corrélatifs*, *ant*, *able* et *é* (soit dans la bonté, le bonifiant, le bonifiable et le bonifié, pour signifier la bonté active, la bonté passive et le résultat de leur action l'une sur l'autre), paraît emprunté à Saint Anselme. Le chapitre LXI du *Monologium* utilise, à propos de la Procession des Personnes divines, les expressions engendrant, engendrer et engendré, ce qui correspond aux corrélatifs[76]. On peut dire qu'il n'y a rien d'étonnant à ce que Lulle ait pu s'inspirer plus ou moins de Saint Anselme, puisque ce Docteur voit ses traités de métaphysique et de théodicée adoptés avec enthousiasme

73. *Monologium*, ch. IV, pp. 18 et 19.
74. *Id.*, ch. LXV, p. 200.
75. *Proslogium*, même édition, fin du ch. Iᵉʳ, p. 215.
76. *Monologium*, ch. LXI, p. 183.

par l'école franciscaine, à laquelle appartient Raymond, quoique simple tertiaire.

E. — LULLE ET LES IDÉES COMMUNES FRANCISCAINES.

Esprit démocratique, champion d'un christianisme simple,
exclusivement préoccupé de pratiquer la vertu et d'aimer
Dieu, ermite ami de la pauvreté, indigné de la vie luxueuse
des nobles, des prélats, et en général des hommes de toutes
conditions du treizième siècle, désireux de dispenser les vérités
humaines et divines à tous, aux laïques aussi bien qu'aux clercs,
en langue vulgaire plutôt qu'en latin, dans ses ouvrages catalans, supérieurs aux traités latins qu'on lui attribue, souvent
dictés ou traduits du catalan, Lulle devait trouver des frères
dans les humbles disciples de saint François d'Assise.

Avant d'étudier les idées qu'il a dû emprunter aux grands
Docteurs de l'Ordre des Mineurs ou qui, tout au moins, coïn-
cident étrangement avec les leurs, énumérons les doctrines
générales très franciscaines qui se retrouvent chez lui :

1° *Les arguments de raison* sont traditionnels chez Alexandre de Halès, Roger Bacon, Saint Bonaventure et Duns Scot,
Docteurs franciscains.

2° *La prééminence de la Volonté sur l'Intelligence, l'anti-
déterminisme.*

3° *La composition hylémorphique* des substances contingentes,
c'est-à-dire l'*inséparabilité de la Matière et de la Forme* dans
tous les êtres créés, même chez les anges.

4° *La pluralité des formes substantielles* admise par tous les
grands Franciscains jusqu'à Lulle et qu'il affirme nettement
dans le *Felix*[78].

5° *La substitution des anges à tout autre être intermédiaire*
entre Dieu et l'homme, seuls capables après le Tout-Puissant,
sous son inspiration, d'influer sur les âmes humaines et de les
guider.

78. *Felix de les Maravelles*, passage cité.

Lulle manifeste cette thèse plusieurs fois, comme nous l'avons constaté dans le chapitre *Lulle théologien*.

6° *Réalisme et exemplarisme* dérivés des doctrines de Saint Augustin et de Saint Anselme, que professent presque tous les Franciscains, sauf peut-être certains penseurs de l'ordre, postérieurs à Lulle.

7° *Innatisme*, issu des mêmes sources et conséquence de l'exemplarisme.

8° *Mystique affective*, corollaire du Volontarisme et des doctrines générales augustiniennes de l'Amour de Dieu, Bien Suprême.

9° *L'idée des Deux Plans de Création*. Le premier est celui où l'homme doit remplacer les anges qui ont péché, être immortel, exempt de tout péché et destiné au Ciel. *Jésus-Christ serait venu* quand même *dans cette Création*, mais dans une chair immortelle, fils de la Vierge Marie, Immaculée comme la femme de ce premier plan, *pour couronner la Création* [79].

Mais l'homme a péché, a désobéi à Dieu, est devenu mortel, d'où l'idée d'un deuxième plan; celui-ci, Création du dogme chrétien ordinaire et non plus exclusivement franciscain, où le Fils, *Jésus-Christ, s'offre pour refaire la Création déchue*, dans une chair souffrante et mortelle, et non plus pour couronner la Création [80].

« Recréation, dit Lulle, c'est recouvrer ce que Notre-Seigneur Dieu avait perdu en son peuple, et Recréation, c'est arracher au démon le pouvoir qu'il avait sur nous [81]. » Lulle explique, ensuite, qu'Adam et Ève étaient au-dessus de toutes les autres créatures, immortels, innocents, ne connaissant ni la faim, ni la maladie, ni la souffrance avant le Péché, mais qu'ils furent ensuite soumis à tous les inconvénients corporels et à la mort quand ils eurent désobéi et eurent été chassés de leur place privilégiée : « *Jésus-Christ vint dans le Monde pour le recréer et remonter la race humaine tombée* [82]. »

79. Abbé Dubarat, archiprêtre de Pau, *Cours de Théologie*.
80. *Ibid.*
81. *Doctrina pueril*, ch. IV, pp. 10 et 11.
82. *Ibid.*, p. 12, verset 7.

Duns Scot enseignera cette curieuse doctrine en même temps que Lulle.

10° *L'Immaculée Conception*, conséquence de la doctrine précédente.

L'homme est tombé et Jésus-Christ est venu dans le deuxième plan refaire la Création déformée par le Péché. Mais les Franciscains et Duns Scot, insistant sur cette idée, veulent que la *Vierge Marie* soit restée dans sa perfection première, *femme sans Péché,* comme dans le premier plan où les hommes étaient tous innocents.

La Vierge, mère de Jésus-Christ, devait donc rester Immaculée, comme dans le premier plan. Lulle n'a eu qu'à suivre son ordre et qu'à insister sur les enseignements donnés à ce sujet par Alexandre de Halès et Saint Bonaventure.

Malgré l'opinion de Renan[83] et d'Hauréau, loin d'être un foyer d'averroïsme, l'École franciscaine (témoin Duns Scot qui dit : « *Talis errans esset a communitate hominum et naturali ratione utentium exterminandus*[84] », en parlant des erreurs d'Averroès et les traités nombreux de Raymond Lulle), a fait cause commune avec les Dominicains pour combattre le mouvement issu d'Ibn Rochd. (Je n'ai personnellement trouvé chez Saint Bonaventure, Roger Bacon, ou Duns Scot, grands Docteurs franciscains cependant, aucune des propositions condamnées par Étienne Tempier.)

Lulle paraît donc, dès maintenant, en communion d'idées avec les Frères Mineurs qui lui ont sans doute inspiré bien des choses. Nous verrons qu'en examinant ses traités de près, on y rencontre beaucoup de passages trop ressemblants à des textes de grands Docteurs de l'ordre de Saint-François, pour qu'il y ait rencontre fortuite de mentalités identiques ou simple coïncidence.

11° *Enfin antiaverroïsme.*

83. Renan, *Averroès*, p. 259. — Hauréau, *Philos. scolastique*, t. II, pp. 215-217.
84. Duns Scot, IV° l., *Sentences*, dist. 43, quest. 2.

F. — LULLE ET LES GRANDS DOCTEURS FRANCISCAINS.

Raymond Lulle paraît s'être inspiré des grands Docteurs de son ordre. On ne peut évidemment pas déterminer, pour certaines doctrines communes à plusieurs, et ce sont précisément celles-là qu'on reconnaît le plus souvent dans ses œuvres, s'il les a empruntées à l'un plutôt qu'à l'autre. Nous ferons exception pour certaines idées qu'il ne peut avoir prises qu'à Roger Bacon.

a) ROGER BACON.

Avant de parler d'Alexandre de Halès, maître de Saint Bonaventure, nous dirons quelques mots de Roger Bacon, grand Docteur franciscain du treizième siècle, quoique moins important que de Halès, Saint Bonaventure et Duns Scot. Assurément préoccupé avant tout de science proprement dite, c'est cependant un péripatéticien modéré, désireux de voir le *Stagirite* lu dans le texte ou dans les traductions fidèles, un historien intelligent de la philosophie, un écrivain énergique, un esprit très méthodique dans les parties purement spéculatives de son *Opus Majus*, comme il l'était dans la recherche scientifique[85].

Inutile d'ajouter que Lulle moins ordonné, n'est pas un historien de la philosophie mais un savant moins désintéressé. Il est impossible de les rapprocher à certains autres points de vue très divergents, par exemple quand Bacon croit que, sans la Révélation, on ne saurait avoir eu connaissance des sciences et des arts[86].

Mais le trésor historique auquel R. Bacon emprunte bien des développements quand Lulle n'y fait jamais appel, n'est constitué chez lui que grâce à la connaissance des langues. Pour un autre but, Lulle utilise sans doute cette idée, préco-

---

85. *Opus maius,* III, 65. — *Id.,* I, pp. 45 et 54.
86. *Id.,* I, p. 45.

nise l'étude de l'arabe et des langues orientales[87]. On sait que
Roger Bacon recommandait l'étude de l'arabe, avait lui-même
écrit une grammaire hébraïque et s'était plaint, comme le remarque M. Picavet, à propos de Lulle, du manque de traducteurs des doctrines chrétiennes en langues orientales, si utile
pourtant à la conversion des infidèles. C'est dans l'*Opus Minus*
que Bacon dénonce au Pape les abus qui se sont glissés dans
l'étude de la théologie et demande une réforme destinée à faire
acquérir à la Chrétienté la maîtrise du Monde. Naturellement,
les cinq sciences prônées par Bacon dans tous ses écrits : connaissance des langues orientales, mathématiques, astronomie,
alchimie et science expérimentale[88], seront-elles les instruments
de cette *domination universelle*. Lulle n'est ni alchimiste, ni
astronome, ne demande pas hardiment la réforme de la théologie, si, en fait, son œuvre lui donne un nouvel aspect. Il
prend cependant à Bacon, selon moi, les deux idées de la fondation de *chaires de langues orientales* pour la conversion des
infidèles, et de la *domination universelle* par une méthode infail-
lible, qui sera chez lui *le Grand Art ou déduction de toutes les
vérités particulières des Principes généraux ou des idées capitales de l'Intellect humain, leurs ressemblances.*

Quant aux autres opinions de R. Bacon que l'on retrouve
chez Lulle, elles sont communes à beaucoup de Docteurs franciscains : 1° *pluralité des formes;* 2° existence d'une *materia
spiritualis;* 3° *nécessité d'une création temporelle ;* 4° *rôle de la
philosophie vis-à-vis de la théologie (ancilla theologiae);* 5° *affirmation des deux connaissances, l'une externe sensible, l'autre
interne illuminative, étude des objets de l'Illumination* (Vertus,
Dons du Saint-Esprit, Béatitudes) connus par les seuls *sensus
spirituales*[89].

Il est probable que Lulle les a plutôt acquises par l'intermédiaire de Saint Bonaventure ou de son maître Alexandre de

---

87. *Opus majus*, pp. 97 et 98.
88. *Ibid.*, p. 98 et suiv. *Compendium studii*, ch. VI, p. 433.
89. 1° *Opus tertium*, p. 123; 2° *Id.*, p. 121; 3° *Opus majus*, pp. 52-53 et 76;
4° *Opus majus*, I, 79 et 127, édit. Hover, p. 302; 5° *Opus majus*, p. 45.

Halès, mais surtout du Docteur Séraphique. Quant au rôle apologétique de la philosophie, il est assez souligné chez Bacon pour que Lulle ait suivi son exemple.

b) Alexandre de Halès

Tout d'abord, Alexandre de Halès, maître de Saint Bonaventure, à l'exemple d'Abélard, prend le pour et le contre des questions comme le fera Lulle dans la *Declaratio Raymundi*, et développe les réponses à ces questions de façon méthodique dans sa *Somme*.

Il se peut que Lulle se soit inspiré : 1° de son *hylémorphisme*. En dehors de Dieu, Acte Pur, tous les êtres, même les anges sont composés de Matière et de Forme. Il paraît donc suivre *grosso modo* la doctrine d'Avicebron, mais rejette l'émanation et l'homogénéité de la Matière Première, ne donne à la *Materia Universalis* qu'on retrouve chez Lulle aucun caractère moniste.

Naturellement, la Matière Spirituelle n'est soumise ni au mouvement ni à la contrariété[90].

2° De sa théorie de la *pluralité des formes substantielles* dans les corps composés vivants ou organiques. Il est curieux de constater que Roger Bacon, adversaire acharné d'Alexandre, sur d'autres points, admet aussi la pluralité (*Opus tertium*, chap. xxxviii) quoique avant Lulle. Alexandre de Halès et Saint Bonaventure sont les défenseurs les plus connus de cette doctrine[91] après les Arabes que connut parfaitement Alexandre de Halès.

3° De ses *idées sur l'union du corps et de l'âme rationnelle* : « *anima et corpus ita profecto conjungibilia sunt ut ex eis una natura fiat*[92]. »

---

90. Voir Guttmann, *Guillaume d'Auvergne et la Littérature juive*, p. 39, t. XVIII, *Revue des Études juives*.

91. *Historia universitatis Parisiensis*; auctore C. E. du Boulay, t. III, p. 539. — Alex. de Halès, *Summa Theologica*, pars 2ᵃ, question 63, memb. IV, *ad arg.*

92. Secunda pars *Summae Theologicae*, tractat. XIII, quest. 77, memb. I,

L'âme, dans cette union, est principe formel, elle conserve le corps[93].

Cette union est conforme à la Bonté, à la Puissance de Dieu.

Les deux premières doctrines sont des théories communes franciscaines, mais Alexandre de Halès, maître de saint Bonaventure, voyait ses enseignements assez suivis dans l'ordre pour que Lulle ait pu en recevoir l'influence.

4° La *distinction entre l'essence et l'existence*, le *volontarisme, la fin de l'homme placée dans le bonheur suprême*, ne sont pas des opinions particulières à Alexandre de Halès, augustinien, exemplariste, comme les Franciscains.

5° *La connaisssance que l'homme peut avoir de Dieu en cette vie*. De Halès dit qu'à cause de la différence du fini (l'âme) et de l'Infini (Dieu), *ergo non erit cognoscibilis in sua immensitate ab anima rationali*[94], et il ajoute plus loin : « *Non est cognoscibilis cognitione positiva, sed est cognoscibilis cognitione privativa ... Verbi gratia, quantus sit duratione cognoscitur per modum privationis, et cum dicitur aeternus, id est sine principio et fine*[94']. »

Si nous ne pouvons pas connaître Dieu positivement dans son immensité, la connaissance privative nous est donc permise. On ne peut pas, dans cette vie, connaître Dieu sans intermédiaire[95] : « *Cognitio de Deo semper est in fieri in ista vita, sed in futuro erit facta*[96]. » Lulle, qui contemple toujours les Dignités, les créatures, les actions des hommes pour atteindre Dieu, suit donc Alexandre de Halès. Il dit la même chose : « Dans la Vie, on n'atteint pas Dieu immédiatement ; mais dans la Patrie Céleste il en est autrement[97]. »

93. Voir *La Scolastique et les Doctrines franciscaines* du P. de Martigné, Paris, Lethielleux, 1888, pp. 516-517.

94. La distinction de l'essence et de l'existence se retrouve entre autres chez Jean de La Rochelle.

94'. Édit. de Cologne, 1662, Iᵃ pars, *Summae*, quœst. 2, membr. 1, art. 2, p. 9.

95. Iᵃ pars *Summae*, quæst. 2, membr. 3, art. 1, édit. Cologne, p. 15.

96. *Id.*, quæst. 3, membr. 2, art. 2, édit. Cologne, p, 16.

97. *Lulle*, édit. Mayence, t. IV, *Quest. per artem demonstr. solubiles*, quest. 55 ; t. IV, *id.*, liv. I *Sententiarium*, quest. 3, p. 6.

On pourrait donc déjà conclure à une influence de l'un sur l'autre, d'autant plus que Lulle démontre dans tout son *Livre de Contemplation* qu'on ne peut voir Dieu que par l'intermédiaire d'espèces ou de ressemblances, ce qu'il a affirmé ailleurs en ces termes : « *Intellectus in hac vita... intelligit Deum per speciem, cum in hac vita non sit in alto gradu fruitionis, de quo supra dictum est. Sed in intellectu beato, qui est in Patria, non est illa species nec alia; quia si esset, praedicta fruitio non esset in illo altiori gradu quem supra diximus. Sed in loco illius speciei summa Intelligibilitas se communicat intelligibilitati Intellectus beati*[98]. »

« *Videmus Deum per creaturas — Videmus nunc per speculum*[99] », proclame Alexandre, et il reprendra cette idée dans la deuxième partie de la *Somme*; mais il cite souvent Saint Denys et Saint Bonaventure, et c'est-il bien au maître de Saint Bonaventure que Raymond a pris cette doctrine?

Quant à l'Immaculée Conception, des Franciscains comme le P. de Martigné, très au courant des doctrines de leur ordre, croient qu'Alexandre de Halès ne l'a jamais soutenue dans son œuvre[99]. Laissons donc Alexandre de Halès sans épuiser la question, d'autant plus que Saint Bonaventure a repris beaucoup de ses idées dans ses traités théologiques et mystiques.

c) LULLE ET SAINT BONAVENTURE.

Saint Bonaventure est le grand Docteur franciscain dont les enseignements sont suivis dans l'ordre au moment du treizième siècle où Lulle écrit la plupart de ses ouvrages. Avant Duns Scot, l'auteur de l'*Itinerarium Mentis ad Deum* est même celui dont les opinions sont le plus généralement acceptées des Frères de Saint-François.

Il n'est pas utile de noter les ressemblances entre certaines

---

98. *Lulle*, édit. Mayence, t. IV. — *IVe Livre des Sentences*, lib. I, quest. 3, p. 6; voir *Declaratio Raymundi*, ch. xxxv, pp. 137 et 138.

99. De Martigné, *La Scolastique et les Doctrines franciscaines*, pp. 368-369.

doctrines très connues de Saint Augustin et de Saint Denys contenues dans les œuvres de Bonaventure et des passages de Lulle.

Franciscain et mystique, Saint Bonaventure devait prendre à ces précurseurs, qu'il cite constamment, leur conception de Dieu, Bien absolu, leur volontarisme, leur exemplarisme, leurs idées générales sur l'illumination.

Il faut ajouter qu'il suit non seulement Saint Augustin et l'Aréopagite, mais Saint Anselme qui les continue.

En tout cas, il y a des points sur lesquels Saint Bonaventure insiste plus que les Frères de son ordre et parfois même avec plus de force que son maître Alexandre de Halès, et ce sont ceux-là que l'on retrouve surtout, quoique présentés autrement ou simplifiés, dans l'œuvre de R. Lulle.

Tels sont par exemple :

1° Le Primat de la Volonté sur l'Intellect : « Voluntas (Dei) est causa immediata rerum; Divina Voluntas est causa prima et universalissima et actualissima[100], etc. »

Comme Lulle, Saint Bonaventure considère toutes les Qualités divines comme Une, en essence, mais cependant se plaît à souligner le rôle de la Volonté.

Il consacre à cet Attribut si important plusieurs distinctions de son Commentaire sur le livre II des Sentences : « De Voluntate Dei, quae Essentia Dei est[101] », entre autres[102].

Nous reverrons le rôle de la Volonté dans la mystique et la psychologie du Saint. Il suffisait de remarquer qu'en bon augustinien et anselmien, Saint Bonaventure ne faisait pas exception à la tradition de son ordre.

2° La mystique : Dieu, Providence, Bien suprême, est la Fin de l'homme, que celui-ci ne peut atteindre que par l'Amour. Cette Approche de Dieu est une Joie Ineffable et une Connaissance Supérieure à toutes les autres. Peut-être Saint Bonaven-

---

100. Opera, Mayence, 1609. t. IV, lib. II Sententiarum, distinct. 45, art. 1, quest. 2, p. 368.

101. Id., dist. 45, p. 361.

102. Id., dist. 46, jusqu'à p. 390.

ture parle-t-il nettement de *l'Union Mystique* quand *Lulle* se borne à employer le terme d'*Atteinte*, le plus souvent du moins ; quoi qu'il en soit, leur état d'esprit est le même et, abstraction faite du détail des étapes dans lequel se complaît Saint Bonaventure à la suite des Victorins[103], on peut dire que Raymond s'est peut-être parfois inspiré de l'*Itinerarium Mentis*.

C'est une idée courante chez Lulle que l'homme doit aimer Dieu, que c'est son vrai but. Une autre opinion très fréquente dans les ouvrages catalans du Majorquain est la suivante, très biblique d'ailleurs : « L'homme dans le Paradis terrestre (premier plan de Création franciscain) contemplait Dieu habituellement de façon immédiate, quand il ne le fait maintenant (dans le second plan) qu'exceptionnellement et par un secours de la Grâce de Dieu, après des exercices ascétiques pénibles[104]. » Plus tard, après la Résurrection de la Chair : « La Gloire du Paradis (consistera) à voir Dieu, à l'aimer, à le louer[105], etc. »

« *Secundum etiam primam naturae institutionem creatus fuit homo habilis ad contemplationis quietem, et ideo posuit eum Deus in Paradisio deliciarum. Sed avertens se a vero lumine ad commutabile bonum incarnatus est ipse per culpam propriam et totum genus suum per originale peccatum... ita quod excaecatus homo et incurvatus in tenebris sedet, et cœli lumen non videt nisi sibi succurat gratia*[106], etc. »

La science mystique est possible et « *per mysticam rapiamur ad supermentales excessus*[107]. » Comme son maître de Halès, Saint Bonaventure contemple Dieu par l'intermédiaire des choses qu'il a créées, moins vague que Lulle, dit : « *Aperi ergo oculos, aures spirituales admove, labia tua solve et cor tuum*

---

103. Voir, pour la *Myst. de H. de Saint-Victor*, de Wulff, p. 232 et suiv.
104. *Livre de Contemplation*, édit. Obrador, t. I, ch. XLV et XLVI, pp. 227, 238.
105. *Doctrina pueril*, v. 4 du ch. v, p. 14.
106. *Itinerarium mentis ad Deum*, D., ch. i, p. 126, t. VII, Mayence.
107. *Ibid.*

appone, ut in omnibus creaturis Deum tuum videas, audies, laudes, diliges et colas, magnifices et honores, ne forte contra te Universus orbis terrarum consurgat [108]. »

Nous avons vu que Lulle contemplait Dieu dans les créatures, en soi-même, dans les Dignités divines, avec *toutes lee Puissances de son Ame réunies.* Saint Bonaventure fait de même, ce qui permet de supposer que Lulle l'a connu. On ne trouve pas dans le lullisme, ni dans *L'Art de Contemplacio*, ni dans *L'Amich e l'Amat*, ni dans le *Grand Livre de Contemplation* les étapes successives, les six degrés de l'*Itinerarium Mentis*, échos sans doute de la *Théologie Mystique* du pseudo Denys [109] que Bonaventure cite si souvent, ou des Doctrines des Victorins, mais la mystique des deux Franciscains est foncièrement identique dans ses lignes principales.

Les titres sont significatifs : *De speculatione Dei investigiis suis in hoc sensibili mundo* [110]. — *De speculatione Dei per suam imaginem* [111]. — *De speculatione Dei in sua imagine donis gratuitis reformata* [112]. — *De speculatione divinae veritatis per ejus nomen primarium, quod est Esse* [113]. — *De speculatione beatissimae Trinitatis in ejus nomine quod est Bonum* [114]. — *De excessu mentali et mystico in quo requies datur intellectui affectu totaliter in Deum per excessum transeunte* [115].

Pour retourner (car chez Saint Bonaventure la contemplation est, nous l'avons vu, un retour à l'état de l'homme dans le premier plan de Création) aux vraies conditions qui unissaient l'homme à Dieu, dont il est maintenant séparé, il faut monter à Dieu par la voie pure, la prière, l'ardeur de l'amour et l'application aux choses, ressemblances des Idées éternelles de Dieu et contempler par conséquent les Vestiges (corps et objets

108. *Itinerarium mentis ad Deum*, C., ch. i, p. 127.
109. *Id.*, ch. ii, iii, iv, v, vi, vii, t. VII, Mayence.
110. *Id.*, ch. ii, p. 127.
111. *Id.*, ch. iii, p. 129.
112. *Id.*, ch. iv, p. 133.
113. *Id.*, ch. v, p. 132.
114. *Id.*, ch. vi, p. 133.
115. *Id.*, ch. vii, p. 134.

matériels), les Images de Dieu (esprits, âmes), l'Essence de Dieu (ses Dignités, ses Noms, sa Trinité), obtenir s'il le veut sa Grâce et ses Dons. En somme, il s'agit de s'élever au-dessus de soi-même pour atteindre Dieu, Principe Spirituel de l'Univers et de l'âme humaine, exalter sa sensibilité par l'observation extérieure, son intelligence par l'observation intérieure, sa raison par la contemplation divine, la Grâce et les dons gratuits.

La mystique de Saint Bonaventure, qui fait autorité encore aujourd'hui, *est une vraie Religion d'Amour, par application de la Bonne Volonté,* à la recherche de l'objet aimé que l'on désire connaître.

3° *L'hylémorphisme.* — Peut-être à la suite d'Ibn Gabirol, Saint Bonaventure comme Alexandre de Halés, affirme-t-il l'inséparabilité de la Matière et de la Forme, même dans les substances immatérielles et par conséquent chez les anges. Saint Bonaventure ne cite pas Avicebron, mais tellement de frères de Saint-François ont suivi l'impulsion de ce métaphysicien, sans se douter qu'ils accueillaient une doctrine de la philosophie juive, que cela ne présente rien d'extraordinaire.

Lulle disait : .« L'ange est substance invisible, incorporelle, qui voit Dieu en tous temps (comme devait faire l'homme dans le premier plan). Dieu a créé ces anges, fils, au commencement, de matière, de temps et de mouvement[116], etc. « *Respondit Raymundus : « Eremita in quadragesima quinta quaestione probatum est, quod angelus sit compositus ex Materia et Forma; verum tamen non dico quod angeli sint sub eadem materia numero, sed quilibet habet suam materiam specificam et propriam et quilibet est suamet species[117]. »*

Voici l'opinion de Saint Bonaventure : .« *Secundum varias considerationes Materia recte dicitur quae angelorum et corporum eadem sit et non sit : profundius tamen illam considerantes et*

116. *Doctrina pueril,* ch. xcviii, p. 276; voir, Appendice, extraits du ms. 55, folio 12.

117. Livre II des *Sentences,* quest. 62. *Lullie opera,* Mayence, t. IV, p. 56; Appendice, extraits du ms. 55 de Münich, folio 12, fin.

*nobilius ut metaphysici, eamdem omnium esse judicaverunt. —
Materia in se considerata non est magis ad hanc formam quam
ad aliam : immo indifferenter se habet ad formam seu spiritua-
lem, seu corporalem*[118], etc. »

La distinction XXXVII, exposait déjà longuement l'inséparabilité de la Matière et de la Forme dans tous les êtres corporels ou spirituels [119]. Le titre d'un autre passage du Commentaire du *Livre des Sentences*, de Pierre Lombard, est enfin
très explicite : « *Angelus secundum suam formam et materiam
est in actu*[120]. »

La théorie de la composition hylémorphique de toutes les
substances, même spirituelles, et la croyance à une Matière
Spirituelle, sont assez accentuées chez Saint Bonaventure pour
que Lulle ait pu s'en inspirer.

4° *La pluralité des formes substantielles*, est une autre
doctrine importante que Saint Bonaventure emprunte à
Alexandre de Halès, ou répète avec lui. *La Forme Supérieure,
l'âme rationnelle de l'homme, par exemple, n'est pas incompatible avec d'autres formes substantielles subordonnées, principes
de perfections inférieures*[121].

Lulle dit : « Aimable fils, de toutes ces choses précitées,
c'est-à-dire de formes et de matières, qui sont en l'homme
multiples et diverses, se suivent une forme qui est appelée
Forme humaine, qui est composée et ajustée de beaucoup de
formes et une Matière humaine composée de beaucoup de matières. Et la forme et la matière humaines sont l'essence de
l'homme et l'homme est l'être composé et ajusté de Forme
et de Matière humaine[122]. « *Quanto forma posterior et ulterior,
tanto nobilior pro eo quod anteriora sunt materialia respectu
posteriorum : ergo nobilior est forma mixti, quam forma ele-*

118. Saint Bonaventure, *in* liber II *Sententiarum*, pars Iᵃ, dist. 4, art. 2, quest. 2, p. 42.

119. *Id.*, liber I, dist. 37, pars IIᵃ, art. 2, quest. 4, par exemple p. 300 et suiv.

120. *Id.*, liber II *Sententiarum*, pars Iᵃ, dist. 4, quest. 3, art. 1, p. 45.

121. De Wulff, *loc. cit.*, p. 375.

122. *Félix de les Maravelles*, II, ch. 1, p. 118.

menti : si ergo anima sensibilis, cum sit forma nobilis, debet habere corpus nobile : ergo corpus animalis non est corpus simplex, sed constat ex diversis elementis[123]. » L'emboîtement des matières et des formes hiérarchisées, d'autant plus composées qu'elles sont plus parfaites, est très net dans cet exemple. La *Doctrina Pueril* ou le *Félix*, n'auront qu'à reprendre cette opinion de Saint Bonaventure et de son maître Alexandre.

5° *La Création dans le temps.* — L'auteur de l'*Itinerarium Mentis ad Deum*, a défendu à ce sujet l'ancienne scolastique contre les solutions mitigées du thomisme, comme le dit très impartialement de Wulff, de l'Université de Louvain.[124] La *Création ab aeterno* paraît au Docteur Séraphique impliquer contradiction. « *Res sunt in Deo ab aeterno secundum causativam potentiam, licet non secundum realem existentiam*[125] » Lulle a combattu énergiquement l'Éternité du Monde dans ses traités anti-averroïstes, notamment dans la *Declaratio Raymundi :* « Raimundus ait : « *Probatum est, mundum esse novum et probata sua novitate rationes quae fiunt de aeternitate mundi solvi possunt*[126]. »

6° *La psychologie.*

a) Les puissances de l'Ame sont au nombre de trois comme *chez Saint Augustin et Saint Anselme :* Mémoire, Intelligence et Volonté.

Lulle prend cette division tripartite et range les facultés exactement dans le même ordre : « L'âme rationnelle est l'essence qui a le pouvoir de se rappeler, de comprendre et de vouloir[127]. »

b) Il semble que Saint Bonaventure soit plus timide dans son *identification* des trois puissances de l'Ame avec l'Ame elle-même, avec son essence, les considère simplement comme

---

123. Saint Bonaventure, liber II *Sententiarum*, dist. 15, art. 1, quest. 2.
124. De Wulff, *Hist. philos. médiévale*, Louvain, 1912, p. 376.
125. Saint Bonaventure,, liber I *Sententiarum*, dist. 36, quest. 1 de l'art. 1, p. 286.
126. Lulle, *Declaratio Raymundi*, ch. LXXXIX, p. 170, édit. Munster, 1909 ; pour le détail, voir le long chapitre LXXXVII, pp. 163 à 170.
127. *Doctrina pueril*, ch. LXXXV, v. 4, p. 231.

consubstantielles : « *Istae potentiae (Memoria, Intelligentia, Voluntas) sunt animae consubstantiales, et sunt in eodem genere per reductionem, in qua est anima. — Potentia enim se habet per modum egredientis. — Non sunt omnino idem per essentiam* [128]. »

Lulle est plus affirmatif que Saint Bonaventure et partisan de l'identité, non d'une distinction thomiste de puissances surajoutées.

En effet, Raymond dit : « L'Ame intellectuelle (il l'appelle ailleurs rationnelle) est une en essence et en trois choses diverses, desquelles est l'être de l'Ame ; et ces trois choses sont Mémoire, Entendement et Volonté [129]. »

Après avoir montré que l'Ame conservera après la mort ses facultés supérieures, le Bienheureux ajoute : « Entends, fils, combien l'Ame de l'homme a de peine dans l'Enfer, car la Mémoire se souviendra qu'elle éprouvera de la peine éternellement, l'Entendement comprendra que l'Ame a perdu la Gloire infinie, et la Volonté se fâchera contre la Mémoire qui se souvient de la Peine sans fin et contre l'Entendement qui comprend la Gloire que l'Ame a perdue. Ainsi donc, chacune de ces puissances aura (à la fois) de la peine dans l'autre et en elle-même [130]. »

La doctrine de l'identité, toute augustinienne, a été défendue par beaucoup de Docteurs franciscains ; l'opinion de Lulle à ce sujet est donc toute naturelle chez un tertiaire de l'ordre des Mineurs, mais plus nettement exprimée que chez Saint Bonaventure, c'est donc à des maîtres antérieurs du même ordre qu'il a dû plutôt l'emprunter.

c) Comme Saint Bonaventure, après Saint Augustin et Saint Anselme, Lulle compare la Trinité des puissances de l'Ame supérieure, qu'il appelle rationnelle à la Trinité divine. Le texte lullien cité il y a un instant est très intéressant et clair à

---

128. Saint Bonaventure, liber I *Sent.*, dist. 3, pars II[a], art. 1, quest. 3, Mayence, t. I, p. 86.

129. *Felix de les Maravelles*, I, ch. IV, p. 28.

130. *Doctrina pueril*, ch. XCIX, v. 15 fin, p. 284.

ce propos[131] ; il vient à l'appui de la recherche de la Trinité dans
tous les degrés des êtres de la Nature, objet du chapitre ɪᴠ du
Felix de les Maravelles : « Si Dieu n'avait été en Unité de Substance et en Trinité de Personnes, il n'aurait pas créé tout ce qui
est à sa ressemblance et ne pouvait être connu et aimé des
hommes[132]. »

Saint Bonaventure étudie plusieurs fois cette question :
« *Quo modo sit in anima imago trinitatis*[133]. » — « *Ratio, imagines
attenditur) in tribus potentiis, Memoria Intellectu et Voluntate,
cum comparatione ad unitatem essentiae et pluritatem actuum*[134]. »
Voici une conclusion de question à ce sujet :

« *Mens, Notitia, Amor, discant nos in cognitionem Sanctae Trinitatis (si secundum substantiam concipiantur) per viam appro-
priationis : si autem trahantur ad Deum in ratione proprietatum
ordinis, originis et distinctionis ducunt in cognitionem Trinitatis (quoad propria) hominem fidelem*[135]. » C'est avec intention
que le Docteur Séraphique énumère trois manières de connaître la Trinité, *Mens, Notitia, Amor*. La correspondance du
nombre trois dans le ciel et dans le divin était donc très connue
de Saint Bonaventure.

d) *Les deux connaissances* inférieure et supérieure dont
parle Lulle dans les *Duodecim principia* : « *Rursus dixit Intellectus, duobus modis intelligo et facio scientiam, primo per
sensum et per imaginationem de rebus inferioribus... alium
modum habeo per ea quae sint superiora, puta per Deum et per
suas Dignitates et per substantias separatas*[136], etc. » Saint Bonaventure considère l'Intellect agent et l'Intellect possible comme
deux modes de la même faculté, ce qui concorde avec le texte
précédent :

« *Utrum omnis cognitio sit a sensu. Dicendum est quod non.*

---

131. Voir commencement du chapitre à propos de Saint Augustin.
132. *Félix*, I, ch. ɪᴠ, *De la Trinitat de Deu*, p. 29.
133. Liber I *Sentent.*, dist. 3, pars II, en entier.
134. *Id.*, quest. 1, p. 33.
135. *Id.*, quest. 3, p. 38.
136. *Duodecim principia*, ch. x, p. 140.

*Necessario enim oportet ponere quod anima novit Deum et se
ipsam et quae sunt in se ipsa sine adminiculo sensuum exterio-
rum... Quod omnis cognitio habet ortum a sensu, intelligendum
est de illis quae quidem habent esse in anima per similitudinem
abstractam* [137]. »

La psychologie de Lulle paraît donc une continuation de
celle de Saint Bonaventure.

7° *Les doctrines franciscaines complémentaires de la Recréation et de l'Immaculée Conception.* Nous étions destinés à la Béatitude dans le premier, et le Péché nous a réduits à la condition
d'êtres mortels et souffrants dans le deuxième plan de Création.

« *B. Virgo Maria libera fuit a triplici vae culpae actualis, a
triplici vae miseriae originali et a triplici vae pœnae gehen-
nalis* [138]. »

Il appelle Marie comme Lulle dans les passages étudiés au
chapitre *Lulle théologien* : « *Maria, stella maris, illuminata
illuminatrix* [139]. »

On sait que bien avant Duns Scot, Saint Bonaventure a professé cette doctrine conforme aux enseignements communs de
l'école franciscaine.

8° On trouverait beaucoup d'autres points de contact entre
Lulle et le Docteur Séraphique. Nous citerons une opinion
capitale, la subordination de la philosophie à la théologie, et
un détail, l'idée de comparer Dieu à la circonférence.

On sait suffisamment que Lulle et Saint Bonaventure subor-
donnent toutes les sciences à la théologie et la philosophie
avant toutes autres. Les arguments de la philosophie doivent
servir à étayer et à confirmer les affirmations de la Foi. Le
reproche que l'on a fait à Lulle de se servir de figures circulaires dans ses actes, figures représentant Dieu et ses Dignités,
sous prétexte qu'il avait puisé l'idée de ce symbolisme chez les
infidèles arabes ou juifs, tombe quand on s'aperçoit que Saint
Bonaventure l'a précédé dans cette voie : « *Quia aeternum et*

137. Lib. II *Sentent.*, dist. 39, art. 1, quest. 2.
138. *Opera*, t. VI, *Speculum beatæ Virginis*, lectio II, pp. 430-431.
139. *Id.*, p. 432.

*praesentissimum, ideo omnes durationes ambit, et intrat, quasi
simul existens earum centrum et circumferentia. Quia simpli-
cissimum et maximum, ideo totum intra omnia, ac per hoc est
sphaerá intelligibilis cujus centrum est ubique et circumferentia
nusquam*[140]. » Une phrase aussi suggestive pouvait très bien
inspirer à Lulle le dessein de la concrétiser en figures. Toutes
les idées augustiniennes : Cité de Dieu et Cité du démon, se
retrouvent chez Saint Bonaventure et chez Lulle (les Deux
Intentions), l'exemplarisme : « *Res sunt in Deo tanquam in
exemplari propterea quaecumque in ipso sunt, vita in eo
sunt*[141]. »

Les idées des philosophes et des théologiens sont des ressemblances des choses d'une part, en regardant en bas, et
des raisons divines, en regardant en haut : « *Deus habet
rationes atque similitudines omnium rerum quae ipse cognoscit :
Quae similitudines ideo a theologis et a philosophis nuncupan-
tur*[142] » ; les conceptions sur le Bien, l'Amour, la Trinité,
la Providence, la Prédestination, la Liberté humaine et la
Grâce sont identiques. Une différence est à noter, cependant :
Lulle place le principe d'individuation dans les rapports des
actes des Dignités incréées reflétés dans les choses créées, dans
les rapports des participations des Attributs : Grandeur, Bonté,
Puissance, Durée, etc., des choses. Saint Bonaventure fait des
rapports de la Matière et de la Forme le principe d'individuation, de l'union de l'activité et de la passivité : « Creaturarum
principium individuationis est conjunctio materiae cum
forma[143]. Existere dat materia formae, sed essendi actum dat
forma materiae. Individuatio igitur in creaturis consurgit ex
duplici principio[144]. » Néanmoins, *Saint Bonaventure* paraît,
dans *sa scolastique générale, sa mystique, sa psychologie,*
avoir pu influer sérieusement sur la pensée de Lulle. On ne

140. *Itenerarium mentis ad Deum*, t. VII, Mayence, *Opera*, ch. v, p. 133.
141. Conclus. dist. XXXVI, quest. 1, art. 2, t. IV, Mayence, p. 287.
142. *Id.*, Conclus. dist. XXV, quest. 1 A, col. 2, t. IV, Mayence, p. 278.
143. II lib. *Sent.* dist. 4, § 1er, art. 2, quest. 3, t. IV, Mayence, p. 49.
144. *Id.*

peut évidemment le prouver définitivement ; mais le nombre
de doctrines du Docteur Séraphique que l'on reconnaît dans
l'œuvre de Lulle, malgré la différence d'expression et les défor-
mations spéciales que Raymond fait subir à toutes les idées
ambiantes qu'il utilise, permet d'établir la probabilité d'une
filiation entre les deux Docteurs franciscains.

d) Lulle et Duns Scot.

On sait que le courant Scotiste, postérieur au courant de
Saint Bonaventure, est moins mystique, s'écarte aussi plus
souvent des doctrines caractéristiques des Frères Mineurs.

Lulle diffère de Duns Scot, par exemple, dans son réalisme,
dans sa conception des rapports de la philosophie et de la religion, et coïncide avec lui dans l'hylémorphisme et le volontarisme, la pluralité des formes, la doctrine des deux plans de
Création et de l'Immaculée Conception.

Mais Lulle n'a pu rien prendre à Duns Scot, plus jeune que
lui et qui n'enseigna que bien après lui, quand toutes les doctrines lulliennes étaient déjà fixées et mêmes connues en Europe. Une légende fait se rencontrer le vieux missionnaire et le
jeune Docteur anglais à Paris dans des circonstances singu-
lières. L'histoire est jolie, mais n'est peut-être pas authentique
et ne prouve rien en tout cas. Duns Scot faisait son cours
devant de nombreux étudiants, quand un vieillard inconnu,
pauvrement vêtu, à la barbe neigeuse, vint s'asseoir parmi les
jeunes gens.

Duns Scot lui aurait demandé à brûle-pourpoint : *Dominus
quae pars*, et l'inconnu à barbe blanche, qui n'était autre que
Lulle, lui aurait répondu : *Dominus non est pars sed totum.*

Le Docteur Subtil, surpris et charmé, descendit de sa chaire,
embrassa le vieillard et s'entretint longuement avec lui, dit la
légende. Ceci se passait en 1305.

Mais Scot fut à Paris de 1304 à 1308 et n'enseigna pas en
France ses doctrines originales, ne défendit pas non plus l'Im-

maculée Conception avant cette époque, publiquement du moins[145].

Lulle n'était pas son disciple, si tant est qu'il l'ait connu en 1305. Il enseignait son *Grand Art* et ses principales doctrines bien avant cette date et prêchait l'Immaculée Conception depuis très longtemps. Le *Libre de Sancta Maria*, où il exalte les vertus de la Vierge, née Pure de tout Péché Originel, a été écrit en catalan, à Montpellier, en 1290[146], et Duns Scot ne lutte pour cette idée qu'en 1308, à l'Université de Paris[147]. D'ailleurs, on était rarement maître de théologie et disciple d'un maître vivant au treizième siècle ; on empruntait aussi généralement peu à ses contemporains. Enfin, Lulle était un vieillard en pleine action quand Duns Scot commençait à enseigner, c'est-à-dire que le Bienheureux développait, depuis longtemps, des doctrines fixées et bien connues.

G. — LULLE ET SAINT THOMAS.

Lulle mystique, augustinien, anselmien, franciscain, est nécessairement un Docteur dont les thèses capitales sont à l'opposé du thomisme.

Néanmoins, et à titre de rappel, signalons-en quelques-unes :

1° *Saint Thomas n'admet pas l'hylémorphisme général ;* il accorde, au contraire, aux anges, par exemple, d'être des *Formes séparées, sans Matière.* Lulle, au contraire, enseigne qu'il n'y a jamais de Forme sans Matière dans les créatures, quelles qu'elles soient, spirituelles aussi bien que composées de corps et d'âme rationnelle,

2° Saint Thomas est *intellectualiste.* Nous verrons bientôt comment il l'est en psychologie, mais nous devons noter

---

145. P. Déodat Marie, *Un tournoi théologique,* Paris, Beauchêne, 1907.

146. *Homenatge al Doctor archangelic,* Barcelone, 1901 : *Un capitol del libre de Sancta Maria,* p. 8.

147. *Un tournoi théologique.* Tout le livre est consacré à l'histoire de la dispute publique sur l'Immaculée à Paris, en 1308, et montre le rôle de Duns Scot qui se fait le champion de Marie contre les Prêcheurs et leurs élèves.

maintenant qu'il place l'Intelligence divine avant la Volonté, en fait la plus noble des Perfections de Dieu. Lulle met toutes les Dignités sur le même pied le plus souvent, mais insiste plutôt sur le rôle de la Volonté divine, surtout dans la Création.

3° Le principe d'individuation chez Saint Thomas est *la Matière*[148]. *Chez Lulle, la Matière, la Forme, l'Efficience, la Quantité concourent à l'individuation.*

4° Saint Thomas a toujours été un *adversaire de la mystique augustinienne* et peut-être, en somme, de toute mystique, son *Deus est ignotum* semble le montrer.

En tout cas, *l'intellectualisme du Docteur dominicain* est *opposé à la mystique affective*, il ne paraît pas connaître le rôle si élevé de l'Amour ou du moins le subordonne à l'Intelligence.

Lulle est un contemplatif et un homme d'action, affectif et intellectuel, mais ses *Livre de Contemplation, Art de Contemplation* et *Livre de l'Ami et de l'Aimé* témoignent d'un mysticisme où le cœur a une large part, tout imprégné, par endroits, de doctrines augustiniennes et anselmiennes.

5° Il est inutile d'insister sur *l'intellectualisme* de saint Thomas. Il accorde une importance si extrême à l'Intelligence en psychologie[149], que la Liberté du Vouloir prend son fondement dans le jugement de la valeur des motifs et des mobiles, dans le fait de juger ensuite son propre jugement et de se rallier à l'un des jugements contradictoires[150]. En résumé, le thomisme met de la liberté seulement dans le *choix des moyens*, tandis que Lulle, comme tous les mystiques, place la liberté dans le *choix des fins*, entre les fins qui s'opposent; c'est une Volonté non plus subordonnée à l'Intelligence, mais confondue avec l'Amour.

6° La conclusion naturelle du point précédent est que Saint Thomas est plutôt *déterministe*, quand Lulle, disciple des Franciscains, de Saint Anselme, ne l'est pas.

148. Opuscule, *De principiae individuationis*, cité par de Wulff, p. 407.
149. Rousselot, *Intellectualisme de saint Thomas*, préface.
150. Sertillanges, *Saint Thomas d'Aquin*, Paris, Alcan, 1910, p. 275.

7° L'Intellect se divise dans l'homme en Intellect Agent et Intellect Possible chez les deux Docteurs, mais pour Saint Thomas l'*Intellect Agent est une faculté de l'esprit humain*, ses idées sont nos idées[151]. Il est bien entendu que Saint Thomas, dans certains ouvrages, atténue ce qu'il a affirmé dans d'autres, mais il nous semble que nous résumons assez clairement le Docteur Dominicain. Chez Lulle, au contraire de Saint Thomas, l'Intellect Agent participe directement de Dieu. Les idées sont les reflets, les ressemblances des Idées de Dieu et même parfois, comme dans la doctrine de Roger Bacon, il semble que l'Intellect Agent soit le Verbe qui est en nous[152].

8° Saint Thomas adopte comme Lulle la terminologie d'Aristote dans la hiérarchie des puissances végétative, sensitive, intellectuelle ou rationnelle de l'homme et de leurs subdivisions, mais *Lulle accepte* et enseigne avec Saint Augustin *l'unité de l'âme et de ses facultés* quand l'auteur de la *Summa contra gentiles* conclut à la *distinction réelle de l'Ame et des facultés entre elles*[153].

9° *Saint Thomas repousse la doctrine de la pluralité* des formes dans l'homme et lui oppose sa théorie de l'Unité de la Forme substantielle. Lulle, nous l'avons vu à propos des docteurs franciscains, est au contraire partisan de la pluralité.

10° Dominicain, le Docteur angélique *n'accepte naturellement pas les deux plans de Création et l'hypothèse d'une venue de Jésus-Christ* si l'homme n'avait pas péché, dans un corps incorruptible pour couronner l'œuvre de l'humanité. A plus forte raison est-il, comme tous les Prêcheurs, *adversaire de l'Immaculée Conception*, dont Lulle est le défenseur inlassable.

11° La morale du thomisme est sociale, *intellectuelle*, Saint Thomas continue la Politique d'Aristote. La morale de Lulle est toute mystique, « est bon ce qui rapproche de Dieu, ce qui est fait pour l'aimer, le servir, l'honorer ; est mal tout ce qui s'écarte de ce but exclusif ».

151. Commentaire sur les livres des *Sentences*, dist. 17, quest. 2, art. 1er.
152. Cf. Mayence, t. IV, liber *Sent.*, quest. 138, pp. 116-117.
153. *Summa contra gentiles*, pars prima, p. 156.

12° Enfin, Saint Thomas *sépare les domaines de la philosophie et de la religion*, quoiqu'il proclame que *philosophia est ancilla theologiae*. Il défend leur autonomie en insistant sur la distinction des points de vue[154]. Lulle a l'air de ne considérer comme vraie philosophie que celle qui sert à démontrer les vérités de la Foi. Le philosophe dont il parle dans *L'Arbre de Science* reconnut que « la théologie était le fruit de la philosophie et que la philosophie était son instrument[155] ».

Comme on voit, Lulle est loin d'être thomiste. On ne peut pas dire non plus qu'il ait attaqué de front les Dominicains et les partisans de Saint Thomas, quoi qu'en ait dit Renan. Il ne cite personne, en dehors d'Aristote, quand il lui emprunte, ou des averroïstes[156], quand il les combat. Les noms de Saint Thomas ou de ses disciples parisiens ne se trouvent nulle part dans ses ouvrages.

Franciscain par ses principales théories théologiques, augustinien et anselmien très souvent, il devait nécessairement laisser de côté les solutions du thomisme, d'ailleurs trop contemporain et différent des idées ambiantes de l'école des Frères Mineurs, pour qu'il pût se ranger sous sa bannière.

Le long chapitre qui précède nous aura, je l'espère, persuadés que Lulle n'était pas un excentrique, mais un disciple relativement indépendant d'écoles chrétiennes connues, qu'il n'enseigna rien d'essentiellement nouveau et qui ne fût déjà professé par les Frères Mineurs en général, presque toujours augustiniens et anselmiens, et par Roger Bacon, Alexandre de Halès et Saint Bonaventure, leurs Docteurs les plus remarquables avant Duns Scot.

154. Prologue de la *Summa contra gentiles*.
155. *Arbol de sciencia*, édit. Zepeda, p. 378.
156. *Declaratio Raimundi*, par exemple.

CONCLUSION DE LA DEUXIÈME PARTIE

Arrivé au terme de notre recherche des origines de la pensée lullienne, nous sommes surpris de n'avoir rencontré aucune des excentricités que l'on a l'habitude d'attribuer à Raymond Lulle.

Nous avons constaté, au contraire, que notre Docteur était un scolastique populaire, concret, mais très respectueux des dogmes et des idées principales de son ordre; qu'il empruntait au péripatétisme et au néo-platonisme les seules doctrines déjà acceptées par Saint Augustin, Saint Anselme et les grands Franciscains qu'il avait précédés.

On ne peut pas dire cependant qu'il se soit pour cela inféodé servilement à tel ou à tel Docteur. La souplesse de son esprit, l'irrégularité des études qu'il a faites, car c'est un autodidacte, lui donnent un caractère particulièrement expressif et original.

Loin de comparer son Grand Art à la Kabbale, nous avons prouvé qu'il était totalement étranger à l'ésotérisme hébraïque. Nous avons remarqué des analogies intéressantes avec la philosophie d'Avicebron, notamment à propos de l'hylémorphisme, mais l'accord avec Ibn Gabirol n'est pas une singularité de Lulle, beaucoup de penseurs franciscains se sont plus ou moins inspirés avant lui des doctrines du *Fons Vitae*.

Raymond ne prend rien de foncier aux Arabes, mais seulement quelques coutumes dévotes sans rapport avec les dogmes de l'Islam, des manières de parler, des habitudes extérieures qui ne sauraient porter ombrage à l'orthodoxie catholique, de pure forme par conséquent. D'esprit opposé au Thomisme évidemment, mais beaucoup plus traditionnel qu'on ne l'a cru, Lulle continua à sa manière Saint Denys, Saint Augustin, Saint Anselme et les grands Docteurs de l'ordre de Saint-François.

Le Bienheureux, puissant et génial, singulier même par la forme imagée de ses œuvres, synthétise les qualités de ceux qui l'ont devancé. Il allie la science et l'orientalisme de Roger Bacon à la théologie et à la philosophie d'Alexandre de Halès, à la mystique de Saint Bonaventure.

Il surenchérit même sur ces maîtres dans leur propre spécialité et, de plus, touche à toutes les questions pédagogiques, morales, sociales de son temps. Il se montre enfin littérateur de premier ordre, en prose et en vers. Encyclopédique, universel, contemplatif et homme d'action à la fois, Lulle est *le grand réalisateur de l'ancienne école franciscaine* (d'avant Duns Scot).

Il ne faut pas oublier, en effet, malgré ces rapports avec les doctrines des Frères Mineurs, qu'il eut le rare mérite de poursuivre des tâches diverses et formidables pour son temps avec une infatigable énergie, d'écrire de nombreux et énormes traités dans un style charmant, varié comme les sujets dont il s'occupe.

Puisse le Saint Majorquain, si longtemps calomnié par les Dominicains et par les Espagnols eux-mêmes (qui eussent dû cependant s'enorgueillir de le compter parmi leurs compatriotes célèbres), être définitivement réhabilité aux yeux des savants, être offert en exemple d'enthousiasme, de courage, de travail patient, d'esprit de suite, d'humilité et aussi d'élégance de langage aux jeunes gens d'aujourd'hui, trop vite effrayés par les obstacles de la vie, trop souvent aussi incapables d'initiative et d'action.

APPENDICE

EXEMPLES INÉDITS DE PROSE ROMANE

DE RAYMOND LULLE

Textes catalans-provençaux rétablis et publiés pour la première fois d'après les manuscrits du fonds Palatin de la Bibliothèque royale de Munich.

A. — Quatre chapitres narratifs du *Blanquerna*.

B. — Quatre chapitres mystiques de L'*Art de Contemplacio*.

C. — Extraits philosophiques :

  a) Passages du *Libre de Anima*.

  b) Pages du *Libre de Angels*.

  c) Pages du *Libre de Affatus*.

art en ſa conteplano q̄ ſos hulls nere tots iors en
plors e ſa anima en deuocio contricio amore. De
Comenca blanqrna acontemplar/ eſſenca
la diuina eſſenca ables diuinals uirtuts
e mebrant entenet amat les uirtuts dix aqueſts
paules ꝺ diuina eſſenca tat eſt gra en bonea e
mtat q̄ enſte tu e ta bonea granea eternitat noa
nulla diferenaa/ tu eſt eſſenaa e tu eſt deu cor enſte
deytat e deu no ha diferenaa ador te en una coſa
matexa deytat e deu e eſſenaa e eſſer. Cor ſi en dey
tat e deu e eſſenaa e eſſer no eres una coſa mate
ya ſens diferenaa la tua granea ſeria finda he
terminenada e enſte ta bonea e ton be e ta etermi
tat e eternal e ſeguir ſta q̄ una coſa ſos ta deytat
altra coſa ſos deu e aco matexr ſe ſeguiria de ton
eſſer e de ta eſſenaa/ ꝺ cor ta granea es mfinda
en bonea eternitat p aco ſubirana eſſenaa ador
te e beneceſth te en una pura actualitat ſimple
ab tots les uirtuts tues/ ꝺ dela tua bonea e del
teu be glorioſa eſſenaa mebrir e ente ma anima
co q̄ no pot membrar m entendre de nulla altra
coſa cor bonea e be e granea e gran e durable
tat e durant no ſon una coſa matexa en creatura
cor ſtu ere no ſeria diferenaa enſte la eſſenaa
el eſſer dela creatura e ſino ho era no ſeria ta
bonea en axi ſubirana engranea con ſe coue on
p co que ſta ſignificada la nobilitat de ton eſſer
e de ta eſſenaa eſt maior en maior eſſer j̄ coſa
matexa ta eſſenaa e to eſſer q̄ no es eſſenaa

(Page spécimen d'un demi-folio du Manuscrit hispanique du *Blanquerna*, écrit en catalano-provençal au quatorzième siècle, et
conservé sous le n° 67 à la Bibliothèque Royale de Munich.)

APPENDICE

Nous avons cru utile de rétablir quelques textes catalano-provençaux de Lúlle pour donner à nos lecteurs une idée du style et de la langue de notre Bienheureux.

Nous les empruntons à la collection palatine de manuscrits des quatorzième et quinzième siècles, de la Bibliothèque Royale de Munich.

Leur écriture est lisible et conforme en général au folio spécimen photographié que nous donnons.

Nous avons tenu à conserver aux textes rétablis leur physionomie archaïque, au lieu de les rajeunir ou de les corriger en changeant les formes provençales en formes catalanes, comme le fit trop souvent Obrador y Bennassar.

Il nous paraît, au contraire, curieux de présenter aux lecteurs une transcription fidèle, respectueuse des formes variées, tantôt provençales et tantôt catalanes, de l'idiome mixte dans lequel Lulle écrivit beaucoup de traités. (Seuls ceux de l'époque du *Félix* sont rédigés en pur catalan ancien.) Nous transcrirons seulement le *u* des verbes en *v*, selon la prononciation et pour plus de clarté.

Nous ferons remarquer certaines de ces formes en note en les comparant aux formes habituelles catalanes ou provençales.

Quand un mot incomplet aura été restitué, nous mettrons entre parenthèses la partie ajoutée.

Nous demanderons enfin quelque indulgence pour la ponctuation et l'accentuation que nous avons été obligés de mettre partout. Les copistes, assez minutieux cependant, ne la mettaient jamais aux quatorzième et quinzième siècles, comme on sait.

20

TEXTES EN PROSE

A. — Chapitres narratifs du *Blanquerna* tirés du manuscrit. Hisp. 67 de la Bibliothèque Royale de Munich. Texte du quatorzième siècle conforme au spécimen photographié de la planche précédente.

COMENÇA LO QUINT LIBRE DE VIDA ERMITANA EN QUAL MANERA BLANQUERNA
RENUNCIA AL PAPAT.

« Blanquerna envellí e remembrá lo desig que sulía haver de esser en vida. ermitana. » e en lo Consistori el fo secretament ab tots los cardenals als quals dix aquestes paraules : « Per divinal benediccio en molt bon stament es lo Papat e la cort de Roma, e per aquell ordenament se segueix gran exemplament a la Fé católicha. On, per la gracia que Deus a donada a la cort per ço que Deus la mantengues en l ordenament en que es, ssería bo que feessen un ufficial qui fées tots jorns oracio e que hagues vida contemplativa en le qual pregás que Deus mantengues l ordenament de la cort per tal que fos sa honor e que fos profit de la cort. Cascu dels cardenals ho tench per bo e encercharen home devot e de gran perfeccio per tal que la oracio ne fos a Deu pus agradable. » Con lo Papa ach entesa la volentat dels cardenals el sagenollá devant tots, pregant los cardenals que ls plagués que ell renunciás al Papat e que li fos donat aquell ofici de oracio. Tots los cardenals sagenollaren e l Apostoli e tots li contrastaren dients que no era cosa cuvinent[1] que ell renunciás al apostolical dignitat. E maiorment per ço cor si hi renunciava, ssería perill que la cort ne fos en lo tan gran ordenament en lo qual era per Deu e per la santa vida de Blanquerna. Respós lo papa Blanquerna que en tan gran perfeccio eren venguts los cardenals per los uficis de Gloria in Excelsis Deo que d aqui en avant nos pudía destruir aquell ordenament e maiorment per regiment daltre Apostoli elet per la art on fo eleta l Abadesa Na Cana[2]. Tant stech agenollat l Apostoli e tant

---

1. *Cuvinent*, forme ancienne pour *covinent, convinent*, ces deux dernières formes sont communes au catalan et au provençal.

2. *Na Cana*, Dame Cana, personnage religieux dont il est largement parlé dans les premiers chapitres du *Blanquerna*. *Na, Dame*, abréviation de *dona*, communément usitée en provençal et en catalan.

plorá dovant los cardenals e ab tan gran afeccio demaná misericordia que tots los cardenals obeiren a son manament. Con Blanquerna fo absolt del papat e s sentí franch a amar, servir Deu en vida ermitana, lo goig ni l alegre que ell hac qui l vos puría dir. Estant Blanquerna en estes consideracions e en aquestes plaers el dix als cardenals aquestes paraules : « Senyors longament he desirat con fos servidor contemplador de Deu en vida ermitana, per ço que en mon coratge no fos altra cosa mas Deu tant solament. Dema, apres la Missa, me cové a amar cerchar mon ermitatge e cove me pendre cumiat[3] e gracia e benediccio de vos altres Senyors, los quals serets en ma memoria tots los jorns de ma vida, e en mes oracions e a Deus e a vos altres faç gracias grans, com tan be m avets aiudat a mantenir lo papat longament. » Molt desplach als cardenals com ohiren que ell volía anar en los boscatges e esser ermitá e pregaren que ell degués esser e estar en la ciutat de Roma o en altra ciutat qual que més li agradás. E que en aquella ciutat pudía estar en contemplació o en oracio. Mas lo Benauyrat Blanquerna no consentí á lurs prechs tant era enflamat de la divinal spiracio[4]. E l endema apres la Missa ell volch anar en son ermitatge e pendre cumiat de sos companyons : « Senyor Blanquerna digueren los cardenals tots nos altres havem stats obedients a vos longament e havem complits vostres manamens, vos ssots veyll e magre, e havets mester tals viandes he tal loch que puschats haver sustentacio corporal, per tal que mill puschats treballar en la vida contemplativa spiritual. E per açò pregám vos que romanguats enfre nos tan longament tro que vos aiam encerchat un ermitatge cuvinent, e que aiam aparellat aquell en tal manera que vos hi puschats abitar[5], cantar e celebrar lo divinal ofici, e enfre nos havrem ab vostre consell elet Apostoli qujus[6] dará gracia e benediccio al cumiat que pendrets de nos altres qui romanrem molt doloroses del vostre departiment. » Ab tan gran devocio e ab tan raonables paraules pregaven los cardenals Blanquerna que ell ach a obeir a lus pregueres. Estant Blanquerna ab los cardenals en la ciutat de Roma, los cardenals trameteren misatges per les selves e per los alts munts per encerchar un loch cuvinent en lo qual pogués estar Blanquerna. E en una alta muntanya

. 3. *Cumiat,* pour *comiat,* permission de s'en aller, congé.
4, *Spiracio* pour *inspiracio,* même sens.
5. Pour *habitar,* licence euphonique qui permet la liaison avec *puschats.*
6. *Qujus* pour *cujus,* q = c en provençal. *Quar* pour *car.* Basch, *Glossaire,* p. 474, p. 1, ligne 3; p. 27, ligne 11, etc. Erreur du copiste peu latiniste. *Cujus* a ici le sens de *loqual, lequel.*

on havía una sgleya ermitana pres de una fontana aparcllaren con Blanquerna hi pugués abitar e ordonaren que un monestir qui era al peu de la muntanya degués proveir a Blanquerna a ses necesitats tots los dies de Blanquerna. E enfre aquest temps quels hagren encerchat loch a Blanquerna, elegren a Apostoli lo cardenal[7] de Laudamuste lo qual dech esser Papa segons que la art per laqual l alegiren[8] o demostrá als cardenals he a aquell Papa fo comanat l ufici de Gloria in Excelsis Deo lo qual sulía tenir Blanquerna, e l ufici del cardenal fo comanat ab un cardenal qui fo fet novellament, e fo posat en lo loch del cardenal de Laudamuste.

DEL CUMIAT QUE BLANQUERNA PRES DE LAPOSTOLI E DELS CARDENALS.

Levás matí Blanquerna e cantá privadament Missa de Sant Sperit, apres l Apostoli cantá Missa sollempnial[9] e preycá e recomptá lo be e ordenament que Blanquerna havía fet en la cort ni con havía renunciat al Papat, e anava fer penitencia en los alts munts, e con en companya dels arbres, e dels aucells, e de les besties, volía estar e lo Deu de Gloria contemplar. Tant havía l Apostoli bona materia a parlar de Blanquerna ermita, e tant ho dehía ab gran devocio, que los cardenales ni l poble de Roma qui era al sermo no s pudía abstenir de plorar e tuyt planyen Blanquerna con se partía d els, e maiorment con era home veyll e volía turmentar sa persona ab soliditat e ab aspra vida. Dementre que l Apostoli preycava e lo poble plorava, un ermitá qui estava en los murs de Roma dix aquestes paraules al Apostoli : Senyor pare Apostoli, gran re[10] de ermitans há en la ciutat de Roma, qui estan en los murs e qui son rescluses, moltes vegades s es levé que son en temptacions e qué no saben contemplar ni plorar nostres peccats. On con Blanquerna haia fets molts uficials a servir Deu e a ordenar lo Mon per tots los ermitans de Roma, prech Blanquerna que ell deía estar ab nos en la ciutat de Roma e que sia nostre maestre e nostre visitador e que açò sía son ufici. E per aquest

7. On dit encore dans les patois du Midi *elegir a* et les paysans méridionaux en parlant français, traduisent mot à mot. Ex. : Nous avons élu aujourd'hui à M. le député.

8. *Alegir* pour *elegir.*

9. *Sollempnial,* altération archaïque, moitié en catalan et en provençal, de *solemnial,* latin *solemnalis,*

10. *Re* ou *res* signifie à la fois chose, quantité, ou, au contraire, rien, comme en vieux français.

ofici[11] profitará a nos altres e a si mateix e porá perseverar en vida ermitana. L Apostoli e ls cardenals pregaren Blanquerna que romangués e que prengués l ufici que l ermita dehia cor gran be s en seguiria e maiorment per lo bon exempli que daría a les gents. Mas Blanquerna s escusá e dix que en nulla manera no estaria enfre les gents e pres cumiat de tots ensemps, pregant, soplegant, demanant perdo si ell havia fet null falliment contra ells, que li perdonasen e que per ell lo Deus glorios pregasen. Con Blanquerna hac finides ses paraules, l ermita demaná l ufici lo qual dehia que prengués Blanquerna, e l Apostoli lo li dona ab ssa gracia e ab sa benediccio. Blanquerna pres umils vestiments de vida ermitana e feu se lo senyal per lo qual es significada nostra redemçó, e besá los peus e les mans al Apostoli e plorosament lo comená a Deu; l Apostoli lo besá, e maná que dos cardenals lo seguisen tro[12] al ermitatge on devia estar, e que si en aquel loch fahia nulla cosa a adobar, que los dos cardenals lo seguissen e ho adobasen demantinent. Los cardenals seguiren Blanquerna, e tot lo poble lo seguí tro al hixent de la ciutat[13]. Blanquerna pregá los cardenals que sen tornasen, e tot lo poble ab ells, e que romanguessen. Mas los cardenals no volgren romanir e anaren ab ell tro a la cella on havien aparellat son abitatge. En aquella abitacio[14] ach una font molt bella e una capella anciana e hac una sella[15] molt bella. Apres, luny d aquella capella un miller, hac una casa on stegués un home qui servís Blanquerna e qui li aparellás de menjar e que Blanquerna pogués mills contemplar. Aquell home fo un diaque que Blanquerna molt amava, lo qual nos vol partir de Blanquerna, en la companya del qual volch esser Blanquerna per ço que li aiudás tots jorns lo divinal ofici. Con Blanquerna fo en son ermitatge e hac l aparellament qui s cové a ermitá, los cardenals prengueren cumiat de Blanquerna molt agradablement, e comenaren se en ses oracions e retornaren s en a Roma.

11. On rencontre *ofici* ou *ufici*, selon les besoins de l'euphonie comme en provençal pur. Cf. Bartsch, *Chrestomathie provençale*, 1880; Eberfeld, *Glossaire*, p. 550, et *Ex d'ufici*, p. 345, ligne 4.

12. Adv. catalan et provençal, *jusque*.

13. Par abus euphonique, *hiyent* pour *ixent*.

14. L'emploi des deux variantes *habitar* ou *abitar* est commun en provençl. Cf. Bartsch, *loc cit.*, *Glossaire*, p. 450; textes, pp. 232 et 406.

15. *Sella* pour *cella*. Lulle écrit parfois *selici* pour *celici*, cilice, p. 761, *Obras rimadas*. Glossaire. Ces formes archaïques coexistent avec les formes régulières dans les mêmes textes.

DE LA VIDA EN LA QUAL ESTAVA BLANQUERNA EN SON HERMITATGE.

Blanquerna se levava a la miga[16] nit e obria les fenestres de la celle per ço que veés lo cel e les stelles e començava sa oracio con pus devotament pudía, per tal que tota sa ánima fos ab Deu e que sos hulls[17] fossen en lagremes e en plors. Con Blanquerna avía contemplat he plorat longament tro a les Matines, entrava en l esgleya e sonava les Matines, e l diaque venía qui li aiudava adir les Matines. Apres l alba cantava la missa. Con havia cantada la missa, Blanquerna dehia alcunes paraules de Deu al diaque, per tal que l enamorás de Deu, e amdós parlaven de Deu e de ses obres, e ploraven ensems per la gran devocio que havía en les paraules que dehien. Apres estes paraules lo diaque entrava en l ort[18] e laborava en alcunes coses, e Blanquerna exía[19] de la sgleya e recreava sa ánima del treball que havia sostengut sa persona ; e guardava los munts e ls plans per tal que alcuna recreacio hagués. Encontinent que Blanquerna se sentía revengut, entrava en oracio e en contemplació, o ligia en los Libres de la divina Scriptura e en lo Libre de Contemplacio e stava en axi tro a la Tercia. Apres dehie Tercia, Mig dia e hora Nona, e apres la Tercia lo diaque s en retornava e adobava alcunes erbes o legum ab Blanquerna. En l ort o en alcunes coses Blanquerna laborava, per tal que no stegués occios[20] e que sa persona n agués maior sanitat, e enfre Mig dia e Ora Nona ell anava menjar, e apres que havía menjat retornava s en tot sol al esgleya, en la qual fahía gracia a Deu. Con avia feta sa oracio, estava una ora e anava s deportant per l ort e a la font, e per aquells lochs on mills pogués alegrar sa ánima ell anava. Apres, durmia per tal que mills ne pugués sostenir lo treball de la nit. Con avia durmit, lavava ses mans e ssa cara, e estava tant de temps destro que sonava Vespres, a lesquals venía lo diaque. E con havien dites Vespres, dehien la Completa[21]

16. *Miga*, forme assez rare. On rencontre ordinairement *mija* dans le ms. du quatorzième siècle.

17. *Hulss*, forme plus rare que *ulls*.

18. *Ort*, de *hortus*, jardin. Suppression euphonique de l'aspirée, existe en provençal.

19. On a vu la forme *ixia* et sa variante *hixia*. Ici paraît la forme plus commune *exia*.

20. Le catalan écrit plutôt *ocios* et le provençal ancien *occios*. — Cf. latin *otiosus*.

21. *Completa*, compliés.

e lo diaque sen retornava, e Blanquerna entrava en consideracio en aquelles coses que mills li agradaven ni mills se pugués aparellar de entrar en oracio. Apres lo sol post, Blanquerna se puyava en lo terrat qui era sobre la cella, e stava en oracio tro al prim son, esguardant lo cel e les stelles ab hulls ploroses e ab cor devot, consiros[22] en los honraments de Deu e en los falliments que los homens fan en est Mon contra Deu. En tan gran aficament e en tan gran fervor estava Blanquerna en contemplació, del sol post tro al prim son, que con sera colgat e durmia, viyares[23] li era que fos ab Deu, segons que havía feta sa oracio. En aquesta vida e en aquesta benanança estech Blanquerna, tro que les gents d aquella encontrada hagren[24] gran devocio a aquelles virtuts de l altar de Santa Trinitat[25] qui era en aquella capella. E per devocio que hi havien venien en aquell loch homens e fembres qui torbaven Blanquerna en sa oracio e contemplació. E per ço que les gents no perdessen (la devocio[26]) que havien en aquell loch, duptava que ls digués que en aquell loch no venguesen. E per açò Blanquerna mudá sa cella en un puyg[27] qui era a un miller de l esgleya e a altre miller del loch on estava lo diaque, e en aquel loch ell jahia e estavá, e no volia anar a l esgleya nulla ora que gents hi fossen, ni no volia que en aquella cella, on ell s era mudat de star, null home ni nulla fembra vengués. En axí vivia e stava Blanquerna ermita, considerant que hanc no fo en tan plaent vida, ni anch[28] no hac tan aparellat de exalçar molt sa ánima a Deu. Tant santa vida era cella en que Blanquerna estava, que Deus ne benehía en endreçava tots aquells qui avien devocio en aquelles virtuts d aquel loch on era la capella : e l Apostoli e los cardenals he lurs oficials n eren mills en la gracia de Deu per la santa vida de Blanquerna.

22. *Consiros* et *conciros*, en catalan et en provençal, pensif. Cf. Bartsch, pp. 160, 263, 308, etc.; Glossaire d'*Obras rimadas*, édition Rosello, pp. 718 et 719.

23. Vieille forme de *veiares*, il lui semble, il lui parut.

24. *Hagren*, contraction pour *hagueren* assez fréquente dans le ms. de Munich.

25. *Santa*, vieille forme pour *Sancta*. On trouve *Sancta* dans le ms. de Palma édité par Obrador.

26. Omission. Les deux mots se trouvent dans l'édition de Palma.

27. *Puyg*, montagne. Vieux mot limousin. Ex. : la chaîne des *puys*, le *puy* de Lancy, le *Puyg Maior* à Majorque.

28. *Anc* est la forme régulière. *Hanc* et *anch* sont des formes archaïques moins usitées.

EN QUAL MANERA BLANQUERNA ERMITA FEU LO LIBRE DE AMICH E AMAT.

E s devench se un dia que l ermitá qui estava en Roma segons que demunt avem dit, aná visitar los ermitans e ls rescluses qui eren en Roma e atrobá que en alcunes coses avíen moltes de temptacions, per ço cor no sabíen aver la manera qui s convenía a lur vida : e pensá que anás a Blanquerna ermitá, que li feés un libre qui fos de vida ermitana, e que per aquel libre pogués e sabés tenir en contemplació e devocio los altres ermitans. Estant un dia Blanquerna en oracio, aquel ermitá vench a la cella de Blanquerna e pregá l del libre demunt dit. Molt cogitá Blanquerna en qual manera faría lo libre ni de qual materia. Estant Blanquerna en aquest pensament, en volentat li vench que s donás fortment a adorar e a contemplar Deu, per tal que en la oracio Deus li demostrás la manera e[29] la materia de que ell feés lo libre. Dementre que Blanquerna plorava e adorava e en la sobirana stremitat de ses forces havía puyada[30] a Deu sa ànima qui l contemplava. Blanquerna se sentí exit de manera, per la gran frevor[31] e devocio en que era, e cogitá que força d amor no segueix manéra con l Amich ama molt fortment son Amat. On per açò Blanquerna fo en volentat que feés libre de Amich e Amat lo qual Amich fos feel e devot crestiá[32] e l Amat fos Deu. Dementre considerava en esta manera, Blanquerna remembrá : una vegada con era Apostoli li recomtá un Serray[33] que los Serrayns an alcuns homens religioses, e enfre los altres e aquells qui son més presats enfre ells son unes gents qui han nom sufíes[34], e aquells han paraules d amor e exemplis abrevyats e qui donen a home gran devocio, e son paraules qui han mester espusicio, e per la spusicio puja l enteniment més a ensus, per lo qual puyament multiplica e puja la volentat en devocio. On con Blanquerna ach auda aquesta consideracio, ell proposá a fer lo libre segons

29. L'édition de Palma porte *e* et le ms. de Munich *de* materia. Croyant à une faute du copiste nous transcrivons : la manera *e* la materia.

30. *Pujada*, et *puyada*. Les deux formes se rencontrent dans le manuscrit comme chez moi en Béarn. Remarquons que dans le Midi il arrive qu'un village de la même contrée emploie *pujar* et un autre *puiar, puyar*.

31. *Frevor*, forme peu élégante, pour *fervor*. Transposition de consonne fréquente dans les idiomes populaires, *porposer* pour *proposer, perdication* pour *prédication*, etc.

32. *Crestia*, vieille forme, pour *chrestia*.

33. *Serray*, forme assez rare de *serrahy* ou *sarrahi*, sarrazin.

34. *Sufíes*, mystiques musulmans qu'on accuse Lulle d'avoir imités.

la manera demunt dita, e dix al ermitá que s en retornás a Roma, e que en breu de temps li trametría per lo diaque lo Libre de Amich e Amat per lo qual puría multiplicar frevor e devocio en los ermitans, los quals volía enamorar de Deu.

DEL LIBRE DE AMICH E AMAT DEL PROLECH.

Blanquerna estava en consideracio e considerava la manera segons la qual contemplava Deu e ses Virtuts; e con havía finida sa oracio scrivía[35] ço en que havía contemplat Deu : e açò fahía tots jorns e mudava en sa oracio novelles rahons per tal que diversses maneres e de moltes componés lo libre de Amich e Amat e que aquelles màneres fossen breus e que en breu temps la anima ne pogués moltes decorrer. En la benediccio de Deu Blanquerna començá son libre, lo qual departí en aytant versses con ha dies en l ayn[36]. E cascun vers basta a tot un dia a contemplar Deu, segons la Art del Libre de Contemplacio.

COMENÇAN LOS MATAFORAS[37] MORALS.

Demaná l Amich a son Amat si havía en ell nulla cosa romasa a amar : e l Amat respos que ço per que la amor del Amich pudía multiplicar, era a amar.

Etc., etc...

B. — Quatre chapitres ascétiques et mystiques du traité : *Art de Contemplació*, écrit à la suite du Blanquerna et du livre de l Amic e de l Amat. Même manuscrit Hisp. 67 de Munich, folio 232 et ss.

Cor Blanquerna havía a tractar del libre de la Art de Contemplació, per aço volch finir lo libre de l Amic e l Amat, lo qual es acabat a gloria e a laùsor de nostre Senyor Deus[1].

35. Le manuscrit contient des formes littéraires rares en catalano-provençal : *sposicio, scrivir*, au lieu des formes communes *esposicio* ou *escrivir*.

36. *Ayn* pour *any*, année. Dans le manuscrit on rencontre *luyn* pour *luny*, loin ; v. p. 23.

37. *Mataforas* pour *metaforas*, forme populaire.

1. *Deus*, forme provençale rare hors du ms. de Munich. On trouve presque toujours la forme *Deu* dans les manuscrits lulliens de son époque.

COMENÇA LA ART DE CONTEMPLACIO DEL PROLECH.

Tant es alt e excellent lo Subiran Be e tant es home baix per colpa e peccat, que moltes vegades s esdevé que los ermitans e ls sants homens han gran afany a pujar lur ànima a contemplar Deu, e cor Art e manera es aiudant a aquestes coses, per açò Blanquerna considerá con feés Art de Contemplació per ço que li aiudás ha aver devocio en son cor, e en sos hulls lagremes e plors, e que son enteniment e son voler puiasen altament contemplar Deu en sos honraments e en sos caprenimènts[2]. Con Blanquerna ermitá ac hauda aquesta consideracio, el feu un libre de Contemplació per Art, loqual departí en XII parts, les quals son aquestes Virtuts divines : Essencia, Unitat, Trinitat, Encarnacio, Pater noster, Ave Maria, Manaments, Miserere mei Deus, Sagraments, Virtuts et Vicis. E a la Art d aquest libre es que les Virtuts divines sien primerament contemplades les unes en les altres e puxes sien contemplades en les altres parts del libre, havent per object l ànima del contemplador les Virtuts divines en son remembrament, enteniment, volentat, e que sapia concordar en sa ánima les Virtuts divines e les altres parts del libre, en tal manera que sia honrament e honor de les divines Virtuts, les quals Virtuts son aquestas : Bonea, Granea, Eternitat, Poder, Saviea, Amor, Virtut, Veritat, Gloria, Perfeccio, Justicia, Larguea, Misericordia, Humilitat, Senyoria, Paciencia[3].

Aquestes Virtuts poden esser contemplades en diversses maneres. Cor una manera es contemplar una Virtut ab altra, o una ab dues, o tres, o mes. Altra manera es con les Virtuts contempla hom en la Essencia, o en la Hunitat, o en la Trinitat, o en la Encarnacio, e axí de les altres parts del libre; e altra manera es con ab les Virtuts contempla hom la Essencia, o la Unitat, o Trinitat, Encarnacio; altra manera es en les paraules del Pater Noster e de la Ave Maria, etc.

Contemplar pot hom Deu e ses obres ab totes les XVI virtuts o ab alcunes, segons que hom vol alongar o abrevyar sa contemplació e segons que la materia de la contemplació sé cove mills a les unes Virtuts que a les altres.

Les condicions d esta Art son que hom sia en bona dispusicio a con

2. *Capreniments*, forme archaïque peu usitée.
3. Lulle cite ici seize Dignités. On en trouve dix, quinze dans d'autres traités ou dans d'autres passages, par exemple p. 305.

templar e en loch cuvinent, cor per sobre repleccio o per sobre gran afliccio, o per loch on haia presa e brugit[4], o trop calor o fredor, pot esser embargada la contemplació : e la pus fort condicio qui es en esta Art es que hom no haia embargament de les coses temporals en son remembrament, enteniment, volentat con entrará en la coutemplació. Cor nos som occupats en tractar d'altres libres, per aço brevment recomptaré la Art e la manera segons la qual Blanquerna contemplava per Art, e primerament començarem a la primera part del libre.

EN QUAL MANERA BLANQUERNA CONTEMPLAVA LES VIRTUTS.

Levás Blanquerna a la miga nit, e sguardá lo cel e les stelles e gitá[5] de sos pensaments totes coses e mets los en les Virtuts de Deu a pensar e volch contemplar la Bonea de Deu en totes les XVI Virtuts e les XVI Virtuts volch contemplar en la Bonea de Deu e per açò dix aquestes paraules ab sa bocha[6], e cogitales en sa ànima ab tots los poders de sa memoria, e de son enteniment, e de sa volentat, estant agenollat e levant ses mans al cel e sa pensa a Deu. « O Subira Be, qui est gran infinidament en Eternitat, Poder, Saviea, Amor, Virtut, Veritat, Gloria, Perfeccio, Justicia, Larguea, Misericordia, Humilitat, Senyoria, Pasciencia (etc.)! Ador te remembrant, entenent, amant, parlant en Tu e en totes les Virtuts demunt dites, les quals son ab Tu e Tu ab elles una cosa, una Essencia matexa sens nulla diferencia[7] ! »

« Subiran Be qui est gran, Subira Gran, qui est Be, si no fosses eternal nos fores tan gran Be que ma ànima pogues contemplar en Tu a membrar sa memoria, ni en Tu a entendre son enteniment, ni en Tu a amar sa volentat; mas cor est Be infinit, eternal, pots complir tota anima e totes ànimes de infusa gracia, benediccio, membrant, entenent, amant Subira Be eternal, infinit! »

Per lo poder que Blanquerna membrava en la subirana Bonea, avía poder e virtut de trametre sa consideracio per lo firmament; e conside-

---

4. *Brugit*, forme archaïque de *bruit*. Lulle recommande de choisir son lieu de méditation, les conditions favorables à la contemplation.

5. *Gita*, de *gitar*, jeter. Verbe commun au catalan et au provençal; cf. Bartsch, pp. 525 = *getar*.

6. *Bocha* pour *boca*. Forme archaïque catalane et provençale, cf. Bartsch; pp. 469, 245, liv. XV.

7. Affirmation de l'identité de l'Essence divine et de ses Vertus et Dignités, déjà vue dans la thèse.

rava una granea tan gran que infinidament moviment, com a lamp[8] fet en les VI dreceres generals, ço es alt e baix, destre (e) sinestre, denant e de tras; noy poria atrobar cap, ni començament ni fi. Molt fo Blanquerna maravellat d aytal consideracio e maiorment en la consideracio, dobt(ant), remembrant a aquella Bonea, tan gran (en) eternitat qui no ha ni començament ni fi. Dementre que Blanquerna estava tot embarbesclat[9] d aytal consideracio, remembrá con gra be es lo Be divinal, poder, qui pot esser tan gran e tan durable he qui pot saber, voler infinidament e eternalment, e pot haver Virtut, Veritat, Gloria, Perfeccio, Justicia, Larguea, Misericordia, Humilitat, SSenyoria, Pasciencia infinida e eternal.

Dementre que Blanquerna en axí contemplava, lo cor se començá a scalfar, e los hulls començaren a plorar per lo gran plaer que havia de tan nobles virtuts a membrar, entendre e amar en la Subirana Bonea. Mas ans que Blanquerna pogués perfetament plorar devalla son enteniment a la ymaginativa, e ab ella començá a pensar e a duptar con pudía esser que ans quel Món fos, hagués Deu Justicia, Larguea, Misericordia, Humilitat, Senyoria; et per lo participament del enteniment e (de) la ymaginativa, el dupte refredá en lo cor la calor e minuaren en los hulls les lagremes. E Blanquerna desnuá l enteniment de la ymaginativa e puyal sobre ella membrant lo Subira Be esser infinit en tota perfeccio, e per açò pot haver e sab haver per sa virtut e sa gloria aytant perfetament totes les Virtuts demunt dites, ans quel Món fos con ha ara con lo Món es. Mas cor lo Món no era, per açò defallí que no era qui pogués del Subira Be rebre la gracia ni la influencia de les Virtuts demunt dites.

Molt plach a la volentat de Blanquerna ço que havia fet l enteniment, qui lexá cajus[10] la ymaginativa qui l empatxava[11] a entendre, e pujá en alt entendre sens la ymaginativa[12] lo Infinit Poder de Deu qui cové esser denant en Justicia Larguea etc al Món; cor si no ho era, seguir sia que defalliment de Poder, Granea, Eternitat, Virtut ffossen en la

8. *Lamp*, éclair. Comparer *lams* en provençal et *relámpago* en castillan, *lambrech* en languedocien.

9. *Embarbesclat*, vieux mot qui fait image, troublé complètement, *aterré*.

10. *Cajus* pour *ça jus*, signifie *ici-bas* le plus souvent. Dans ce passage, cette locution adverbiale signifie *par terre*.

11. *Empatxava* = *empatchava*, empêchait. L'*x* = *ch.*; ex. : *mateix*, qui se prononce *mateich*.

12. Le copiste a par erreur intercalé *qui* entre *ymaginativa* et *lo infinit poder;* nous supprimons donc ce relatif inutile.

Sobirana Bonea; e cor es impossibol que defalliment sia en Deu, per açò la volentat scusá tant fortment lo cor de Blanquerna que los hulls ne foren longament en plors. Dementre que Blanquerna contemplava e plorava en la sua ànima, se parlaven mentalment sa Memoria, son Enteniment e sa Volentat[13] e tenien solaç[13*] de les Virtuts de Deu segons que signifiquen aquestes paraules : « Memoria, dix l Enteniment, que membrats vos de la Bonea e de la Saviea e de la Amor de Deu? e vos, Volentat, quen amats? Respós la Memoria e dix : « con yo aiust en mon remembrament con gran be es saber si mateix maior e pus noble en sciencia e en volentat que nulla altra cosa, no m sent tan gran ni tan alta con fas con membre Subira Be, Be infinit en saber e en volentat, e con ajust eternitat, poder, virtut, veritat etc, adoncs me sent en granir e exalçar, membrant aquestes coses. » Per aquestes paraules e per moltes d altres, respos la Memoria a l Enteniment; e la Volentat li respos per semblant manera, dient que ella no ssentía tan alta ni tan gran con no amava lo Subira Be, per ço cor era pus savi e pus amant que altra cosa, con fahía adoncs con amava lo Subira Be per ço cor havía Saviea, Amor, eternal, infinida (etc.). » Apres aquestes paraules dix l Enteniment a la Memoria e a la Volentat de si mateix semblant estáment al estament de la Memoria e de la Volentat en contemplar lo Subira Be.

Acordaren sse Memoria e Enteniment e Volentat qui contemplasen la Subirana Bonea en sa virtut, veritat, gloria : Memoria remembrá Virtut de Be infinit estant Virtut infinida en Veritat, Gloria, e l Enteniment entés ço que la Memoria membrá e la Volentat amá ço que la Memoria membrava e que l Enteniment entenía. Altra vegada retorná membrar la Memoria e remembrá Veritat infinida de Be Subira estant en Veritat, Virtut, Gloria, el Enteniment entés Gloria infinida estant en Virtut, Veritat qui son Sobira Be glorios, e la Volentat amá ho tot ensemps en una actualitat, en una perfeccio matexa.

Demaná Blanquerna a l Enteniment : « si m dona salvacio lo Subira Be que entendrás? Respós l Enteniment : « Entendré la Misericordia e la Humilitat e la Larguea de Deu. E tu, Memoria, si l Subira Be me dampna[14] que membrarás? » Respós : « Membraré la Justicia e la Senyoria, e la Perfeccio e l Poder de Deu. » — « E tu Volentat que

---

13. Lulle se montre mystique parfait dans cet Art, faisant concourir toutes les facultés de l'àme à sa contemplation. — 13*. *Solaç*, plaisir, agrément en provl.

14. *Dampnacío* pour *damnacio*.

amarás? » Respós : « Amaré ço que la Memoria membra ab que sia en loch qu eu puscha amar, cor les virtuts qui son en lo Subira Be per si matexes son amables. »

Apres aquestes paraules, Blanquerna remembrá sos peccats e entés con gran Be es esser en Deu Pasciencia, cor si Pasciencia no fos en Deu, encontinent que hom fa peccats, fora punit e privat d aquest Mon. E per açò dix a la sua Volentat quin grat[15] hauría a la Pasciencia de Deu qui l havía sostengut? Respós la Volentat e dix que amaría en lo Sobiran Be justicia, iaffos[16] que fós possible cosa que l Enteniment poguès saber que l punis a dampnacio per sos peccats. Molt plach a Blanquerna ço que havía respost la Volentat e la bocha de Blanquerna e totes tres les virtuts de la ànima loarén e benehirén Pasciencia en lo Subiran Be per totes les Virtuts divines.

Segons esta manera contemplá Blanquerna les Virtuts divines de la miga nit tro a la ora que dech sonar Matines, e feu gracies a Deu con sera humiliat a ell en ço que l avia adreçat en sa contemplació, e con se volch lexar de contemplar e volch sonar Matines, començá a membrar que la Pasciencia de Deu no la avia contemplada tan altament con les altres Virtuts, per ço cor l avía contemplada a esguardament de si mateix, segons que demunt es dit; e per açò covench l altra vegada tornar a la contemplacio e dix : « que ell adorava e contemplava la Pasciencia de Deu *en esser una cosa metexa ab la Subirana Bonea e ab totes les altres Virtuts sens nulla diferencia.* » E per açò l Enteniment maravellás fortment con pasciencia pudía esser una cosa metéxa en essencia ab les altres Virtuts. Mas la Memoria membrá que en Deu les Virtuts no han nulla diferencia les uns ab les altres ; mas cor les obres que han en les creatures son diversses, per açò paren diversses. En axí con par la vista diverssa con guarda en dos miralls, e l(a) un[17] es tort e l altre es dret, e la vista es una en cascu mirall sens nulla diferencia.

EN QUAL MANERA BLANQUERNA CONTEMPLAVA DE TRES EN TRES
LES VIRTUTS DE DEU.

Bonea divina, dix Blanquerna, vos qui sots Gran infinidament en eternitat, vos sots Be don ve tot altre be, e d el Gran Be ve tot ço qui

15. *Grat* = reconnaissance, en latin *gratia*.

16. *Iaffos,* à supposer que. Le traducteur castillan lui donne *aunque* pour équivalent. *Blanquerna,* t. II, p. 248, édit. de Madrid.

17. Le copiste a écrit *la ùn es tort,* par erreur. *Mirall,* miroir, est masculin.

es be gran ni poch[18], e de la vostra Eternitat ve tot altre durament on era tot ço que sots Be, Granea e Eternitat, vos ador, eus reclam, eus am sobre mon enteniment[19] he mon remembrament, e per açó deman vos que l be quem havets donat, façats gran e durable en honrar, loar e servir Vos en ço qui s pertany a vostre honrament.

Granea eternal en poder, maior sots que yo no pusch membrar, ni entendre, ni amar, a Vos puja mon poder! Que l façats gran e durable en molt membrar, entendre e amar vostre Poder qui pot esser infinit, eternal; de la influencia del qual esperam cajus[19'] gracia e benediccio, on siem grans e durables eternalment.

Eternitat qui havets Poder de Saber sens fi e sens començament, començat m avets, e a durar sens fi m avets creat. Poder havets qui m salvets o m dampnets, ço que de mi e dels altres savets eternalment[20], o sab vostre Saber e ho pot vostre Poder, cor en la vostra Eternitat no ha nulla alteracio ni nengun noviment. No he poder de saber ço a que m jutjarets, cor mon poder, saber, han començament. Donques qué de mi façats placie os[21], que en est Mon sien mon poder, saber e mon durament, al vostre honrament, e a loar vostra honor.

Poder qui sabets e volets tot Vos mateix! Saber qui podets e volets tot Vos mateix! Voler qui podets e volets tot ves mateix! prenets tot mon poder e saber, pus havets pres tot mon voler en vos a loar e a servir! Vos Poder, vos podets saber e voler aytant com sots, sens afigiment e sens minuament e sens null camiament! E vos, Saber, vos sabet aytal con vos volets, e Vos, Voler, vos volets aytal con vos volets, en volentat, poder, saber! On con asò sia en axí e cor nulla cosa açó no pusca mudar ni camiar, d'aquesta tan gran influencia vengués gracia al meu poder con tots temps pusca poder, saber e voler si mateix en honrar vostre Poder, e mon saber en honrar vostre Saber, e mon voler en honrar vostra Amor.

« Saviea Divina, en vos es Amor e Virtut! vos sabets vos matexa Amor sobre tota altra amor e virtut, sobre tota altra virtut e sabets vos

18. L'importance du Bien divin et éternel est ici soulignée. Lulle se montre élève fidèle des Pères et de Plotin.

19. *Eus = Os*, vous. Forme plus rare que *os* ou *vos* dans le manuscrit de Munich.

19'. *Cajus*, ici-bas, expression adverbiale.

20. Allusion à la Prédestination que Lulle résout dans un sens très augustinien.

21. *Placie os*, ce qui vous plaît. Tournure toute latine.

sobre tot altre saber! È per açò si lo mun saber sab mon voler en menor virtut en amar vostre Voler, cové que vostre Saber sapia vostra Amor maior en amarmi que la mia amor en amar Vos! E si açò no sabiets, en axí no sabria vostra Saviea maior Virtut en vostra Amor en voler que en la mia, ni la mia saviea ni volentat no havrien virtut ab que Deus poguessen contemplar perfetament. » Dementre que Blanquerna contemplava en axí, membrá que si Deus sabía que son Voler amás peccat no havria Virtut ab que s amás. E per açò Blanquerna entés que si desamava Deu no havría virtut ab que pogués desamar peccat. E per aço Blanquerna plorá longament con se remembrá colpable e peccador en lo temps que havía peccat.

« Amor Divinal, vostra Virtut es pus vera que nulla altra amor e vostra Veritat es pus vera que totes altres veritats, cor si es vera, la virtut quel sol ha en inluminar[22] e qu el foch ha en scalfar, molt pus vera cosa es la Virtut que Vos havets en amar! Cor diferencia ha enfre lo sol e sa resplandor e enfre lo foch e sa calor, mas enfre vostra Amor, Virtut, Veritat no cab[23] diferencia essencialment, e tot quant vostra Amor met en Veritat fa ab Virtut infinida en Amor e en Veritat, e tot çò que fan les altres coses fan ab virtut finida en temps e en cantitat. On con açò sia, en axí doncs a Vo(s) Amor, Virtut, Veritat, hublich[24] e sotsmet tots los jorns de ma vida a honrar vostres honors e a denunciar als infeels e (als) devots crestians veritat de vostra Virtut e de vostra Veritat e de vostres Amors! »

Virtut, Veritat, Gloria sencontraren en los pensaments de Blanquerna qui con contemplava son Amat considerá Blanquerna a qual de totes tres faria maior honrament en sos pensaments e en sa volentat. Mas cor noy pudia entendre nulla diferencia, per açò hegualment los feu honor ab membrar, entendre he voler son Amat, e dix : « Ador vos, Virtut quim havets creat; ador vos, Veritat quim havets ajutjat; ador vos, Gloria en laqual he sperança de esser gloriejat[25], en Virtut, Veritat qui null temps no cessará a donar gloria sens fi ! »

Demaná Blanquerna a la Veritat de son Amat : « Si nos fos en vos

22. *Inluminar* pour *illuminar*. Le catalano-provençal emploie souvent, au treizième siècle, *inl* pour *ill*, *inm* pour *inun;* il semble ne pas aimer le redoublement de *l* après un *i* initial.

23. *No cab* = il n'y a pas, il n'est pas contenu, de *caber, contenir.*

24. *Hublich* pour *ublich, ublic,* j'oblige, je contrains.

25. *Gloriejat.* Tous les patois romans jusqu'aux Pyrénées ont conservé dans notre Midi cette forme de participe.

Gloria, Perfeccio, ço que vos sots vos que forets? » Respós l'Enteniment
a Blanquerna : « Fora falsetat o semblant veritat de la vostra, o fora
nou, o fora alguna cosa, o agrá pena eternal sens fi. » Dix Blanquerna :
« E si no fos Veritat que fora Gloria? » Respós la Memoria : « Fora
defalliment e si no fos Perfeccio que fora Gloria? » Respós la Volentat :
« Fora tot quant es no re, o fora tot quant es defalliments. »

Cogitá Blanquerna en color e entés diferencia de blanch e de vermell
e contrari de blanch e de negre. Consirá Gloria, Perfeccio, Justicia de
son Amat e no y poch entendre diferencia ni contrarietat. Considerá en
blanchor, e no y poch entendre diferencia ni contrarietat. Considerá
Gloria e entés Perfeccio, Justicia. Considerá Perfeccio e entés Gloria e
Justicia. Contemplá Justicia e entés Perfeccio e Gloria. Molt fo Blanquerna maravellat daytal consideracio, e molt ne exalçá en la consideracio sa memoria e son enteniment e sa volentat a contemplar son Amat;
desirá sa Gloria, complí sos hulls de plors, e plorá tement la Justicia de
son Amat.

En Blanquerna s aramiren [26] a pujar a l Amat, Memoria, Enteniment,
Volentat : la Memoria volc pujar per membrar Perfeccio; e l Enteniment
per entendre Justicia; e la Volentat per amar Larguea; e neguna de les
tres potencies no poch puiar sobre la altra, per ço cor cascuna ama mester
les tres Virtuts de son Amat, a significar que les tres Virtuts son una
cosa en son Amat.

« Justicia dix Blanquerna, Vos, que volets de ma Volentat? » Respos
la Memoria : « Per la Justicia vull hi contricio, temor, e vull en vostres
hulls plors, e en vostre cor suspirs, e en vostre cor afflicions. » — « E vos,
Larguea, que volets de ma Volentat. Respós l Enteniment per Larguea :
« Vull la haver tota a amar e apenediment e a menys prear les vanitats
d aquest Mon. » — « E vos, Misericordia, que volets de ma Memoria e de
mon Enteniment? » Respos la Volentat, per Misericordia vull tota la
Memoria a membrar, e tot l Enteniment a entendre son dó e son perdó, e
maiorment a si matexa a contemplar. Doná Blanquerna tot si mateix
açò que les Virtúts de son Amat haver envolien.

Adorava, contemplava Blanquerna en son Amat : Larguea, Misericordia, Humilitat, e atrobava les mayors e pus nobles, que con les contemplava en si mateix; e per açò dehia a son Enteniment que en son Amat
no pudía entendre tota la Libertat, Misericordia, Humilitat, e dehia a sa
Volentat que la Misericordia de son Amat havia tan gran Larguea, qu en

26. *Saramiren*, se mirent ensemble.

pudia pendre, aytanta Humilitat con se volgués, e aytante de Larguea, Misericordia con havía mester a sa salvacio ne pudia haver.

En perill fo Blanquerna qui cuydá considerar que la Senyoria de son Amat fos maior que la Misericordia e la Humilitat, per ço cor sa Senyoria es en tots los homens qui son, e sa Humilitat ni Misericordia no enlu- minem de la Fé católicha los infeels. Mas lAmat de Blanquerna despertá son remembrament al qual feu membrar que la Misericordia feu humi- liar lo Fill de Deu a encarnar murir en la Creu, en quant era home, per ço que sa Senyoria fos revelada, preycada per tot lo Mon per aquells a qui Deus s umilia en lo Sant Sacrifici, e a qui Deus ha fets tants d onra- ments, e que sa Misericordia los espera a fer satisfaccio de tants e tan greus falliments mortals e a Deu e a les gents desagradables.

Dehia Blanquerna que en est Món no s cové a Princep Senyoria sens humilitat, pasciencia a significar que descuvinent cosa fora que en Deu fos Senyoria sens Humilitat, Pasciencia; on per açò Blanquerna qui era Princep y Senyor de son membrar, e entendre e voler, humiliá son principat a pasciencia per ço que pogués puiar contemplar en son Amat Humilitat, Senyoria, Pasciencia, d on té son principat a feu[27], e del qual a a retre[28] conte a son Amat.

Ffeni Blanquerna sa oracio e al altre dia retorná a la oracio per altra manera, ço es a saber, que lexá Pasciencia e començá a Senyoria, e mená les Virtuts de tres en tres, per ço que hagués altra manera. Al altre dia ménava les Virtuts de quart en quart o de cinch en cinch o de dues en dues, o menavales totes per Granea o Eternitat e axí de les altres Virtuts, e tota via havía novelles rahons e diversses maneres e maneres a contemplar son Amat, que mudava una Virtut ab altra en sa contem- plació. E per açò Blanquerna era tan abundós a contemplar son Amat, per ço cor seguía Art en sa contemplació, que sos hulls n eren tots jorns en plors e sa ánima en devocio, contriccio, amors.

DE ESSENCIA.

Començá Blanquerna a contemplar la Divina Essencia abs les Divi- nals Virtuts, e membrant, entenent, amant les Virtuts, dix aquestes paraules : « Divina Essencia tan est gran en Bonea, Eternitat, *que enfre tu e ta Bonea, Granea, Eternitat, no a nulla diferencia.* Tu est Essencia et tu est Deu cor enfre Deytat e Deu no ha diferencia. Ador te

27. Feu = *fief*, en catalan ; *feus*, en provençal.
28. *Retre* = *redre*, rendre, en catalan et en provençal.

en una cosa matexa Deytat, e Deu, e Essencia e Esser[1]! Cor si en Deytat
e Deu, e Essencia e Esser no eres una cosa matexa sens diferencia, la tua
Granea sseria finida he termeneda, e enfre ta Bonea e ton Be, e ta Eternitat e Eternal; e seguir sia que una cosa fos ta Deytat, altra cosa fos
Deu, e açò mateix se seguiria de ton Esser e de ta Essencia. E cor ta
Granea es infinida en Bonea, Eternitat, per açò, Subirana Essencia ador
Te e beneesch Te en una pura actualitat simple ab totes les Virtuts tues.
De la tua Bonea e del teu Be, gloriosa Essencia, membra e enten ma
anima ço que no pot membrar ni entendre de nulla altra cosa, cor bonea
e be e granea e gran, e durabletat et durant[2], no son una cosa matexa
en creatura, cor si u eren, no sseria diferencia enfre la Essencia e l Esser
de la creatura, e si no ho era, no sseria tan Bonea en axi subirana en
Granea, con se cové on per ço, que sia significada la Nobilitat de ton
Esser e de ta Essencia! Est maior en esser una cosa matexa ta Essencia
e ton Esser, que no es essencia creada o esser creat on defall granea,
per lo qual defalliment havem conexença de la tua gran, infinida
Granea, a la qual leu e sospen tota la granea ma volentat en adorar,
contemplar, loar e servir ta gloriosa Essencia!

Essencia en creatura es diverssa ab lo poder, saber, voler creat, cor
una cosa es poder, altra cosa es saber, otra cosa es voler : e per açò la
essencia no pot esser una cosa metexa ab poder, saber, voler. Mas cor
Tu Gloriosa Essencia no has diferencia ab ton Poder, Saber, Voler, per
aço est una Essencia sens que ab l Esser de ton Poder, Saber, Voler, no
es diferent en nulla cosa! E cor açò sia en axi, per açò Tu est Be Subira,
cor tot altre be defall de poder, saber, voler, a esser una cosa matexa
ab sa essencia, e es enclinat a corropcio[3] per sa natura, al qual enclina-
ment fora contraria sa natura, si no hagues diferencia enfre son esser e
sa essencia! »

« Gloriosa Essencia, ton Poder no pot fer en ton Esser null defalliment!
Mas mon poder pot fer contra mon esser falliment : e açò es, per ço cor
una cosa es mon esser, altra cosa es ma essencia, altra cosa es mon
poder. E cor mon poder es luyn[4] a mon esser e a ma essencia, pot contra

1. Lulle identifie l'essence et l'existence en Dieu, ne sépare pas les Dignités
de l'Essence divine.
2. Réminiscence des corrélatifs lulliens; termes abstraits de l'art très rares
dans les traités mystiques et ascétiques.
3. *Corropcio*, vieille forme populaire de *corrupcio*.
4. *Luyn* = *luny*, loin; en provençal *luin, luenh, lonh, long, luen*; cf.
Barstch, 536, et même appendice, note 36, p. 10.

mon esser e ma essencia. Mas cor ton Poder es ta Essencia, ton Esser, sens nulla diferencia, per açò no pots fer nulla cosa qui sia contra ta Essencia e ton Esser, e per açò has Essencia, acabat, infinit, eternal Poder en Virtut, Veritat, Gloria, Perfeccio.

De home es dita Humanitat qui es essencia d'ome ; e de cavaller es dita Cavalleria ; e de just es dita Justicia ; e de savi Saviea ; en la tua Deytat, e(st) Tu Deu, qui diu ta Deytat diu Deu, e qui diu Deu, diu ta Essencia, cor ta Virtut abasta a esser ta Essencia e ton Esser, en Veritat e en Glo_ ria e en Perfeccio ; e es maior Veritat en esser una cosa matexa ton Esser e ta Essencia, que no es en creatura esser una cosa essencia e altra esser, e en esser una cosa just e altra Justicia ! E per açò molts justs e molts cavallers poden esser diversses en algunes coses sots justicia, humanitat, cavalleria. Mas de ton Esser e de ta Essencia no es en axi, cor ta Gloria e ta Perfeccio han Virtut, Veritat, on no a diferencia de Esser e de Essencia ! »

« Si justicia no fos en creatura, impossible cosa fora que just creat fos en axi, con es impossible cosa que sia home sens que humanitat no fos. On con home ni humanitat, ni nulla creatura no eren nulla cosa, era en ta Justicia Just e Justicia sens que en ta Essencia no ha Just, ni en Tu Just no a Justicia per creatura, ans est Just e Justicia per Tu mateix ; cor en axi con home no puria esser sens sa essencia, ço es natura humaña. En axi, a contrari seyn, pot esser en Tu Just e Justicia sens creatura, en axi con home no pot esser sens altra cosa qui no es home, ço son elements, e materia, forma, accidents, natura e causa, en axi en ta Essencia no puria esser Just e Justicia, si pudia caber accident, calitat ni diferencia de Esser e Essencia ; ni si ta Justicia havia necessitat, alcuna cosa que no fos Deu e Essencia Divina no poria esser eternal, infinida, virtuosa, acabada ! »

« Essencia Divina ans que fos aquell a qui dones, era en Tu Larguea, cor si Tu est Larguea, he Larguea es Tu, no es en ta Eternitat ni Infinitat ta Larguea de tras a ta Essencia ; açò mateix se segueix de ta Misericordia e de les altres Virtuts ! Ni ara con son creatures a qui dones e perdones, ta Larguea ni ta Misericordia no son maiors ; e si fos diferencia enfre ta Larguea et ta Misericordia ab ta Essencia, no fores larch⁵ ni hagrés Misericordia tro que aguessés creada creatura ; e fora impossible cosa que creasés nulla re, sens que abans de la Creacio no haguesés Larguea e Misericordia ! »

5. *Larch*, large, généreux ; provençal, *larc* ; cf. Dartsch, p. 532.

Considerá Blanquerna que humilitat, senyoria, pasciencia son en creatures qualitats e en Deu son Essencia[6]; e cor calitats son luyn de Essencia, segons comparacio de Humilitat, Senyoria, Pasciencia, qui son
Essencia, per açò Blanquerna adorá Humilitat, Senyoria, Pasciencia con
a Essencia e Esser Divinal, e dix aquestes paraules : « Humilitat sens
humiliar, e Senyoria sens senyorejar, e Pasciencia sens pasciencejar
no s coven a esser Essencia Subirana en Bonea, Granea eternal, a
totes creatures. Ni en la Essencia de Deu no s cové humiliar se maior a
menor, ni esser Senyor e vassayll, ni esser agent e pascient, on haia
maior o menor. »

On, dementre que Blanquerna contemplava en esta manera estech en
barbesclat e hac pahor[7] de contradiccio. Mas per l a(l)t enteniment que
havía en la contemplació, conech que la Ymaginacio peccava en fer falça
comparacio, e la Memoria remembrá que a Deu deven esser atribuydes
totes coses que sien bones en les creatures, en axí que totes aquelles
covenen esser en la Divinal Essencia ab que no s en seguescha nulla
imperfeccio en Deu. E cor bona cosa es humilitat, senyoria, pasciencia
en creatura, cové que sien en la Essencia Divina, mas cor en les creatures no y sien en tan gran perfeccio con en Deu, cové que per altra
manera pus noble entenam esser en la Essencia : Humilitat, Senyoria,
Pasciencia, que la manera segons la qual son en creatura, on son calitats
accidentals havent començament e fi.

Dehia Blanquerna dementre contemplava que la Essencia de son
Amat era inmovable per ço cor conprenia e no era conpresa, e era inalte-
rable per ço cor era eternal, e era incorrompable, per ço cor son Poder,
Voler, Saber, sa Virtut, sa Perfeccio, sa Justicia era eternal[8]; e per açò
aytal Essencia tan Gloriosa devía esser pus (saviment) e pus altament en
son remembrament, enteniment, volentat, que nulla altra essencia o
essencies.

Lo Rey per Senyoria, per sa força, bellea, saviea, poder, justicia, e
axí de les altres coses, no es pus prop a essencia humana que l home qui

<hr />

6. Les qualités humaines sont distinctes de l'essence, mais les qualités incréées, les Dignités divines se confondent en l'Essence Divine. Lulle montre,
par son insistance à distinguer le monde créé et Dieu, qu'il n'est pas panthéis-
tique.

7. *Pahor* = *paor*, peur. *Paor* est la forme habituelle en catalan et en provençal. *Pahor* est très archaïque.

8. Dans l'ancienne langue, un verbe au singulier peut avoir plusieurs sujets
au singulier.

es de leja⁹ figura e qui es son vassall, e es home pobre e de poch poder, saber, e açò s esdevé per ço cor lo Rey pot privar de totes les coses demunt dites ; mas de la Essencia de Deu e de ses Virtuts no es en axí, cor per ço cor son una cosa matexa la Essencia e les Virtuts en Bonea, Granea, Eternitat, etc., nulla altra cosa nos cové a aver les Virtuts de Deu ni esser sa Essencia. E per açò la Divinal Essencia es en Virtut, en Presencia, en Saviea, Poder, e en tot ço qui s pertany a ssa Essencia en tot loch e part tot loch, e en tots temps e per tots temps, e aquesta cosa nos cové mas tant solament a la Volentat de Deu.

Per aquesta manera e per moltes d altres contemplava Blanquerna la Essencia de Deu mesclant les unes Virtuts en les altres, per ço que hagués pus novelles rahons e pus longa materia a contemplar la Essencia, e con hac finida sa oració scriví ço de que havía contemplat, e pus legí ço que scrit havía, e no hac tanta de devocio dementre que ho ligia, con havía dementre que ho contemplava. E per açò la contemplació no es tant devota en ligent lo libre, con es en contemplar les rahons scrites en lo libre, e açò es per ço cor en la contemplació l ànima puja pus alt a membrar, entendre, amar la Divina Essencia, que no fa con lig ço que contemplava, cor devoció mills se cové a contemplació que ha scriptura.

(Folios 232 à 242.)

C. — Extraits de traités philosophiques.

a) Passages du *LIBRE DE ÀNIMA RACIONAL*, écrit à Rome en 1295, tirés du manuscrit hisp. 52, fond palatin de la Bibliothèque Royale de Munich, quatorzième siècle. Écriture semblable à celle de la planche.

Car la ànima racional es substancia invisible, molts son los homens qui no han de ella conexensa. E car no la conexen, no saben d ella husar ne la saben ordenar a la fin a la qual es creada, la qual fi es membrar Deu, conexer e amar¹. E per açò nos breument volem dar de ànima racional conexensa, e de sos naturals començaments, e de les sues obres naturals e morals, e fem lo seu enserchament segons les regles de la Taula General².

(Folio 1.)

9. *Leja* pour *lega*, laide.
1. C'est la première intention dont Lulle parle si souvent.
2. Raymond veut établir les rapports de l'àme rationnelle avec le monde divin d'une part, avec le monde créé d'autre part, au moyen de la méthode réaliste du Grand Art.

... Convé donchs que sia substancia spiritual conjuncta ab cors huma, la qual apellam ànima racional per ço que les corporals creatures haguen fi en la qual pusquen hauer repos.

Per experiencia ssabem que son substances corporals, car elles sentim per veer e tochar e per los altres senys, axí con la pera qui es visible e tangible, e en axí de les altres substancies.

Es donch provat que son substances spirituals, les quals apellam ànimes racionals. (Folio 3.)

Place des âmes humaines et angéliques dans la création, leur rang dans la hiérarchie des êtres créés.

... Deus tot ço que ha creat, ha creat ordenadament sens nenguna vacuytad de orden [3], e car ell es gran per sa Granea e bo per sa Bonea, com en Si no ha neguna poquea, ne malea ny ls se pertanye a ell produir grans bens que petits, e car ell ha produydes les substancies corporals per creacio, e ls ángels qui son substancies spirituales. Si no haguès produida substancia composta e ajustada de essencia corporal e spiritual qui fos home, fora vacuytat en l ordre de la produccio e foren dues extremitats sens mitga, ço es a saber substancies corporals e substancies d angels. E no fora substancia en lo mig, composta de substancia spiritual e corporal, e aguerá Deus maior proprietat en produyr poques substancies en bontat que granes, la qual cosa es imposible e contra gran obra que ha en Bontat, de Si mateix, per generacio e spiracio de Persones divines [4].

(Folios 3 et 4.)

RAISONS D'ÊTRE DE L'AME.

Questio : Anima ffinalment per que es?

Solucio : Anima es principalmente per Deu membrar, entendre e amar, car la pus noble fi que ella pot hauer es contemplar Deu [5], e per.

---

3. Idée lullienne connue. Dieu a créé un monde hiérarchisé, gradué, continu, dans lequel il ne saurait se trouver d'hiatus. Une solution de continuité serait pour Lulle contraire à la Sagesse de Dieu.

4. Cette doctrine a été longtemps suspecte. Nicolas Eymeric l'a combattue avec exagération; il ne s'agit pas de limiter la Puissance divine, mais d'établir, de prouver la Sagesse de sa Création. Lulle fournit des arguments de raison en faveur de la continuité, de l'harmonie du monde créé.

5. La première Intention, le vrai but de la Création de l'homme d'après Lulle.

açò ha creada Deus ànima a Si mateix, per ço que la creás a la pus noble fi, e si la hagués creada a si matexa, principalment hagrá fet tort a Si mateix, e ànima agrá maior repos e benauyrança en contemplar si matexa que Deu, la qual cosa es imposible.

Es ànima per ço que sia home, car sens ànima home no pográ ser, car es home. Pot hom contemplar Deus ab totes creatures, con sia ço que hom particip ab totes creatures, e ab ells pot servir Deu, e açò ell no pogra fer si ànima no fos.

Es ànima per ço que ab ella e per ella les substancies corporals attenguen lur fi en Deu segons que ia dit havem. Deus ama la sua recolibilitat, intelligibilitat e amabilitat, e car ánima lo pot prendre membrant, entenent, e amant. Ama Deus la fi de la ánima, e per ço que ánima sia amada per nostre Senyor, es per ço creada, e aquell amar es la sua fi e l seu compliment[6].

Es ànima per ço que la divina Bontat qui es Ens spiritual influescha en creant la sua semblança e la Granea de Deu, atretal e açò mateix de la sua Eternitat, Poder, Saviea e Volentat, Gloria, Veritat e Virtut[7].

Es ànima per ço que Deus particip ab les creatures corporals, car en ço que ànima participa ab elles, estant conjunta ab lo cors, e Deus participa ab la ànima, influent les sues rahons, lurs ressemblances en l ànima, participa ab elles e cascuna de ses rahons atretal[8].

Es ànima per ço que sien Virtuts morals ab les quals ssia Deus per home membrat, entes e amat (com segons Justicia digna cosa es que Deus sia membrat, entés e amat, e segons Prudencia digna cosa es que saviament sia membrat, entés e amat[9]) e açò mateix de Fortitudo e de les altres Virtuts. Açò esser no poguerá si anima no fos.

Es ànima per ço que Deus haia rahò a fer be, e gran be e durable, a home qui meresca aquell be per rahons de virtuts guanyades, e guanyades ab libertat. Açò esser no pográ si ànima no fos.

Es ànima per ço que sia sciencia ab la qual home haia conexença de les coses qui son, e qui son pasades, e qui son a venir, e car hom per ànima ha sciencia, es ànima instrument a hom a conexer moltes coses

6. Allusion à la première intention.
7. Affirmation du réalisme lullien; les qualités de l'âme humaine sont des participations créées des dignités éternelles incréées : Bonté, Puissance, Sagesse, Volonté, Gloire, Vérité, Vertu, etc.
8. Lulle appuie encore sur cette doctrine, explique cette participation.
9. Les puissances humaines les plus élevées peuvent seules dignement servir et louer Dieu avec pleine liberté.

e a membrar e amar aquelles. E per ço es posat en via com per moltes coses contempla a Deu e el servescha.

Es ànima per ço que sien arts mechaniques, sens la qual esser no porien, e sens les quals les creatures corporals serien ocioses[10], axí con si ferreria no fos, lo ferrer no hagrà ffi en lo martell ne en lo clou, ne l foch en scalfar lo ferre[11]. E en axí de ls altres coses semblants a aquéstes. (Folios 46 et 47.)

b) **Trois courts chapitres du *LIBRE DE ANGELS* écrit par Lulle à Majorque en 1275. Extraits du manuscrit inédit de la Bibliothèque royale de Munich. Cod. Hisp., 55, fond palatin. Copie du quinzième siècle. Écriture semblable à celle du ms. du *Blanquerna*.**

DE FORMA.

Amor no s convenga ab granea de ángel si en ángel privás una forma comuna a les tres formas de la essencia. Cor unitat sens forma no s poría convenir ab granea de bonea etc. E cor la Amor, qui es Dignitat, ama la granea d ángell, per açò qui es Dignitad, ama la granea de bonea, justicia, ab qui amor es una cosa, vol que ángell, intelligencia, volencia[1] e comun essencia hasien una forma comuna a tota la essencia, en la qual se comiensa tota la essencia, e tota la virtut de cascuna proprietat, per tal que ángel sia molt gran, per forma multiplicada en l ajustament e mesclament de tota la forma de intelligencia i volencia i conveniencia[2]. Cor, en axí, con los elements en cor compost venen a lurs simples formes, don rezulta *una forma comuna* a totes aquelles, e aquela es pus nobla que cascuna per si, e pus nobla que totes en temps (en quant es la fi a laqual se moven totes le formes a custruir e a donar esser). En axí *la forma engelical* es mayor en quant es una, que no es cascuna dels formes per si matexa. E foren les tres formes eguals a la comuna

10. *Ocioses*, inactives. L'action est un des buts de l'homme raisonnable. On reconnaît dans ce passage l'homme d'action de l'ancienne école franciscaine.
11. Dans son zèle à prouver la finalité, Lulle exagère souvent ou se montre naïf. Bernardin de Saint-Pierre, bien plus tard, méritera plus encore peut-être ce reproche.
1. *Volencia*, employé ici pour harmoniser la phrase, puisque *intelligencia*, *essencia* ont la même finale et on sait que Lulle aime les assonances ; est rare dans les mss. antérieurs (xiiie et xive sièc.). On rencontre presque toujours *volental* ou *voler*.
2. La forme *volencia* est employée pour la deuxième fois, voir note 1. Lulle émet ici sa théorie de la pluralité des formes.

forma, si cascuna per si pogues integrar granea, usar de bonea, poder etc con angel. E cor ho no fan, per açò es demostrat que granea de bonea, poder etc, mils se cové a unitat de forma simple en un ens esser, que en forma personal sens comunicacio d'altra forma. On con asò sia, en axi doncs per açò es demostrat que la granea de les Dignitats es mes a en sus que de les creatures, con sia cosa que en si no sia una cosa major que altra. E per açò, Deus demostra sa Granea per semblant e per desemblant forma, estant granea creada major en una forma que en altra[3].

DE MATERIA.

Justicia increada magnifica la granea creada de *la comuna forma angelica*, en quant li dona subjecta materia intellectiva e volitiva e concordativa. Cor en axi con lo fuster qui edifica la nau, fa materia en sa theorica de les formes dels fusts, on en forma la nau en sa theorica. E en axi con l ome just, qui de los actús de sa memoria, enteniment e volentat, qui son formes, fa materia, en quant en forma de fé, esperança o caritat, o justicia, o alcuna altra virtut qui es en forma. E en axi la forma de l ángel ha dejus si les tres formes, qui dejus, per manera de materia, informant d elles son voler e son entendre e convenir, e son voler, e antendrá[4] bonea, granea, poder etc. E per açò totes les formes qui son la essencia del ángel, son formes in quant son destinctes en proprietats personals e en pleguen una forma comuna, açi con les tres elements, segons que havem dit E fots (possibilitat) a esser Materia, con ángel per ellas puscha haver voler franch ab intelligencia e convenicncia en bonea, granea etc de voler e entendre e convenir. E si les tres proprietats personals no s comunicaven en esta manera en esser materia a *la universal forma*, una pocha cosa sería que a forma hagues sus actus[5] ab libertat de justicia, en granca de bonea, e volría, e entendría, e convenría a *costretament*, segons sa natura e sa essencia, e si ho faya, pocha cosa seria que y fos granea de justicia, en bonea, poder etc. E la Justicia de Deu no usaría de granea en bonia, grania[6] etc d ángel. Per lo qual poch us sería contra la Granea de

3. La variété des œuvres de Dieu prouve sa grandeur, dit Lulle dans ce passage.
4. *Antendrá* pour *entendrá; a = e* dans l'ancienne langue.
5. Le mot latin a été conservé. Terme de la langue péripatéticienne.
6. *Grania = granea.*

Bonea, Amor, Saviea, Perfeccio, ab qui es un Deu. e aquest contrari es inconvenient, per lo qual es demostrat que *en ángel es la materia demunt dita, la qual es de formes resultada* e convertida en materia *per so que l ángel sia compost de materia e de forma, sens qui no poria esser constituit ni establit en esser un ens engelical*[7]. E cor sa materia es pus simple e pus obedient a la forma, car es de formes qui s comuniquen a esser materia sens que noy venen ab materia ni perden lurs formes, per asò es ángel pus simpla que altra creatura, e sa materia se cové pus ab sa forma en ángel, qu en nengun altre materia ab forma en altre creatura. È con asò sia, en axí donchs, per la materia angelica es diversificat un ángel d altre, diversificant se per formes segons la disposicio de la angelical materia, la qual disposicio es segons que en *cascu ángel es se essencia propia qui no es de la materia de l altre ángel* e qui s livra a la forma segons distinccio de una bonea d altre ángel, e asò mateix se segueix de granea, poder, etc. E si açò no era, en axí hauría defalliment de granea en ángel, per essencia e per actús contra la Perfeccio que la Granea de Deu ha en Bonea, Poder etc.

(Folio 12.)

DE LOCH.

..... En axí, con intelligencia costitueix en sa natura entendre en la potencia qui es enteniment. E en axí, ángel per ço cor es finit e termanat[8] costitueix en sa natura loch qui es finit e termanat. Cor en axí, con intelligencia es de angélical natura, axi loch es de la natura de ço qui es termenat e finit. E per açò tot ço qui es conlocat, es, onque sia, en axí en son loch, con es en natura d ángel intelligencia en qualque cosa ángel entena. E per açò cascu angel e cascuna creatura es bon que sia en son loch. Has en axí, con natura d ome mils se cové ab home en quest loch, en los cels que en la terra. E cor loch de coses corporals no pujta esser loch d ángel, qui es incorporal, per asò pot ángel esser en son loch, en lo loch de les coses corporals. Cor fin o vera seguir sia que con siría en lo loch on son les coses corporals, lexés son loch, e del loch on sería privás lo cors conlosat. E cor açò es impossible, per assò es assas bastantment dit de loch engelical, lo qual no es embèrgat[9] per lo loch

7. *Engelical* pour *angelical*, l'*e* s'emploie souvent pour l'*a*; exemple, note 4, *antendrá*. On verra dans ce passage la théorie du treizième siècle qui considère chaque ange comme une espèce à lui tout seul.

8. *Termanat* pour *termenat*. Se reporter aux notes 4 et 7.

9. *Embergat* pour *embargat*, empêché, gêné par un obstacle.

corporal[10]. A ssignificar que Deus es en tot loch e par t(ot) loch, per ço es infinit e es quantitat, per la qual quantitat tot com que sia, cové esser finit en loch, sia que sia de natura corporal o intellectual.

(Folio 17.)

c) **Extraits du *Liber de Affatu seu de sexto sensu*, fini à Naples la veille de Pâques 1294. Texte catalan : Ms. hisp. 60 ex. Bibl. palatine, Bibliothèque Royale de Munich. Écriture monastique cursive, usitée en Angleterre, quinzième siècle. Le ms. est probablement de la main d'un franciscain anglais.**

Deus, ab virtut de la tua Sanctedat comensam a enscrir lo VI[en] seny lo qual apelam Afatus.

A enscrir seyn no conegut per los antics ensercadors de les coses naturals e de lurs secrets, proposam primerament tractar del seyn comun e dels seus particulars coneguts, per so que mils puscam venir a conexensa d aquest seyn que ensercam, lo qual per els no fo conegut, car per aquella conexensa que d els aurem e darem, mils porem declarar la natura e la proprietat del VIe seyn. Apelam aquell Affatus, per so car la sua fi esta en manifestar lo concebimen que es fet dedins la substancia animada e sensada, lo qual concebimen es fet en hom sots raò de racionalitat e de imagenabilitat, en los animals no racionals es feta sots ymagenalitat.

Aquest concebimen dedins la substancia es manifestat de fores per vou, en la qual es affigurada la concepcio dedins el object del seyn e la manifestacio al altre animal, per so que conceba la sua concepcio, al qual apetit natural dezira la concepcio que es feta dedins, per ço que ab el pusca partissipar[1] e la sua concepcio manifestar. Enfre amdues les manifestacions, la primera que es dins, e l altre que es defores, esta vou affigurada sots raò de concepcio, dedins moguda per lo loquatiu[2], que espicifica lo son e mou l estinement on se forma la vou. Es reebuda aquella vou per l auditiu, defores que en lo seu propri audible dona la

---

10. C'est la théorie des milieux propres à chaque être. L'homme est placé sur la terre, mais était fait pour les cieux avant le péché. L'ange fidèle est resté dans le lieu qui lui était destiné, le ciel. L'ange rebelle a été chassé de son lieu primitif et placé dans l'enfer.

1. Pour *participar*.

2. *Locatiu*, locatif, puissance de la parole.

semblança de la concepcio objectada a la manifestacio de dins, definida en la manifestacio defores.

Segons aquesta manera e moltes d altres, proposam ensercar la natura d el seyn que ensercam e revelar aquell, seguent la manera de la Art Enventiva[3] e de la Taula General[4].

(Folio 93.)

..... En aquesta part de la III^a part, donam deffinicio de Affatus e explicam aquella, e de la esencia de affatus conexensa donam. Affatus es aquella potencia ab laqual animal manifesta en la vou a altre animal la sua concepcio. L oigue de Afatus es la lenga, e lo seu esteniment es lo moviment que comensa en lo polmo, on se pren la concepcio que subjetivament ve en la lenga, e de la lenga en lo paladar, en los locs d els vocals, e formas en la vou, on es feta, la manifestacio de la concepcio. Dedins aquest moviment es (locativa) contenida, e la sua rayl esta en les membres sensats que dits avem, e la part en que no es sensada es la vou.

Aquesta (locativa) es elementada. En part es sensada, en part no es sensada, segons que dit avem. En quant es sensada, esta la vou en potencia aportada en actú successivament arteficial; en la part en que no es sensada, so es a ssaber en vou, en axí con es aportat l actú del gustar per moviment en sabor, en so mateix del cognament que ab moviment ateyn son object.

L object de Afatus es la manifestacio de la concepcio dedins la figura, de la qual manifestacio apar en la vou, laqual Afatus spicifica[5] del son, e aquella vou vest de la semblança de la concepcio, laqual semblança es la manifestacio que mou le fatus, e le fatus mou lo seu oiguen[6], l oiguen mou l esteniment que es movable. En lo movable es sustentada la vou, en la vou la manifestacio.

Ab aquest Affatus es Deus loable o manifestable, nomenable en la vou, e aquell es pus noble que auditus, car auditus es passiva potencia en la vou, en quant la potencia Afatus es potencia activa, en quant la

---

3. *Enventiva = inventiva.* Renvoi à *L'Art inventif de Lulle.*

4. La Table générale qui contient toutes les combinaisons de lettres correspondant aux rapports des concepts lulliens entre eux.

5. *Spicificar,* voir plus haut.

6. La prose du ms. n'est pas aussi belle que celle des mss. précédents. Le copiste a-t-il altéré certaines phrases ou le traité a-t-il été rédigé par un lullien plutôt que par Lulle lui-même? Certaines formes sont plus vulgaires que celles montrées ailleurs.

forma. Es donc Afatus, segons comparacio de Deu, pus noble sen que auditus e que nenguns dels altres seyns, con sia assò que Deus sia nomenable e no sia vesible (audible)[7], gustable ni palpable. On, con sia assò que Afatus sia tan noble sen, aporta més de moviment que nenguns de les altres, gran injuria es estada feta a el per los antics ensercadors de veritat en les coses naturals, car tant de temps ha estat no conegut.

Fenit es aquest tractat en la ciutat de Napols, en l ayn de la Encarnacio 1294, en la vespra de Pascha, loqual tractat es compilat a Gloria, a Honor de Nostre Senyor Deus, amen.

7. Le texte porte *adoiable, audible* paraît le mot juste.

Vu ET LU :

Grenoble, le 11 octobre 1912.

Le Doyen de la Faculté des Lettres
de l'Université de Grenoble,

MORILLOT.

ACCORDÉ LE PERMIS D'IMPRIMER :

Grenoble, le 12 octobre 1912.

Le Recteur,

PETIT-DUTAILLIS.

TABLE DES MATIÈRES

www.ingramcontent.com/pod-product-compliance
Lightning Source LLC
Chambersburg PA
CBHW070326030726
47505CB00004B/1109